edition
tingeltangel

Covergestaltung unter Verwendung dreier Fotos von Tom Barrett/
Unsplash (goldener Himmel), Roman Pavluv/Unsplash (blauroter Himmel)
und mehmetcan/stock.adobe.com (Mann am Horizont);
Foto Federn: Nico Frey/Unsplash, Foto Arno Wilhelm: Thomas Endl;
in den Verweisen auf weitere Bücher wurden Fotos genutzt von
Nadine Heßdörfer (Jack Rodman), missmimimina/stock.adobe.com
(Café Hannah 1), anaumenko/stock.adobe.com(Café Hannah 2),
milanmarkovic78/Fotolia.com (Hand im Wasser), lassedesignen/
Fotolia.com (Straße), trendobjects (Laster/Rücklichter)

Herstellung: Booksfactory.de, PRINT GROUP Sp. z o.o.
ul. Księcia Witolda 7, PL - 71-063 Szczecin

Originalausgabe, Erste Auflage, München 2019, ISBN 978-3-944936-54-3

ARNO WILHELM

WAS MAN SO ALLES TUT KURZ VOR DEM WELTUNTERGANG

ROMAN

1 / RON

Ron stand hinter seiner *Burger King*-Kasse und konnte die Augen kaum noch aufhalten. Er kratzte sich am unrasierten Kinn und sah auf die Uhr. Zehn Minuten bis zum Ende der Schicht. Zehn Minuten, bis er sich zum Schlafen in seinen *VW*-Bus zurückziehen konnte. Der mit Rost übersäte schwarze *T3* stand auf dem Parkplatz neben der Filiale. Die Rückbank war umklappbar, sodass sich darauf ganz passabel schlafen ließ, und Bettzeug hatte Ron zur Sicherheit immer dabei. Zuhause warteten ein warmes und deutlich bequemeres Bett, ein zumindest nicht vollkommen leerer Kühlschrank und eine Dusche auf ihn. Aber in seinem Zustand durfte er nicht mehr Auto fahren. Er rieb sich die Augen und strich die braunen Strähnen nach hinten. Seit beinahe vierzig Stunden war er jetzt wach und spürte jede einzelne von ihnen schwer auf den Lidern liegen. Die Bässe dröhnten jetzt noch in seinen Ohren und vom Tanzen spürte er die Beinmuskulatur nur allzu deutlich. Auf die Party zu gehen hatte sich definitiv gelohnt und war jede Nachwirkung wert, auch wenn er sie mit seinen vierundzwanzig Jahren deutlich mehr spürte, als es mit achtzehn der Fall gewesen war. Sämtliche der sieben Elektro-DJs hatten einfach hammermäßig aufgelegt. Selten rastete eine Menge so komplett aus beim Feiern. Und er mittendrin. Dank einer glücklichen Fügung hatte der Filialen-Chef auch noch einen Auswärtstermin. So begegneten sie sich heute nicht, was Ron bei seiner massiven Wodka-Bull-Fahne vermutlich vor akutem Job-Verlust bewahrte.

Später, wenn er sich ausgeschlafen hatte, konnte er nach Hause fahren, ein Guten-Morgen-Tütchen rauchen und entspannen.

Wahrscheinlich würde es eher ein Guten-Abend-Tütchen werden, denn wenn er erstmal im Bus tief und fest pennte ... Drei freie Tage lagen vor ihm. Alles, was er für diese Freizeit tun musste, war, sich noch zehn Minuten zusammenzureißen.

Er bemerkte die Menschenmenge erst, als sie anfing, singend und krakeelend durch die Tür hereinzuquellen. Was war denn in die gefahren? Nicht dass er grundsätzlich etwas gegen Aufruhr hatte, aber hier im Industriegebiet sah man kaum je solche Horden auf einem Fleck, schon gar nicht morgens um neun ... Meist bestand seine Kundschaft aus Anzugträgern. Banker und Geschäftsleute, die in den umliegenden Gebäuden arbeiteten und jetzt, von dem plötzlichen Lärm irritiert bis empört, den Eingang in Augenschein nahmen. Die Vordersten in der nicht enden wollenden Besucherschar bauten sich vor Ron auf, voll wie die Haubitzen. Bei genauem Hinsehen wirkten sie seltsam ernst.

»Was darf's denn sein?«, begrüßte er sie lächelnd. Ron konnte sie nur schwer einordnen. Vom Typ Metal-Festival-Besucher bis hin zum Technofan war allerhand vertreten. Haare in allen Farben von Tiefblau bis Pink. Lang und fettig, lang und gepflegt, kurz und voller Gel in langen Dornen vom Kopf abstehend. Manche in der Schlange trugen Band-Shirts, andere Unterhemden. Dazwischen gab es auch ein paar, die überraschend seriös aussahen. Der mit dem Schnauzer hinten links arbeitete hier um die Ecke im Baumarkt, da war sich Ron sicher. Was war das nur für ein Völkchen, das da vor ihm stand?

»'n Menü. Mit Pommes«, lallte der Bartträger vor ihm.

»Welchen Burger hätten Sie gerne?«

Ron fühlte sich jetzt wieder wacher. Die machten einen Lärm, da hätte selbst ein Toter nicht den Nerv, ruhig zu liegen, dachte er, während er geduldig auf die Antwort wartete.

Aus dem hinteren Teil der Schlange brüllte es ständig aus vielen Mündern: »Apokalypse« und davon, dass das Ende nahe sei.

Solche Spinner! Einige trugen Transparente, auf denen hirnfreie Endzeit-Slogans standen. Wahrscheinlich bediente er hier gerade eine Gruppe Spaßvögel, die eine Demonstration angemeldet hatten. Eine neue Sekte? Hier in der Einöde aus Stahl und Beton bekam man sicher jede Demo genehmigt. Man störte ja kaum jemanden, solange man nicht in die Bürogebäude stürmte. Oder dem *Burger King*-Personal das wohlverdiente Schichtende versaute. Es konnte auch eine Gruppe Schauspieler sein, die für eine Rolle üben mussten.

»Es tut mir leid«, sagte Ron zu dem verschwitzten, korpulenten Mann vor dem Tresen, der sich immer noch nicht dazu äußerte, welchen Burger er wollte. »Meine Kollegin wird deine Bestellung fertig aufnehmen, ich habe jetzt Feierabend.«

Er drehte sich um und hielt nach dem hübschen Gesicht von Dana Ausschau, doch die war wie vom Erdboden verschluckt. Genauso alle anderen, die zur Ablösung in Frage kamen. Nur Benny stand noch hinter der Durchreiche und legte Burger-Fleisch auf die Brote, der Rest der Mitarbeiter war nicht zu sehen. Die hatten sicher keinen Bock, sich mit den Freaks herumzuschlagen. Trotzdem war es ungewöhnlich. Auch wenn der Chef nicht da war, wurde es nicht gern gesehen, wenn man sich so massiv um die Arbeit drückte.

»Is' sowieso Feierabend. Für uns alle«, sagte der Vollbart vor Ron und gestikulierte wild. Von hinten brüllte wieder einer, diesmal, dass er Hunger habe und sie sich gefälligst beeilen sollten. Zustimmendes Gemurmel von allen Seiten. Ron resignierte.

»Okay, nochmal: Welcher Burger darf's denn sein?«

In dem Moment drängten sich ein paar junge, kräftige Männer, die nervös weiter hinten in der Schlange gewartet hatten, an der Theke vorbei. Sie kamen auf ihn zu, schubsten ihn zur Seite und stopften gierig Burger in sich hinein. Für einen Augenblick überlegte Ron, sich ihnen in den Weg zu stellen, doch die Judo-Stunden hatte er damals viel zu schnell abgebrochen. Außerdem lag die Müdigkeit zu schwer auf ihm, um auch nur einen Funken an Autorität auszustrahlen.

Er rief nur kraftlos: »Hey, das dürft ihr nicht!« und dass er die Polizei holen würde. Dann zog er sich zu den Fritteusen zurück, um außer Reichweite zu sein, falls jemand aggressiv wurde. Sein Blick fiel auf die aufgerissene Packung mit *Bild*-Zeitungen, die Dana vorhin hatte auspacken und einräumen wollen. Da stand auch irgendetwas von Apokalypse. Verwirrt begann er zu lesen.

Egal, ob Weltuntergang oder nicht, so viel war Ron knapp zwei Stunden später klar: Der Job war weg und zwar für immer. Sein Chef hatte seinem Jähzorn freien Lauf gelassen, als sie ihm am Telefon von der Plünderung in der Filiale berichtet hatten. Sie hätten sich gegen die Massen an Menschen eh nicht wehren können, noch dazu, wo sich die anderen Mitarbeiter alle in die hinteren Räume zurückgezogen hatten. Auch Benny hatte sich sofort aus dem Staub gemacht, als es richtig losging. Aber darauf hatte sein Chef keine Rücksicht genommen. Was sollte man denn tun in so einem Moment? Sie konnten ja schlecht die Kundschaft gewaltsam fernhalten. Bei der Polizei war niemand ans Telefon gegangen. Mit Vorwürfen und Anschuldigungen übergossen, hatte Ron sich den Hörer ein Stück weiter vom Ohr weggehalten. Er hatte zu allem Ja und Amen gesagt und danach befunden, dass es doch keine gute Idee war, den Rausch auf dem Parkplatz auszuschlafen. Fehlte heute gerade noch, dass ihn sein Chef weckte und nochmal live zur Schnecke machte. Also hatte er sich über eine Stunde nach dem Ende seiner Schicht noch einen starken Kaffee gemacht und beschlossen wegzufahren. Die Plünderung, der Streit mit seinem Chef und der Kaffee hatten ihn soweit ausgenüchtert, dass er sich für fahrtüchtig erklärte. Es gab viel schönere Dinge, die er mit den paar Tagen, die ihm noch bleiben würden, anfangen konnte. Zwar war er noch nicht offiziell gekündigt, aber er musste vermutlich genau so lange auf das Schreiben warten, wie sein Chef brauchte, um bis zum Büro zu kommen. Nach dem, was er heute gesehen hatte, zweifelte Ron nicht daran, dass die Welt bald untergehen würde. Egal, ob all diese Zeitungsartikel Fälschungen waren oder nicht, die Nachricht und deren Ernsthaftigkeit allein genügten schon, um die Menschheit in der nächsten Woche ins Verderben zu stürzen. Es konnte nicht allzu lange dauern, bis die ersten Atomraketen gezündet wurden, weil irgendwer durchdrehte. Vermutlich tobte bis spätestens Freitag der nächste Weltkrieg.

Also hatte er sich in seinen Bus gesetzt, das neue Album von *AC/DC* aufgedreht und war losgefahren, Richtung Norden. Er war nicht sicher, wo es hingehen sollte. Der Gedanke, ans Meer zu fahren, war zu klischeehaft in so einer Situation. Er ließ Frankfurt schnell hinter sich und bahnte sich seinen Weg auf die Autobahn. Erstaunlicherweise waren bis jetzt nicht allzu viele Leute unterwegs. Wo trieb es Menschen hin im Angesicht des Endes? Nach Hause? In ihren Heimatort? In die Städte? An die Südsee? Er konnte es sich nicht vorstellen. Die Nachrichten hielten die meisten im Moment vermutlich zuhause vor dem Fernseher, wenn sie sich nicht gerade zu einem unüberschaubaren Mob zusammenrotteten und in einen *Burger King* im Industriegebiet einfielen. Plünderungen bei *Burger King*. Hatte es sowas schon mal gegeben? Bei Juwelieren oder großen Elektronikmärkten, klar, aber wer plünderte schon einen Fast Food–Laden? Wir leben in einer komischen Welt, dachte Ron, und zündete sich seine erste Tüte des Tages an. Es war Zeit, ein bisschen vom Gas zu gehen und den Tag zu genießen. Schließlich schien die Sonne. Vielleicht fuhr er erstmal Richtung Hamburg. Von dort aus konnte er immer noch schauen, in welche Richtung es weiterging. Für ein paar Tage hatte er immer ein paar Unterhosen, ein T-Shirt, eine Hose und Dosenfutter im Bus verstaut. Er inhalierte tief und entspannte sich ein wenig. Von seinem Chef so angeschrien zu werden, wenn auch nur durchs Telefon, hatte ihm mehr zugesetzt, als er sich gerne eingestand.

Er überlegte, ob er seine Mutter anrufen sollte. Wenn er sich richtig erinnerte, war sie gerade für elf Wochen zu einem Forschungsaufenthalt in Dänemark. Wie viele davon waren jetzt um? Es spielte genau genommen keine Rolle. Sie hörten sich nur alle paar Monate und sahen sich quasi gar nicht mehr. Sie hatten einander nicht viel zu sagen, was machte es da schon, wenn die Welt unterging. Rons Vater hatte sich aus dem Staub gemacht, da war er noch ein Kleinkind gewesen, und keinen Hinweis hinterlassen, wie man ihn hätte erreichen können. Auch sonst hatte Ron kaum Verwandte, die von Bedeutung waren. Der Einzige aus seiner Familie, mit dem Ron etwas Kontakt hatte, war sein Onkel. Den würde er später anrufen. Es gab nicht viele Leute, die er angesichts des nahenden Endes noch einmal hören wollte, und ihm fiel wenig ein, was es noch zu tun gab. Das war ein bisschen traurig und ein bisschen schön, dachte er bei sich. Ron verlor sich in den Wirrungen seiner Gedankengänge.

Als die Tankanzeige anfing, in den roten Bereich zu geraten, hatte er schon fast zweihundert Kilometer geschafft. Die Autobahnen füllten sich mit jeder Stunde stärker und er hatte sich schon mehr als einmal gefragt, ob er nicht umkehren sollte. Nun trieb es die Leute wohl doch noch aus den Häusern. Zuhause wartete ein viel schöneres Bett auf ihn als das hinten im Bus, dazu gutes Gras und Ruhe. War das schlechter als das Meer? Er hatte das Gefühl, dass jemand mit aller Kraft an seinen Augenlidern zog. Die Müdigkeit steckte in jeder Bewegung. Er musste unbedingt bei der nächsten Raststätte rausfahren. Der Kampf gegen den wiederholten Sekundenschlaf war hart. Ein Kampf, den Ron nach wenigen Runden verlor. Ein lautes Krachen riss ihn sofort wieder zurück in die Realität. Der Gurt drückte sich in seine Schulter.

»Vollidiot! Jetzt schauen Sie mal, was Sie gemacht haben!«

Ron versuchte, sich zu orientieren. Er war jemandem auf die Karre gefahren und hörte den Mann brüllen und fluchen. Und er sah ihn gestikulieren. Wieso brüllte er eigentlich nicht in Rons Richtung? Das Auto vor ihm sah verdammt teuer aus und er hatte keine Vollkasko. Wieso war er nicht in Kassel rausgefahren? Er stieg aus. Der Fahrer des *Mercedes* vor ihm trug einen dunkelblauen Anzug und eine gelockerte, orange Krawatte. Der Typ war wohl so um die vierzig. Sein Anzug saß so gut, dass er kaum von der Stange sein konnte. Und der Mann brüllte immer noch.

»Mein Wagen ist im Arsch! Wenn man nicht Auto fahren kann, sollte man es besser lassen.«

Er war puterrot im Gesicht und schien jeden Augenblick so weit zu sein, sich zu prügeln. Er wirkte, als hätte er unter dem schicken Anzug durchaus die Muskeln dafür.

»Es tut mir ehrlich leid«, begann Ron, doch der Anzugträger achtete nicht auf ihn. Er schrie einen kleinen, untersetzten Mann an, der vor ihm stand und abwehrend die Hände hob, als hätte er Angst, der Anzug könne ihn schlagen. Ron sah sich die Autos genauer an und erst jetzt kam in seinem müden, benebelten Hirn die Lage der Fakten vollständig an. Der Anzug sah sich den Bus an, der da mit dem Heck seines Wagens Bekanntschaft gemacht hatte, erblickte Ron und deutete auf ihn.

»Der junge Mann hier hat auch einen Schaden an seinem Auto. Wie wollen Sie das alles bezahlen? Sind Sie überhaupt vernünftig versichert?«

Ron wischte sich den Schweiß von der Stirn. Der Anzug gab nicht ihm die Schuld, sondern dem kleinen Dicken. Dessen *Ford*

Fiesta stand auffällig dicht vor dem Mercedes. Genau genommen sah es so aus, als wäre der Motorblock des *Mercedes* eine innige Verbindung mit dem Heck des *Fords* eingegangen. Dagegen waren die Dellen, die Rons Bus verursacht hatte, ziemlich lächerlich. Der Bus selbst schien, abgesehen von einer leicht eingedrückten Stoßstange, kaum etwas abbekommen zu haben. Erst jetzt nahm Ron den Stau wahr, den sie gerade verursachten. Ein Hupkonzert ertönte im Hintergrund.

»Können wir das nicht friedlich regeln?«, fragte er die beiden Männer, die ihn angesichts seiner Einmischung erstaunt anblickten.

Der Dicke sah seine Chance.

»Genau, das Ende der Welt naht, Mann. Nehmen Sie's nicht so schwer mit ihrem Auto. Das letzte Hemd hat keine Taschen, wissen Sie doch.«

Er lachte halbherzig und begutachtete den Anzug einen Moment aufmerksam, als ob er darauf wartete, ob dieser ihn nun doch schlagen oder ihm zustimmen würde.

Der Mann sah frustriert drein und schien nachzudenken, dann zuckte er mit den Schultern.

»Stimmt schon. Aber wie zur Hölle komme ich jetzt nach Hannover?«

»Ich kann Sie mitnehmen«, sagte Ron, der wie immer um Frieden bemüht war. Außerdem wollte er um jeden Preis ein Auftauchen der Polizei vermeiden. Er wäre in seinem Zustand ein gefundenes Fressen für jeden Drogentest gewesen. Der dicke Mann beeilte sich, in seinen *Fiesta* zu kommen, und fuhr davon. Erstaunlicherweise war der *Ford* noch fahrtauglich, auch wenn er leicht schlingerte.

Der Anzug erzählte, er sei auf dem Weg nach Hannover zu seiner Frau, um mit ihr die letzten Tage zu verbringen. Er fluchte noch dem dicken Mann hinterher, dafür, dass der sich so schnell aus dem Staub gemacht hatte, der Feigling. Das letzte Wort spuckte er förmlich. Die Autos stauten sich mittlerweile endlos hinter Rons Bus, und auf den anderen beiden Spuren wurde deutlich langsamer gefahren und ohne Pause gehupt. Ein Warndreieck wäre vermutlich eine gute Idee gewesen. Jetzt auch schon egal.

Sie beeilten sich, den *Mercedes*, der nicht mehr anspringen wollte, auf den Seitenstreifen zu schieben, was ein mühsames Unterfangen war. Dann machten sie sich in Rons Bus auf die Suche nach der nächsten Tankstelle.

2 / THOMAS

»Wie oft muss ich dir eigentlich noch sagen, dass du dich gefälligst hinsetzen sollst dabei?«

Thomas erschrak und blickte zu ihr. Dabei drehte er sich ein Stück.

»Hey, Vorsicht!«, schrie Julia und plötzlich merkte er, wie sich das Pinkel-Geräusch verdächtig änderte. Thomas hatte Mühe, den Strahl wieder ins Porzellan zu steuern. Nun blickte er erneut zu ihr, drehte diesmal aber nur den Kopf. Julia stand in ihrem weiten Schlaf-Shirt und Jogginghose im Türrahmen. Von beidem grinste ihm Garfield entgegen. Julia lachte leider nicht. Dafür funkelten ihre blaugrünen Augen. Sie war wütend.

Jetzt wegen des witzigen Kontrasts zwischen ihrem und Garfields Gesichtsausdruck zu lachen, bedeutete Eskalation. Und das wiederum würde zu hysterischem Schreien ihrerseits führen, also ließ er es. Julias lange blonde Haare waren vom Schlaf noch ganz zerzaust. Sie sah auch frisch aufgestanden jünger aus als ihre zweiunddreißig Jahre. Dafür sah man ihm nur zu deutlich an, dass er bald seinen Vierzigsten würde feiern müssen. Wäre sie doch zwei Minuten später aufgestanden, dann hätten sie sich den Streit ersparen können.

»Es tut mir leid, Hase, ich …«

Julia wurde sofort laut.

»Die ganzen Spritzer machst du weg, wenn du hier fertig bist. Und komm mir jetzt nicht mit Hase. Immer tut dir alles leid, aber zu ändern scheint das nichts.« Und schon betete sie ihm seine zahlreichen Verfehlungen der letzten Monate und Jahre herunter. Übung hatte sie zurzeit darin. Zu faul, zu verfressen, zu unordentlich, zu desinteressiert, vor allem an ihr. Die Liste war lang. Er putzte die wenigen Tropfen vom Toilettenrand, während die tägliche Welle an Vorwürfen über ihm ihren Scheitelpunkt erreichte und brach. Als weitere Antworten seinerseits ausblieben, stapfte Julia, immer noch wütend, aus dem Bad. Thomas zog sich an und ging ins Erdgeschoss. Solange sie sich umzog, wusch und schminkte, blieben ihm ein paar Minuten in Ruhe mit Kaffee und Zeitung. Es war ja nicht böse gemeint, das mit dem Pinkeln im Stehen. Es war nun mal praktisch. Er dachte manchmal einfach nicht daran, sich hinzusetzen. Oder die dreckigen Klamotten wegzuräumen. Immer die gleichen Kleinigkeiten, immer die gleichen Vorwürfe. Genervt vor sich hin murmelnd, füllte er sieben Löffel Pulver und ausreichend Wasser in die Kaffemaschine. Kaum war der Knopf gedrückt, fing das beruhigende Gluckern und Brodeln an. Er schloss die Haustür auf, griff nach der Zeitung und ihm blieb der Mund offen stehen.

Die Behringstraße, eine kleine und normalerweise völlig unbedeutende Nebenstraße, die zur Frankfurter Fußgängerzone hinführte, war vollgepackt mit Menschen. Schon das war am Montagmorgen mehr als ungewöhnlich. Und was für Menschen da umherliefen! Als er mit der Zeitung in der einen und einer Tasse Kaffee in der anderen Hand kopfschüttelnd zum Esstisch ging, versuchte er nach wie vor, das Bild zu verstehen, das ihn vor der Tür begrüßt hatte. Transparente mit Weltuntergangsbotschaften, Menschenmassen, die vorbeiliefen, Anzugträger wie Hipster und Männer im Blaumann. Als er Platz nahm und die Titelseite aufschlug, spürte er ein unangenehmes Drücken im Magen. Dieser Morgen wurde immer seltsamer.

Die Überschrift war so fett gedruckt, dass man sie gar nicht übersehen konnte: »EILMELDUNG! Nahende Apokalypse!«

Er las ein zweites Mal. Er fühlte sich irritiert. Dann glich er das Datum oben am Zeitungsrand mit dem auf seiner Armbanduhr ab. Definitiv nicht der 1. April. Was hatten sich die Zeitungsfritzen denn dabei gedacht? Es war der 7. Juni. Ein Montag. Vielleicht ging es ja darum, die Leute bei ihrem Wochenstart ein bisschen zu unterhalten. Aber wie passte das mit der Menschenauflauf auf der Straße zusammen?

Thomas las den fett gedruckten ersten Absatz.

Am Sonntag erreichte uns kurz vor Redaktionsschluss die untenstehende Pressemeldung. Uns ist die Besonderheit dieser Nachricht bewusst, doch wurde uns glaubhaft versichert, dass es sich keineswegs um einen Scherz handelt. Wir möchten Sie darauf hinweisen, dass der Frankfurter Anzeiger *in den nächsten Tagen nur in stark reduziertem Umfang erscheinen wird. Damit wollen wir unseren Angestellten die Möglichkeit geben, angemessen auf diese Meldung und die daraus entstehenden Notwendigkeiten zu reagieren.*

Leo Ebersbacher (Chefredakteur)

Thomas hörte, wie oben im Bad die Dusche ausging. In ein paar Minuten würde sich Julia zu ihm gesellen. Die Ankündigung klang aufregend und seltsam zugleich. Er trank noch einen Schluck Kaffee und vertiefte sich in die nächsten Zeilen.

Im Namen aller beteiligten Gottheiten teile ich mit, dass das Projekt Menschheit in sieben Tagen beendet wird. Am Montag, 14. Juni, gegen 9 Uhr morgens mitteleuropäischer Zeit wird das sogenannte Jüngste Gericht weltweit einberufen. Die Gläubigen werden von ihren jeweiligen Gottheiten oder deren Stellvertretern beurteilt. Atheisten und sonstige Nichtgläubige werden nach Bedarf eingeteilt. Sie brauchen sich für den Termin nicht an der Glaubensstätte ihrer Wahl einzufinden, sondern werden zum gegebenen Zeitpunkt abgeholt.

Gezeichnet: Jesus Christus

im Auftrag von Gott, Jahwe, Allah, Buddha, Meister Joda …

Es folgte eine lange Liste an Namen, wohl allesamt von Gottheiten, von denen er viele nicht kannte. Wie gelähmt saß Thomas da, völlig perplex über diesen absonderlichen Zeitungsbeitrag. Sollte er das glauben? Wenn es eine Fälschung war, würden sich die Mitarbeiter des *Anzeigers* auf eine Menge gefasst machen müssen. Und was, wenn es ernst gemeint war? Dann lief dort etwas gewaltig schief. Oder noch viel schlimmer: Was, wenn es den Tatsachen entsprach? Wenn die Welt in einer Woche untergehen würde? Ob in anderen Zeitungen dasselbe stand? Es gab so viele Dinge, die er nicht gemacht hatte. Dinge, die er unter diesen Umständen auch nicht würde nachholen können. Die Kreuzfahrt, die sie für den August gebucht hatten! Und im Sommer hätte er sein zwanzigjähriges Jubiläum bei *Maschinen Geißler* gehabt, inklusive besonderer Ehrung und allem. Mit Sicherheit handelte es sich nur um einen blöden Scherz. Er hörte Schritte auf der Treppe. Ihm war klar, dass er handeln musste.

So leise es ging, faltete er die Zeitung zusammen. Er wollte sie gerade in seine Aktentasche stopfen, da hörte er die Schritte schon ganz nah. Er setzte sich hastig auf die Zeitung, um sie aus dem Blickfeld zu bekommen.

»Soll ich dir ein Sandwich für die Arbeit machen?«, hörte er Julia nebenan.

Schweiß stand ihm vor Aufregung auf der Stirn, doch er brachte ein Lächeln zustande, als sie ihren Kopf durch die Tür steckte. Mittlerweile war sie fertig hergerichtet für den Tag, die Haare geglättet und um die Augen herum deutlich geschminkt.

»Das wäre lieb, danke dir.« Seine Stimme klang eigenartig gepresst.

Julia schien es nicht zu merken. Offenbar hatte sie einen Teil ihres Zorns hinuntergeschluckt. Gerade als er die Zeitung hervorholen wollte, erschien sie wieder im Türrahmen.

»Mit Käse oder Schinken?«

Thomas atmete tief durch.

»Überrasch mich.« Das Lächeln nur noch halbherzig. Diesmal wartete er, bis sie weit genug entfernt war, dann stopfte er die Zeitung in den Stapel mit dem Altpapier. Julia durfte diesen Artikel auf keinen Fall sehen. Sie ließ sich von jedem Mist beeinflussen, den sie las oder sah oder den man ihr erzählte. *10 neue Erfolgsdiäten. – 7 Wege, den Schlaf zu verbessern. – Mit diesen Tipps werden Sie ein fröhlicherer Mensch.*

Ständig begeisterte sie sich für einen noch ausgefalleneren Unsinn. Da halfen weder gutes Zureden noch ironische Bemerkungen. Kein Zeitschriftencover war zu absurd, als dass sie es nicht inspirierend fand. Dazu ihr streng religiöses Elternhaus. Was konnte da erst dieser seltsame Artikel zum bevorstehenden Weltuntergang anrichten? Wenn man glaubte, was da stand, könnte das ja heißen, dass ihre Eltern recht gehabt hatten. Was für ein absurder Gedanke.

»Thomas?«, hörte er sie aus der Küche rufen. »Weißt du, was heute los ist?«

Er eilte in die Küche.

»Was meinst du?«

»Na ja.« Sie sah nachdenklich drein. »Im Radio kam die Morning-Show mit Harry und Peter und die waren ganz anders als sonst. Als wären sie müde oder so. Keine Witze, nicht mal die nervigen Comedy-Einspieler. Du weißt schon, die mit dem Taxi. Die waren einsilbig und haben nur das Allernötigste gesagt. Und jetzt sind auch noch so viele Leute draußen auf der Straße.«

Thomas schluckte. Klar, da konnte er hundert Mal die Zeitung verstecken, blind war Julia schließlich nicht.

»Ach, das ist nur eine Demo«, versicherte er ihr, »ist schon eine Weile angekündigt. Die wollen verhindern, dass hinten bei der Fußgängerzone ein neuer Hochhauskomplex gebaut wird, so was in der Art.«

Zum Glück waren die Transparente von ihrer Position aus nur schwer zu erkennen. Sollte er es ihr lieber gleich sagen, damit sie nicht auch noch sauer auf ihn sein konnte, weil er gelogen hatte? Da kam ihm eine Idee.

»Was hältst du davon, wenn wir heute einen Betttag machen und ich mal nicht zur Arbeit gehe?«, fragte er. »Nur wir beide, ein oder zwei Filme, leckeres Essen. So wie früher.«

»Hast du denn heute frei?«, fragte Julia.

»Ich habe so viele Überstunden, da ist das kein Problem«, log Thomas.

Genau genommen befand sich sein Zeitkonto zwei Stunden im Minus, und der Chef würde nicht begeistert sein, wenn er heute freimachte. Er wollte aber um jeden Preis vermeiden, dass Julia mit diesem Apokalypse-Quatsch in Berührung kam. Zumindest nicht unvorbereitet. Wenn am Montag in sieben Tagen tatsächlich die Welt unterging, dann spielten Fehlstunden sowieso keine Rolle mehr. Und falls sich diese Sache bis morgen wieder erledigt hatte, würde er dem Chef alles erklären und die Minusstunden in den nächsten Wochen reinarbeiten. So kurz vor seinem Jubiläum konnten sie ihn nicht hinausschmeißen.

Julia zuckte mit den Schultern.

»Ich habe heute keine Termine, ich wollte eigentlich Bürokram machen. Wegen mir gern. Ich sehe dich ja kaum noch in letzter Zeit.«

Thomas lächelte und überhörte den Unterton. Eine gute Idee zur rechten Zeit.

»Geh doch schon mal hoch, ich komme gleich«, sagte er zu ihr.

Zum Glück war der Fernseher im Schlafzimmer noch nicht mit der Satellitenschüssel auf dem Dach verbunden. Seine Faulheit hatte manchmal eben auch Vorteile. Einen Film auf DVD anzuschauen schadete heute sicher nicht. Im deutlichen Gegensatz dazu stand der Schaden, den eine Nachrichtensendung zweifellos verursachen könnte. Während er ihrem immer noch recht knackigen Hintern nachsah, dankte er Gott – oder wer auch immer für ihn zuständig sein mochte – dafür, dass er mit der Nummer durchgekommen war. Er hatte keine Lust, seine Freundin stundenlang zu beruhigen, während sie ausrastete, schrie, tobte und weinte. Nicht wegen etwas so Sinnlosem. Wenn er es schaffte, das Ganze von ihr fernzuhalten, würden sie einen entspannten Tag verbringen und sicher bedeutend mehr Spaß haben, als wenn sie beide arbeiteten. Mit etwas Glück hätten sie sogar endlich mal wieder Sex.

In der Firma meldete sich niemand. Ungewöhnlich, aber heute war schließlich auch ein ungewöhnlicher Tag. Dann rief er eben später nochmal an. Bis dahin schaltete er den kleinen Knopf an der Basisstation des Telefons auf ›Off‹. Panische Telefonanrufe von Julias Freundinnen oder seinen Eltern standen auch auf der Liste mit Dingen, die er heute nicht gebrauchen konnte. Er nahm sich das halbfertige Sandwich von der Küchenablage und stieg die Treppe empor. Das Lächeln in seinem Gesicht verschleierte die wirren Gedanken, die ihm im Kopf herumkreisten.

Diese verfluchte Türklingel. An alles hatte er gedacht, sich schier den Kopf zerbrochen und dabei die schauspielerische Leistung seines Lebens abgeliefert. Er hatte mit Julia ausgemacht, dass sie ihre Smartphones heute ausschalteten. Hatte heimlich den Router ausgesteckt, die Jalousien geschlossen, angeblich damit sie den Film besser sehen konnten. Alles, um sie vor dem Schrecken zu schützen, der derzeit an jeder Ecke zu lauern schien. Hatte sich um jedes ihrer Bedürfnisse gekümmert, damit sie sich wohlfühlte und nicht zu viel Gedanken an die seltsame Demonstration verschwendete, auf die sie einen kurzen Blick geworfen hatte. Dank der Jalousien bekam sie auch nichts von den Horden mit, die jetzt, am frühen Nachmittag, das Ende der Welt beklagten. Ebenso wenig diejenigen, die es lautstark bezweifelten. Er hatte zwischendurch kurz aus dem Küchenfenster geschaut, um zu sehen, ob sie noch da waren. Mittlerweile liefen da sogar deutlich mehr Menschen herum. Womit hatte er das nur verdient? Es wäre heute bestimmt ein ruhiger Tag im Geschäft geworden. Auch ein richtiger Bett-Tag mit Julia hätte ihm Spaß gemacht, aber so hatte er jede Sekunde Sorge, dass jemand sie auf den Unsinn aufmerksam machen konnte, der sich in der Welt abspielte. Und jetzt diese verfluchte, verdammte, verfickte Türklingel. Er hatte versucht, sie zu ignorieren, sich auf Julia und das Gespräch mit ihr konzentriert. Sie war einfach nicht davon zu überzeugen, dass *Stadtneurotiker* Woody Allens bester Film aller Zeiten war. Sie mochte die neueren Filme lieber. Kunstbanausin. Und auch bei dieser Diskussion war er charmant und ruhig geblieben, ohne sarkastisch und herablassend zu werden. Doch es klingelte erneut und Julia machte Anstalten, aufzustehen.

»Lass mich das ruhig machen«, sagte er. Sein Frust wuchs mit jedem Klingeln. An was musste er denn noch alles denken? Die Stimmen von draußen schienen auch immer lauter zu werden.

Julia zog ihre Stirn in Falten.

»Du bist so komisch heute. Ist was Besonderes? Hast du etwas wiedergutzumachen?«

In Windeseile zog Thomas im Kopf eine Liste mit möglichen Ausreden und Erklärungen in Betracht und überlegte, welche davon am cleversten ihre Wirkung tun würde. Du warst nicht umsonst lange bei den Jusos, sagte er sich. Das muss doch machbar sein. Es klingelte schon wieder. Thomas gab Julia einen innigen Kuss.

»Ich möchte dir einfach einen schönen Tag machen. Ich habe mich in letzter Zeit nicht so großartig benommen.«

Dass das nicht gut funktionieren würde, war ihm schon klar, noch bevor der Satz den Mund verließ. Vielleicht waren seine Fähigkeiten im Debattieren in den letzten zehn Jahren etwas eingerostet. Julia sah ihm irritiert hinterher, als er nach unten ging.

Vor der Tür stand Elsa. Sie trug ein olivgrünes Top und ein quietschbuntes Halstuch zu einem langen ausgefransten Rock und lächelte Thomas mit leicht glasigen Augen an.

»Das Ende der Welt, Thomas. Das Ende der Welt«, sagte sie.

Sie schwankte in alle Himmelsrichtungen. Ihre Schminke war verlaufen. Ob das gezielt aufgetragen war oder ob sie geweint hatte, konnte Thomas nicht sagen. Elsa war in solchen Dingen mehr als seltsam.

»Wo ist denn Julia?«, fragte sie mit leiser Stimme.

Thomas brachte keinen Ton heraus. Elsa stand betrunken oder bekifft oder sonst wie berauscht nachmittags vor ihrer Haustür. Was war das nur für ein Tag. Er verspürte den Wunsch, sich zu zwicken, um endlich aufzuwachen.

»Julia ist …« Er überlegte eine Sekunde. »Also, sie fühlt sich nicht so gut und möchte gerne ihre Ruhe.«

Das Letzte, was er jetzt gebrauchen konnte, war noch mehr Drama-Potential.

Elsa rief halblaut in die Wohnung: »Julchen. Komm mal runter!«

Thomas unterdrückte das Bedürfnis, ihr den Mund zuzuhalten, und legte sich dafür mit gewichtiger Miene den Zeigefinger an den Mund.

»Wir müssen leise sein, sie schläft jetzt.«

»Ach, schlafen kann sie auch, wenn sie tot ist«, sagte Elsa und lachte laut auf, schriller, als es für sie üblich war. »Das kann ja nicht mehr lange dauern.«

»Sie hat jetzt wirklich keine Zeit, Elsa. Komm morgen wieder, oder übermorgen. Oder ruf vorher an«, sagte Thomas.

Mit einem Selbstbewusstsein, das er sich nicht zugetraut hätte, drückte er Elsa langsam, aber bestimmt und ohne sich zu verabschieden die Tür vor der Nase zu. Sie würde ihm nicht seinen Plan kaputt machen. Er würde es von Julia fernhalten. Es ihr selbst sagen und das behutsam. Vielleicht heute noch, oder eben auch morgen. Je nachdem, wie lange er diesem nervlichen Druck standhielt.

Thomas ging zum Sicherungskasten und schaltete die Klingel ebenfalls aus. Jetzt waren sie so weit isoliert, wie es möglich war, mitten in der Stadt. Lange würde er diese Scharade nicht aufrechterhalten können.

Julia lag noch auf dem Bett. Sie schien nicht misstrauisch geworden zu sein.

»Es waren nur die Zeugen Jehovas«, erklärte er auf ihre Nachfrage, dann legte er sich wieder neben sie. Die nächsten zwei Stunden verbrachten sie in angenehmer Ruhe. Sie sahen den Film fertig, spielten ein paar Runden Kniffel, Thomas machte seiner Freundin einen kleinen Snack zum Mittag. Er merkte, wie sehr Julia seine alleinige Aufmerksamkeit genoss. Sie wurden nicht mehr gestört und seine Nerven entspannten sich langsam wieder. Heute waren zu seinen grauen Strähnen sicher schon einige hinzugekommen. Julia schlug vor, gemeinsam zu baden, und Thomas freute sich über die Idee. Auch das hatten sie viel zu lange nicht gemacht. Er musste sich wieder mehr um sie bemühen. Zumindest solange jetzt noch Zeit blieb. Er wischte den Gedanken aus seinen grauen Zellen. So ein Unsinn. Das mit dem Ende der Menschheit war bestimmt nur ein Marketing-Trick, auf den alle Welt hereinfiel. Seine Meinung dazu schwankte im Halbstundentakt. Als er sich umdrehte, um wieder ins Schlafzimmer zu gehen, stand plötzlich Julia direkt vor ihm.

»Wie lange willst du diesen Müll eigentlich noch durchziehen?«, fragte sie.

Ihre Stimme klang verletzt und traurig. Er sah, dass sie Tränen in den Augen hatte.

3 / MANFRED

Manfred hob die kleine Tasse mit dem Goldrand zum Mund und trank einen Schluck. Auch wenn es kein echtes Gold war, diese fein verzierten Tassen machten einfach einen guten Eindruck. Sie saßen auf ihrer überdachten Terrasse mit Blick Richtung Meer. Auch wenn man es von hier aus nicht sah, dafür waren sie einen Tick zu weit weg und die Dünen versperrten die Sicht. Hier frühstückten sie, so oft es das Wetter zuließ. Der starke Kaffee schmeckte, wie er es immer tat, und das war gut. Dieser Morgen war auch so schon bei weitem zu ungewöhnlich für Manfreds Geschmack. Er strich die Tischdecke glatt.

»Bestimmt kommen Meier und dieser Neue heute gar nicht zur Arbeit«, sagte er, »ich kann es mir schon vorstellen. Aber hanebüchene Zeitungsartikel sind kein Grund, der Arbeit fernzubleiben. Da können die was erleben. Die Abmahnungen schicke ich heute noch raus.«

Helga nickte mit ernstem Blick. Die Form der Falten an Mund und Stirn ließ erahnen, dass sie in ihrem Leben häufig ernst geblickt hatte. Die Dauerwelle hingegen war so makellos, wie es Dauerwellen nur sein können.

»Denk an deinen Blutdruck«, ermahnte sie ihren Mann, »warte erstmal ab, ob sie wirklich nicht kommen.«

Manfred sah auf seine Armbanduhr. Noch sieben Minuten, dann wurde es Zeit.

»Und überhaupt, warum sollten ›die‹ das ankündigen?«, echauffierte sich Manfred weiter. »Was hätte Gott davon, vorher Bescheid zu sagen? Oder gleich mehrere Götter, das wäre ja noch schöner. Es gibt keine höheren Mächte oder solchen Firlefanz. Habe ich schon immer gesagt. Und nach dem Tod kommt auch nichts als Verwesung. Kein Gericht. Wie soll das auch funktionieren? Und nach welchen Gesetzen sollen die entscheiden? Nein, die Gerichte sind hier auf Erden zuständig. Was für ein Unfug. Du wirst schon sehen, das wird für Unruhe sorgen.«

Er fuchtelte mit dem Zeigefinger, um seine Worte zusätzlich zu unterstreichen. »Und dabei müssen wir heute das neue Formblatt fertigstellen und haben einen Haufen Anträge zu bearbeiten. Ich sage es dir, Helga. Das wird Probleme geben. Meier ist eh schon im Rückstand und ich weiß jetzt schon, wer das dann wieder ausgleichen muss.«

Er strich sich die wenigen verbliebenen grauen Haare über die Glatze und schob seine Brille wieder auf die Nase. Die Brille hatte große Gläser und ein an einigen Stellen aufgeplatztes Gestell, das vor langer Zeit einmal hellbraun gewesen war. Seine Lesebrille war eine von diesen modernen, mit kleinen randlosen Gläsern, wie sie jetzt viele trugen. Doch die normale Brille hatte er nun schon seit beinahe achtzehn Jahren Tag für Tag auf, die war ihm lieber. Die würde er nicht ersetzen. Weltuntergang. Er schüttelte den Kopf. Noch acht Monate bis zu seiner Pensionierung, er hatte jetzt kein Interesse an solchem Unfug, der Unruhe in seine Abteilung brachte.

»Das ist das Gleiche wie zur Jahrtausendwende mit diesen ganzen Irren«, erklärte Manfred, »oder vor ein paar Jahren mit dem Maya-Kalender, erinnerst du dich noch daran? Ein bisschen Panik, ein paar Leute drehen durch, aber am Ende geht alles seinen gewohnten Gang. Das habe ich damals gesagt und das sage ich heute. Du wirst sehen.« Er stand auf, gab seiner Frau wie jeden Tag einen Kuss auf die Wange und verließ ihr kleines Häuschen. Vielleicht konnten sie am späten Nachmittag, wenn er von der Arbeit kam, ein wenig in der Ostsee baden, das wäre mal wieder schön, dachte er. Manfred stieg in seinen äußerst gut gepflegten grauen *Opel Kadett*, Baujahr 1983, und machte sich wie jeden Arbeitstag seit sechsundvierzig Jahren strikt im Rahmen des Tempolimits auf den Weg ins Amt.

Als er davonfuhr, blickte Helga ihm nach. Sie ließ es sich nicht anmerken, dass sie der Artikel beunruhigt hatte.

4 / JUSTUS

Seit die morgendlichen Zeitungen bei den wenigen Patienten eingetroffen waren, die sich ihre Abonnements hierher liefern ließen, hatte sich die Stimmung auf der onkologischen Station im Klinikum Frankfurt-Westend massiv verändert. Die sonst oft bedrückende vormittägliche Stille unter den Patienten, das geschäftige Treiben der Schwestern, die Patienten, die mit ernstem Gesichtsausdruck von Termin A zu Termin B schlichen oder geschoben wurden – von all dem war nichts mehr zu sehen und zu hören. Wie ein Lauffeuer hatte sich die Nachricht verbreitet. Seltsamerweise, dachte Justus, schien hier, im Gegensatz zu dem, was er heute Morgen im Netz gelesen hatte, keiner anzuzweifeln, dass das Ende der Welt bevorstand. Die meisten der Krebspatienten hatten beim Lesen und Weiterreichen des Artikels lauthals gelacht. Manche, wie der alte Herr Röhrich und sein Zimmernachbar Krenz, so laut und fröhlich, wie sie Justus noch nie gehört hatte. Jetzt saßen beide auf Röhrichs Bett, lasen wieder und wieder den Artikel, quatschten munter miteinander und amüsierten sich köstlich, als Justus eintrat.

»Das freut mich, dass es Ihnen beiden heute so gut geht«, sagte er, um die Aufmerksamkeit auf sich und die Visite zu lenken. Doch Krenz winkte nur ab.

»Ist schon okay, Doc, ich glaube, wir brauchen jetzt keine Visite. Die letzten Tage kann man besser verbringen.«

Dann hatten sie wieder gelacht und ihn in deutlichen Worten gebeten, sich vom Acker zu machen. Ein seltsamer Tag war das. Auch bei Frau Siepenknecht im Dreierzimmer war er, wenngleich deutlich höflicher, hinauskomplimentiert worden. Jetzt saß Justus auf einem Stuhl vor dem verwaisten Schwesternzimmer und sah den Gang auf und ab. Seit den elf Kilometern Morgenlauf hatte er ein unangenehmes Ziehen in der Wade. Er massierte das Bein und dachte nach. Vielleicht versuchte er es später nochmal mit Visite, aber sicher war er nicht. Wenn in der Tat das Ende der Welt nahte, was machte er dann noch hier? Wieso ging er zur Arbeit? Er wusste die Antwort, aber sie war nicht allzu befriedigend. Ihm war schlicht und ergreifend langweilig zuhause.

Sein Haus am Rande von Frankfurt war schön anzusehen und gut gepflegt. Vorzüglich eingerichtet, mit Teak-Holz-Böden und modernen Designer-Möbeln. Voll mit jeder Menge Schnick-Schnack. Sein Weinkeller war mit erlesenen Tropfen bestückt, auch wenn er selten etwas davon trank. Das Wohnzimmer zierte ein Beamer samt Leinwand mit einer gemütlichen Couch davor. Eine gut ausgestattete offene Küche hatte er auch. Das ganze Haus hatte alles, was er sich je für sein Eigenheim gewünscht hatte. Aber wenn er dort war, überkam ihn Langeweile. Wahrscheinlich hatte er sich eingebildet, dass das Haus seiner Träume auch automatisch zum Leben seiner Träume führen würde. Und jetzt? Keine Frau, keine Freundin, keine Kinder, keine Freunde, die ihm nicht mit ihren Erzählungen schon nach kurzer Zeit zu viel wurden. Keine Nachbarn, die ihm sympathisch waren. Seine Eltern lebten nicht mehr. Kurzum: Niemand kam und sah dieses Prachtstück von einem Haus, das er sich da mit seinem Erbe und einem großen Kredit hingestellt hatte. Und noch schlimmer: Er hatte niemanden, mit dem er dort gerne Zeit verbrachte. Die Einsamkeit schlug ihm zuhause oft aufs Gemüt. Abseits der Arbeit hatte er Schwierigkeiten, die Tage herumzubringen. Dank seiner Schlafstörungen zogen sich die Tage ins Endlose. Also konzentrierte er sich auf Sport, wenn er gerade nicht arbeitete. Kein sehr erfüllendes Privatleben. Umso mehr Grund, arbeiten zu gehen. Und entsprechend war er einer der geschäftigsten Ärzte in der Klinik, mit guten Chancen, einmal Oberarzt und später sogar Chefarzt zu werden. Das munkelte man zumindest. Wer wusste schon genau, nach welchen Kriterien da im Einzelfall entschieden wurde. Es hätte in jedem Fall einen guten Klang – Oberarzt, vielleicht schon mit vierunddreißig.

Aber was sollte er mit diesem Tag machen, der eigentlich so gut angefangen hatte. Justus war kurz vor dem Klingeln des Weckers aufgewacht, erholt wie lange nicht mehr. Von Schlafstörungen keine Spur. Er war in sein Sportoutfit geschlüpft und hatte die kühle Brise genossen. Um zwanzig Sekunden an einer neuen Bestzeit vorbei. Das mit der Wade war zu verschmerzen. Wieder zuhause hatte er sich in aller Ruhe rasiert und geduscht, dann sein morgendliches Müsli hergerichtet und sich damit vor die Leinwand gesetzt, um das Frühstücksfernsehen zu gucken. Manchmal waren die Gäste dort ganz interessant. Stattdessen lief ein Beitrag über diese eigenartige Pressemitteilung, die mit Jesus Christus unterzeichnet war und das Ende aller Zeiten verkündete.

Weltweit war sie heute zeitgleich um halb acht mitteleuropäischer Zeit erschienen. Bei *Twitter*, *Instagram*, *Facebook* und diesen neumodischen Diensten genauso wie in allen Morgen- und Abendzeitungen rund um den Globus. Das Internet war voll von Meldungen und Meinungen zu dem Thema. In vielen Großstädten war sie an Hauswände und Litfaßsäulen plakatiert worden, immer in den jeweiligen Sprachen. Das präzise Timing und die Ausmaße der Verbreitung dieser Nachricht innerhalb weniger Minuten, ohne dass vorher etwas darüber bekannt geworden war, genügten vielen schon. Sie glaubten daran, dass es sich dabei keineswegs um eine Ente handelte. Vielmehr hielten es die Leute für eine faire Warnung seitens der Götter, zumindest hatte sich der Nachrichtensprecher so ausgedrückt. Eine Warnung, die sehr unterschiedlich ausgelegt wurde.

Die einen animierte sie dazu, schnell noch Gutes zu tun oder fromm zu werden. Für die anderen war sie ein Weckruf, die letzten Tage auf Erden zu genießen, schlicht alles zu tun, was man schon immer hatte tun wollen. Viele schienen es richtig krachen zu lassen.

Je nach Glaubensrichtung wurde die Nachricht mal mehr, mal weniger begeistert aufgenommen. Viele strenggläubige Christen klammerten sich trotz ihrer guten Chancen auf Himmel und ewiges Leben an ihr irdisches Dasein. Die Kirchen aller Länder füllten sich mit verzweifelten Menschen. Die Sendung zeigte Bilder vom Kölner Dom und interviewte einige verängstigte ältere Leute aus der Warteschlange am Eingang.

»Es darf doch noch nicht vorbei sein«, sagte eine grau-gelockte Frau mit krauser Stirn. Zwei ältere Herren hinter ihr nickten eifrig in die Kamera.

Im Gegensatz dazu hatten sich einige Krawallmacher laut Informationen der *Deutschen Presseagentur* augenblicklich zur Aufgabe gemacht, Zerstörung und Chaos über die Menschheit zu bringen. Im Beitrag sah man vermummte Menschen ein Schaufenster einwerfen. Die Bilder kamen Justus eigenartig vertraut vor. War das Archiv-Material? Nach Angaben des Sprechers war es besonders in Hamburg zu Vandalismus gekommen, doch noch bevor die Polizei eingetroffen war, hatte sich das Problem schon erledigt. Zahlreiche junge Leute hätten »das Tun eigenmächtig gestoppt«, wie es der Sprecher formulierte. Hier wurde ein kurzes Video von einer wilden Schlägerei gezeigt, bei dem Justus sich intuitiv sicher war, dass es wirklich heute aufgenommen worden war.

Auch in vielen Ländern mit überwiegend muslimischer Bevölkerung trieb die Angst vor dem Ende der Welt die Menschen zu den Moscheen und gleichzeitig wurde vielerorts davon berichtet, wie Menschen blind vor Zerstörungswut waren. In Kabul war ein ganzer Supermarkt leergeräumt worden.

Nun wurden Bilder von einer Militärparade abgespielt. In Russland gab es aufgrund von enormer Polizei- und Militärpräsenz nur vereinzelte Demonstrationen.

Die Sendung hatte viel und gleichzeitig kaum etwas zu berichten. Immer wieder wurde die Situation hier und dort erklärt, aber die ausgewählten Länder jenseits von Deutschland kamen Justus willkürlich vor. Allerhand sogenannte Experten wurden befragt und alle hatten natürlich etwas zu sagen, leider keiner etwas von Interesse. Darunter waren Religionsführer, Verschwörungstheoretiker und Wissenschaftler, aber allen fehlte es an ordentlichen Erklärungen für das, woher die Pressemitteilung stammen mochte und ob sie wirklich ernst zu nehmen war.

Während Justus an diesem Morgen seinen verunsicherten Gedanken nachhing, huschten hin und wieder vor ihm Patienten über den Gang. Herr Sachs war die paar Meter zum Nachbarzimmer von Herrn Edgar sogar ohne Rollator gegangen, nur an die Wand gestützt. Ihn hatte Justus vorhin als Ersten gefragt, was ihn und seine Mitpatienten an der Nachricht der nahenden Apokalypse denn bitte so heiter stimmen würde.

»Die mitleidigen Blicke ...«, hatte er geantwortet und gelacht. Auf Justus' fragenden Blick zierte ein Grinsen sein Gesicht und er versuchte, seine Worte etwas verständlicher zu wählen.

»Wissen Sie, Doc, ich kann Sie gut leiden. Sie behandeln mich mit allem, was nötig ist, stellen ein paar Fragen und gehen wieder. Wenn ich etwas wissen will, kriege ich eine ehrliche, direkte Antwort. Sie schauen nicht weg, wenn sie meine abgewrackte Erscheinung sehen, oder sind davon großartig betroffen. Ich bin für sie einfach ein Patient. Sie hoffen, solange es möglich ist, mich am Leben zu erhalten, und werden mir vermutlich keine Träne nachweinen, wenn ich mit den Füßen zuerst Richtung Untergeschoss gefahren werde.«

Justus wollte protestieren, doch der alte Mann mit dem grauen Drei-Tage-Bart ließ ihn nicht zu Wort kommen.

»Meine Kinder, die Enkel und die alten Freunde, die mir noch geblieben sind, besuchen mich nur selten. Wenn ich zuhause bin, etwas öfter, im Krankenhaus mittlerweile so gut wie nie mehr. Schuld daran ist das Mitleid. Sie sehen, dass mein Körper unter der Chemo leidet, sehen die Schmerzen, die sich in mein Gesicht graben, und haben Mitleid. Ganz schreckliches Mitleid. Weil ich nicht mehr so lange zu leben habe wie sie, weil ich so alt und gebrechlich bin, weil es mir damit bestimmt furchtbar gehen muss. Oft geht es mir damit ja auch furchtbar.«

Er pausierte einen Augenblick, trank mit zitternder Hand einen Schluck aus dem Wasserglas am Nachttisch und setzte seinen Monolog dann fort. Justus hatte sich mittlerweile zu ihm und Herrn Edgar aufs Bett gesetzt.

»Aber ich kann dieses widerliche Mitleid nicht mehr ertragen. Sie erzählen mir nicht aus ihrem Leben, weil sie denken, dass das doch gegenüber meinen Problemen total lächerlich ist. Dass mich das bestimmt nicht interessiert und ich wahrscheinlich sowieso nicht mehr ganz richtig im Oberstübchen bin. Manchmal sitzen sie sogar bei mir am Bett und unterhalten sich. Doc, können Sie sich das vorstellen? Besuchen mich und quatschen dann miteinander statt mit mir. Und jetzt bleibt ihnen von ihrem Leben plötzlich auch nicht mehr als mir. Vielleicht haben sie keine Schmerzen, wenn es zu Ende geht, aber sie hatten auch bei Weitem nicht so viel Zeit, sich darauf vorzubereiten, wie ich es schon hatte. Und dieser Gedanke amüsiert mich köstlich, auch wenn es gemein klingen mag. Aber ich bin ja schließlich nicht schuld an ihrem Ende, genauso wenig, wie sie es an meinem gewesen wären. Nur Mitleid habe ich keins.«

Bisher hatte er Herrn Sachs nie so viel am Stück reden hören. Nicht mehr als das Nötigste. Stimmte das? Interessierte er sich nicht für seine Patienten? Sachs schien darüber froh zu sein, aber was war mit den anderen, mit denen, für deren letzte Wochen und Monate das wichtig gewesen wäre? Jetzt würden es sowieso nur noch ein paar Tage sein. Seine innere Stimme bezweifelte die Sache mit dem Ende der Welt nicht. Nur das mit den Gottheiten hatte ihn irritiert. Wieso wurden Atheisten denn bitte einfach irgendwelchen Göttern zugeordnet? War das nicht unfair? Gegen die Regeln? Widersprach das nicht jeden Glaubensgrundsätzen?

Jetzt mischte sich Herr Edgar ins Gespräch ein. »Bei mir sind die Gründe für die gute Laune andere. Ich denke einfach nur, dass jetzt alles egal ist, und das macht mir Mut.« Er musste ein paar Mal Luft holen. Seine Lungen waren schwer angeschlagen. »Es ist schön zu wissen, dass die Schmerzen bald aufhören und alles vorbei ist.«

Justus bedankte sich bei den beiden für ihre Offenheit und ging. Er lief in Gedanken den Flur entlang. Aus einer Tür drangen seltsame Geräusche, die er nicht einordnen konnte. Ein eigenartiges Murmeln. Was ging hier vor?

Es war ein Krankenzimmer, das eigentlich zurzeit leer sein sollte. Nicht mal Betten standen darin. Vorsichtig öffnete er die Tür und stieß auf eine kleine Runde aus Ärzten und Schwestern. Ob es eine Feier war? Zumindest wurde getrunken. Getrunken und über Belanglosigkeiten geredet. Einer der beiden Fernseher für die Patienten lief. Eine Seifenoper, auf deren belanglose Handlung niemand achtete, bis sie jäh unterbrochen wurde…

»Ich darf Sie begrüßen zu einem weiteren exklusiven Beitrag zum drohenden Weltuntergang. Mein Name ist Carmen Wegener und ich befinde mich hier in den Straßen Berlins, genauer gesagt auf dem Alexanderplatz.«

Die Frau machte eine dramatische Pause. Zwar war der Fernsehturm nicht direkt zu sehen, aber hinter der Frau mit ihrem Mikrofon drängten sich Menschenmassen entlang, viele schienen bunte

Kostüme zu tragen. Die großen Transparente waren leider im Fernsehen nicht zu lesen.

»International hat die Meldung vom nahenden Ende der Welt zahlreiche emotionale Reaktionen ausgelöst. Politiker aller Nationen gaben seit Bekanntwerden der Meldung Kommentare ab. Bundeskanzlerin Angela Merkel sprach von einer bestürzenden Nachricht für die Welt und warnte davor, nun vorschnell zu urteilen. Sie könne noch keine genauere Einschätzung abgeben, warnte jedoch vor den wirtschaftlichen Krisen, die durch diese Nachricht ausgelöst werden könnten. Der russische Präsident Wladimir Putin erklärte, die Mitteilung sei nicht ernst zu nehmen. Er sei davon überzeugt, dass es sich um eine Verschwörung handeln müsse.«

Ein eingeblendetes Video zeigte Putin bei einer Pressekonferenz mit ernstem Gesichtsausdruck. Er gestikulierte ungewohnt aufgebracht in Richtung der wartenden Pressevertreter. »Er würde die entsprechenden Konsequenzen ziehen. Die Ernsthaftigkeit, mit der die Vereinten Nationen dieses Thema behandelten, sei würdelos. Zahlreiche Politiker aller Nationen und Glaubensrichtungen wandten sich in ihren Ansprachen direkt an Gott und baten um Gnade.«

In schnellen Schnitten zeigte die Sendung Männer in verschiedensten Roben, mit Kippa, Gebetskappe und einen mit einem roten Käppchen von der Art, wie es der Papst immer in weiß trug. Wie hießen die Dinger noch? Justus konnte sich beim besten Willen nicht erinnern. Eine Gruppe Frauen mit Kopftüchern wurde eingeblendet, wohl als Ausgleich für den Männerüberschuss. Nun zeigte das Bild wieder die berühmte Carmen Wegener.

»Viele sprachen ihre Hoffnung auf ein Leben nach dem Tod aus.

Die Reaktionen in der Bevölkerung fallen sehr unterschiedlich aus. Weltweit sind viele Millionen Menschen auf die Straße gegangen, um ihren Gefühlen und Gedanken zu der von der Meldung prophezeiten Apokalypse freien Lauf zu lassen. In zahlreichen Großstädten kam es zu spontanen Kundgebungen, Protestmärschen und Feierlichkeiten.« Sie deutete vielsagend hinter sich. »Zu Tausenden strömen die Menschen überall in die Kirchen und Glaubensstätten. Vielerorts sind erste Versorgungsprobleme in Lebensmittelmärkten und Tankstellen abzusehen, da heute nur wenige Menschen ihrer Arbeit nachgehen. Hier in Berlin ist der Autoverkehr vollkommen zum Erliegen gekommen, auch der öffentliche Nahverkehr ist drastisch reduziert. Vertreter der Polizei sprechen bisher von ungefähr einer Million Menschen auf der Straße, es werden immer mehr. In mehreren Fällen wurde von Plünderungen und gewaltsamen Übergriffen berichtet, doch noch hält die Polizei die Lage ruhig. Wie lange das so bleiben wird? Wir wissen es nicht. Insgesamt verhält sich entgegen vielfach geäußerter Erwartungen die Öffentlichkeit bisher relativ friedlich angesichts dieser Nachricht von der drohenden Apokalypse. Die Börse hat mit einer Talfahrt auf die Nachricht reagiert. Sowohl DAX als auch Dow Jones brachen in den Morgenstunden deutlich ein, es ist zu befürchten, dass sich dieser Trend über den Tag weiter fortsetzen wird. Wir halten Sie selbstverständlich weiter auf dem Laufenden. Gegen 16 Uhr wollen die Vereinten Nationen eine große Pressekonferenz zur Lage der Welt abhalten, wir werden live berichten. Das war Carmen Wegener aus Berlin. Ich gebe zurück ins Studio.«

Der Bildschirm wurde kurz schwarz. Dann sprang die Seifenoper wieder an. Für einen Moment war es vollkommen still im Raum. Alle hatten gebannt auf den Fernseher geschaut, während die Sondersendung gelaufen war. Dr. Justus Dona saß inmitten der Runde, die eben noch recht unterhaltsam gewesen war. Bis zum plötzlichen Beginn der Sondersendung war die Stimmung ernst, aber nicht ohne Hoffnung gewesen. Nicht so fern vom Normalbetrieb der Krebsstation. Jetzt herrschte Totenstille. Schwester Mandy, die neben ihm auf dem Boden saß, weinte. Eigentlich hieß sie anders, aber mit ihrem Ossi-Akzent und ihrer ganzen Art, war sie für ihn die Verkörperung einer Mandy, wie sie im Buche stand. Er musste nur darauf achten, sie nie so anzusprechen. Sonst hatte er sie immer belächelt, jetzt tat sie ihm leid. Verzweiflung sprach aus ihrem Blick. Ein Schatten lag auf den Gemütern. »Was machen wir hier?«, fragte jemand hinter ihm, wahrscheinlich Dr. Toba. »Sollten wir nicht den Leuten helfen?«

Gemurmelte Zustimmung. Schuldbewusstsein schwebte im Raum.

»Wir müssen uns vergewissern, ob hier auf der Station jemand unsere Hilfe braucht«, sagte Justus nachdenklich, »und wenn nicht, dann auf den anderen Stationen sehen, ob wir helfen können.«

Er schämte sich dafür, dass er während der Arbeitszeit getrunken und seine Pflichten vernachlässigt hatte. Jetzt stand er auf und ging mit hängenden Schultern und ohne sich noch einmal umzusehen aus dem Raum.

Die Station wirkte wie ausgestorben. Er lief ruhig von Zimmer zu Zimmer, doch überall waren die Betten entweder verschwunden oder sie standen verlassen da. Die Bettdecken waren aufgeschlagen, doch auch die Bäder und der Aufenthaltsraum waren leer. Er konnte es sich nicht erklären. So lange waren sie doch nicht außer Reichweite gewesen, wie konnte es dazu kommen, dass die ganze Station wie geräumt aussah? Er machte sich auf den Weg zur Lungenstation, um dort nachzusehen. Justus verfluchte sich. Vielleicht war das Krankenhaus evakuiert worden, und sie hatten davon nichts mitbekommen. Und wenn nicht, konnte er auf einer der anderen Stationen seine Hilfe anbieten. Etwas musste er doch tun können. Als er durch die Stahltür trat, die in den weiträumigen Mittelteil des Gebäudes führte, von wo aus die anderen Stationen zu erreichen waren, blieb er mit offenem Mund stehen. Hier waren massenweise

Patienten versammelt. Manche lagen in ihren Betten, andere hatten ihren rollbaren Tropf mitgenommen und sich bei Mitpatienten ans Fußende gesetzt oder standen sogar und wippten zu der lauten Musik. Wieso lief hier überhaupt Bryan Adams? Normalerweise erklang in diesem breiten Flur ausschließlich beruhigende Meditationsmusik – und das auch nur ganz leise im Hintergrund. Jetzt dröhnte lautstark *Summer of 69*, und die alten Damen und Herren schienen spontan eine Party abzuhalten. Er war sich sicher, wenn er jetzt zur Loge des Pförtners ginge, würde er dort Herrn Röhrich oder Herrn Sachs antreffen, die die Musikauswahl übernommen hatten.

Leise hörte er zwischen der Musik und den Stimmen das Klingeln seines Handys. Es war Dirk, mit dem er jeden Dienstag und Donnerstag Squash spielte. Er hatte heute in der Notaufnahme Schicht. Justus nahm den Anruf entgegen, hörte kurz zu, dann bahnte er sich, so schnell er konnte, seinen Weg durch die Massen an Kranken, die hier fröhlich feierten. Manche hatten Bierflaschen in den Händen. Justus rannte förmlich Richtung Notaufnahme. Er hatte lange genug herumgestanden.

5 / JENNY

»Du wirst hierbleiben!« Der Ton ihrer Mutter ließ keinen Zweifel daran, dass mit ihr nicht zu verhandeln war. Das rote Gesicht und die angespannte Kiefermuskulatur bestätigten den Eindruck. Doch so leicht ließ sich Jenny nicht abspeisen.

»Ich bin alt genug, du hast mir nicht mehr zu sagen, was ich tue.« Sie verkniff sich die Tränen.

»Du bist neunzehn und noch weit davon entfernt, erwachsen zu sein, junge Dame«, entgegnete ihre Mutter, »und solange du hier wohnst, entscheiden Papa und ich. Nicht du. Untergang der Welt. Was für ein Unsinn. Steigere dich da nicht so rein. Und vor allem schieb es nicht als Grund für deine Entscheidungen vor. Morgen gibt es eine neue Zeitung, da stehen wieder andere Dinge drin.«

»Aber…« Jenny versuchte sich an einer Entgegnung, doch ihre Mutter schnitt ihr mit scharfem Ton das Wort ab.

»Jeanette, keine Diskussion. Das ist mein letztes Wort.«

Jenny lief in ihr Zimmer und knallte die Tür hinter sich zu. Sie ließ sich aufs Bett fallen. Jetzt konnte sie die Tränen nicht länger zurückhalten.

Jenny hieß mit bürgerlichem Namen Jeanette Lehmann, reagierte aber stets gereizt darauf, wenn sie irgendjemand einschließlich ihrer Mutter Jeanette nannte. Ihre blonden Haare trug sie, zum starken Missfallen ihrer Eltern, kurz. Sie war schlank. Mager, nach Meinung ihrer Mutter. Ihr Mund war schmal. Dafür kriegte sie immer zu hören, ihre grünen Augen seien so groß, aufmerksam und freundlich. Sie war wie immer ungeschminkt. Weder sich noch ihre Kleidung putzte sie gerne besonders heraus. Ihre Welt war das

Zeichnen, nicht die Frage, welche Röcke sie wann tragen konnte und durfte. Heute hatte sie sich für eine ausgeblichene Jeans und ein schwarzes Top entschieden, auf dem sich ein rotes und ein blaues Lichtschwert kreuzten. Zum Glück musste sie an diesem wundervollen Tag nicht arbeiten. Zumindest vom Streit mit ihrer Mutter abgesehen, war er wundervoll. Sie hätte jetzt keinen Nerv gehabt, in ihrem grünen Dirndl herumzulaufen und mit aufgesetztem Lächeln Bestellungen entgegenzunehmen und am Abend schmerzende Füße zu haben. Auch die flachen Witze der Gäste, die sie baten, die Luft aus dem Glas zu lassen, und ähnliche Kalauer hatten sie schon beim ersten Mal nicht besonders amüsiert. In der Dauerschleife erst recht nicht. Das würde sie nie wieder machen. Nicht nach dem, was sie heute Morgen in der Zeitung gelesen hatte.

In der Liste der Götter, in deren Namen die Pressemitteilung ausgestellt war, war ihr der eine sofort ins Auge gesprungen. Meister Yoda. Auch wenn er dort mit »J« geschrieben wurde, warum auch immer. Es gab ihn also wirklich, und das konnte bedeuten, dass die *Star Wars*-Filme gar kein Science-Fiction waren. Sondern Erzählungen von einer Welt, die sie nur nicht kannten, die außerhalb ihres Sonnensystems, ihrer Galaxie oder wie man das auch immer nannte, lag. Den ganzen Tag gingen Jenny schon die verschiedensten Gedanken durch den Kopf. Sie musste dringend mit jemandem darüber reden. Gleich nach den hitzigen Debatten über der Zeitung heute am Frühstückstisch hatte sie sich in ihr Zimmer an den Computer zurückgezogen und angefangen, nach Gleichgesinnten Ausschau zu halten. Nach Menschen, die auf die gleiche Idee gekommen waren wie sie. Die die Erkenntnis mit ihr teilten.

Es war schwer, den Überblick zu behalten. Das Netz war voll von Spinnern und kruden Verschwörungsthesen, die mit der Pressemitteilung in Zusammenhang standen und alle möglichen Schlüsse daraus zogen. Keine Theorie war so absurd oder weit hergeholt, dass sie nicht jemand gepostet hatte. Ein User aus Hamburg schrieb, dass das alles eine gigantische, inszenierte Fälschung sei, genau wie der 11. September damals. Alles nur vorgespielt vom Großkapital, um die kleinen Leute einzuschüchtern.

Jenny schüttelte den Kopf.

In einem anderen Beitrag von einem User, der laut Profil aus Bitterfeld kam, wurden die Nazis als Verursacher ausgemacht. »Ihr Ziel ist es, Unruhe zu stiften um dann erst im ganzen Land, dann auf der ganzen Welt ihre Ideologie und faschistischen Ideen zu verbreiten«, schrieb politixx42 in einem Beitrag, der ellenlang im selben Geseier weiterging. Auf einer anderen Seite fand Jenny einen hochgelobten Beitrag von einer gewissen Bibi, die sich in Beschreibungen der Geheimgesellschaft der Lanthanoide erging, die schon zur Kaiserzeit alle wichtigen Entscheidungen beeinflusst hätten, selbst die der Freimaurer. Seitdem sei ihnen der Weg zur Weltherrschaft gelungen. Die ganze Geschichte mit dem Weltuntergang sei eine große Ablenkung, um sich durch Aktienleerverkäufe Macht und Geld zu sichern.

Doch Jenny war nicht auf der Suche nach Freaks, da hätte sie auch auf die Arbeit gehen und ihre Kollegen bestaunen können, sie war auf der Suche nach Gläubigen. Nach Menschen, die waren wie sie. Die dachten wie sie. Bei einigen Seiten hatte sie den Eindruck, dass sie hier richtig war, doch da sie weder Spanisch noch besonders gut Englisch konnte, musste sie die Lektüre aufgeben und weitersuchen. Am frühen Nachmittag war sie endlich fündig geworden. Ein ganzes Forum voller *Star Wars*–Fans, die sich über den Namen Yoda in der Pressemitteilung unterhielten und versuchten, daraus Schlussfolgerungen zu ziehen. Jenny überflog die Diskussion und sah, dass sich viele von ihnen verabredet hatten, zu Ehren von Meister Yoda am Sonntag eine große Fan-Versammlung abzuhalten, sie nannten es einen Kongress. »Der größte *Star Wars*–Kongress aller

Zeiten«, schrieb einer von ihnen. Sicherlich auch der letzte. Sie konnte sich mit Gleichgesinnten unterhalten, anderen Fans, die an dieselben Werte glaubten wie sie. Vielleicht wusste sogar jemand noch mehr darüber, wie Yoda als Gottheit so war. Aber die Veranstaltung sollte in Berlin stattfinden. Wie um alles in der Welt konnte Jenny in den nächsten Tagen nach Berlin kommen? Trotz der Einwände ihrer Mutter musste sie einfach hin. Das ließ sie sich nicht verbieten. Zug und Bus waren zu teuer für ihren Geldbeutel und Trampen gefährlich. Das waren fast achthundert Kilometer von Nesselwang aus. Kein leichtes Unterfangen. Sie musste schnell eine Lösung finden, und wenn es das Letzte war, was sie tat. Genau genommen schien es nicht unwahrscheinlich, dass es tatsächlich das Letzte sein würde.

Die Meinung ihrer bornierten Eltern war abzusehen gewesen, als sie ihnen von ihrer Idee erzählt hatte.

»Berlin, das ist viel zu weit weg.«

»Das kannst du dir doch gar nicht leisten.«

»Viel zu teuer!«

»Star was?«

»Du bist viel zu verträumt, so wird aus dir nie was werden.«

»Nimm doch diesen Unfug nicht ernst, der da in der Zeitung steht.«

»Und wenn es doch stimmen würde, sollte man die letzten Tage man mit seinen Lieben verbringen.«

Sie war jetzt neunzehn. Es wurde Zeit zu beweisen, dass sie ihre eigenen Entscheidungen treffen konnte. Jenny packte ein paar Sachen zusammen und stopfte sie in ihren Rucksack.

Der Sitz war nicht bequem und sein roter Stoffbezug ziemlich zerschlissen. Vom Muster konnte sie rein gar nichts mehr erkennen. Aber wenigstens war der Zug angenehm leer. Jenny hatte es geschafft, sich aus dem Haus zu schleichen, ohne ihrer Mutter in die Arme zu laufen. Doch Trampen war in einem Kaff wie Nesselwang zu gefährlich, wenn man dort aufgewachsen war. Es gab zu viele Leute, die Jenny schon seit Kindertagen kannten und ihre Pläne zunichtemachen konnten, bevor sie Berlin auch nur einen Kilometer nähergekommen war. Wenn sie im Ort einen Bekannten traf, würde schon ihr verräterisch voller schwarzer Reiserucksack ausreichen, dass kurz darauf bei ihren Eltern das Telefon klingelte. Mit gerecktem Daumen an der Straße zu stehen, sorgte noch für ungleich mehr Aufmerksamkeit. Jenny hatte das Trinkgeld der letzten Wochen gezählt und war zusammen mit dem Wenigen aus ihrer blauen Schweinchen-Spardose auf nicht einmal siebzig Euro gekommen. Das reichte definitiv nicht für einen Trip nach Berlin samt Essen und Trinken und einer Schlafgelegenheit. Aber das musste es auch nicht. Sie würde einen Weg finden, auch wenn sie noch nicht wusste, wie. Vielleicht konnte sie ja unterwegs Station machen und ein bisschen kellnern – Erfahrung darin hatte sie schließlich genug. Fürs Erste reichte ihr Geld für eine Fahrkarte nach Kempten und zum Glück ließ die Regionalbahn auch nicht allzu lange auf sich warten.

Leider ging ihr Handy seit Wochen nicht mehr und sie hatte sich noch kein neues geleistet. Sie konnte sich also nicht ohne Weiteres während der Fahrt über die nächsten Zugverbindungen informieren, aber es gab ja sicher Durchsagen und ausgehängte Fahrpläne. Gott sei Dank war ihr auf dem Weg zum Bahnhof niemand begegnet und jetzt saß sie hier und sah sich um. Nichts in dem in die Jahre gekommenen Zug ließ auf das schließen, was die Nachrichten seit heute Morgen ohne Pause verkündeten. Die wenigen Menschen, mit denen sie sich den Großraumwagen teilte, unterhielten sich lautstark über alle möglichen Themen, aber nicht über den Weltuntergang. Eine ältere Frau hörte nicht auf, ihrem

Gegenüber von ihren Enkeln zu erzählen und davon, was die alles schon konnten. Ein Mann las Zeitung und brummte vor sich hin. Ein beleibtes Paar redete über seinen letzten Urlaub am Ammersee. Es war schwer, wegzuhören. Von der Geräuschkulisse genervt, fuhr Jenny über die Buchstaben A und C, die jemand in den Sitz vor ihr geritzt hatte. Was für eine Geschichte steckte dahinter? Eher eine Komödie oder ein Drama? Und wo waren A und C wohl jetzt? Wo würde sie selbst in ein paar Tagen sein? Ihre Gedanken wichen erneut vom Kurs ab. Sie wusste nicht so recht, was sie mit sich anfangen sollte. Die Batterie ihres MP3-Players war leer. Vielleicht konnte sie im Kemptener Bahnhof neue kaufen. Von dort aus war Trampen Richtung Berlin sicher kein Problem. Ein Schritt nach dem anderen. Bis Sonntag war noch jede Menge Zeit. Jenny zog ihr großes Notizbuch aus der Tasche und begann zu zeichnen, während der Zug gemächlich vor sich hinfuhr und an jeder zweiten Straßenlaterne zu halten schien. Der Bleistift huschte über das Papier. Jetzt würde sie es nicht mehr schaffen, sich als Malerin einen Namen zu machen, wie sie es sich schon seit Kindertagen vorstellte. Ihre Lehrer, ihre Eltern, alle um sie herum hatten ihr immer wieder Talent bestätigt, aber was half einem Talent in einem so entlegenen Winkel wie dem Allgäu? Sie hatte lange Zeit davon geträumt, an der Universität der Künste in Berlin zu studieren. Leider waren ihre Noten in Mathe, Physik und Chemie viel zu schlecht, als dass sie es bis zum Abi hätte schaffen können. Und so steckte sie seit Monaten fest – in einem Übergangsjob, ohne eine Ahnung, wie sie Menschen auf ihre Bilder und Zeichnungen aufmerksam machen konnte. Ohne jede Perspektive. Die war wohl jetzt nicht mehr nötig, dachte sie und musste schlucken.

Die Bleistiftzeichnung nahm rasch Formen an. Ein Bild von Meister Yoda, der klein, faltig und gebückt auf einen Stock gestützt gen Himmel blickte, hinter ihm ragten Hochhäuser in den Himmel. Gab es ihn tatsächlich? Und wenn ja, würde er so sein wie in den Filmen und Büchern? Im letzten Moment wurde ihr klar, dass der Zug eben in Kempten hielt und kurz davor war, wieder loszufahren.

»Wenn du dich in deine Zeichnungen vertiefst, bist du für den Rest der Welt nicht erreichbar.« Tausende Male hatte ihre Mutter diesen Satz zu ihr gesagt. Sie sah vor ihrem geistigen Auge den tadelnden, verärgerten Blick und die chronische Unzufriedenheit ihrer Mutter und spürte in sich den Wunsch, sie wäre schon weiter von zuhause weg. Sie sprang auf, sammelte hektisch ihre wenigen Sachen zusammen und sprintete los, als die Türen bereits dabei waren, sich zu schließen. Für einen Augenblick war sie sich sicher, dass sie ihren Fuß noch zwischen die Türen kriegen würde. Doch sie rannte nur mit voller Wucht dagegen. Der Zug setzte sich in Bewegung. Ausgerechnet heute endete die Fahrt nicht in Kempten, sondern erst in Lindau. Jenny fluchte, während sie sich wieder aufrichtete und die gerötete Haut an ihren Armen massierte.

Den Rest der Fahrt verbrachte sie in der Nähe der Toiletten in einem Zustand äußerster Anspannung. Sie war noch nie schwarzgefahren. Sie hatte sich nicht mal getraut zu klauen, als alle ihre Freundinnen es mit dreizehn, vierzehn zu ihrem Hobby gemacht hatten. Später hatte sie jedes Mal ein schlechtes Gewissen gehabt, wenn sie abends eine halbe Stunde später nach Hause gekommen war als mit ihren Eltern ausgemacht.

Als sie in Lindau aus dem Zug stieg, hatte sie auf der ganzen Fahrt nicht einen Schaffner zu Gesicht bekommen. Sie war vollkommen erschöpft von der Anspannung und fast versucht, einfach wieder nach Hause zu fahren. Sie hatte das Gefühl, sich eher von ihrem Ziel entfernt zu haben als ihm nähergekommen zu sein. Nun gut, zumindest würde ihr hier definitiv niemand über den Weg laufen, den sie kannte. Sie riss eine Seite aus ihrem Notizbuch heraus, beschriftete sie und stellte sich an die größte Straße, die sie rund um den Hauptbahnhof finden konnte. Es war die einzige Straße, auf der überhaupt Autoverkehr war. Alle anderen bis dahin waren vollkommen überfüllt mit Fußgängern gewesen. Die große Durchgangsstraße wurde an allen Abzweigungen durch Polizisten und Absperrungen von Fußgängern freigehalten. Jenny, die Tramperin, ließen sie aber durch, damit sie sich an den Straßenrand stellen konnte.

Kaum ein Autofahrer schien auf ihr Schild mit der Aufschrift »Berlin« zu achten. Erst nach einer guten Stunde hielt der erste an, ein älterer Herr mit weißen Haaren in einer braunen *Mercedes*-Limousine.

»Kennen Sie den Weg Richtung Wangen?«

Jenny musste ihn mit einem Achselzucken weiterschicken und fühlte sich noch deprimierter. Als sie gerade aufgeben wollte, bremste ein grüner *Audi A4* ein paar Meter vor ihr. Sie rannte zum Seitenfenster, bevor der Fahrer es sich anders überlegen konnte.

»Wir könnten dich ein Stück mitnehmen«, sagte ein junger blonder Mann um die dreißig, der aussah, als käme er gerade vom Surfen. Braungebrannt und mit Hawaii-Hemd und weißer Bermuda-Hose grinste er sie aus dem Fenster heraus an. Neben ihm saß eine Frau, die Jenny auf Mitte zwanzig schätzte. Sie war ebenfalls blond, allerdings war der Ton heller und unnatürlich.

»Wohin fahren Sie denn?«, fragte Jenny.

Die beiden sahen sich kurz amüsiert an, dann sprach die Frau weiter.

»Sag bitte du, sonst komm ich mir vor wie Ende Fünfzig. Wir fahren nach Langenhagen.«

»Wo liegt das?« Der Name klang in ihren Ohren stark nach Mecklenburg-Vorpommern oder irgendwo da oben. Da lag Berlin vielleicht sogar auf dem Weg von hier aus.

»Neben Hannover«, antwortete die Frau.

»Das wäre auf jeden Fall ein Fortschritt. Ich bin Jenny!«

»Ich heiße Daniela und das ist Daniel«, sagte sie mit einem Kopfnicken Richtung Surfer. »Ja, ich weiß, klingt blöd. Wir haben es uns nicht ausgesucht, glaub mir.«

Daniel verdrehte die Augen. Jenny lachte, stieg zu den beiden ins Auto und sie machten sich auf den Weg Richtung Norden.

6 / THOMAS

Thomas sah die Ohrfeige kommen. Vielleicht wäre er noch imstande gewesen auszuweichen oder zumindest ihren Arm zu stoppen. Doch er war zu feige, als dass er sich in diesem schuldbewussten Moment zur Wehr gesetzt hätte.

»Denkst du eigentlich, ich bin vollkommen dämlich?«, fragte Julia.

Sie war wütend, aber ihr verletzter Blick und die Tränen in ihren Augen wogen tausendmal schwerer. Sie hatte ihn schon lange nicht mehr geschlagen. Ihre Hände zitterten vor Zorn.

»Bitte, lass mich doch erklären …«

»Da gibt es nichts zu erklären!«, erwiderte Julia. »Die Menschen draußen auf der Straße, die Transparente, und dann verhältst du dich so komisch. Ganz anders als sonst und völlig unnatürlich. Ich weiß, du denkst, dass ich nicht so klug bin wie du, der tolle Herr Schraubenverkäufer, aber ich bin auch nicht am Rande der geistigen Behinderung. Ich habe längst alles über die Nachricht von Jesus auf meinem Handy nachgelesen. Über das Omen, das er uns gesendet hat. Ich wollte nur noch wissen, wann du es mir endlich sagst. Ob du es mir sagst.«

Die zweite Ohrfeige kam unerwarteter und tat deutlich mehr weh als die erste. Julia traf ihn formvollendet mit der ganzen Hand, diesmal auf die linke Wange.

»Ich wollte doch nur ...«, versuchte Thomas sich zu rechtfertigen, doch Julia war nicht in der Stimmung, ihn anzuhören.

»Es ist mir vollkommen egal, was du wolltest. Was will ich denn mit einem Menschen, der mich in so etwas Wichtigem anlügt? Was will ich die letzten Tage auf Erden mit so jemandem? Ich will, dass du mein Haus verlässt. Und zwar gleich.«

»Aber ... ich ...«

Doch gegen ihre Wut kam er nicht an. Sie schrie nur weiter. Er wusste, dass er sich falsch verhalten hatte, und er bekam seiner Erfahrung nach im Streit mit Julia nicht mal dann Recht, wenn sie es war, die sich etwas hatte zuschulden kommen lassen.

Mit eingezogenem Kopf und traurigem Blick schloss er die Haustür hinter sich. Er hatte alles falsch gemacht, dabei wollte er sie doch nur beschützen. Sie sollte all das, was mit ihren Eltern passiert war, nicht noch einmal durchleben. Er wollte, dass es ihr gut ging. Er tat alles nur aus der Angst und Sorge heraus, dass sie wieder die Fassung verlor, aber jetzt half es nichts mehr. Vielleicht schlief er heute am besten im Hotel und sah morgen nach, ob sie sich wieder ein bisschen beruhigt hatte und geneigt war, ihm zu verzeihen. Vielleicht war es seine letzte Chance.

Ziel- und orientierungslos lief er durch die überfüllten Straßen Frankfurts. So viele Menschen waren sonst nie unterwegs. Eigentlich hätte es ein schöner Tag sein können. Die Sonne schien, aber das hellte seine finstere Stimmung nicht auf. Straßenstände sprossen heute wie Unkraut aus dem Boden. Menschen lachten. Menschen weinten. Manche starrten apathisch vor sich hin. Überall wurden Wein, Bier, Schnaps und mancherorts sogar öffentlich Gras vertickt. Unter den Ladentischen konnte man heute zweifellos noch ganz andere Substanzen bekommen. Die Polizeipräsenz war minimal. Die Vertreter der Staatsmacht schienen mit der Situation überfordert. Heute waren sicher auch längst nicht alle Polizisten zum Dienst erschienen.

Die grölenden, lauten Menschen um ihn herum gingen ihm auf die Nerven und die Schuldgefühle gegenüber Julia lasteten schwer auf seinem Gemüt. Seine Wangen schmerzten. Er stand da, mitten in der Fußgängerzone, und hing seinen Gedanken nach. Vier Punks tanzten um ihn herum Pogo. Gefärbte Haare, beschriftete, zerrissene Jeans und Shirts, Sicherheitsnadeln, Anarchie-Zeichen – das ganze Programm. Alle vier waren ordentlich verpackt in ihre über die Maßen individuelle Einheitskleidung. Einer von ihnen hatte einen stattlichen Irokesenschnitt, bei zweien stand das strubbelige, bunte Haar in alle Richtungen ab und der vierte trug eine Haartolle zur Schau, die sicher Tag für Tag Unmengen Pomade verschlang. Den Song, der laut und übersteuert aus ihren tragbaren Boxen tönte, kannte er nicht, aber er verstand wiederholt etwas von »Bullenstaat« und »Scheiße« im Refrain. Immer wieder rempelten sie ihn an, schubsten ihn herum und lachten lauthals.

Der Impuls kam plötzlich. Hätte Thomas auch nur eine Sekunde nachgedacht, dann hätte er es sich gefallen lassen oder wäre ausgewichen und einfach weitergelaufen. Stattdessen schlug der Frust, der ihm im Bauch rumorte, durch. Dem Punk, der ihm am nächsten war, dem Irokesen, drosch er mit aller Gewalt, die sein Körper aufbringen konnte, die geballte Faust ins Gesicht. Der Punk glotzte ihn zunächst verdutzt an, das Lächeln verschwand, doch er schien keineswegs verletzt zu sein. Dann prasselten von allen Seiten Schläge auf Thomas ein. Während ihm schwarz vor Augen wurde, spürte er noch, wie er zu Boden sackte.

7 / JULIA

Wie ein Blitz durchfuhr Julia der Gedanke, als sie die Meldung im Radio hörte. Gerade brachte der einzige Lokalsender, der noch funktionierte, einen Bericht darüber, wie sich dieser seltsame Tag entwickelte. Chaos, Demos und Verwirrung. Viele der Menschen hatten Angst. Julia saß auf ihrem Bett. Ihre Augen waren rot und verquollen, sie hatte pausenlos geweint, seit sie Thomas vor die Tür gesetzt hatte. Der Mann war eine einzige Enttäuschung für sie gewesen in den letzten Monaten. Es war immer routinierter, immer noch langweiliger zwischen ihnen verlaufen. Sie hatte gespürt, wie er sich von Woche zu Woche, die sie zusammenlebten, weniger Mühe gab. Sich weiter von ihr entfernte. Ihm lag mehr an seinem langweiligen Verkäuferjob als daran, mit ihr die Wochenenden ansprechend zu planen. Oder mal wieder richtig mit ihr in den Urlaub zu fahren. Etwas Spannenderes als eine Pauschalreise auf einem Schiff. Was war das nur für ein Mann, der lieber Kunden beim Kauf von Schrauben und Muttern beriet, als zuhause mit seiner Freundin ins Bett zu gehen? Sie hatte sich all das viel zu lange bieten lassen. Und heute erfuhr er, dass die Welt untergehen würde, und hatte nichts Besseres zu tun, als sie anzulügen und ihr vorzugaukeln, dass er plötzlich doch wieder Interesse an ihr hätte. Als wäre sie ein Kind, dem man die Wahrheit nicht zumuten möchte. Wie ihre Eltern, die ihr fast ein Jahr lang verschwiegen hatten, dass ihre Oma gestorben war. Immer neue Ausreden hatten sie erfunden, bis sich ihr Onkel verplappert hatte. Wie sehr sie Thomas dafür verachtete. Die letzten Stunden ihrer beiden Leben hätten sie so viel besser nutzen können – ans Meer fahren, kuscheln, schreiend durch die Straßen laufen oder sich noch einen letzten Traum verwirklichen. Alles war besser, als angelogen zu werden.

Es war längst überfällig gewesen, ihn rauszuschmeißen. Und mitten in ihren Gedanken darüber und über die Frage, was sie jetzt tun sollte, war dieses Wort aufgetaucht, das der Moderator gesagt hatte. Nottaufen. Klar, getauft war sie schon, andererseits hatte sie der Kirche, der ganzen Welt ihrer Eltern, vor vielen Jahren den Rücken gekehrt. Sie hatte Pfarrer Ott, den sie schließlich schon seit Kindertagen kannte, einen langen Brief geschrieben, um sich zu erklären, und sich darin mit sehr deutlichen Worten von der Kirche distanziert. Wie die um ein paar Jahre verspätete Rebellion eines Teenagers kam ihr das jetzt im Nachhinein vor. Pfarrer Ott war sogar vorbeigekommen in dem Versuch, sein Schäfchen zurück in die Herde zu lotsen. Unten im Wohnzimmer hatte er gesessen, seine buschigen, von weißen Haaren durchzogenen Augenbrauen eng beisammen, wie immer, wenn er verärgert war. Von den Vorzügen der Kirche hatte er gesprochen. Davon, wie viel Gutes die Kirche für die Menschen tat.

»Jetzt mach schon, wir kommen noch zu spät.« Das hatte ihre Mutter früher immer gesagt und Julia vor sich hergeschoben. Das Dirigieren der Tochter zur Kirche war allein Aufgabe der Mutter. Julias Vater stapfte Sonntag für Sonntag mit ernster Miene neben ihnen her. Ab und zu zog er eine Hand aus seinem schwarzen Mantel, um auf die Uhr zu sehen, oder er blickte seine Tochter tadelnd an. Aber er sagte nichts. Bei anderen Themen teilten sie sich die Erziehung, doch wenn es um den Glauben ging, war ausnahmslos Julias Mutter zuständig. Die Ohrfeigen, wenn sie beim Beten nicht ernst genug geblieben war, am Abend überhaupt nicht beten oder nicht mit in die Kirche wollte, konnte Julia in ihrer Erinnerung noch bestens spüren. Sie betastete ihre Wange und wunderte sich für einen Augenblick, dass sie nicht rot war. Ohrfeigen gab es aber immer nur zuhause. Und nicht nur die. Ihr Vater ließ allzu oft seine Wut und seinen Frust mit Prügeln an ihr aus. Im Gottesdienst zischte Julias Mutter ihr dagegen nur aus dem Mundwinkel wütend zu, wenn sie sich nicht benahm. Die Strafen gab es dann erst daheim. Julia konnte nicht finden, dass die Kirche ihr allzu viel Gutes gebracht hatte.

Der Weg war ihr noch bestens vertraut. Die blonden Haare hatte sie nur schnell zu einem Zopf gebunden und war aus dem Haus gehastet. Warum sie die Vorstellung so reizte, neu getauft zu werden, konnte sie nicht erklären. Vielleicht war es einfach die schlichte Angst vor dem Tod, der Hölle oder was auch immer da kommen mochte. Sie wusste, dass es nicht vorgesehen war, den Austritt aus der Kirche auf diese Art rückgängig zu machen. Doch das würde schon gehen. Die St. Matthäus-Kirche war von ihrem Haus aus normalerweise in knapp zehn Minuten Fußmarsch zu erreichen. Heute brauchte sie fast eine halbe Stunde, um sich durch die schwerfälligen Menschenmassen zu quetschen, bis sie endlich vor dem Gotteshaus ankam. Die goldenen Zeiger der riesigen Turmuhr standen im Augenblick auf Viertel vor drei. Erstaunt sah sie, wie voll es in der Kirche war, die Schlange reichte fast bis zur Eisdiele, doch sie wollte unbedingt pünktlich im Gottesdienst sein. Sie drängelte sich an mehreren Pärchen vorbei, stieß den Gehstock einer älteren Frau zur Seite, und schon hatte sie es geschafft. Sie war in der Kirche und ging schnurstracks zu einem freien Platz auf einer der Holzbänke. Früher saßen sie meist in einer der ersten beiden Reihen, diesmal blieb ihr nur Reihe fünf übrig. Das alte Gemäuer war so kalt wie eh und je. Für ein paar Minuten versuchte sie, den Trubel um sich herum und das laute Gemurmel auszublenden. Sie konzentrierte sich auf die bunten Kirchenfenster, die fein gearbeiteten Zeichnungen und Ornamente an der Decke und vorne am Altar. Die Figuren von Christus, dem Erlöser, nicht weit entfernt ein Bildnis der Jungfrau Maria. An der Decke zahlreiche Engel. Die Geschichten, die zu den Zeichnungen gehörten, gingen ihr bruchstückhaft durch den Kopf. An den großen Eingangstüren wurde derweil erbittert um Einlass gekämpft. Die Kirche hatte kein Sicherheitspersonal, das hätte schlichten können. Julia entfuhr ein Seufzen. Sie hatte eine Zeit lang die Vorstellung gehabt, dass sie mit Thomas Kinder in die Welt setzen würde. Sie hatte sich so viel von ihm erhofft, so große Träume gehabt. Aber nach und nach hatte sie den Kinder-Plan unbewusst wieder aufgegeben, wurde ihr jetzt klar. Ihn hintangestellt, wie so viele andere Dinge, die sie sich immer gewünscht hatte. Nur um das Leben mit Thomas zu ermöglichen und für gut zu erklären. Sie würde niemals Kinder haben, soviel stand jetzt fest. Sie wischte sich über die Augen.

Aus einem Seiteneingang kam tatsächlich Pfarrer Ott. Die letzten Jahre lasteten schwer auf seinen Schultern und in seinem Gesicht. Er hatte abgenommen und Julia überlegte, ob er wohl einen leichten Schlaganfall überstanden hatte. Seine Mimik hatte etwas Schlagseite bekommen. Als der Pfarrer sich hinter dem Altar aufstellte und in seinem einschläfernden Singsang zu reden begann, wurde es augenblicklich still in der Kirche. Die Türen waren geschlossen. Wie das zustande gekommen war, war Julia entgangen.

»Liebe Gemeinde, heute sind viele hier, die ich noch nie gesehen habe.« Er fing an, von den Nachrichten zu reden, davon, dass er sicher sei, dass das Jüngste Gericht kurz bevorstünde. Er sehe sich in den Glaubensgrundsätzen der katholischen Kirche und in seinem Wirken durch die Ereignisse des Tages ganz deutlich bestätigt. Einzig die Frage der in der Botschaft erwähnten anderen Gottheiten sei theologisch noch ungeklärt und bedürfe weiterführender Diskussion. Doch auch hier würde sich eine Lösung finden, die dem

Glaubensverständnis seiner Kirche entsprechen werde. Julia tat sich schwer, sich auf die Worte des alten Mannes zu konzentrieren. Jetzt sang er auch noch. Er zitierte Bibelverse und genoss sichtlich, dass die Kirche zum ersten Mal außerhalb von Weihnachten derart voll war. Heute war ein wichtiger Tag für ihn. Als das Wort, auf das sie wartete, endlich fiel, riss es Julia richtiggehend aus ihrer Trance, in die sie die Kälte und die leiernde Intonation des Pfarrers gebracht hatten.

»Nach Anordnung von Papst Franziskus wird es heute und in den nächsten Tagen weltweit in allen katholischen Gottesdiensten Nottaufen geben. Nicht durch Laien, selbstverständlich, aber wenn der Bedarf besteht, dann in großer Zahl. Dies geschieht, um auch denen Zuflucht in unserem Glauben zu gewähren, die sich bisher in Atheismus und Unglauben geflüchtet hatten, die warten wollten, bis es einen Beweis für die Existenz Gottes gebe«, sagte Pfarrer Ott in ernstem, beinahe säuerlichem Ton. Dabei wirkte er fast so ehrfurchtgebietend wie früher auf Julia. Er begann, die Nottaufen durchzuführen, indem er nacheinander jedem der Anwärter, die sich vor ihm zu einer unförmigen Reihe aufstellten, mit Weihwasser ein Kreuz auf die Stirn malte.

»Ich taufe dich im Namen des Vaters und des Sohnes und des Heiligen Geistes«, sagte er dazu Mal um Mal. Julia war trotz ihres eiligen Aufspringens erst auf Rang Nummer Vierzig oder Fünfzig. Was, wenn bis dahin kein Weihwasser mehr im Kelch war? Was, wenn es der Papst sich plötzlich anders überlegte? Oder Pfarrer Ott nicht durchhielt und ihn die Kräfte verließen? Julia versuchte, ihren Platz in der Reihe zu verbessern. Sie erzeugte ein Murren in der Schlange, aber wer wagte es schon, in einer Kirche aufzubegehren, vor allem an einem Tag wie heute. Also schob sich Julia energisch voran, bis nur noch zwei Leute vor ihr waren. Ein Mann mittleren Alters, der die wenigen Stufen dem wartenden Priester entgegen stieg, und ein älterer Herr mit weißen Haaren, der sich auf einen Rollator stützte. Als er einen Augenblick innehielt, legte Julia sanft und ohne dass er es merkte, ihren Fuß auf eine der Rollen, so dass er, als er versuchte weiterzufahren, an der plötzlich auftretenden Hürde stockte. Er versuchte ein paar Mal kurz hintereinander, den Rollator weiterzuschieben, und als das nicht gelang, besah er sich die Räder eingehend. Derweil schob sich Julia bereits mit einem Achselzucken und einem betont genervten Blick zu den anderen in der Schlange an ihm vorbei und nahm ihre Nottaufe mit einem freundlichen Lächeln in Empfang. Pfarrer Ott sah sie einen Augenblick an, dann weiteten sich seine Augen.

»Julia«, sagte er leise, »ich hatte nicht …« Doch Julia erfuhr nie, was er ihr sagen wollte. Sie war schon wieder auf dem Weg nach draußen.

8 / RON

Die Stille im Bus ließ die ersten Minuten ihrer Fahrt so zäh wirken wie die Adventszeit in Kindertagen. Zu einem beliebigen Zeitpunkt zwischen dem Parken des *Mercedes* auf dem Seitenstreifen, dem Einsteigen in den Bus und dem Anfang der gemeinsamen Fahrt hatten sie es versäumt, ein Gespräch zu beginnen, und jetzt währte diese ekelhafte Stille schon viel zu lange.

»Wir müssen bald tanken«, sagte Ron und spürte, wie eigenartig seine Stimme plötzlich klang. So bewusst hatte er seine Stimme noch nie gehört. Hielt er die Hände immer so komisch beim Autofahren? Er konnte sich selbst beim Schlucken zuhören, so unangenehm war die Stille zwischen ihnen. Die Autobahn schien eine einzige dahinschlurfende Automasse zu sein.

»Ich fahre in Göttingen mal kurz raus. Wenn wir nicht bald eine Tankstelle finden, heißt es laufen.«

Hatte seine Stimme schon immer so geklungen? Oder kam das von der durchzechten Nacht? Und warum sagte der Typ nichts? Wie hieß der eigentlich? Er musste ja schließlich einen Namen haben? Karl-Heinz? Er sah aus wie ein Karl-Heinz, mit seinem leichten Schnauzer. Gut, eigentlich war es wohl ein Drei-Tage-Bart, bei dem sich aber die Oberlippe einen klaren Vorsprung erarbeitete. Der Anzug, den er trug, sah auf jeden Fall wirklich teuer aus. Wahrscheinlich ekelte er sich in dem alten, abgewrackten Bus, aber er ließ sich nichts anmerken. Die wenigen Kilometer bis zur Ausfahrt Göttingen schienen eine Ewigkeit zu dauern. Ron fasste sich ein Herz.

»Ich heiße übrigens Ron. Und du?«

Oder wäre es eigentlich angebracht, den Mann zu siezen? Der kleine weiße Zeiger der Tankanzeige hatte den roten Bereich mittlerweile fast komplett geschafft.

»Achim«, antwortete der Mann im Anzug. Das lappte hier ja fast in Konversation. Ron hatte mittlerweile so lange nicht mehr geschlafen, dass die Müdigkeit von einer seltsamen, leicht unscharfen Wachheit ersetzt wurde. Er zündete sich, ohne groß auf Achim zu achten, seine Tüte von vorhin wieder an und die ersten Züge halfen ihm, sich zu entspannen. In Göttingen leuchtete ihm zum Glück schon kurz nach dem Ortseingangsschild eine Tankstelle rot entgegen. Er reichte den Joint hinüber zu Achim.

»Auch mal?«

Achim lachte lauthals auf, es klang mehr wie ein Gackern als ein richtiges Lachen. Er durchsuchte mit routinierten Handbewegungen die Innentaschen seines Jacketts. Dann hielt er Ron einen Ausweis vor die Nase, der ihn den alten Ausspruch, dass einem das Blut in den Adern gefror, zum ersten Mal so richtig verstehen ließ.

»Ich bin Kriminalkommissar beim BKA in Wiesbaden.« Achim wischte sich Lachtränen aus den Augenwinkeln. »Also wohl eher nicht.«

Ron saß stocksteif da. Unsicher, wie er jetzt reagieren sollte. Kalter Schweiß stand auf seiner Stirn.

»Und was passiert jetzt?«, fragte er Achim.

Der zog die Schultern hoch.

»Na, nichts passiert jetzt. Die halbe Menschheit steht Kopf, weil aller Wahrscheinlichkeit nach demnächst die Welt untergeht. Da werde ich sicher nicht wegen ein bisschen Gras rumstressen. Außerdem will ich nach Hause zu meiner Frau und es ist verdammt nett von dir, dass du mich mitnimmst.«

Ron bedankte sich überschwänglich, dann stieg er aus, um das Auto zu betanken. Er stand bereits einige Sekunden mit dem

Zapfhahn in der Tanköffnung da und drückte geistesabwesend den Hebel durch, bevor er merkte, dass sich nichts tat. Nicht das übliche Vibrieren des vorbeischießenden Diesels, keine Geräusche der Tankanlage. Etwas stimmte hier nicht. Nach kurzem Suchen fand er einen Zettel, der von innen an die Eingangstür des Kassenraums geheftet war: »Bis auf Weiteres geschlossen.« Blöde Sache. Hoffentlich galt das nicht für alle Tankstellen hier in der Gegend. Erfahrungsgemäß würde er mit dem Tank des *T3* nicht mehr allzu weit kommen. Er nahm wieder im Bus Platz und erklärte Achim die Lage. Als er den Zündschlüssel drehte, tat sich nicht viel mehr als eben an der Zapfsäule. Er hörte zwar den Anlasser, aber es passierte nichts von Bedeutung. Seine Stimmung, die der Tag heute schon mehrfach strapaziert hatte, sank weiter.

»Du verdammtes Scheißteil!«, schrie er seinen Bus an und schlug aufs Armaturenbrett. »Verdammtes, blödes, elendes Scheißteil!«

Er fluchte noch ein paar Minuten weiter, während Achim ihm amüsiert zuguckte.

Als er sich wieder beruhigt hatte, sah er Achim entschuldigend an.

»Ich habe lange nicht geschlafen, entschuldige den Ausbruch.«

»Kein Problem«, winkte Achim ab. »Wir sind wohl mit den letzten Tropfen noch hierhergekommen, sehe ich das richtig? Okay, in Göttingen wird sich ja wohl Benzin auftreiben lassen. Hast du einen Kanister?«

Sie stiegen aus, nahmen den Kanister aus dem Fach unter der Matratze und machten sich auf den Weg, Göttingen zu erkunden. So schwer konnte es ja nicht sein, hier ein bisschen Diesel herzubekommen.

9 / JUSTUS

Sein nächster Patient wartete in Untersuchungszimmer 3 auf seine Abschlussuntersuchung. Justus hatte vor ungefähr einer Stunde gesehen, wie er hereingebracht worden war. Ein recht unauffälliger Mann, vielleicht um die 1,80 mit ein paar Kilo zu viel auf den Rippen, aber nicht so viel, dass die Sanitäter hätten wirklich hart arbeiten müssen. Von Jeans und Schuhen bis hin zur Jacke war er blutüberströmt und anscheinend bewusstlos gewesen. Die Sanitäter konnten bei ihm keine schweren Verletzungen feststellen, die es nötig gemacht hätten, ihn zu operieren, also hatte er keine Priorität. Laut Akte hatte Dr. Adam, ein Kollege von Justus, die Wunden in seinem Gesicht genäht, sicher eilig, wie alles, was sie heute taten, und ihn dann wieder sich selbst überlassen. Es war eine Schande, dass der Mann nicht gründlicher untersucht und in ein Zimmer aufgenommen wurde, so lädiert wie er war, aber schon den ganzen Tag waren sie vollkommen überlastet. Zimmer vergaben sie nur noch, wenn es gar nicht anders ging. Selbst mit der Hilfe von mehreren zusätzlichen Ärzten und Schwestern, die sich zu ihnen gesellt hatten, weil auf vielen Stationen heute kein Bedarf an regulärer Betreuung zu bestehen schien oder weil sie nach ihren Schichten hier weiterarbeiteten, war die Notaufnahme permanent kurz vor dem Platzen. Um ihn herum herrschte geschäftiges Treiben. Überall standen Betten auf dem Gang mit Patienten, die nur liegend auf ihre Konsultation warten konnten oder bereits behandelt waren, aber noch nicht stabil genug, um wieder zu gehen. Es war nur schwer durchzukommen. Das gesamte Personal arbeitete auf Hochtouren. Unzählige Menschen waren bei den Demonstrationen und Menschenansammlungen heute verletzt worden, es hatte schon mittags massive Kneipenschlägereien, Paniken und sogar Schlägereien in Kirchen gegeben. Hatte jemand zuvor schon mal von einer Schlägerei in einer Kirche gehört? Zum Glück waren die meisten Sanitäter zum Dienst erschienen. Die Bürger Frankfurts schienen noch so viel Ehrfurcht vor Sirenen zu haben, dass sie den durchpreschenden Krankenwagen jedes Mal aufs Neue Platz auf den Straßen gewährten, den sich normale Pkws heute nicht erarbeiten konnten. Soweit Justus gehört hatte, war nur noch die Stadtautobahn für Verkehr frei, die gesamte Innenstadt war blockiert. Es wurde empfohlen, das Auto stehen zu lassen. Die Polizei hatte nicht schnell genug reagiert, um Straßen freizuhalten, und nun war es bei Weitem zu spät. Es war zu befürchten, dass der Strom an Verletzten nicht so schnell abebben würde. Hoffentlich blieben die Sanitäter, die Krankenschwestern und seine Kollegen dran. Die Aussicht, die letzten Tage auf Erden mit Schwerstarbeit zu verbringen, stimmte die wenigsten von ihnen froh. Fast alle hier waren vom schieren Ausmaß dessen, wie sich diese Pressemitteilung verbreitet hatte, überzeugt worden, dass sie echt sein musste. Und die Tatsache, dass so viele überzeugt waren, überzeugte auch noch den Rest. Gleichzeitig schienen sich fast alle im Krankenhaus darüber im Klaren zu sein, dass etwas getan werden musste, um die Zustände in der Stadt annehmbar zu erhalten. Es war ihre Aufgabe, dafür zu sorgen, dass die medizinische Versorgung ausreichend blieb.

Justus betrat das Untersuchungszimmer, nahm sich die Akte des Patienten und reichte ihm die Hand. Die Akte wies ihn als Thomas Schulter aus. Mittlerweile war der Mann gewaschen worden, das Blut war verschwunden. Wenn man ehrlich war, war angesichts der Lage heute zu vermuten, dass er eher einen Lappen bekommen und sich selbst gewaschen hatte. In jedem Fall trug er die weiße

Krankenhauskleidung, die sie für solche Fälle parat hatten, und sah deutlich besser aus als noch vor einer Stunde. Dennoch war offensichtlich, dass er übel zugerichtet worden war. Frische Narben und blaue Flecken zogen sich über sein Gesicht. Justus war sich sicher, dass er am restlichen Körper noch jede Menge davon finden würde. Das eine Auge ging nicht mehr ganz auf, und auch sonst schien es Herrn Schulter elend zu gehen. Justus überflog kurz die wichtigsten Punkte in der Akte, dann wandte er sich dem Mann zu.

»Sie waren bewusstlos, als Sie hier eingeliefert wurden. Mussten Sie sich seither übergeben? Oder vorher?«

Herr Schulter verneinte beides.

»Hier in der Akte steht, dass Sie massive Hämatome am Rücken und den Beinen haben. Leiden Sie sonst noch unter irgendwelchen Beschwerden? Kopfschmerzen?«

»Mir ist schwindlig«, sagte Herr Schulter. Seine Stimme klang schwach. »Kopfschmerzen hatte ich vorhin, jetzt ist es wieder besser. Mir tut alles weh, aber ich denke, das sind die blauen Flecken.«

Justus kontrollierte die Reaktion seiner Pupillen und ließ sich die Hämatome zeigen. Dann sagte er: »Herr Schulter, ich gehe davon aus, dass Sie eine leichte Gehirnerschütterung haben. Eigentlich müssten wir Sie vierundzwanzig Stunden zur Beobachtung hierbehalten, aber dafür fehlt es uns, ehrlich gesagt, leider an Räumlichkeiten. So wie es hier zugeht, sind sie zuhause sicher besser aufgehoben.«

Der Mann brachte ein müdes Lächeln zustande, das Justus nicht einordnen konnte.

»Können Sie sich an alles vor dem Unfall erinnern?«

»Jup.«

»Wie kam es dazu? Sollen wir eine polizeiliche Meldung machen?«

Herr Schulter schüttelte den Kopf und zuckte augenblicklich zusammen, als der Schmerz dadurch offenbar schlimmer wurde.

»Ich habe mich mit ein paar Punks geprügelt. War eine dumme Idee. Kann ich jetzt gehen?«, fragte er mit erschöpfter Stimme.

»Natürlich. Sie sind entlassen. Gönnen Sie sich heute noch ein bisschen Ruhe.«

Als Herr Schulter hinkend den Raum verlassen hatte, saß Justus noch einen Augenblick da und sah ihm gedankenverloren nach. Dann erst bemerkte er das Handy, das der Mann auf dem Nachttisch liegengelassen hatte.

10 / MANFRED

Der Nachmittag begann sich bereits dem Ende zuzuneigen, als Helga die Eingangstür ins Schloss fallen hörte. Der Schweinebraten auf dem Esstisch war schon kalt. Manfred zog seine Schuhe und seine Jacke aus, räumte beides ordentlich auf, küsste seine Frau auf die Wange und setzte sich kopfschüttelnd an den Tisch.

»Du glaubst nicht, was heute los war«, sagte er.

Manfred war verärgert und wollte offensichtlich erzählen, was passiert war. Dennoch wartete er ab, bis sie nachhakte, dann sprudelte es förmlich aus ihm heraus.

»Schon der Weg zum Amt war eine Tortur. Alles verstopft, kaum ein Durchkommen. Überall Betrunkene und viele bestimmt unter Drogen oder solchen Substanzen, so wie die ausgesehen haben. Ich sage es dir, Helga. Und dann komme ich an und niemand war da. Alle neun hätten heute Dienst gehabt – und ich komme zu spät und bin immer noch der Erste im Büro. Bis um elf waren wir nur vier Leute, dann kam dieser Russe und eine halbe Stunde später auch Meier. Natürlich als letzter. Die anderen sind gar nicht erschienen. Unentschuldigtes Fehlen am Arbeitsplatz. Die Abmahnungen gingen heute noch zur Post.«

Mittlerweile war sein Teller leer, ohne dass er beim Essen viel pausiert hätte.

»Die haben nichts erledigt heute. Ständig wurde sich unterhalten, zwei von ihnen sind nach der Mittagspause nicht zurückgekommen. Alles nur wegen der paar Zeilen in der Zeitung.« Er schüttelte den Kopf, empört über diese Ungeheuerlichkeit.

»Und im Fernsehen«, merkte Helga an.

»Was meinst du?« Manfred war verwirrt.

»Das Fernsehen hat auch darüber berichtet. Es gab an vielen Orten Aufstände und Demonstrationen«, antwortete Helga sachlich.

»Aber wir sind schließlich keine Universität, wo nach Belieben ungewaschene Studenten auftauchen oder nicht auftauchen können, wie sie lustig sind.« Manfred wurde lauter. »Wir sind das Straßen- und Grünflächenamt. Bei uns erscheint man pünktlich zur Arbeit, das ist wichtig. Das hat eine Bedeutung, was wir tun.«

Helga nickte nur. Manfred erzählte davon, welche Anträge er heute bearbeitet und abgelehnt hatte. Als sich seine Verärgerung ein Stück weit gelegt hatte, schlug er vor, noch ein wenig ans Meer zu gehen, um auf andere Gedanken zu kommen. Sie nahmen sich jeder ein Handtuch mit und gingen los. Badekleidung benötigten sie nicht, sie badeten immer nackt. An dem Strandübergang, der ihrem Haus am nächsten lag, war das zwar nicht erlaubt, jedoch gab es ein paar Laufminuten weiter ab Übergang 46 einen FKK-Bereich. Am Strand zogen sie wie immer ihre Schuhe aus, Manfred atmete tief durch und Helga sah die Zufriedenheit in seinem Blick. Der Sand hatte noch ein wenig Restwärme vom Tag und so liefen sie schweigend nebeneinander her. Plötzlich blickte Manfred sie irritiert an. »Hörst du das auch?«

Helga konzentrierte sich und tatsächlich, da war ein Geräusch. Es klang fast wie Musik, aber ohne ein richtiges Lied zu sein. Niemand sang oder spielte ein Instrument, das Helga erkannt hätte, nur ein Rhythmus aus seltsamen Geräuschen war zu hören, der, je näher sie kamen, umso mehr in den Ohren dröhnte. Sie bogen um eine Kurve und jetzt konnten sie sehen, woher der Lärm kam. Da hatte sich eine Gruppe junger Leute versammelt. Sie hatten große, schwarze Boxen aufgestellt, tranken und einige tanzten zu dieser Musik. Die meisten hatten Badehosen oder Bikinis an, ein paar auch Jeans. Bei einigen war der Gesichtsausdruck feierlich, viele blickten ernst drein. Helga sah zu ihrem Mann. Er hatte die Hände zu Fäusten geballt und schrie die Meute an: »Das ist kein Textilbereich! Sowas ist hier nicht erlaubt. Macht, dass ihr wegkommt.«

Ein dürrer, junger Mann mit schwarzen, kurzen Haaren machte seine Freunde auf Manfred aufmerksam und rief: »Kommt ruhig her. Die Welt geht in ein paar Tagen unter, da beißen wir euch schon nicht.« Einige lachten kurz auf und tanzten weiter, sonst geschah nichts. Helga sah, wie ihr Mann vor Wut zitterte. Dann drehte er sich um und stapfte in die Richtung, aus der sie gekommen waren. An Schwimmen war heute nicht mehr zu denken. Wortlos liefen sie eine Weile nebeneinander her und entfernten sich von den jungen Leuten. Jetzt war die Stille zwischen ihnen angespannt, mit der Ruhe auf dem Hinweg nicht zu vergleichen. Manfred schüttelte immer wieder den Kopf.

»Gehst du morgen wieder zur Arbeit?«, fragte Helga ihn.

Manfred sah sie nur verständnislos an.

11 / THOMAS

Wieder war er auf der Straße und drängte sich durch die Menschenmassen. Diesmal machte es noch deutlich weniger Spaß. Er war erschöpft und die Gerüche nach Gras, Alkohol und Schweiß widerten ihn an. Jeder Teil seines Körpers tat ihm weh. Der Anblick, den sein Körper im Spiegel des Krankenhausbadezimmers geboten hatte, wäre auch ohne das Blut in der Dusche davor ausreichend gewesen, um ihm den Appetit für die nächsten Tage zu verderben. Er war ein einziger blauer Fleck, durchsetzt von winzigen Flächen weißer Haut. Im Unterkiefer fehlte ihm ein Zahn und der Arzt hatte ihn an drei Stellen im Gesicht genäht. Er sah die mitleidigen Blicke der Menschen um ihn herum und fühlte sich widerlich. Aber diesmal hatte er ein Ziel, eine Idee, wo er hingehen wollte. Weit weg von Julia, weit weg von seiner Heimatstadt.

»Inne Zeitung hab' ich gelesen, dass für Sonntag eine Party geplant ist«, hatte die Frau im Bett hinter ihm ihrer Freundin erzählt, während sie alle auf dem Gang darauf gewartet hatten, dass sie versorgt wurden. »In Berlin.« Sie betonte das, als wäre es ein exklusiver Platz, völlig außerhalb jeder Vorstellungskraft. »Man weiß nicht genau, wer dahintersteckt, aber es kursiert auf ganz vielen Blogs und so. Bei diesem *Facebook* gibt es schon über 200.000 Leute, die da hinwollen, haben die gesagt. Es soll in den Straßen von Berlin die größte Party werden, die es je gegeben hat, stand in den Einladungen. Die Welt mit einer Feier beenden, einem Abschiedsfest.«

Ihre Freundin hatte sich erstaunt gezeigt und die beiden hatten Überlegungen angestellt, wie sie wohl am besten nach Berlin kommen konnten und ob es dort bis zum Wochenende überhaupt noch Übernachtungsmöglichkeiten geben würde. Sie klangen nicht überzeugt vom Weltuntergang, aber durchaus interessiert an dem, was in den kommenden Tagen, ausgelöst durch diese Meldung, noch alles passieren würde. Währenddessen hatte Thomas in seinen eigenen Vorstellungen geschwebt. Von einer gigantischen Party in Berlin, vielleicht ein paar intensiveren Drogenerfahrungen, wenn es auch die letzten sein würden. Einem großen Exzess, wie in seinen Jugendjahren, nur diesmal für die Ewigkeit. Gut, die Exzesse in seiner Jugend waren, bei Licht betrachtet, nicht so unglaublich gewesen, aber bis zu massiver Trunkenheit hatte er es auf Partys schon immer wieder geschafft. Und man sollte ja auch nicht alles glauben, was man in Filmen so über Partys sah. Eine Party zum Untergang der Welt war schon eine sehr reizvolle Idee, noch dazu in einer Stadt wie Berlin, wo keine Sperrstunde dazwischenfunken würde wie früher in Bockenheim.

Und jetzt war er auf dem Weg zum Bahnhof. Auf der Suche nach Zügen, mit denen er schnell und bequem nach Berlin kommen würde. Am Bahnschalter gab es leider keinen, der ihn informieren konnte. Die Jalousie war heruntergelassen, obwohl er noch innerhalb der Öffnungszeiten angekommen war. Die große blaue Anzeigentafel am Hauptbahnhof zeigte nur zwei Züge an. Sonst waren es immer deutlich mehr gewesen, deren Abfahrtszeiten hier nachzulesen waren. Erstaunlich, wie wenig hier am Bahnhof los war. In den Infomonitoren wurde immer wieder die Verkehrssituation auf den Autobahnen gezeigt. Die Straßen der Stadt waren proppenvoll, aber kaum jemand schien sich für die Bahn zu interessieren. Thomas erschrak. Der Zug nach Berlin fuhr schon in drei Minuten. Rennen konnte er nicht, doch er humpelte so schnell er konnte hinunter zu den Gleisen und dann hinauf zum Bahnsteig. Da stand der weiße ICE. Ein Pfiff ertönte und Thomas wusste, dass sich die Türen gleich schließen würden. Er nahm alle Kraft zusammen, legte einen kurzen Sprint bis zum nächstbesten Wagen hin und schaffte es hinein.

Die Tür schloss direkt hinter ihm und er ließ sich erschöpft auf den Boden fallen und blieb dort die erste Viertelstunde der Fahrt einfach liegen. Alles tat ihm weh und selbst seine Lungen brannten von der Anstrengung. Niemand nahm Notiz von ihm. Der Teppichboden war alles andere als bequem. Als er sich etwas erholt hatte, kroch er zu einem freien Platz und kauerte sich darauf zusammen. Wenn er richtig gezählt hatte, teilte er sich den Wagen mit sieben Leuten. Seltsam angesichts der überfüllten Straßen. Einen Großteil der Fahrt verschlief er. Erst kurz vor Berlin kam tatsächlich ein grauhaariger Schaffner vorbei, was ihn hochschrecken ließ. Aber der machte sich nicht die Mühe, Thomas nach einem Ticket zu fragen. Er hatte eine Bierflasche in der Hand. Als er Thomas' Blick bemerkte, hob er nur entschuldigend die Hand.

»Ist meine letzte Fahrt heute. Ab morgen stehen die Züge still, heute ist schon kaum jemand zur Arbeit gekommen. Dafür hatten wir heute einen Tag ganz ohne Verspätungen wegen Personenschäden. Im ganzen Land keinen einzigen. Verblüffend, oder?«

Der alte Mann gab ein humorloses Lachen von sich. Er wirkte sehr müde und Thomas war sich nicht sicher, ob er mit ihm oder nur mit sich selbst sprach. Thomas antwortete ein paar Belanglosigkeiten, der Schaffner nahm einen Schluck von seinem Bier und zog weiter.

Als Thomas zwanzig Minuten später aus dem Bahnhof trat und sich die Berliner Nacht besah, wusste er, dass die Entscheidung, hierherzukommen, richtig gewesen war. Er fühlte sich durch die Fahrt etwas erholt. Der Nachthimmel über ihm war gefüllt mit Feuerwerk, aus allen Himmelsrichtungen ertönte Musik und er hörte aus der Ferne lauten Jubel. So weit weg von zu Hause zu sein, war schön. Vor der Abfahrt hatte er sich in einem kleinen Shop vor dem

Bahnhof noch mit einer provisorischen Hose und Jacke ausstaffiert. Provisorisch, weil sie beides nicht wirklich in seiner Größe vorrätig gehabt hatten. Die ganze Zugfahrt hatte er einen Knopf der Hose offenlassen müssen, damit seine Hüften darin Platz fanden. Aber wenn morgen der Tag begann, würde er sich vernünftige Kleidung kaufen. Jetzt konnte er sich erstmal in Ruhe ein Hotel suchen. Er war zwar von der Fahrt so gut wie ausgeschlafen, aber sich ein paar Stunden flach hinzulegen, würde ihm und seinen blauen Flecken dennoch guttun nach dem langen Sitzen. Vielleicht auch nochmal eine Dusche. Und dann würde er versuchen, Julia zu erreichen, und sie fragen, wie es ihr ging, und vielleicht auch, ob sie nicht herkommen wollte. Oder war das eine dumme Idee?

12 / JENNY

Daniela und Daniel zeigten sich sehr gesprächig. Sie befanden sich auf dem Weg nach Langenhagen, dem Ort, in dem die beiden aufgewachsen waren. Dort wollten sie ein letztes Mal ihre Verwandten besuchen, bevor sie sich auf den Jakobsweg machen würden.

Jenny hatte erstaunt gefragt, was denn bitte der Jakobsweg sei. Sie hatte das Gefühl, das Wort schon mal gehört zu haben, wusste aber den Zusammenhang nicht mehr.

»Es ist der Weg nach Santiago de Compostela in Spanien«, erklärte Daniela mit einem begeisterten Lächeln im Gesicht. »Zum Grab des Apostels Jakobus. Wir waren uns heute Morgen, als wir die Nachricht gehört haben, einig, dass wir es unserem Herrn schuldig sind, diesen Weg einmal in unserer Zeit auf Erden begangen zu haben.«

Nach den Ausführungen, die auf diese Worte folgten, hatte sich Jenny nicht mehr getraut, die Wahrheit darüber zu sagen, warum sie nach Berlin wollte, um nicht der Blasphemie beschuldigt oder sogar des Autos verwiesen zu werden. Daniela sprach viel über Gott, die Kirche und die Hoffnungen, die sie in die kommende Woche steckte. Sie war davon überzeugt, in den Himmel zu kommen, und hatte davon seltsam konkrete Vorstellungen. Jenny erinnerten ihre Erzählungen dabei sehr an die Malereien in den wenigen Kirchen, die sie besucht hatte, wo die Engel immer wie Kinder mit Flügeln aussahen und der Himmel voller bauchiger Wolken, auf denen Leute standen und lagen. Zwar redete auch Daniel darüber, doch er schien Jenny einen Tick weniger euphorisch und tief im Glauben verwurzelt zu sein als Daniela, was ihn ihr deutlich sympathischer machte. Sie fuhren über einsame Landstraßen, weil im Radio immer wieder durchgesagt wurde, wie verstopft die Autobahnen waren. So mussten sie zwar Umwege in Kauf nehmen, aber wenigstens standen sie bisher nicht im Stau. Zwischendurch schlief Jenny zwei Stunden, doch kaum, dass sie ihre Augen aufgeschlagen hatte, nahm Daniela das Gespräch wieder auf.

»Bist du denn getauft?«

Jenny bejahte. Wenn sie sich in Lindau rechtzeitig Batterien gekauft hätte, dann könnte sie jetzt wenigstens Musik hören und vernünftig beschäftigt wirken. Daniel hatte die Augen geschlossen, während Daniela fuhr.

»Und praktizierst du den Glauben?«, bohrte Daniela weiter.

»Nicht besonders«, sagte Jenny nach einer kurzen Pause, in der sie nachdachte, ob lügen nicht die bessere Alternative wäre.

Der Ausdruck auf Danielas Gesicht war kritisch, so viel konnte Jenny im Rückspiegel erkennen, aber sie schien nicht zornig oder sonstwie irrational zu sein. Trotzdem schob Jenny nach: »Also, meine Eltern gehen regelmäßig in die Kirche. Nur ich gehe nicht immer mit.«

Das war wenigstens nur halb gelogen. Ihre Eltern gingen regelmäßig in die Kirche. Allerdings nicht oft. Dafür immer an Weihnachten, Ostern und Pfingsten. Und manchmal ging Jenny eben mit, ungefähr einmal im Jahr und auch dann nur ihrer Mutter zuliebe.

Daniela hakte nicht weiter nach und ersparte damit Jenny die Anstrengung, diese kosmetische Arbeit an der Wahrheit auf die Spitze zu treiben.

»Lass dich von deinem Glauben leiten, dafür muss man keine Gottesdienste besuchen«, sagte Daniela ernst, den Blick auf die von den Scheinwerfern schwach beleuchtete Straße gerichtet. »Ich hoffe, wir schaffen es bis Montag noch nach Santiago, wir dachten, dass die Autobahnen frei sind und wir um diese Uhrzeit von Langenhagen schon wieder aufgebrochen sein würden. Ich vermute, es wird knapp für uns.«

Eine Weile fuhren sie schweigend. Bei der nächsten Tankstelle hielt Daniela an, betankte den Wagen und rüttelte dann Daniel ein paar Mal am Bein.

»Schatz, jetzt musst du mal ein bisschen fahren. Ich bin hundemüde.«

Daniel protestierte halbherzig, doch seine Freundin duldete keinen Widerspruch. Jenny bot ihr an, sich auf der Rückbank ein bisschen auszustrecken, und so setzte sie sich auf den Beifahrersitz und starrte schweigend und verschlafen in die finstere Nacht.

»Bist du von zuhause abgehauen?«, fragte Daniel, nachdem sie ein paar Kilometer zurückgelegt hatten. Er bemerkte ihren erstaunten Blick.

»Ich wollte dich nicht vor Dani fragen, wegen ihrer strengen Moral und so.« Er verdrehte die Augen. »Aber du hattest irgendwie sowas an dir. Allein nach Berlin trampen und so.«

»Meine Eltern verstehen mich einfach nicht«, gab Jenny zu, »ich wollte schon ein paar Mal abhauen und jetzt ...« Sie zuckte mit den Achseln.

»Jetzt war quasi deine letzte Chance?«, fragte Daniel.

»Genau«, sagte Jenny nickend.

»Kann ich verstehen«, sagte Daniel, »ich bin auch mal von zuhause abgehauen. Mit sechzehn, kurz bevor ich ausgezogen bin.«

Er legte seine rechte Hand auf ihr Knie.

»Mach dir keine Sorgen.«

Jenny spürte, wie sie sich versteifte. Was machte diese große, haarige Männerhand da? Und wie sollte sie darauf reagieren? Sein Daumen begann, ihr Bein zu streicheln. Es ekelte Jenny und sie wand sich. Sie wollte nicht aus dem Auto geschmissen werden, aber das hier wollte sie definitiv auch nicht.

»Könntest du bitte damit aufhören? Ich fühle mich damit nicht wohl«, sagte sie und bemühte sich um einen deutlichen Tonfall.

Die Worte kamen ihr nur schwer von den Lippen. Das Auto fühlte sich in diesem Augenblick viel zu klein an, wie eine winzige Gefängniszelle. »Du hast eine Freundin, schon vergessen?«, setzte sie nach. Sie gab sich Mühe, nicht zu laut zu sprechen, um Daniela nicht zu wecken. Wer wusste schon, wie sie auf die Situation reagieren würde?

»Ach, mach dir mal keinen Kopp wegen der.« Daniel zog die Augenbrauen zusammen. »Wenn heute Morgen nicht dieser ganze Mist in den Zeitungen gestanden hätte, hätte ich mich in ein paar Wochen von ihr getrennt.«

Das klang so gar nicht nach der Euphorie, die das Pärchen vorhin ausgestrahlt hatte. Sie spürte, wie seine Hand jetzt begann, ihren Arm statt ihr Knie zu streicheln und dabei wie zufällig ihre Brust berührte.

»Ey!« Sie schlug ihm instinktiv auf die Hand. Er legte beide Hände aufs Lenkrad und konzentrierte sich ohne ein weiteres Wort aufs Fahren. Es dauerte ein paar Minuten, bis ihr auffiel, wie schnell er jetzt fuhr. Es fiel ihr auf, weil die Qualität der Straße, auf der sie unterwegs waren, nachließ, und die Bodenwellen und Schlaglöcher sich hart bemerkbar machten. Der Tacho zeigte fast 150 km/h an.

»Hey Daniel, könntest du ...«, begann Jenny.

Doch sie kam nicht mehr dazu, den Satz zu vollenden. Ein lautes Krachen ließ sie alle drei aufschrecken. Jetzt gab das Auto beim Fahren komische, laut pochende Geräusche von sich. Daniel fuhr rechts ran.

»Was ist denn jetzt passiert?«, schrie Daniela von hinten.

»Ich weiß es nicht.« Daniel sprach leise und blickte wütend auf seine Knie. »Klingt, als wäre etwas kaputtgegangen.«

»Na toll.« Daniela seufzte. »Warum bist du denn so schnell gefahren?«

»Wollte endlich ankommen.« Daniel wirkte jetzt wie ein eingeschnapptes kleines Kind, das beim Spielen aus Versehen die teure Stereo-Anlage kaputt gemacht hatte.

»Wo sind wir denn hier überhaupt? Kennen wir hier wen?«, fragte Daniela.

»Kurz hinter Würzburg«, antwortete Daniel.

»So eine Scheiße.« Daniela strich sich die Haare glatt und stieg aus. Sie schien zu wissen, was zu tun war.

13 / JULIA

Der Eintritt in den Tempel wurde ihr verwehrt. Der finster dreinblickende, breitschultrige Mann hatte ihr in aller Kürze einige Fragen gestellt und dann beschlossen, sie nicht hineinzulassen. Davon hatte Julia auch noch nie gehört: Ein Türsteher vor einer Kirche. War ein buddhistischer Tempel überhaupt eine Kirche, oder war der Begriff Kirche für die Christen reserviert? Egal. Julia war wütend. In der Synagoge war ihr kurz Einlass gewährt worden und in zwei Moscheen ebenfalls. Woher sollte sie denn wissen, welcher Gott am passendsten für sie war, wenn sie sich nicht die Gotteshäuser ansehen durfte? Eine Frechheit war das. Sie wusste nicht, was sie jetzt tun sollte. Aber es nützte nichts, mit dem Mann zu verhandeln, der befragte schon die Nächsten, die um Einlass in den Tempel baten. Was nun? Sie wusste, dass es in der Herzoginnenstraße einen Ashram gab. Wenn sie es richtig in Erinnerung hatte, dann hingen diese Dinger mit dem Hindu-Glauben zusammen. Wie konnte sie sich bei all den Göttern und Glaubensrichtungen nur entscheiden? Es blieb so wenig Zeit.

Sie war gerade auf dem Weg zu diesem Ashram, als ihr Handy seine vertraute Robbie Williams–Melodie von sich gab. Was fiel Thomas denn jetzt ein, sie anzurufen? Sie drückte ihn weg und stopfte das Handy zurück in die Tasche. Sie wollte es nicht ausschalten, um erreichbar zu bleiben, falls sich Elsa oder Lisa-Marie bei ihr meldeten. Die treulosen Tomaten. Keine von beiden hatte heute von sich hören lassen. Wahrscheinlich waren beide völlig mit sich selbst beschäftigt. Was Thomas wohl wollte? Bestimmt würde er angekrochen kommen, sich entschuldigen und tausend Begründungen anführen, warum er sie von der Tatsache, dass das Ende der Welt nahte, hatte fernhalten wollen. Und warum das genau richtig war, wie er das gemacht hatte. Erklärungen hatte Thomas immer für alles, was er tat. Entschuldigungen auch. Aber das machte es nicht besser, dass er sie belogen hatte. Während sie unsicher die Straßen auf und ab lief, steigerte sie sich immer mehr in ihre Wut. Sie musste sich jetzt zusammenreißen und sich auf die Suche nach dem Ashram begeben. In der Herzoginnenstraße war er nicht gewesen, aber irgendwo hier in der Gegend musste er doch sein. Ihr Handy half ihr auch nicht weiter. Es schien tatsächlich noch Plätze zu geben, die nicht via *Google* zu finden waren.

Der Gedanke war ihr heute im Laufe des Tages gekommen, kurz nachdem sie den Gottesdienst – frisch notgetauft – verlassen hatte, das Weihwasser an ihrer Stirn war noch nicht einmal getrocknet: Diese Entscheidung würde die Ewigkeit beeinflussen. Wer wusste schon, nach welchen Kriterien beim Jüngsten Gericht gewertet wurde. Vielleicht reichte bei den einen schon einmal Falschparken, um in der Hölle zu landen, oder wie auch immer die nichtchristlichen Religionen das mit den Sündern so handhabten. Und bei anderen wurde man in jedem Fall belohnt, solange man keine Morde begangen hatte oder so etwas in der Größenordnung. Was wusste man schon genau über Religionen, mit denen man nicht aufgewachsen war? Panik war in ihr aufgestiegen. Julia gestattete es sich nur ungern, ehrlich mit sich selbst zu sein, doch in diesem Fall gab sie ohne Umschweife zu, wie mangelhaft ihre Allgemeinbildung in Bezug auf Glauben doch war. In der Moschee und der Synagoge war sie freundlich, aber mit Zurückhaltung aufgenommen worden und leider hatte ihr bei ihren Fragen nach Details zu Sünde und Leben nach dem Tod niemand so wirklich detailreich weitergeholfen. Die Gläubigen hatten heute wohl alle genug mit sich selbst zu tun.

Sie gab die Suche nach dem Ashram auf und beschloss, nach Hause zu gehen. Sicherlich war es besser, die Fragen, die sie hatte, bei *Wikipedia* und *Google* zu klären, als hier noch weiter wie eine Irre herumzuwandern und ihre Zweifel zu nähren. Zum vierten oder fünften Mal hörte sie Robbie jetzt »Let me entertain you« singen.

»Thomas, hör auf, mich zu nerven!« Sie hörte ihren eigenen, hysterischen Unterton, nahm sich aber nicht die Zeit, sich zu beruhigen. »Du hast es vergeigt heute Morgen, jetzt brauchst du auch nicht mehr zurückgekrochen kommen wie ein räudiger Köter. Mit Lügnern will ich nichts zu tun haben. Ich will dich nicht mehr sehen.«

Sie war schon dabei, wieder aufzulegen, da hörte sie die Stimme, die so gar nicht nach Thomas klang. Den Anfang verpasste sie. Als sie das Handy wieder an ihr Ohr hielt, hörte sie eine tiefe Männerstimme sprechen.

»Sind Sie die Partnerin von Herrn Schulter? Er hat sein Telefon im Krankenhaus vergessen.«

»Ich bin seine Ex-Freundin«, sagte sie. »Wer sind Sie denn und wo hat er sein Handy liegengelassen? Wie meinen Sie das – im Krankenhaus?«

Julia klappte die Kinnlade ein Stück nach unten, als der Mann, der sich ihr als Dr. Dona vorstellte, erzählte, Thomas habe sich mit Punks geprügelt. Allein, mit mehreren. Derselbe Thomas, der bei jedem Streit, seit sie ihn kannte, den Kürzeren gezogen hatte und jeder Konfrontation aus dem Weg ging, wenn es sich einrichten ließ? Das konnte nicht wahr sein. Etwas stimmte hier nicht.

14 / JUSTUS

Justus lehnte sich mit dem Rücken gegen die Tür. Er spürte, wie stark seine Hände mittlerweile zitterten. Er hatte heute mehr Blut und mehr Wunden gesehen als im ganzen letzten Jahr hier im Krankenhaus, aber das lag ausschließlich an der Station, auf der er arbeitete. Gerade den Chirurgen ging es da völlig anders. Das, was ihm Angst machte, waren die Blicke der Leute und die Gespräche mit ihnen. So vielen war er heute begegnet, die ob des drohenden Endes der Welt völlig neben sich standen. Viele waren so verwirrt, so wütend, dass sie sich oder anderen Schaden zugefügt hatten. Andere hatten Panikattacken vor Verzweiflung. Diese Pressemitteilung hatte auf so vielen unterschiedlichen Wegen ihre Spuren an den Patienten hinterlassen. Angst, Zweifel, Perspektivlosigkeit, Freude, Hoffnung auf ein Leben nach dem Tod.

So vieles davon war in den letzten Stunden auf ihn eingestürmt und gleichzeitig hatte er kaum einen ruhigen Augenblick gefunden, um selbst nachdenken zu können, um eine Position dazu zu finden. Fast alle gingen davon aus, dass die Mitteilung die Wahrheit sagte. Was dachte er, Justus, denn eigentlich darüber? Er hatte schon in den vergangenen Stunden gemerkt, wie sich in ihm Erschöpfung, Unruhe und Angst immer mehr zu einer eigenartigen Gefühlsmischung vereint hatten. Und nirgendwo in Reichweite ein Ort, an den er sich schnell zurückziehen konnte, um ein wenig Kraft zu tanken. Nachdem er eben Frau Hardenberger aus dem Behandlungszimmer geschickt hatte, hatte er deshalb kurzerhand mit seinem Gewicht die Tür blockiert und sich damit eine kurze Verschnaufpause verschafft. Der Türgriff wackelte hin und wieder, aber das störte ihn jetzt nicht. Da stand er also nun an der Tür. Nein, er saß auf dem Boden davor. Wie war er hier herunter gekommen? Justus faltete die Hände und begann leise zu beten. Er hatte keine Übung darin. Sowohl mit seiner religiösen Grundausbildung als auch mit der weiteren Ausübung von Religion war es bei ihm nicht weit her, aber dennoch spürte er jetzt und hier den Drang, zu beten.

Eigentlich hatte er sich selbst immer als Agnostiker betrachtet. In dem Glauben, es könne mehr geben, als der Mensch sich vorstellen kann. Aber eben ohne die Allüren einer Kirche oder den Glauben, es gebe einen Gott, der richtet, vielleicht sogar allwissend ist oder sich auch nur für das interessiert, was die Menschen tun. Ohne all diese Dogmen und Vorschriften und Sicherheiten, die Kirchen versprachen, ohne jede Grundlage. Und doch saß er jetzt auf dem Boden, blockierte die Tür und betete. Er bat um Kraft, um Nerven und darum, dass er es schaffte, in den nächsten Tagen nicht vollkommen durchzudrehen. Ein lautes Klopfen gegen seinen Rücken riss ihn aus seinen Gedanken.

»Dr. Dona, sind Sie da drin?«, rief eine Stimme. Justus konnte nicht einordnen, wer da nach ihm verlangte. Beim Personal herrschte heute eine hohe Fluktuation. Die Leute gingen, wenn sie es nicht mehr aushielten, und viele kamen wieder, wenn sie ein wenig Ruhe gefunden oder nach ihren Angehörigen gesehen hatten. Er selbst war ja eigentlich auch nicht in der Notaufnahme tätig. Er stand auf, klopfte sich kurz den Dreck von seinem weißen Kittel und öffnete die Tür. Eine Weile würde er heute schon noch durchhalten.

15 / JENNY

Daniel und Daniela liefen ums Auto herum, sprachen in gereiztem Ton miteinander und immer wieder versuchten sie, via Handy Leute in der Gegend anzurufen, die sie kannten, doch ohne Erfolg. Jenny saß, immer noch angewidert von Daniel, auf dem Beifahrersitz und hing ihren Gedanken nach. Wie es ihren Eltern jetzt wohl ging? Sie vermisste die beiden sehr, und dennoch war es die richtige Entscheidung gewesen zu gehen. Wenigstens bei dieser letzten Gelegenheit wollte sie mal etwas erleben. Und das war mit ihren Eltern nicht möglich, denen war immer alles zu viel. Sie wollten keine Ausflüge machen, nicht ins Kino, nur abends vor dem Fernseher ihre blöden Krimis gucken. Sie wusste, dass da zumindest bei ihrer Mutter einmal mehr Interesse gewesen war. Sie musste mal so etwas wie Phantasie besessen haben.

Es war ein Samstag im Juli gewesen. Draußen war es regnerisch, was Jenny ganz im Gegensatz zu ihren Eltern freute. Bei gutem Wetter wären sie heute gemeinsam zum Wandern gegangen. Jetzt kümmerte sich ihr Vater im Keller um sein Fahrrad und Jennys Mutter hatte beschlossen, dass sie und ihre Tochter gemeinsam den Dachboden entrümpeln und aufräumen würden. Jenny hatte ein bisschen gemeckert, aber keinen ernsthaften Widerstand geleistet. Der Dachboden war vollkommen aus Holz, vom Boden, der nie ganz sauber wurde, über die schweren Stützbalken im ganzen Raum bis hin zum Dach selbst. Beide Seiten liefen schräg zum First hinauf, so dass man sich bücken musste, um an die Sachen am Rand des Dachbodens zu kommen. Der Platz hier oben war so schlecht genutzt, dass es wirklich Zeit wurde, aufzuräumen. Von ihrem alten Kindersitz und ihrem Fahrrad bis hin zu Skiern, die seit Jahren keiner mehr benötigt hatte, leeren und vollen Umzugskartons und alten, zerfledderten Koffern und Taschen war alles dabei. Die Anweisung ihrer Mutter war gewesen, dass alles, was länger als ein Jahr nicht verwendet worden war, eine Etage tiefer auf einen Stapel sollte, der dann nächste Woche – natürlich ordentlich sortiert – zum Wertstoffhof kommen würde. Sie arbeiteten eine halbe Stunde vollkommen schweigend, bis auf gelegentliche kurze Nachfragen, wenn Jenny sich bei Taschen unsicher war. Dann öffnete Jenny einen Umzugskarton, der unbeschriftet war. Darin waren allerlei zerlesene Bücher, ein paar Videokassetten und Plastikfiguren. Jenny nahm eine davon heraus. Sie zeigte einen Mann mit halblangen, dunkelblonden Haaren. Er trug eine Art beige Jacke, eine etwas dunklere, enge Hose und braune Stiefel. Ein schwarzer Gürtel hielt die Jacke straff zusammen. In der Hand hielt der Mann – ein blaues Schwert? Oder einen Säbel?

»Was ist das, Mama?«, fragte Jenny.

Ihre Mutter kam zu ihr und lächelte, als sie die Figur sah.

»Das ist Luke Skywalker. Aus *Krieg der Sterne*«, antwortete sie.

Sie sah den verständnislosen Blick ihrer Tochter.

»Das ist eine Geschichte über eine angeblich ferne Galaxie, die in Gefahr ist, und über Leute wie ihn hier«, sie zeigte auf die Figur in Jennys Hand, »die die Galaxie retten wollen. Ich habe früher viel darüber gelesen und die Filme ganz oft angeschaut.« Sie zeigte auf die restlichen Sachen in der Kiste. »Ich war fast eine Sammlerin, könnte man sagen. Das hier ist Yoda.«

Sie holte einen grünen Zwerg mit großen spitzen Ohren aus der Umzugskiste. Er sah lustig aus. Jenny hatte ihre Mutter lange nicht mehr so lächeln sehen. Ihre Mutter erzählte ihr Teile der Geschichte in Kurzform, vom Todesstern, dem Imperium und den Rebellen, und es gefiel Jenny. Sie genoss es, etwas über die Jugend ihrer Mutter und überhaupt über sie zu erfahren. Doch nach einer Weile merkte sie, wie die Gedanken ihrer Mutter ins Hier und Jetzt zurückkehrten. Das Leuchten in ihren Augen nahm ab. Dann sagte sie: »Naja, eine alte Geschichte. Was man eben so mag in jungen Jahren. Wir müssen weitermachen, sonst werden wir gar nicht mehr fertig. Den Karton kannst du einfach mit unten zu den Wertstoffen stellen.« Damit stand sie auf und wandte sich ab.

Dieser Tag war jetzt beinahe acht Jahre her. Es hatte Jenny alle Überredungskunst gekostet, die Sachen vor dem Wertstoffhof zu bewahren und den Karton mit in ihr Zimmer nehmen zu dürfen. In den folgenden Wochen hatte sie alle Bücher ihrer Mutter gelesen und bei jeder Gelegenheit, wenn sie mal allein zuhause war, den Videorekorder angeworfen, um die Filme anzusehen. Seitdem war ihr Interesse für *Star Wars* ungebrochen und sie gab immer noch gerne Teile ihres lächerlichen Gehalts für Bücher, Bilder und alles, was sie dazu finden und sich leisten konnte, aus. Selten hatte sie sich ihrer Mutter so nahe gefühlt wie an diesem Samstag. Und jetzt blickte sie durch die Frontscheibe eines fremden Autos in einer Gegend, die sie nicht kannte, und hatte ihre Mutter sicher enttäuscht wie nie zuvor. Sie wusste, sie würde ihre Eltern in ihrem Leben nicht mehr wiedersehen. Dass ihr nur noch eine Woche blieb, bedeutete auch, dass sie niemals einen Freund haben würde. So vieles hatte sie noch nicht erlebt. Tränen liefen Jennys Wangen hinunter und sie unterdrückte ein Schluchzen.

16 / RON

Als Erstes sahen sie, wie ein Stapel Hemden, der bis zur höchsten Stelle seines Fluges noch erstaunlich sortiert und wohlgefaltet aussah, gen Boden stürzte. Die Hemden verteilten sich über den ganzen Garten. Gras und Unkraut wucherten darin, umgeben von einem gelben Meer aus Löwenzahn, jetzt war allerdings eine Menge davon mit Kleidung bedeckt. Ron und Achim blieben gemeinsam am Zaun stehen und warteten gespannt, ob da noch mehr kommen würde. Es kam noch mehr. Hosen, Hemden, Socken – ein wahrer Regen an Kleidung, der sich munter im Garten verteilte. Aus dem Haus waren laute Stimmen zu hören. Nach wenigen Minuten kam ein Mann heraus, einen Gitarrenkoffer in der einen und einen Reise-Rucksack in der anderen Hand. Er trug einen dunklen Nadelstreifenanzug und einen schwarzen Hut. Mühsam machte er sich daran, die verstreuten Kleidungsstücke aufzusammeln, und stopfte sie alle in den Rucksack. Der Anzug schien das Bücken und Aufheben nicht gerade zu erleichtern. Derweil erschien eine Frau oben am Fenster des ersten Stocks, aus dem die Sachen geflogen waren. Sie hatte pinke, kurze Haare. Die Frisur stand ihr gut, dachte Ron, nur mit der Farbe hatte sie es ziemlich übertrieben. Im Fenster war ihr Oberkörper zu sehen, den nur ein schwarzer BH zierte.

»Ich will dich nicht mehr zu Gesicht kriegen«, rief die Frau, »überhaupt nie mehr!«

Der Mann blickte nicht mal auf, er sammelte nur weiter ein Kleidungsstück nach dem anderen ein. Sie gestikulierte noch etwas und schien nach Worten zu ringen, dann schloss sie das Fenster. Als er mit dem Einsammeln fertig war, blickte der Mann auf und wirkte verdutzt, als er die zwei Zuschauer bemerkte. Erst jetzt wurde Ron klar, wie unhöflich es von ihnen war, so gaffend am Gartenzaun zu stehen.

»Kann ich euch helfen?«, fragte der Mann in ruhigem, verständnisvollem Ton. »Sucht ihr eine Tankstelle?«

Im ersten Moment war Ron völlig erstaunt, wie er das erraten hatte. Dann spürte er wieder den Kanister in seiner Hand und verkniff es sich nur knapp, sich mit der flachen Hand auf die Stirn zu schlagen. Wenn du nicht so viel kiffen würdest, hättest du auch nicht so eine lange Leitung, hatte seine Mutter früher oft gesagt. Wahrscheinlich war das nicht völlig aus der Luft gegriffen, spielte aber jetzt auch keine Rolle mehr.

»Ja, wir sind auf dem Weg nach Hannover«, erklärte Achim. Eine seltsame Formulierung für jemanden, der nur unterwegs aufgelesen worden war: »Die Tankstelle da hinten hatte zu. Kennst du dich hier aus?«, fragte Ron.

»Klar, ich wohne hier schon ewig. Ich bringe euch zur Tanke. Ob die offen hat, weiß ich aber auch nicht.« Dann überlegte er einen Moment. »Wenn ich den Sprit zahle, könntet ihr mich dann mit nach Hannover nehmen? Ich muss nach Berlin und das wäre zumindest ein Anfang.«

Er sah Achim an, der wiederum Ron ansah.

»Klar«, sagte der, »es ist genug Platz im Bus. Wir müssen nur schauen, wie wir's mit Schlafen machen.«

Der Mann stellte sich als Jack Rodman vor.

»Echt?« Achim war beeindruckt. »Der Musiker? Ich bin ein großer Fan von deiner Musik, äh, Ihrer Musik, meine ich.«

»Kannst mich ruhig weiter duzen«, sagte Jack und grinste.

Jack schulterte seinen Rucksack, packte sich den Gitarrenkoffer, und sie machten sich auf den Weg.

Er bog ein paar Mal mit ihnen nach rechts und nach links ab, bis sie das grüne Leuchten des Tankstellenschilds über die Häuserdächer hinweg sehen konnten. Achim wirkte wie ein zwölfjähriges Mädchen, das gerade seinem heimlichen Schwarm begegnet war, und stellte Jack eine peinliche Frage nach der anderen.

»Das Solo auf dem letzten Song von *Monophobia*, hast du das selber eingespielt? Das klang fast nach Eddie Van Halen.«

»Hast du mal die Stones getroffen?«

»Was war dein bisher größter Gig?«

»Spielst du lieber in Deutschland oder im Ausland?«

Jack beantwortete jede Frage ausführlich, doch nach der zehnten Frage beschlich Ron das Gefühl, dass er nicht wirklich aufmerksam war, sondern die Antworten auf die am häufigsten gestellten Fragen einfach runterspulen konnte, ohne nachzudenken. Erst als Achim zu der Szene kam, die sie vorhin so voyeuristisch verfolgt hatten, interessierte sich Ron auch wieder für das Gespräch.

»Warum hat die Frau vorhin eigentlich deine ganzen Sachen aus dem Fenster befördert?«

Jack seufzte. »Ach, Niki ist pissig auf mich, weil ich die letzten Tage auf Erden nicht hier bei ihr verbringen wollte.«

Angesichts dessen, wie die Frau gewirkt hatte, schien Ron die Geschichte nicht ganz plausibel, aber er fragte nicht weiter nach. Sie näherten sich der Tankstelle. Ron war erleichtert, dass dort noch reger Betrieb herrschte. Er hatte das Gefühl, jeden Moment vor Müdigkeit umzufallen.

»Wo denn dann?«

»Mein Manager hat mich angerufen. Es soll am Sonntag in Berlin eine große Weltuntergangsparty geben und ich soll da spielen und vielleicht vorher noch ein oder zwei andere Gigs. Ist doch viel cooler als zu Hause zu sitzen und sich vor dem zu fürchten, was da auf uns zukommt. Ich hatte Niki gefragt, ob sie nicht mitkommen möchte. Wir hätten uns vielleicht ein Auto mieten und noch ein bisschen Zeit füreinander haben können, verstehst du?«

Achim nickte nur.

»Aber sie wollte nicht, sie wollte in Göttingen bleiben. Und ich sollte auch bleiben. Den Rest der Story habt ihr ja zum größten Teil miterlebt.«

Es war seltsames Gefühl, dass ein Fremder ihnen so sein Herz ausschüttete. Aber vermutlich lebte man als erfolgreicher Musiker so sehr in der Öffentlichkeit, dass man sowas als völlig normal ansah, überlegte Ron.

»Holt ihr schon mal den Sprit, ich hab noch ganz kurz was zu erledigen. Wir treffen uns gleich wieder hier, ok?«, sagte Jack. Er drückte Achim einfach einen Hunderter in die Hand und verschwand in die Nacht.

Ron füllte den Kanister auf und sie zahlten und versorgten sich in der Tankstelle auch noch mit Getränken und Schokoriegeln für die Fahrt. Viel Auswahl gab es nicht mehr. Auch hier fehlte wohl der Nachschub. Draußen warteten sie fast eine Viertelstunde auf Jack. Achim war richtig aufgeregt, mit einem so berühmten Mann zu reisen. Als Jack wiederkam, sahen sie ihn nur kurz. Er lief ganz entspannt, die Hände in den Taschen seiner Anzughose, und verschwand erstmal noch hinter dem Gebäude. Sicher musste er noch aufs Klo, dachte Ron.

Damit lag er nur fast richtig. Im Vorraum der Toilette wusch sich Jack gründlich die Hände, an denen Blut klebte. Das Blut eines Mannes. Das Messer, das er aus seiner Jackett-Tasche fischte, reinigte er ebenfalls und warf es dann in den versifften Mülleimer neben dem Waschbecken. Dann nahm er aus einer anderen Tasche einen kleinen Umschlag, der eine Tablette enthielt, und schluckte sie hinunter. Er atmete einmal tief durch und gesellte sich wieder zu Ron und Achim.

»Es tut mir leid, Leute, aber ich glaube, ich kann heute nicht weiterfahren«, sagte Ron, als sie den Bus wieder erreicht und fürs Erste betankt hatten. »Ich habe seit zwei Tagen nicht geschlafen und das Gefühl, ich könnte jeden Moment umfallen. Haltet ihr die Verzögerung aus?«

Achim sah ein bisschen betreten drein. Er wollte schnell zu seiner Frau, das war Ron klar, aber wenn er jetzt ohne zu schlafen weiterfuhr, war es wahrscheinlicher, dass sie das Leben nach dem Tod noch vor Montag kennenlernen würden.

»Wieso Verzögerung?«, fragte Jack. »Ich kann doch auch fahren und du schmeißt dich hinten auf die Rückbank oder Matratze, falls du eine hast.«

Ron überlegte kurz. Unter normalen Umständen hätte er das Steuer seines Busses nicht gern abgegeben, aber jetzt? Er würde die Karre eh nicht mehr allzu lange haben können. Ein Tag der letzten Woche war schon vergangen. Er drückte Jack die Schlüssel in die Hand, stieg nach hinten und legte sich auf die Matratze.

»Aber schön niedrigtourig fahren«, rief er noch nach vorne, dann war er auch schon eingeschlafen.

17 / JUSTUS

»Es tut mir so leid, Frau Rosenberger, es tut mir wirklich leid.«

Justus war vollkommen aufgelöst. Die Frau sah ihn böse an, sagte aber nichts, sondern wischte sich nur mit einem Taschentuch den rechten Schuh sauber. Es war keine Absicht gewesen. »Bitte sehen Sie es mir nach.« Seine Schicht dauerte jetzt schon sechsundzwanzig Stunden, davon die letzten fünfzehn ohne vernünftige Pause, mit kaum einem Bissen zu essen und Arbeit, soweit er blicken konnte. Gerade hatte er noch Frau Rosenberger den Blutdruck gemessen, da hatte er gespürt, wie sein Magen plötzlich zu rebellieren begann, und gerade noch Zeit gehabt, in den Mülleimer am Fußende der Arztliege zu zielen. Leider hatte er den Fuß der alten Dame nicht rechtzeitig wahrgenommen, der zu einem guten Teil über dem Mülleimer hing und somit von Justus' Körper mehr Aufmerksamkeit zugedacht bekam als geplant.

Zehn Minuten und unzählige Entschuldigungen später machte sich Justus auf den Weg. Zum Glück kam seine U-Bahn recht schnell. Er nahm Platz, die Türen schlossen sich und die Bahn fuhr los. Sie waren nur eine Station weitergefahren, da blieb die Bahn unerwartet lange im Bahnhof stehen. Justus rieb sich müde und genervt die Schläfen und sah sich um. Da hörte er das Knacken einer Durchsage. »Der öffentliche Nahverkehr im gesamten Stadtgebiet wird aus Personalmangel ab sofort eingestellt.« Die Stimme klang rau und tief. Wie die eines alten Seebären. »Wir bitten um Entschuldigung«, fuhr die Ansage fort. Dann kam nichts mehr. Das Licht in der Bahn flackerte und ging aus. Nun drang nur noch das Licht vom Bahnhof herein. Justus saß im Halbdunkel und atmete laut hörbar tief aus. Dann raffte er sich auf und machte sich auf den mühsamen Fußmarsch nach Hause. Warum besaß er nicht längst ein Auto? Verdammter Umweltschutz. Wenn er gewusst hätte, dass er es in jedem Fall noch erleben würde, wie die Welt unterging, dann hätte er weniger Rücksicht genommen. Verzicht auf Flugreisen, überteuerter Strom und regionales Bio-Gemüse. Was hatte er nicht alles auf sich genommen, um die Natur zu schützen, um seinen Körper zu schützen. Es wäre alles nicht nötig gewesen. Am Montag würde er vergehen und mit ihm auch seine Gesundheit, seine Reputation als Arzt und vor allem die Erde samt Menschheit. Wen interessierten da noch Atommüll und Treibhauseffekt? Sie hätten es krachen lassen sollen, die letzten Jahre, wenn man es nur hätte ahnen können. Vom ständigen Laufen und Stehen taten ihm die Füße höllisch weh und sein Ischias war auch wieder gereizt.

Jetzt, in den frühen Morgenstunden, war nicht mehr ganz so viel los auf den Straßen. Von den Menschenmassen, die sich über Frankfurts Plätze gewalzt hatten, war nichts zu sehen. Ein paar hundert Leute waren noch unterwegs, wenn überhaupt. Mehr als in einer normalen Nacht vermutlich. Aber in einer normalen Nacht läge er jetzt auch schon seit ein paar Stunden zuhause in seinem Bett und würde schlafen. Er wäre mit der U-Bahn nach Hause gefahren und hätte die Innenstadt gar nicht mehr zu Gesicht bekommen.

Dann fiel ihm ein, dass er auch noch für 10 Uhr ausgemacht hatte, sich kurz mit dieser Julia Soundso zu treffen, um ihr das Handy von ihrem Ex zu geben. Tolle Idee, Justus. Wirklich tolle Idee. Wer braucht schon Schlaf, wenn er dafür fremden Leuten Dinge wiedergeben kann, die ihnen genau genommen auch nicht gehören. Unter normalen Umständen hätte er es einfach im Krankenhaus abgegeben und den Mann abholen lassen, aber was war heute schon normal?

Um Punkt zehn betrat Justus das *Café SteJo* am Platz der Einheit. Zu viel Schlaf hatte er es in der Zwischenzeit leider nicht gebracht. Julia hatte den Ort vorgeschlagen, und da er verhältnismäßig nah an seinem Haus lag, hatte Justus schnell zugestimmt. Der rote Mantel, an dem er sie erkennen sollte, war wirklich nicht zu übersehen. Er hing über einem Stuhl, der zum Eingang ausgerichtet war. Justus ging auf die Frau zu, die an dem Tisch dahinter saß und immer wieder ein kleines silbernes Kreuz zwischen ihren Fingern drehte. Sie hatte schulterlanges, gewelltes Haar. Blond, mit einigen wenigen dunklen Strähnen.

»Hallo.« Er streckte ihr die Hand hin. »Sie müssen Julia sein.«

Sie zeigte ihm ein Lächeln mit zwei Reihen makellos weißer Zähne.

»Julia Hofer. Ihr Name ist Dona, wenn ich Sie richtig verstanden habe?«

»Genau. Dr. Justus Dona. Freut mich, Sie kennenzulernen.«

Er setzte sich zu ihr.

»Wir müssen uns die Getränke leider selber von der Bar holen«, sagte Julia, »die Bedienungen sind allesamt nicht zur Arbeit erschienen, nur Carlos, der Chef ist da.«

»Sind Sie öfter hier?«, fragte Justus, um das Gespräch nicht gleich einschlafen zu lassen.

»Fast jeden Tag unter der Woche«, antwortete sie und deutete mit dem Finger nach oben. »Ich arbeite hier im Gebäude. Oder habe gearbeitet.«

Für einen winzigen Augenblick zeichneten sich Sorgenfalten in ihr hübsches Gesicht, die sie jedoch augenblicklich wieder durch ein Lächeln ersetzte. Er mochte ihre kleine spitze Nase und die schmale Kinnpartie. Eine elegante Frau, diese Julia. Unter diesen Umständen und nach der Art zu urteilen, wie sie ihn anguckte, war es doch nicht so schlimm, dass er nur wenig Schlaf abbekommen hatte.

18 / ACHIM

Mittlerweile hatte sich die Nacht über Niedersachsen gelegt und Jack führte sie über kleine Umwege Richtung Hannover.

»Solange ich die Straßen noch kenne, können wir ja noch eine Weile Landstraße fahren. Die Autobahnen sind ziemlich dicht. Kam vorhin in den Nachrichten«, hatte er gesagt.

Achim schwelgte in Gedanken. Er dachte an den Tag, an dem er seine Frau Luisa kennengelernt hatte. Damals hatte es noch so richtige Plattenläden gegeben. Einen solchen Laden, der dazu auch noch gut sortiert war, gab es auch in Hannover. Dort hatte Achim gerade nach der Schule viel Zeit verbracht. Eines Tages, ein paar Wochen, bevor er seine Ausbildung antrat, stöberte er durch die CDs auf der Suche nach Neuheiten. Er wusste nicht mehr, was er damals genau hatte kaufen wollen, wahrscheinlich eine Scheibe von den Ärzten oder *Toten Hosen*, aber das gab seine Erinnerung nicht mehr her. Er wurde auf das Lied aufmerksam, das aus den Boxen rechts und links von der Kasse schallte. Eine tiefe Stimme sang, dazu Gitarrenspiel. Es gefiel ihm besser als alles, was er an Musik kannte.

»Jojo, was ist das für ein Stück?«, rief er quer durch den Laden.

»›Hoist the Sails‹ heißt der Song. Der Sänger heißt Jack Rodman, die Platte ist gerade erst reingekommen.«

Achim fand die Scheibe bei den CDs unter dem Buchstaben R.

»Kannst du mir auch eine geben?«, fragte eine Frauenstimme.

Achim sah auf. Eine junge Frau mit rotgefärbten Haaren stand neben ihm, lächelte ihn an und streckte die Hand aus.

»Eine was?«, fragte Achim abgelenkt. »Ach so, ja, natürlich.«

Er reichte ihr ebenfalls eine CD. Sie ging zur Kasse und bezahlte die CD zusammen mit zwei Alben, deren Cover er nicht erkannte. Achim sah ihr nach. Sie war schon zur Türe hinaus, da nahm er endlich seinen Mut zusammen. Er lief hinterher und fragte sie, ob sie mit ihm einen Kaffee trinken gehen wollte. Sie zögerte einen Augenblick und begutachtete ihn grinsend. Dann nickte sie.

»Ich bin Luisa«, sagte sie. »Und ich glaube, du solltest mal wieder in den Laden gehen und die Scheibe bezahlen, sonst wird Jojo übellaunig.«

Achim bemerkte, dass er die CD von Jack Rodman nach wie vor in Händen hielt, ging peinlich berührt zurück und bezahlte sie. Jojo hatte vollstes Verständnis. Es wurde ein sehr schönes Kaffeetrinken, auf das am nächsten Tag ein noch schönerer gemeinsamer Tag im Freibad folgte. Und von da an waren sie für eine Weile unzertrennlich gewesen.

Sie hatten es nie auf ein Live-Konzert geschafft, besaßen aber alle Alben von Jack Rodman, einen Konzertfilm auf DVD und jeder ein T-Shirt mit dem Artwork des *Crime*-Albums, die Luisa ihnen mal zum Hochzeitstag gekauft hatte.

Achim war wie elektrisiert von seiner Begegnung mit Jack, davon, ihn endlich einmal leibhaftig zu treffen und jetzt sogar mit ihm Auto zu fahren. So viele Fragen schwirrten ihm im Kopf herum. Er kramte in seiner Tasche, um seinen iPod zu finden, damit sie ein bisschen Jacks Musik lauschen konnten, leise genug, um Ron nicht zu stören. Er wollte dessen Großzügigkeit im Umgang mit dem Auto nicht aufs Spiel setzen. Angesichts dessen, wie er mit dem Auto umging und davon redete, musste Ron sein Auto sehr am Herzen liegen. Und jetzt überließ er es den Fahrkünsten von zwei völlig Fremden und legte sich darin auch noch schlafen. Er musste wirklich sehr müde sein. Andererseits waren es seltsame Zeiten. Er selbst hatte sein Auto einfach auf dem Standstreifen der Autobahn stehen lassen und würde es sich wahrscheinlich nicht zurückholen. Er spürte etwas Kaltes an seiner Hand und fuhr im Rucksack mit den Fingern vorsichtig über die Erhebungen des Schlagrings. Das kalte, schwarz lackierte Metall wog schwer. Es war ein Glück, dass er so schnell geliefert worden war. Letzte Woche hatte er ihn bei einem kleinen, anonymen Internetversand bestellt und Montag früh per Post bekommen. Niemand durfte wissen, dass er so etwas besaß. Seinen Vorgesetzten fehlte bei solchen Angelegenheiten jedes Verständnis, auch wenn das vielleicht nun keine Rolle mehr spielte. Es würde seinen Ruf und den seiner Kollegen ruinieren. Aber der Schlagring war perfekt für sein Vorhaben. Einen Augenblick dachte er an seine Frau und ihr hübsches Lachen. Dann streifte seine Hand das vertraute Fell seiner iPod-Hülle und er zog das Gerät vorsichtig aus der Tasche, so dass Jack, selbst wenn er zufällig gerade hersah, den Schlagring nicht zu Gesicht bekam. Er wollte Erklärungen dazu lieber vermeiden.

19 / THOMAS

Thomas blickte aus dem Fenster seines kleinen Hostelzimmers. Nicht weit entfernt führten die Gleise der S-Bahn entlang. Dort stand seit Stunden ein Zug der Ringbahn und bewegte sich kein Stück. Thomas sah hinab zu den Bauchladenverkäufern, die auf den Straßen zu sehen waren und schon am Vormittag Bier und Schnäpse feilboten. Und auf die sich abzeichnende Silhouette der Stadt, von der er so viel gehört und nur so wenig gesehen hatte. Eine Frau am Hauptbahnhof hatte ihm das große Hostel an der Landsberger Allee empfohlen und den Weg hierher erklärt. Ein großer Klotz von einem Gebäude mit blau leuchtender Schrift. Es hatte tatsächlich noch ein freies Zimmer für ihn gegeben. Kaum in Berlin angekommen, war er allerdings auch gleich das erste Mal beklaut worden: Er fand sein Handy nicht mehr. Egal wie oft er seine Taschen durchsuchte, es war einfach nicht mehr da. Auch wenn sich Thomas nicht erinnern konnte, es im Zug benutzt zu haben, im Krankenhaus hatte er es definitiv noch gehabt. Der einzige Vorteil war, dass er Julia nicht mehr ohne Weiteres erreichen konnte, weil er weder ihre Handynummer noch die gemeinsame Festnetznummer auswendig wusste. Er wollte nicht zurückgekrochen kommen, wie er sonst immer zurückgekrochen war, wenn er etwas verbockt hatte. Er spürte einen Funken Stolz in der Brust, über seine Reise hierher, über den Mut, sich gegen die Punks zu wehren. Letzteres war sicher nicht klug gewesen, aber mutig. Diese Prise Mut wollte er nicht schon wieder aufgeben.

Er sah auf den Fernseher, in dem lautlos Nachrichten liefen. Bilder von protestierenden, wütenden und feiernden Menschen in verschiedenen Städten wechselten sich ab. Dann kamen Vermisstenmeldungen. Zuerst erschien die Telefonnummer des Vermissten-Centers, dann das Bild eines älteren, grau melierten Herrn namens Rüdiger Brinck, danach folgte eine junge, blonde Frau mit kurzen Haaren, unter deren Foto in dicken Lettern »Jeannette Lehmann« stand. Beim nächsten Bild, einem Mann mit dunkelgrünem Irokesenschnitt, schaltete Thomas den Fernseher aus.

Nachdenklich starrte er auf den dunklen Bildschirm. Dann griff er zum Telefonhörer und wählte die einzige Nummer, die er immer auswendig wusste.

Seine Mutter freute sich hörbar, seine Stimme zu vernehmen.

»Wie geht es dir? Und Papa?«, fragte er.

Seine Mutter klang entspannt.

»Hier bei uns ist bisher alles ruhig, keine Ausschreitungen oder sowas«, erzählte sie. »Nur Papa regt sich fürchterlich auf. Aber ich mache mir Sorgen um dich, mein Junge. Möchtest du nicht zu uns kommen? Sind doch schwierige Zeiten. Die Söhne von Frau Thielmann von gegenüber sind beide da und die Tochter von Nicole ist ja eh noch so klein. Die armen Kinder, die verstehen ja gar nicht, was gerade mit der Welt passiert. Ich kann es ja selbst kaum glauben. Schön, dass du angerufen hast. Wirklich schön. Du hättest dich ruhig früher melden dürfen. Hättest du wirklich. Ich mache mir solche Sorgen um dich. Man fragt sich ja schon, ob das nicht alles vielleicht wirklich … Der Schäferhund von Herrn Hütter von über uns ist auch schon ganz aufgeregt. Seit gestern bellt der die ganze Zeit. Der merkt bestimmt auch, dass hier was im Busch ist.«

Sie redeten eine Weile, wobei seine Mutter den Großteil des Gesprächs übernahm, dann beendete Thomas ihren Redefluss, verabschiedete sich und legte auf. Zum Glück hatte sie ihn nicht gefragt, wie es ihm ging. Besuchen wollte er sie nicht, nicht in diesen Tagen. Er konnte nicht genau sagen, warum. Er wollte sie nicht anlügen.

Aber sagen, was mit Julia passiert war und woher seine Blessuren stammten, war auch nicht reizvoll. Er hätte sie nach der Festnetznummer fragen können, ging es ihm durch den Kopf. Er machte eine wegwerfende Handbewegung, die zum Glück niemand außer ihm sah.

Was sollte er heute tun? Sightseeing? Das war wahrscheinlich die beste Idee. Das bisschen Geld, das er auf dem Konto hatte, konnte er bequem in den nächsten Tagen ausgeben. Wenn am Montag wider Erwarten doch nicht die Welt untergehen würde, dann hätten sich die Menschen bis dahin mit Sicherheit so weit ins Chaos gestürzt, dass Geld auch keine große Rolle mehr spielte. Außerdem schienen sich ja alle sehr sicher zu sein, dass dieses ganze Ding mit der Apokalypse stimmte.

Er brauchte eine Weile, bis er eine offene Bäckerei gefunden hatte. Nach einem Kaffee und einem Stück Kuchen, das fast ausschließlich aus Zucker bestand, stürzte er sich in die Menschenfluten Berlins. Einer der Straßenhändler verkaufte auch Berlin-Stadtpläne. Da S- und U-Bahnen nicht fuhren, machte er sich mit der Straßenkarte auf den Weg durch den Großstadtdschungel. Die Straßen waren vollkommen überfüllt mit Menschen. Zwischen ihnen fuhren vereinzelt kleine, weiße Lastwagen, auf deren Seite eine blau gezeichnete Robbe prangte. Darauf fuhren DJs und bei manchen sogar ganze Bands mit und unterhielten die Menschenmasse. Davon und von gelegentlich durchpreschenden Polizei- und Krankenwagen abgesehen, war der Verkehr in der Stadt gleich null. Die Straßen waren voller Müll und leerer Flaschen. Unzählige Leute schliefen einfach auf den Gehsteigen. Es sah aus wie am Morgen nach einer langen Party, mit der Besonderheit, dass die Party offensichtlich beständig weiterging. Thomas schwitzte in seinem Hemd, für Juni waren die Temperaturen ungewöhnlich warm. Er sah vereinzelt Frauen in Bikini-Oberteilen und Männer ohne T-Shirt in den tanzenden Massen, aber seinen eigenen, teigigen Oberkörper hätte er nicht zur Schau stellen wollen. Ein lautes Klirren ertönte hinter ihm. Als er sich umdrehte, sah er, wie ein paar junge Männer durchs Fenster in ein Geschäft einstiegen. Es war ein Elektronik-Markt, dessen Name *Medimax* in großen Lettern über dem Eingang prangte. Sollte er die Polizei rufen? Ohne Handy ging das nicht so einfach. Jeden Moment konnten sie wieder herauskommen, mit wer weiß was für teuren Sachen beladen.

»Hey! Hey, was macht ihr da?« Er lief zu dem zerbrochenen Schaufenster und hörte die Scherben unter seinen Schuhen knacken.

»Kommt da raus, ich rufe die Polizei!«

Als er durch den Scherbenkranz in das Geschäft blickte, spürte er einen schweren Schlag auf den Kopf und ging zum zweiten Mal innerhalb von zwei Tagen zu Boden.

Als sich die Welt um Thomas herum wieder manifestierte, war das Erste, was er spürte, starker Kopfschmerz. Mühsam hievte er sich in eine aufrechte Position. Dann knickte er wieder zusammen und übergab sich. Nur langsam wurde das Bild vor seinen Augen scharf. Warum hatte er nicht einfach weitergehen können? Einfach wegschauen und die Klappe halten, wie alle anderen auch. Was hatten ihm sein neuer Mut und die Entschlossenheit der letzten Tage gebracht? Er hatte zweimal Prügel bezogen, seine Freundin hatte sich von ihm getrennt und jetzt stand er mitten in einer Stadt, in der er sich nicht auskannte, die ganze Welt schwankte um ihn herum und ihm war furchtbar schlecht. Neben ihm öffneten und schlossen sich die elektrischen Schiebetüren des Geschäfts. Irgendwer musste wohl den Hauptschalter für den Strom gefunden haben, denn es brannte Licht und immer wieder kamen Leute heraus. Manche trugen zu zweit einen Fernseher, andere Laptops und DVDs. Ein Mann hatte die Arme voll Spielekonsolen. Der ganze Laden war voll mit Plünderern.

Thomas klopfte sich den Staub und Dreck und ein paar Glassplitter von der Hose, dann hielt er inne. Er spürte seine Geldbörse nicht mehr in der hinteren Hosentasche. Bei dem Versuch, vor Wut aufzustampfen, übergab er sich ein weiteres Mal.

20 / JENNY

Es dauerte Stunden, bis Daniel einen Bekannten aus Würzburg erreicht hatte, der sich den Schaden am Auto ansehen konnte. Daniela bestand darauf, dass sie nicht weiterfuhren, bis geklärt worden war, was für ein Schaden durch das Schlagloch entstanden war. Beim Anfahren hatte das Auto so komische Geräusche, dass sie gleich wieder angehalten hatten. Jenny war froh, dass sie nicht einfach weiterfuhren, auch wenn sie jetzt lieber schon in Berlin gewesen wäre. Bei jeder Bewegung hörte man Metall quietschend aneinander reiben und immer wieder ein lautes Knacken. Es machte Jenny nervös. Leider besaß sie kein Handy, sie konnte nicht einmal im Netz surfen oder Musik hören. Und um jetzt zu zeichnen, fehlte ihr schlicht die Ruhe.

»Wann kommt der Idiot endlich?«, fragte Daniela gereizt.

Ihre Laune ließ nichts mehr von der überbordenden Freundlichkeit der letzten Nacht spüren. Sie hielt sich gegenüber Jenny zwar zurück, blaffte aber dafür Daniel im Minutentakt an. Es war deutlich zu erkennen, dass sie ihm und nicht dem Auto die Schuld für den Schaden gab. Als der Mechaniker endlich kam, war es kurz nach zehn. Er umarmte Daniel und Daniela zur Begrüßung, gab Jenny die Hand und verkündete nach ein paar Minuten, in denen er mit einer Taschenlampe unter dem Auto herumkrochen war: »Die eine Feder hinten ist gebrochen und ich glaube, die Achse ist angeknackst. Ich bin mir nicht sicher, was das Geräusch verursacht, aber nach Hannover solltet ihr damit nicht mehr.«

»Langenhagen«, verbesserte ihn Daniela.

»Ist doch völlig egal«, gab der Mechaniker, der sich als Brandmann vorgestellt hatte, zurück. Jenny war unsicher, ob Brandmann der Nachname oder der Spitzname war, machte sich aber nicht die Mühe zu fragen.

Sie diskutierten eine Menge Möglichkeiten. Doch sie konnten weder einen Autoverleih in der Nähe noch den *ADAC* erreichen. »Wisst ihr was?«, sagte Brandmann, als alle nur noch ideenlos und nachdenklich herumstanden. »Ich lasse euch den *Golf* da.«

Daniel sah ihn erstaunt an.

»Ich nehm' die Kiste hier mit in die Werkstatt. Wenn ich langsam fahre, habe ich Hoffnung, dass sie das kurze Stück durchhält, sonst rufe ich wen an, der sie abschleppt. Ich schau, ob ich sie nochmal repariert bekomme, und ihr fahrt derweil mit dem Golf hoch. Wenn ihr wiederkommt, könnt ihr entweder den *A4* wieder mitnehmen und Richtung Spanien düsen, oder ihr behaltet den *Golf*. Ich habe noch zwei andere Schlitten hinten auf dem Hof stehen, die beide fahrtauglich sind, das wird mir ja wohl für die letzten paar Tage reichen.« Er lachte laut und bellend, als hätte er einen großartigen Witz gemacht.

Zehn Minuten später hatten sie alles Werkzeug aus- und alles Gepäck in den *Golf* eingeräumt und sahen dem *Audi A4* hinterher, den Brandmann sehr langsam in die Richtung fuhr, aus der er vorhin gekommen war.

»Jetzt fahr ich wieder«, sagte Daniela, obwohl sie nur kurz geschlafen hatte. Unterstützt von mehreren Bechern Kaffee und nur unterbrochen von kurzen Pinkelpausen und Beinevertreten, fuhr sie den Rest der Fahrt im Alleingang, bis sie kurz vor fünf das Ortsschild Langenhagen passierten. Die ganze Fahrt über hatten sie alle kaum ein Wort gewechselt und Jenny hatte nur unangenehm berührt auf dem Rücksitz gesessen und sich gefragt, warum sie nicht zuhause geblieben war. Bis jetzt machte ihr der Trip nach Berlin längst nicht so viel Spaß wie erhofft. Sie vermisste ihren Vater und seine schlechten Witze. Der *Golf* hielt vor einem weißen Einfamilienhaus. Daniel stieg wortlos aus und ging nach drinnen.

Daniela blickte ihm nach, bis sich die Tür hinter ihm geschlossen hatte, drehte sich dann zu Jenny und sagte: »Ich fahr dich noch schnell zum Bahnhof.«

Es waren nur ein paar Minuten, bevor sie vor einem kleinen Sackbahnhof hielten, um den herum es menschenleer wirkte. Sie stiegen aus, Daniela holte Jennys Rucksack aus dem Kofferraum und half ihr, ihn zu schultern. Jenny wollte sich gerade für die Fahrt bedanken und fragen, was sie ihnen für den Sprit schuldete, da berührte Daniela sie am Arm.

»Danke, dass du ihn auf Abstand gehalten hast.« Ihr Blick war plötzlich traurig und ernst. Sie wischte sich eine Träne weg.

»Du hast das gewusst? Aber ... Ich ...«

Jenny wusste nicht, was sie sagen sollte. Daniela nickte nur ernst und versuchte sich an einem Lächeln.

»Viel Glück dir«, sagte sie zu Jenny. Dann stieg sie ohne ein weiteres Wort ins Auto und verschwand um die nächste Kurve.

Jenny stand verloren, einsam und verwirrt am Bahnhof in Langenhagen. Es sah nicht danach aus, als ob hier noch Züge fahren würden. Das Backsteingebäude war verwittert, Unkraut wucherte aus jeder Ritze des Bodens. Rost zierte die Schilder am Gleis. Auch die Scheiben des Bahnhofs waren entweder eingeworfen oder völlig verdreckt. Wie weit Hannover wohl weg war? Und wie weit war es von da aus nach Berlin?

21 / MANFRED

So sehr er auch suchte, er konnte den Ordner einfach nicht finden. Die Anträge für die Nachnamen *Sa-St* aus dem vergangenen Jahr ließen sich einfach nicht auftreiben. Er überlegte, wo sie noch sein konnten, wenn schon nicht an ihrem angestammten Platz. Doch der Lärm machte strukturiertes, logisches Denken unmöglich. Ein Papierflugzeug rauschte knapp an ihm vorbei. Die von ihm versendeten Mahnungen, die er in kurzen, deutlichen E-Mails auch noch angekündigt hatte, hatten einen Großteil der Kollegen wieder dazu gebracht, in der Arbeit zu erscheinen. Genau genommen war das jedoch schlimmer, als es ihre Abwesenheit gewesen war. Sie benahmen sich wie Kinder auf einer Klassenfahrt, bloß mit weniger Zurückhaltung und mit Zugang zu allen Arten von Alkohol. Traudl veranstaltete schon seit einer Stunde zusammen mit der Blonden aus dem ersten Stock und Herrn Walter Trinkspiele, die immer lauter wurden.

»Ruhe dahinten!«, brüllte Manfred, als sie wieder einmal laut johlend eine weitere Runde kippten. Warum riefen sie immer wieder »Grün«? Er hatte die Regeln, nach denen sie spielten, nicht verstanden, aber der Lärm und die fehlende Arbeitsmoral brachten seinen Blutdruck an die äußersten Grenzen. Er wollte sich auf seinem Platz niederlassen, um den Antrag von Familie Schmidtke noch einmal durchzusehen, da lag er auch schon auf dem Boden. Jemand hatte während seiner Suche nach der Akte die Rückenlehne seines Bürostuhls entfernt. Meier. Bestimmt war es wieder Meier. Der spielte ihm heute schon den ganzen Tag infantile Streiche. Heute Morgen hatte er ihm glatt ein Furzkissen auf den Stuhl gelegt, den Inhalt seines Wasserglases durch Wodka ersetzt und seinem Computer so eingestellt, dass dröhnende Musik startete, wenn man ihn hochfuhr. Manfred war sicher, dass Meier dahintersteckte, auch wenn er ihn nicht auf frischer Tat ertappt hatte. Auch in den umliegenden Büros gab es kaum Kollegen, die ordentlich weiterarbeiteten. Vor einer Stunde hatte er sich kurz mit Bernd und Hartmut unterhalten, wenigstens sie hielten noch die Stellung.

Manfred versuchte, sich wieder auf die Arbeit zu konzentrieren und seine Wut zu bändigen. Er war sich sicher, dass mit dem Antrag auf Sondernutzung öffentlichen Straßengrundes von diesem Schmidtke etwas nicht seine Ordnung hatte, doch er kam einfach nicht drauf. Irgendwo musste doch dieser Ordner zu finden sein. Manfred beschloss, sich einen Tee zur Beruhigung zu machen. Er öffnete die Tür der Kaffeeküche und bereute es noch im selben Augenblick.

22 / HELGA

»Und er steigert sich da in etwas hinein«, sagte Helga betrübt. Das Telefon hatte sie zwischen Wange und Schulter geklemmt. Sie räumte die Teller einzeln aus der Spülmaschine.

»So wütend wie gestern habe ich ihn seit Jahren nicht gesehen. Erinnerst du dich noch an unseren Deutschlehrer in der Dritten? Den Studienrat Möhnke, der immer so einen roten Kopf gekriegt hat? Genau so sah er gestern aus.«

Am anderen Ende der Leitung war Erna, Helgas engste Freundin. Sie telefonierten jede Woche. Helga ließ sich von ihr noch erzählen, was es in Schwerin Neues gab, dann verabschiedeten sie sich und sie legte auf. Sie ertappte sich dabei, wie sie an ihren Fingernägeln kaute. Sie hatte das Gefühl, Manfred zu hintergehen, wenn sie tat, wonach ihr der Sinn stand. Sie wollte mit den jungen Leuten am Strand sprechen, herausfinden, warum sie so sicher waren, dass die Sache mit dem Weltuntergang stimmte.

Als sie sichergestellt hatte, dass der Haushalt zu ihrer Zufriedenheit erledigt und das Abendessen vorbereitet war, ging sie nach den jungen Leuten suchen. Sie würde es zweifellos bereuen, dorthin zu gehen, so gut kannte sie ihr Gewissen. Aber sie würde es wohl auch bereuen, es nicht zu tun. Tatsächlich tanzten sie immer noch oder wieder. Helga sah nicht durchweg die gleichen Leute wie am Vortag. Es waren mehr Menschen geworden und die Feier nahm einen größeren Raum ein. Einige hatten sich sogar ihrer Kleider entledigt. Helga errötete. Ein junger Mann mit langen, schwarzen Haaren stand neben den Tanzenden und stapelte leere Bierkästen auf einen hölzernen Bollerwagen mit dicken, schwarzen Reifen. Helga sprach ihn an.

23 / JULIA

So früh hatte sie selten angefangen zu trinken. Sie legte ihre Hand auf die von Justus und er zog die seine nicht zurück.

»Ich bin schon ein bisschen beschwipst«, gab sie zu und lächelte. Ein attraktiver Mann, dieser Justus, dachte sie, und Doktor noch dazu. Mittlerweile waren sie beim »Du« angelangt und er hatte ihr Thomas' Telefon zur Aufbewahrung überlassen. Die Story, die Thomas dem Arzt aufgetischt hatte, konnte nicht wahr sein. Völlig unmöglich. Thomas prügelte sich nicht. Sie fragte sich, was wohl wirklich passiert war. Vielleicht hatte ihn ein Auto angefahren und das war ihm aus was für einem Grund auch immer unangenehm. Aber viel wichtiger: Worüber sollte sie jetzt mit Justus sprechen?

»Was machst du heute Abend?« Ihr Tonfall war ein Versuch, beiläufig zu klingen, der schon beim ersten Wort zum Scheitern verurteilt gewesen war.

»Ich weiß noch nicht«, antwortete Justus. Jedes Mal, wenn sie sich ihm ein wenig näherte, wurde er für ein paar Minuten seltsam schüchtern und einsilbig. Er schien ihr gegenüber nicht abgeneigt zu sein, aber sehr nervös und ziemlich verunsichert. Was wohl mit ihm los war? Er sah auf die Uhr und sie spürte an seiner Hand, wie er leicht zusammenzuckte.

»Ich muss gleich zur Arbeit«, sagte er. Dann fügte er noch an: »Entschuldige bitte.«

Er stand auf und wollte ihr zur Verabschiedung die Hand geben, doch sie umarmte ihn einfach. Die Umarmung dauerte einen Moment zu lang, das spürten sie beide.

»Treffen wir uns heute Abend? Um acht hier im Café?«, fragte Julia lächelnd.

Einen kurzen Augenblick zögerte er mit seiner Antwort und sie war überzeugt, dass er entweder absagen oder Hals über Kopf das Weite suchen würde, aber er tat nichts von beidem.

»Gern. Mach's gut.«

Sie ließ sich wieder in den Sitz sinken und sah ihm nach, bis er aus der Tür war. Wie sollte sie jetzt die zwei Stunden bis zum Gottesdienst verbringen? In der evangelischen Kirche hier am Platz wurde eine Messe gefeiert, und sie wollte ein paar Vergleiche zwischen Katholiken und Protestanten ziehen. Schade, dass sie nicht mehr Zeit mit Justus verbringen konnte. Er wirkte wie ein ungeschliffener Diamant auf sie. Ein kluger, sympathischer und noch dazu gut aussehender Mann, nur ein wenig schüchtern und eingerostet. Ein Mann mit dem gewissen Etwas. Leider hatte sie ihn zu spät kennengelernt. Eine Woche war keine Grundlage für ernsthafte zwischenmenschliche Beziehungen. Mit etwas mehr Zeit – ein wenig von der Zeit, die sie mit dem Versuch verschwendet hatte, die Beziehung mit Thomas zu erhalten – wäre aus ihnen vielleicht ein richtig gutes Paar geworden. Warum hatten sie sich nur unter derart miserablen Umständen kennengelernt?

Sie machte sich daran, Thomas' Handy nach Erklärungen zu durchsuchen, was es mit seinen Verletzungen auf sich haben konnte und wo er war, aber sie wurde nicht fündig. Alles, was sie fand, waren ein paar geschäftliche Mails und Nachrichten an sie selbst und an ein paar Freunde. Nichts Interessantes dabei. Alles so langweilig wie er selbst. Sie schaltete das Handy aus. Es wurde nicht mehr gebraucht.

Sie ertappte sich erneut dabei, wie sie mit dem Kreuz in ihrer Hand spielte. Nach dem Tod ihrer Mutter war das fast schon ein Tick von ihr geworden, den sie erst vor ein paar Jahren wieder abgelegt hatte. Das Kreuz war schon lange in ihrer Familie und ruhte jetzt meist in ihrem Nachtkästchen. Nur wenn sie nervös war, holte sie es manchmal hervor, dachte an ihre Eltern oder trug es zur Stärkung bei sich.

Um kurz vor zwei stand Julia auf und suchte sich einen Sitzplatz in dem evangelischen Gotteshaus auf der anderen Seite des Platzes. Sie musste ihren Mantel überwerfen, um nicht zu frieren. Trotz der angenehmen Temperaturen draußen war es hier drin schweinekalt. Warum war es in Kirchen immer so eisig? Auch dieser Gottesdienst war überdurchschnittlich gut besucht. Um Julia herum drängten sich Menschen bis hinten zur Tür. Auch die Seitenschiffe waren komplett ausgefüllt. Der Pfarrer sprach nicht über das nahende Ende der Welt per se, stattdessen beleuchtete er in seiner Predigt die Missstände, die es auf der Welt gab, und die fragile Moral der Bevölkerung. Er kritisierte, dass so viele Menschen einfach ihre Arbeitsstellen verwaist zurückgelassen hätten.

»Diese Zuwendung zum Glauben und zu Gott ist eine gute Sache«, sagte er, »aber die Abläufe unserer Gesellschaft dürfen deswegen nicht zusammenbrechen. Sechs Tage können eine lange Zeit sein. All die Polizisten, Ärzte, Pfleger, Feuerwehrleute und Angehörige vieler anderer Berufsstände,« er seufzte, sein Blick war traurig und nachdenklich. »Sie alle werden benötigt, um unsere Gesellschaft weiter funktionieren zu lassen. Wir dürfen nicht auf den letzten Metern unserer irdischen Existenz plötzlich alles fallen lassen, was wir geschaffen haben.«

Es folgten ein paar Lieder und kurze Bibelzitate, dann endete der Gottesdienst. Hier gab es wohl keine Nottaufen. Die Menschen quetschten sich wieder aus der Kirche.

Auf dem Heimweg rief Julia ihre Freundin Elsa an.

»Mir ist eine Idee gekommen, Elli. Ja, gerade eben. In einem Gottesdienst«, sagte sie und lachte. »Hast du gerade etwas Zeit für mich?«

Elsa hatte Zeit und wenige Minuten später öffnete sie Julia mit einem begeisterten Lächeln die Tür. Sie setzten sich in ihr kleines Zimmer. Die Küchenzeile stand voll Geschirr und auch sonst war es nicht besonders aufgeräumt. Überall lagen Kleider und Kostüme herum, rund um den Schminkspiegel waren dutzende Döschen und Tuben aufgebaut. Elsa gehörte zu einer kleinen Theatergruppe, bei der leider die Zuschauerzahlen ebenso gering waren wie der Verdienst.

»Setz dich doch«, sagte Elsa und zeigte auf eines der Sitzkissen am Boden. »Ich habe uns Tee gemacht.«

Julia fühlte sich von dem Wein, den sie vorhin mit Justus getrunken hatte, ein bisschen ausgezehrt. Vielleicht war Tee keine schlechte Idee. Sie pustete ihn behutsam kalt und suchte nach Worten, um ihrer Freundin ihre Idee auszubreiten.

»Wie geht es Thomas?«, platzte diese mitten in Julias Überlegungen hinein. »Er war so komisch, als ich ihn das letzte Mal gesehen hab.«

»Wir haben uns getrennt. Oder sowas in der Art.« Sie schnitt Elsa das Wort ab, bevor sie etwas dazu erwidern konnte. »Aber darum soll es jetzt nicht gehen. Ich habe ein Projekt vor und wollte dich fragen, ob du mir dabei hilfst.«

»Was ist es denn?« Elsa wirkte gespannt. Ein bisschen übermüdet und ein bisschen so, als ob sie nicht ganz ausgenüchtert und klar wäre, aber gespannt.

»Ich war in den letzten Tagen in mehreren verschiedenen Gottesdiensten«, begann Julia, und Elsa sah sie verwundert an. »Ich habe versucht herauszufinden, welche Religion die richtige für mich ist. Und so richtig glücklich bin ich nirgendwo geworden. Deswegen habe ich überlegt, meine eigene Religion zu gründen.«

»Aber, denkst du nicht …«

Julia unterbrach sie mitten im Satz, erfüllt von Begeisterung.

»Eine Religion, nach deren Grundsätzen wir dann auch am Montag beurteilt werden. Verstehst du? Vielleicht sogar eine Religion, bei der es gar keine Hölle gibt, so dass man keine Angst vor Sünden haben muss.«

Ein skeptischer Blick ruhte auf ihr.

»Und du meinst, man kann einfach so eine neue Religion gründen?«, fragte Elsa. »Sich einfach einen Gott und Gebote überlegen und das funktioniert dann? Ich weiß nicht.«

»Klar, was denkst du denn, was die anderen Religionen gemacht haben?« Julia war vollkommen überzeugt von ihrer Idee. »Auch nichts anderes. Es müssen nur viele daran glauben. Der Glaube muss stark sein. Komm, Elli, wir kriegen da zusammen bestimmt was auf die Reihe.«

Elsa griff hinter sich, öffnete eine kleine Box und fing an, sich eine Tüte zu drehen.

Dann sagte sie: »Erzähl mal, was du dir so vorgestellt hast.«

24 / RON

Die Musik und die leisen Stimmen im Hintergrund nahm Ron kaum wahr. Er schlief fast achtzehn Stunden, während der Bus mal schneller, mal langsamer fuhr und allzu oft auch komplett im Stau stand. Jedes Mal, wenn sein Bewusstsein kurz an die Oberfläche schwappte, sah er nach vorne, wo wechselnd Achim oder Jack am Steuer saßen und sich leise unterhielten oder im Takt zur Musik wippten. Einmal sangen beide gerade inbrünstig Jacks Song »Summer Morning«, den kannte sogar Ron. Jedes Mal nickte er augenblicklich wieder weg.

Als er vollständig aus seinen Träumen auftauchte, parkte Jack den Bus gerade an einer gut besuchten Autobahntankstelle. Aus den Fenstern sah er jede Menge grüner Bäume, nur wenige Meter weiter schob sich der Verkehr voran. Ron streckte sich, hörte, wie es an mehreren Wirbeln leise knackte, dann rieb er sich den Schlaf aus den Augen.

»Wo sind wir?«, fragte er nach vorn. Seine Stimme klang vom Schlaf belegt.

Jack stellte den Motor ab und sah mit gespieltem Erstaunen nach hinten.

»Na schau mal, wer da aufgewacht ist«, sagte er mit aufgesetzter Fröhlichkeit nach hinten.

Es klang, als würden sie sich ewig kennen. Er schob seinen Hut zurecht. In Rons Augen sah Jacks Gesicht ganz schön verbraucht aus. Bestimmt hatte er viel erlebt in den letzten Jahren.

»Wir sind ungefähr dreißig Kilometer vor Hannover, aber der Tank ist fast leer und ich muss mal kurz für kleine Musikusse.«

Er grinste sein schiefes Grinsen und stieg aus, während Achim sich in den Sitz sinken ließ und offensichtlich dabei war, einzuschlafen. Ron spürte, als er sich aufsetzte, dass seine Blase ebenfalls bis zum Bersten gefüllt war, und machte sich auf den Weg, Jack zu folgen.

Achim erwachte aus seinem Dämmerzustand, schließlich gab es jetzt wieder etwas zu tun für ihn. Er schnappte sich seine Tasche und stieg nach hinten in den Bus. Dort wechselte er Hemd und Anzughose gegen eine schwarze Jeans und ein dunkelbraunes T-Shirt mit schwarzen Mustern, die es wie eine rissige Steinmauer aussehen ließen. Dann schlüpfte er in einen dunkelbraunen Kapuzenpulli und ließ zu guter Letzt vorsichtig den schwarz lackierten Schlagring in seine Hosentasche gleiten. Den Anzug stopfte er achtlos in seine Tasche. Er würde ihn nicht mehr brauchen. Achim zog sich ohnehin nicht allzu gern vor anderen Leuten um, weder in der Arbeit noch im Fitness-Studio, aber auf keinen Fall wollte er, dass die anderen den Schlagring entdeckten und anfingen, Fragen zu stellen.

Als Jack und Ron zurückkamen, hatte er es sich wieder auf dem Beifahrersitz bequem gemacht. Jack trug einen Sixpack kühles Bier.

»Stell dir vor, das war der letzte«, sagte er zu Achim.

»Ich fahre. Jetzt bin ich auch wieder fit«, sagte Ron. Mit einem Blick auf Achim fügte er hinzu: »Siehst ganz anders aus, so ohne Anzug.«

Achim kommentierte das nicht weiter. Ron versuchte ein weiteres Mal vergeblich, seinen Onkel anzurufen. Dann schoben sie sich zurück in den dichten Verkehr. Da sie immer noch nicht in Hannover waren, brauchte Ron nicht fragen, ob der Verkehr zwischendurch besser gewesen war, doch zumindest lief es jetzt erträglich. Um kurz vor neun hielt Ron mit einem leichten Quietschen der Bremsen vor der Sparkassenfiliale, die ihm Achim beschrieben hatte.

»Können wir uns so in einer Stunde wieder hier treffen?«, fragte Achim beim Aussteigen. »Vielleicht kommen Luisa und ich ja mit nach Berlin, wenn du nichts dagegen hast, Ron?«

Ron dachte kurz nach, dann nickte er und lächelte.

»Es ist noch ein Platz frei, meinetwegen gern.«

Achim sah erleichtert aus.

»Okay, dann um zehn hier. Bis nachher!«

25 / ACHIM

Achim stieg aus dem Bus und schnappte sich die Reisetasche. Er ging als Erstes in die Bank und hob Geld ab. Ron und Jack hatte er gesagt, dass er zum Automaten müsse, solange das noch möglich war. Er wollte den beiden gegenüber nicht verdächtig wirken. So hatten sie nicht vor dem Haus gehalten, zu dem es ihn zog. Eine spontane, aber sehr praktikable Idee. Überraschenderweise funktionierte der Automat sogar noch. Als er die Bank verließ, vergewisserte er sich, dass sich der alte *VW*-Bus nirgendwo in Sichtweite befand. Dann zog er sich die Kapuze seines Pullis so tief ins Gesicht, wie er konnte, ohne auffällig zu wirken. Langsamen Schrittes ging er um drei Straßenecken, bis er vor den zwei Doppelhaushälften stand. Kiesingerstraße 31 und 32. Alles sah aus wie immer. Der Rasen auf beiden Grundstücksteilen sauber getrimmt. Der Schein der Straßenlaternen zeichnete gemeinsam mit dem schwachen Mondlicht die Umrisse von allerlei Pflanzen in die Beete. Die meisten waren Lilien. Luisa liebte diese Blumen sehr. Er öffnete das kleine Holztürchen im Zaun der Nummer 32. Achim konnte sich noch erinnern, wie er beim Lasieren des Zauns geholfen hatte. Wie erhofft, quietschte es nicht. Perfekt geölt. So perfekt wie alles andere hier. Als er vor der Tür stand, schob er die Hand in die Tasche und zog sie mit dem Schlagring wieder heraus. Er überprüfte den Sitz des schweren, kühlen Metalls. Alles, wie es sein sollte. Achim klingelte einmal kurz. Seine Position war so gewählt, dass man ihn durch den Spion nicht sehen konnte.

Als die Tür aufging, genügte ihm ein einziger Blick. Der Mann, der ihm gegenüberstand, war so groß wie Achim, muskulös und hatte ein schmales, kantiges Gesicht. Ein Gesicht, das Achim mehr hasste als alles andere auf der Welt. Sofort schlug Achim mit aller Kraft zu. Dem Mann blieben nur Bruchteile einer Sekunde, um zu reagieren, dennoch schaffte er es, seinen Kopf ein gutes Stück zur Seite zu reißen. Das Metall um Achims Hand streifte nur seinen Wangenknochen, wo sofort die Haut aufplatzte. Intuitiv wusste Achim, dass sein Gegenüber ihn erkannt hatte. Blut begann aus dessen Wunde zu tropfen. Achim wunderte sich einen Augenblick zu lang darüber, dass er trotz des Überraschungsmoments nicht richtig getroffen hatte. Er zog die Hand augenblicklich zurück, um neu auszuholen. Doch dieses winzige Zeitfenster reichte dem anderen Mann, um ihm einen Faustschlag mitten ins Gesicht zu setzen. Achim hörte, wie seine Nase brach. Er kannte das Geräusch und ließ sich weder davon ablenken noch von dem Schmerz, der jetzt in seinem Gesicht explodierte. Er hieb dem Mann kraftvoll ins Magendreieck, so dass diesem die Luft aus dem Körper entwich. Einen Treffer konnte Achim noch auf die Schulter anbringen, dann verstärkte der Mann seine Gegenwehr. Die Schläge begannen nur so auf Achim einzuprasseln. Abwechselnd mit der linken und der rechten Faust. Jeder Schlag traf sein Ziel. Achims Pulli war mittlerweile blutdurchtränkt und er spürte, dass seine Aufmerksamkeit nachließ. Er schwankte und sank zu Boden. Es brachen keine weiteren Knochen, sein Gegner schlug nicht mehr mit aller Kraft zu. Offensichtlich konzentrierte er sich nur noch darauf, Achim einfach nach alter Väter Sitte grün und blau zu prügeln, bis er vollkommen hilflos am Boden lag. Schockiert darüber, wie sich das Blatt gewendet hatte, und unfähig, sich noch zur Wehr zu setzen.

»Hey, hört auf, ihr verfickten Idioten«, rief jemand direkt neben ihnen.

Achims Gegner blickte auf, erhob sich langsam und wich ein Stück zurück. »Nicht schießen. Mach keine Dummheiten, Freundchen.« Er hob abwehrend die Hände. Achim schaute mühsam nach oben. Da stand Jack mit einer kleinen Pistole in der Hand. Achim konnte das Modell in der Dunkelheit nicht erkennen, aber die Gestalt samt Hut, Anzug und Knarre wirkte imposant. Jemand packte ihn unter den Armen und schleifte ihn mühsam davon.

Der andere Mann blieb kopfschüttelnd im Hauseingang stehen und wischte sich mit seinem T-Shirt das Blut von Kopf und Hals. Die ganze Zeit über hatten er und Achim nicht ein einziges Wort miteinander gesprochen.

26 / JUSTUS

Es war eine Lüge gegenüber Julia gewesen, dass er sich auf den Weg in die Arbeit machte. Ihre unerwartete Direktheit und Nähe hatten ihn durcheinandergebracht und überfordert. Da war etwas zwischen ihnen, auf das er nicht vorbereitet war. Da hatte er die erstbeste Ausrede genutzt, um eine kurze Auszeit zu nehmen und einen klaren Kopf zu bekommen. Tatsächlich müsste er laut des gestern in aller Eile zusammengeschusterten Notfallplans in einer halben Stunde schon wieder in der Klinik sein, aber er würde nicht hingehen. Er war viel zu müde und konnte sich jetzt nicht vollkommen aufarbeiten, sonst ging die Konzentration flöten und dann passierten Fehler. Vielleicht fehlte es ihm auch einfach an Motivation. Sein Plan war gewesen, noch ein bisschen zu schlafen, doch stattdessen ging er in seinem Wohnzimmer auf und ab und dachte nach. In den letzten Wochen hatte er viel zu oft das Verlangen verspürt, sich das Leben zu nehmen. Ein pochender Wunsch im Hinterkopf. Dafür hatte er sich zwei Medikamente im Krankenhaus besorgt, die gemeinsam ausreichen würden, diesen Schritt zu gehen. Damit Schluss war mit der Einsamkeit, mit dem Grübeln und dem ständigen Stress. Die Ampullen lagen im Schrank. Jederzeit verfügbar. Wie ernst es ihm damit war, konnte er nicht genau sagen, dennoch hatten die Gedanken daran zugenommen. Dann hatte ihm diese Woche einen Strich durch die Rechnung gemacht. Wenn es wirklich einen Gott gab, oder gleich einen ganzen Haufen davon, gab es auch noch etwas, was nach dem Tod kam. Und wer wusste schon, wie der Schöpfer auf Selbstmörder zu sprechen war. Vielleicht würde er mit derselben

Einsamkeit für die Ewigkeit bestraft werden, die ihn sein ganzes Leben begleitet hatte, oder sogar mit Schmerzen und anderen Qualen. Wer wusste schon, ob dieses ganze Gerede vom lieben Gott stimmte. Es könnte auch ein böser Gott sein. Ein Sadist oder ein jähzorniges Arschloch. War das im Konjunktiv zu denken schon Blasphemie? Oder schlicht Unfug? Und jetzt war Julia plötzlich in sein Leben geraten. Sie war hübsch und sympathisch. Nach dem ersten Eindruck vielleicht nicht unbedingt das hellste Licht unter der Sonne, aber sie schien ihm zugetan zu sein und er spürte sein Interesse an ihr. Dieses Haus hatte schon einige Frauen kommen und gehen sehen, aber gegangen waren sie alle. Und das schneller, als er es sich gewünscht hatte. Sich in einer Bar eine Frau abzuschleppen, darin war er ganz gut, aber den Sprung vom One-Night-Stand hin zum Wiedersehen vergeigte er jedes Mal. Er war immer zu unsicher gewesen, zu schnell mit der Hoffnung auf eine Beziehung, auf echte Wärme, und hatte die Frauen damit verschreckt, die sich nur eine Nacht mit einem durchtrainierten, jungen Arzt vergnügen wollten. Aber Selbsterkenntnis war nicht immer ein erster Schritt zur Besserung. Das Talent, sich die falschen Frauen auszusuchen, schien seine sonstigen Fähigkeiten bei Weitem zu übersteigen. Jetzt ging es freilich nur noch um ein paar Tage. Vielleicht konnte er diese Tage gemeinsam mit Julia verbringen und ein bisschen Licht in die dunkle Leere lassen, die er jeden Tag mit sich herumtrug.

Justus dachte an seine Eltern, die beide überzeugte Atheisten waren. Über all den plötzlich auf der Welt sprießenden Glauben hätten sie sich sicher sehr gewundert. Beide hatten wahnsinnig viel gearbeitet, um ihm alles bieten zu können, was sich ein Kind an Geschenken und Ausstattung nur erträumen konnte. Im Rückblick ließ ihn das Gefühl nicht los, dass sie mit ihm als Person nicht wahnsinnig viel hatten anfangen können. Justus sah auf die Uhr.

Jetzt war es schon fast halb acht. Er musste sich auf den Weg machen. Was für eine Verschwendung, dass er überhaupt nach Hause gelaufen war, zum Schlafen hatte er ja doch keinen Nerv.

Wo blieb sie nur? Es war schon zwanzig nach acht und er saß hier wie ein Idiot allein am Tisch und sah sich die ganze Zeit nervös um. Als sie hereinkam, machte er ein langes Gesicht.

»Darf ich vorstellen: Das ist meine Freundin Elli, eigentlich Elsa«, sagte sie.

»Ich ...« Justus zögerte.

Er erinnerte sich an seine Manieren, erhob sich und reichte Elsa pflichtschuldig die Hand.

»Justus Dona, schön, Sie kennenzulernen.«

»Dich, Spätzchen. Schön, dich kennenzulernen«, antwortete Elsa.

Sie lachte gackernd. Dann ließen sich alle drei um den kleinen Tisch nieder. Justus gab sich alle Mühe, sich seine Enttäuschung nicht anmerken zu lassen. Julia und Elsa schienen beide ordentlich betrunken und extrem gut drauf zu sein. Als Julia jetzt anfing, auf ihn einzureden, konnte er ihre Weinfahne gut riechen.

»Wir sind dabei, eine Religion zu gründen. Den Lizismus. Wir haben den ganzen Nachmittag daran gesessen.«

»Den Li... was?«, fragte Justus verwirrt.

»Lizismus«, antwortete Julia völlig selbstverständlich. »Es hört sich irgendwie wichtig an, außerdem kommt die Silbe Li in Elli und in Julia vor, da fanden wir das ganz passend.«

Die beiden kicherten. Justus war irritiert. Wozu um alles in der Welt brauchte man jetzt noch mehr Religionen?

»Und was habt ihr vor mit dieser neuen Religion? Ist der Markt nicht schon gesättigt?«, fragte er.

Die beiden lachten.

»Na, wir wollen missionieren«, antwortete Julia, nachdem das Lachen abgeebbt war. »Menschen davon überzeugen, dass sie unserem Glauben folgen sollen und es deswegen beim Jüngsten Gericht leichter haben werden.«

Wo war er denn hier gelandet? Justus ging sich ein Bier holen. Nüchtern würde das ein langer Abend werden. Als er zurückkam, wartete Julia gespannt auf ihn. Elsa war in ihrem Stuhl zusammengesunken und schien genau auf der Kante zwischen Wachsein, Schlaf und Rausch zu schweben.

»Also das Beste an der Religion ist«, redete Julia begeistert weiter, »dass es keine Sünden und keine Hölle gibt. Wir beten zur Göttin Li und sie wird uns beurteilen. Sie hat lange schwarze Locken, weit über die Schultern, ein ganz bleiches Gesicht, ganz schmal. Volle rote Lippen und ganz gütige Augen. So haben wir sie uns vorgestellt. Die guten Menschen werden in ihrer Religion besonders belohnt und die weniger guten nicht, aber alle kommen in den Himmel. Wir haben vorhin schon ein bisschen in Foren geschrieben und Mails rumgeschickt, es interessieren sich ganz schön viele dafür.«

Justus war trotzdem skeptisch, auch wenn er verstehen konnte, dass eine Religion ohne Hölle und Sünden durchaus ihre Vorzüge hatte. Ausbleibende Belohnungen waren in der Vorstellung weniger beängstigend als das Höllenfeuer. Er war nie ein sehr gottesfürchtiger Mensch gewesen, aber man konnte schon schnell mal gegen die zehn Gebote verstoßen. In der einen oder anderen Form gestohlen hatte vermutlich jeder mal. Das mit dem Ehebruch war wahrscheinlich Auslegungssache bei einem Junggesellen. Vater und Mutter hatte er auch nicht Tag und Nacht geehrt. Und wer wusste schon, wie hart Gott einen dafür bestrafen würde? Zehn Tage Volksmusik Dauerbeschallung? Brennen im Fegefeuer? Sieben Jahre schlechter Sex? Jede Hölle, die man sich so vorstellen konnte, war möglich. Selbst wenn er neuerdings geneigt war, an Gott zu glauben, an alles, was in der Bibel so geschrieben stand, glaubte er definitiv nicht. Allein schon das mit der Arche klang nicht plausibel. Zwei von jeder Tierart? Wie sollte das alles auf ein Schiff passen? Und wer hielt die Tiger davon ab, die kleineren Tiere zu verspeisen? Widersprachen sich nicht auch viele der religiösen Schriften?

»Aber denkst du denn, man wird wirklich einfach so nach der Religion beurteilt, der man angehört?«, fragte er, als er den Ausgang aus seinen Gedankengängen gefunden hatte. »Da könnte man sich ja einfach alles zurechtbiegen, wie man es haben will, oder? Auch, dass zum Beispiel Morde belohnt und korrekte Angaben bei der Steuererklärung bestraft werden.«

Julia ließ sich nicht beirren.

»Naja, ich denke, das funktioniert nur, wenn man wirklich viele Anhänger hat«, sagte sie nach einem Augenblick des Nachdenkens. »Deswegen werden Elli und ich ganz viel dafür tun, dass die Religion in den nächsten Tagen größer wird. Richtig, Elli?«

Elsa murmelte ihre Zustimmung. Justus hätte nicht gedacht, dass sie überhaupt noch etwas mitbekam. Ihr Kopf ruhte auf ihren Armen. Die Augen hatte sie geschlossen.

»Was machen wir denn heute noch Schönes?«, fragte Julia und lächelte ihn an.

»Ich weiß es nicht«, antwortete Justus.

»Schlimm, dass ich Elsa mitgebracht habe?«, fragte Julia vorsichtig.

Justus imitierte ein Lächeln. Er war noch nie der geborene Schauspieler gewesen.

»Nein, kein Problem«, sagte er dann, auch um sich selbst nochmal in dem Gedanken zu bestärken.

»Wir machen nachher noch was zu zweit, keine Sorge.« Sie lächelte ihn verführerisch an. »Wenn du magst, kann ich ja heute über Nacht bei dir bleiben.«

27 / THOMAS

Thomas war seit Stunden durch die Straßen von Berlin geschwankt. Er hatte mit jungen und alten, dicken und dünnen Leuten getanzt und gelacht. Es war wunderschön hier. Die Atmosphäre erinnerte ihn an Berichte von Woodstock. Die Musik war moderner und elektronischer und kam zum größten Teil von DJs statt von Bands, aber die Ausgelassenheit der Leute war wundervoll und mitreißend. So viel absurde Dinge begegneten ihm hier. Ein Mann, der mit seinem Hund auf dem Arm innig tanzte, Menschen, die unglaubliche Choreographien und Akrobatik vollführten. Eine Frau hatte auf den Schultern eines großen Mannes gestanden und dort Saltos gemacht, nach denen sie jedes Mal wieder im Stehen auf seinen Schultern landete. Ganze Haufen von Männern und Frauen, die sich in die Arme gefallen waren, miteinander lachten und weinten. Manche von ihnen hatten nackt oder oben ohne und buntbemalt am ganzen Körper getanzt.

Nicht alle waren euphorisch. Vorhin war eine Frau laut schluchzend auf der Straße zusammengebrochen und hatte ihre kleine Tochter fest an sich gedrückt Thomas sah immer wieder Menschen die Verzweiflung ins Gesicht geschrieben, und manche schienen gerade deshalb umso intensiver feiern zu wollen. Ein Aufbäumen der Heiterkeit. Die meisten hier sahen so unfassbar glücklich aus. Immer wieder hatte auch Thomas seine Sorgen in all dem Lärm, den Lichtern und den Menschenmassen für eine Weile vergessen, inzwischen hatten sie ihn endgültig eingeholt. Sein Magen knurrte seit Stunden, seine Kehle war vollkommen ausgetrocknet und alles tat ihm weh. Die Beine und Füße vom Laufen, der Bauch vom Hunger und der Kopf von den Schlägen, die er abbekommen hatte. Jetzt saß er auf einer Parkbank, die mit geschnitzten Namen, halb zerrissenen Aufklebern und schwarzen *Edding*-Schriftzeichen übersät war, und tat sich leid. Seine Geldbörse war weg, das Handy sowieso, und er kannte niemanden, der ihm hätte helfen können in dieser gigantischen, lauten und vollen Stadt.

»Mein Leben lang habe ich mich geduckt und immer nur alles geschehen lassen. Und nun, wo ich zum ersten Mal selber etwas tun wollte, werde ich nur dafür bestraft«, sagte er. Die junge Frau, die neben ihm auf der Parkbank saß, blickte von ihrem Handy auf und bedachte ihn mit einem zweifelnden Blick. Dann stand sie auf und setzte sich auf eine andere Bank, einige Meter weiter. Erst dadurch fiel ihm auf, dass er gerade laut mit sich selbst geredet hatte. Die Schläge auf den Schädel schienen seine geistigen Fähigkeiten nicht gerade verbessert zu haben. Er musste dringend etwas essen, sonst würde er umfallen. Bei den Menschenmassen, die auf den Straßen umherliefen, würden ihn vermutlich weder Mitarbeiter des Ordnungsamts noch Polizisten stören, wenn er hier schlief, aber sein Magen schmerzte zu sehr. So lange nichts zu essen, war er nicht gewohnt. Vor seinem geistigen Auge erschien ein Bild von Julia, wie sie am Herd stand und ihre wunderbare Sahnesauce zauberte. Mit fein geschnittenem Basilikum, den sie immer am Ende darüber streute. Was Julia wohl jetzt gerade tat? Sie fehlte ihm und es schmerzte, dass er sie nicht wiedersehen würde. Aber die Erkenntnis war mittlerweile in ihm gereift. Es war nicht toll gelaufen für ihn in Berlin bisher, keine Frage. Aber zurück nach Frankfurt konnte er jetzt auch nicht. Vor allem wollte er es nicht. Er stand mühsam wieder auf und ging zur Straße. Die Massen tanzten immer noch frenetisch, sie wurden immer ausgelassener. Eine junge drahtige Frau mit Zöpfen lief an ihm vorbei. Sie hatte in beiden Händen Brezen und biss abwechselnd von der rechten und der linken ab. Er versuchte, ihr eine der Brezen aus der Hand zu ziehen, doch sie ließ sich nicht überrumpeln und trat ihm vors Schienenbein. Thomas schrie auf. Die Frau warf ihm einen bösen Blick zu und ging mit ihren Brezen weiter. Er schämte sich und doch wusste er sich nicht mehr zu helfen. Er sah sich um. Es war zu voll, als dass er hier Platz gefunden hätte, um sich zum Betteln hinzusetzen, also quetschte er sich wieder in die Menge hinein, auf der Suche nach einer Möglichkeit, an Essen zu kommen. Bis er eine solche Möglichkeit fand, dauerte es fast eine Viertelstunde, während der er einfach von der zu elektronischen Beats tanzenden Menge mitgeschleift wurde. Er drückte sich an den Rand und nahm im scheinbaren Vorbeitanzen ein Bier von einem der Tische, die ein Spätkauf-Besitzer draußen für den Verkauf aufgebaut hatte. Der Verkäufer sah es aus dem Augenwinkel. Doch bis er reagierte, war die Menge bereits ein kleines Stück weitergezogen und er schien rechtzeitig zu erkennen, was passieren würde, wenn er den Tisch jetzt aus den Augen ließ, um dem Dieb hinterherzurennen. Also bedachte er Thomas nur mit Flüchen in einer Sprache, die dieser nicht identifizieren konnte. Er achtete nicht darauf und bewegte sich langsam auf die andere Seite der Meute zu. Wenn jemand beim Tanzen drohte, ihm das Bier aus der Hand zu schlagen, hob er es über den Kopf, und so fand er sich schließlich in einer Seitenstraße wieder, die weniger belebt war. Thomas betrachtete die Flasche in seiner Hand. »Helles« stand in weißer Schrift auf grünem Grund. Er trank lieber Hefeweizen, aber das *Augustiner* war nicht die schlechteste Wahl. Es ging vielleicht nicht zu hundert Prozent als Essen durch, aber es würde genug Nährwert haben, um ihn wenigstens ein bisschen zu sättigen. Außerdem schmeckte es gut, selbst wenn der Nachmittag normalerweise nicht der richtige Zeitpunkt zum Biertrinken war. Es stieg ihm auf nüchternen Magen erstaunlich zu Kopf. Das zweite Bier, das er sich auf ähnliche Weise angelte, machte ihn diesig und müde. Also drängelte er sich bei der nächsten größeren Ansammlung von Grün, an der er vorbeikam, wieder aus der Meute heraus und legte sich einfach zu vielen anderen auf eine große Wiese. Zu seinem Glück war hier noch ein Platz frei. Der leichte Wind wehte den auch für ihn unverkennbaren Geruch von Gras herüber, im Hintergrund lief die Musik weiter und er fühlte sich wohl. Das Gefühl hielt nur kurz, als sich ein betrunkener, älterer Mann mit langen Haaren an den Baum neben ihm stellte, sein bestes Stück hervorholte und eine große Pfütze hinterließ.

»Ey, weg hier. Siehst du nicht, dass ich hier pennen will?«, blaffte Thomas ihn an, als er das Geräusch zugeordnet und die Augen aufgeschlagen hatte.

»Das ist das Klo. Das bleibt das Klo«, lallte der Mann und grinste.

Erst jetzt sah Thomas die dunklen Flecken in der Erde rund um den Baum, die nasse Rinde. Er sprang auf mit dem Gefühl, einen feuchten Fleck am Rücken zu spüren. Gut, dass der Wind von ihm weggeweht hatte. Das erklärte auch, warum ausgerechnet hier noch Platz zum Liegen war, wo der Rest der Wiese so voller Menschen war. Sein Verstand schien wieder deutlich nüchterner zu sein.

Sein Ekel ob des Gedankens, dass er gerade in der Pisse von einem oder mehreren Menschen gelegen hatte, wurde von Neugier überdeckt, als er lautes Gebrüll hörte und dann zum zweiten Mal an diesem Tag eine zerbrechende Fensterscheibe. Etwas ging da auf der Straße vor, viele der Tanzenden waren stehengeblieben. Thomas ging in die Richtung, aus der er das Klirren gehört hatte. Immer mehr blieben stehen, der Rest lief und tanzte um die größer werdende Insel aus Schaulustigen herum. Thomas hörte weitere Fenster zerbrechen. Ein Johlen kam vom vorderen Teil der Leute. Er versuchte, sich möglichst groß zu machen, um zu sehen, wo diesmal die Fensterscheiben zerstört wurden.

»Nicht im Ernst«, dachte er, als er das Schild mit Leuchtschrift über den Köpfen entziffern konnte. »Erotic Video Store«, stand da in großen Buchstaben, auch wenn das zweite E und das C neue Lampen benötigten. »Eroti Vid o Store« klang nicht ganz so einladend, aber es schien zu reichen, um die Leute zu motivieren. Die ersten strömten schon in der entgegengesetzten Richtung an ihm vorbei, die Hände voll mit Porno-DVDs, Dildos und Unterwäsche.

Thomas ging ein paar Meter zurück bis zum Ausgang des kleinen Parks und hob von dort einen der größeren Steine auf, die am Eingang herumlagen. Wenige Meter entfernt stand ein kleiner schwarz-weißer Hund, ein Cocker-Spaniel, wenn sich Thomas nicht irrte. Der knurrte verärgert, doch Thomas ließ sich nicht beirren. Hier war in letzter Zeit ein Teil des Gehwegs ausgebessert worden, aber niemand hatte sich die Mühe gemacht, das Werk zu vollenden. Er konnte sich denken, was das plötzliche Aufgeben verursacht haben mochte. Er war seit Montag auch nicht mehr in der Arbeit gewesen.

Mit dem Stein in der Hand und all den Schaulustigen, die Richtung Sex-Shop drängten, war es schwer, nach vorne durchzukommen. Als er es endlich geschafft hatte, ging er statt zum Zentrum der Erotik zwei Geschäfte weiter nach rechts. Er hielt, um seiner Moral einen Gefallen zu tun, kurz inne, dann holte er langsam nach hinten aus und warf den Stein. Eines der großen Glasfenster zerplatzte laut krachend. Notsituationen erforderten besondere Taten, redete er sich ein, als er durch das Loch in der Scheibe stieg und dann den Supermarkt betrat. Jetzt konnte er dafür wenigstens wieder etwas essen. Hätte er gewusst, dass ihm eines nicht allzu fernen Tages ausgerechnet ein Supermarkt zum Verhängnis werden würde, hätte er sich wahrscheinlich ein anderes Geschäft ausgesucht.

28 / JENNY

Tränen liefen Jenny die Wangen hinunter. Sie wanderte eine kleine verlassene Straße Richtung Hannover entlang, die parallel zu den Gleisen verlief. Im schwachen Mondlicht konnte sie sehen, dass die Straße links von Bäumen gesäumt war, auf ihrer Seite war eine große Wiese, vielleicht auch eine Weide. Es hätte schön sein können, so allein unter den Sternen, frei und ohne jeden Stress. Doch alles, was sie spürte, war unendliche Einsamkeit. Auf dem Rest der Fahrt von Würzburg hierher hatte sie ein wenig Schlaf abbekommen und traute sich zu, noch ein bisschen zu laufen. Sie konnte die Lichter der Stadt schon sehen.

Alles war besser, als in Langenhagen zu bleiben, an diesem Bahnhof, der so verlassen wie in einem Horrorfilm wirkte. Baufällig und verdreckt. In einer Ecke hatte sie sogar eine Ratte gesehen. Und mit Daniel in der Nähe, der wusste, wo sie war, und jeden Moment vorbeikommen konnte. Sie war nicht sicher, auf was für Ideen er kam, falls seine Freundin mit ihm Schluss machte. Der Blick in seinen Augen jagte ihr jetzt noch kalte Schauer über den Rücken. Diese Gedanken hatten sie mit Nachdruck von dem kleinen Bahnhofsvorplatz weggetrieben.

Sie vermisste ihre Eltern, das vertraute Nest, in das sie sich immer so bedenkenlos hatte setzen dürfen. So distanziert ihre Eltern oft zu ihr gewesen waren, ihr Zuhause fehlte ihr jetzt hier in der Einsamkeit unglaublich. Vor allem die beiden Kinder ihres Chefs, die hatte sie immer gemocht. In den Pausen hatte sie mit den beiden Karten gespielt. Wie sie wohl mit der Nachricht vom Weltuntergang klarkamen? Oder hatte man es ihnen gar nicht gesagt?

Sie wischte sich ihr Gesicht, so gut es ging, mit ihrem Top trocken. Sie würde nicht zurückgehen. Seit einer halben Stunde wiederholte sie diesen Satz alle paar Minuten wie ein Mantra. Sie würde nicht zurückgehen. Nicht vor ihren Eltern kriechen und um Verzeihung bitten, das verabscheute sie. So viel Demütigung konnte sie nicht aushalten, auch wenn es sich verlockend anfühlte. Daniel und Daniela hatten von ihr kein Geld fürs Benzin gewollt, also hatte sie nach Abzug der Bahnfahrkarte und dem wenigen, das sie sich bisher sonst gegönnt hatte, noch knapp fünfzig Euro. Bevor sie losgelaufen war, hatte sie sich am Snackautomaten vor dem Bahnhofsgebäude in Langenhagen noch eine Packung Kekse gekauft. Wie lange sie wohl schon in dem Automaten ausgeharrt hatten? Sie waren das Einzige, das sie in der Auswahl des Automaten halbwegs essbar fand, und sie hatte sie schnell verdrückt, ohne dass ihr die trockenen Kekse, deren Zitronen-Duft sie an Kloreiniger erinnerte, allzu gut geschmeckt hätten.

Es war noch ein gutes Stück, bis die Lichter von Hannover sie endlich umgaben. Jenny war kaputt und müde. Sie quartierte sich für die eine Nacht in einem kleinen Hostel mit weinroter Fassade ein. Es war zwar zu teuer für ihr Budget, immerhin fast zwanzig Euro, aber sie wollte in einem Bett schlafen und keine Angst haben heute. Außerdem hatte sie der kleine Marsch mehr angestrengt, als sie es für möglich gehalten hatte, wo sie doch in ihrem Job quasi ständig auf den Beinen war. Die Frau an der Rezeption des Hostels erinnerte Jenny mit ihren Leggins und dem türkisen Stirnband an eine Aerobic-Trainerin aus den Siebzigern. Sie lachte ein bisschen laut und schrill, wirkte sonst aber harmlos auf Jenny, und das Zimmer, das sie ihr zeigte, war auch voll in Ordnung. Sauber und mit kleinen Fotos von verschiedenen deutschen Sehenswürdigkeiten ganz hübsch eingerichtet. Es war noch warm vom Tag. Jenny schloss die Tür, sperrte zu und ließ den Schlüssel stecken, um auch definitiv Ruhe zu haben. Dann legte sie sich ins Bett, kuschelte sich in die Decke und schlief augenblicklich ein. Sie träumte von einem *Audi* mit bösen Augen, der in ihr Zimmer krachte, und davon, wie ihre Eltern mit hasserfüllten Mienen ausstiegen, um sie nach Hause zu holen. Sie wachte schweißgebadet auf, stellte fest, dass das Zimmer noch im besten Zustand war, und schaffte es nach ein paar Minuten, wieder einzuschlafen.

Die Sonne, die Jenny am Mittwochmorgen ins Gesicht schien, ließ sie mit einem Lächeln erwachen. Es gab keine bessere Art, aufzuwachen. Ihre Laune war bestens und auch das Heimweh machte ihr weniger zu schaffen. Sie checkte aus, schnappte sich ihren Rucksack und machte sich auf Jobsuche. Doch jeder Kneipen- oder Cafébesitzer, den sie wegen eines Jobs fragte, schickte sie wieder weg. Immerhin waren alle nett zu ihr, aber sie hatten schlicht keine Jobs zu vergeben. Die meisten hatten vor, in den nächsten Tagen zu schließen, oder hatten bereits zu und waren nur noch da, weil sie über ihrem Lokal wohnten oder letzte Aufräumarbeiten erledigten. Ein paar sagten ihr auch, dass ihnen die Arbeit schlicht Spaß machte und sie nichts anderes zu tun hatten. Keiner hatte Not, eine Kellnerin anzustellen.

Gratis hätte sie gerne helfen dürfen, aber Bezahlung ging gar nicht mehr, wie sie ein älterer Herr mit einem fein getrimmten Backenbart aufklärte: »Es kommen zu wenig Gäste, junges Fräulein, da würde ich nur draufzahlen. Mein Geld und meine Zeit kann ich besser verwenden in den nächsten Tagen.«

Sein englischer Akzent und seine freundliche, ausgesucht höfliche Art hatte sie wenigstens ein bisschen amüsiert, das war noch das Beste, was sie über ihre Besuche am Mittwoch sagen konnte. Es war unglaublich anstrengend, den ganzen Tag damit zu verbringen, nach einem Job zu suchen, während alle Menschen um sie herum beschäftigt waren. Die einen damit, das Leben zu genießen, in der prallen Sonne zu liegen, die anderen damit, laut vom Jüngsten Gericht zu skandieren. Immer wieder sah sie gemalte Pappschilder, auf denen Texte zur Apokalypse standen. Eine Frau trug auf einem solchen Schild Bibelzitate vor sich her. Sicher machten die Leute das nur, weil sie es in Filmen gesehen hatten. Ihr waren nur wenige Leute in der Stadt begegnet, die wirklich vollkommen seriös ihrer Arbeit nachgingen. Dazu kam die Hitze. An einer Apotheke hatte sie oben eine große digitale Anzeigetafel gesehen, bei der sich ein Thermometer und eine Uhr alle paar Sekunden abwechselten. Sie hatten heute knapp dreißig Grad. Kein Wunder, dass die Menschen um sie herum so leicht bekleidet umherliefen. Zwischen ihrem Top und ihrem Rucksack bildeten sich im Laufe des Tages Sturzbäche aus Schweiß. Es wurde langsam Abend und sie hatte nichts erreicht, wenig gegessen und war schwer gefrustet. Da erinnerte sie sich daran, dass in der Bar des Engländers Konzertankündigungen gehangen hatten. Billig auf A4-Papier gedruckt in schwarz-weiß, aber immerhin. Ihr MP3-Player war zwar mittlerweile wieder lauffähig, aber endlich mal wieder ein bisschen Live-Musik zu hören, würde sie bestimmt auf schönere Gedanken bringen.

Es war ein Mann mit Akustik-Gitarre, der ruhige, nachdenkliche Songs spielte. Die Bar war ganz gut besucht, aber Jenny verstand jetzt, dass der Besitzer, der auch Barkeeper war, keine Bedienung brauchte. Er arbeitete schnell und effizient, jeder Handgriff saß. Bis sie sich ausreichend an den Laden hier gewöhnt hätte, wären die wenigen Tage, die sie noch hatten, schon vergangen gewesen. Sie gönnte sich ein Bier. Der freundliche Barkeeper erkannte sie wieder und gab es ihr wesentlich günstiger. Jenny bedankte sich, nippte an ihrem Bier und überlegte, welche Möglichkeiten ihr noch blieben. Betteln würde nicht viel Geld bringen und stehlen wollte sie für nichts in der Welt. Sie konnte zur Polizei gehen, sagen, wer sie war, und darauf hoffen, dass man sie nach Hause brachte. Falls bei der Polizei überhaupt noch gearbeitet wurde. Auch Polizisten hatte sie heute in der Innenstadt kaum welche gesehen. Es war die einzige echte Möglichkeit, die ihr bleiben würde, wenn ihr das Geld ausging. Für heute Nacht hatte sie sich nochmal dasselbe Zimmer im Hostel geben lassen. Es widerstrebte ihr zutiefst, auf der Straße oder in einem Park zu schlafen, ungeschützt und allein. Jenny stand da, wippte im Takt der Musik und betrachtete den Mann auf der Bühne, der einen schwarzen Hut tief ins Gesicht gezogen hatte und eine Sonnenbrille trug. Seine Stimme klang angenehm und kraftvoll und ihr war, als hätte sie das Lied schon mal im Radio gehört. Bestimmt ein Cover. Es war beneidenswert, wie er sein Geld verdienen konnte. Er hatte das geschafft, was sie wollte. Seine Leidenschaft soweit verfolgt, dass sie Geld einbrachte. Immer wenn er nach ein paar Songs seinen Hut vom Kopf nahm und herumgehen ließ, kam der nach wenigen Minuten gut gefüllt mit Münzen und auch einigen Scheinen zurück. Das Publikum wechselte regelmäßig, und wieder und wieder ging der Hut herum. Jenny kam eine Idee. Von einer Sekunde zur anderen stellte sie ihr halbvolles Bier ab und beeilte sich, die Bar zu verlassen.

29 / JULIA

Sie erwachte, als Justus begann, sich anzuziehen. Sie brauchte einen Moment, um die Orientierung wiederzufinden. Die Dachschräge über ihr, das viele Holz, das große Bett. Das weiche glatte Bettzeug, das so ganz anders war als ihr eigenes. All das war ihr nicht vertraut. Dann erinnerte sie sich, dass sie gestern Abend mit zu Justus gegangen war, wie sie einander ausgezogen hatten und übereinander hergefallen waren. Wie Ausgehungerte, die sich auf Essen stürzen – als hätten sie beide seit Monaten keinen Sex gehabt.

»Guten Morgen«, sagte sie verschlafen und ein Lächeln der Erinnerung zierte ihr Gesicht.

»Morgen«, sagte er. Ernster, als sie es nach der letzten Nacht erwartet hatte. »Ich muss zur Arbeit. Bin schon spät dran.«

Julia ließ sich von dem kleinen Dämpfer nicht beirren. Sie lächelte, schob demonstrativ die Decke weg und entblößte ihren nackten Körper.

»Sehen wir uns danach noch, wie ausgemacht?«, fragte sie.

»Ich ... ähm.«

Diesmal klang seine Stimme nicht so abweisend. Er war zu abgelenkt, um zu sprechen.

Sein Starren gefiel ihr. Er hatte das alles schon gesehen und trotzdem blieb auch einem intelligenten Mann wie ihm jeder Satz im Halse stecken, bloß, weil er einen nackten Körper vor sich hatte. Er rang mit sich, ob er sich nicht einfach wieder zu ihr legen sollte, das sah sie an seiner Mimik und daran, wie angespannt er wirkte. Aber er sprach allerlei von seinem Pflichtbewusstsein und dass sie sich gerne heute Abend sehen konnten. Er gab ihr einen kurzen

Abschiedskuss und quälte sich aus dem Zimmer. Julia blieb noch einen Augenblick liegen und döste, dann machte sie sich auf, das Bad zu suchen. Sie fand sich hier schnell zurecht. Es war wirklich ein hübsches Haus. Vom Wohnzimmer abgesehen sah alles ein wenig so aus, als hätte man Katalogbilder nachgebaut. Ob Justus wohl einen Einrichter beschäftigte? Julia genoss die ausführliche Dusche. Es regnete aus einem breiten Duschkopf von oben herab und Platz war auch weit mehr als bei ihr zuhause. Es gab keinen Grund zur Eile. Sie war später noch mit Elsa verabredet, sonst hatte sie keinerlei Termine. Wozu auch? Am Nachmittag würde sie dann hierher zurückkommen und ihre Pläne in die Tat umsetzen. Im Bad stand ein kleiner Fernseher. Auch ein Luxus, den sie sich zuhause nie geleistet hatte. Sie schaltete ihn an, während sie sich zurechtmachte. Die Meldungen in den Nachrichten wurden immer extremer und besorgniserregender. In vielen Städten hatte es Massenschlägereien, Brandstiftung und Plünderungen gegeben. Hier in Frankfurt schien es bisher zum Glück weitgehend ruhig zu sein. Viele Geschäfte im ganzen Land hatten bereits geschlossen. Die Supermärkte, die noch bewirtschaftet wurden, standen vor dem Problem, überhaupt noch Lieferungen zu bekommen. Aber Polizei und THW unterstützten gemeinsam mit vielen freiwilligen Helfern Spediteure, um weiterhin genug Lebensmittel in die Läden zu bringen und dadurch hoffentlich Aufstände zu verhindern. Eine satte Bevölkerung war eine zufriedene Bevölkerung. Zumindest weitgehend. Die größte Veränderung, die Julia in den letzten Tagen um sich herum erlebt hatte, waren die vielen Menschen auf den Straßen, die Zusammenkünfte, die überall stattfanden, und die seltsam verzweifelt gutgelaunte Art vieler Leute. Es sind nur noch wenige Tage, die müssen um jeden Preis genossen werden, schien vielen der Frauen und Männer auf die oft schon etwas faltige Stirn geschrieben zu sein. Es kam Julia absurd vor. Menschen, von denen sie sicher war, dass sie ihr ganzes bisheriges Leben in der Arbeit und auf dem heimischen Sofa beim Soapgucken verbracht hatten, tanzten plötzlich nackt in den Straßen. Oder liefen herum und schrien vor sich hin.

Alles in allem war es hier in Deutschland und Europa noch relativ ruhig. In den Staaten hatte es in der Nacht Schießereien vor Kirchen gegeben und Eskalationen, die wahre Glaubenskriege befürchten ließen. Protestanten, Katholiken, Muslime, Juden, Zeugen Jehovas und Buddhisten – nach all dem, was der Nachrichtensprecher da berichtete, gingen Mitglieder dieser und noch vieler weiterer Religionen aufeinander los. Insbesondere auch Religionsführer, deren jeweilige Götter in der Pressemitteilung nicht genannt worden waren, schienen gekränkt, wütend und in vielen Fällen konfliktbereit. Im Nahen Osten hatte sich die Lage nach anfänglicher Ruhe am Montag mittlerweile ebenfalls deutlich verschärft. Bombenanschläge traten in mehreren Regionen so gehäuft auf, dass sich kaum noch jemand nach draußen traute. Die Straßen waren wie leergefegt. Wo man nur hinsah, gab es Krisen, Streit zwischen Religionsführern und politische Ohnmacht. Unter den Umständen war es ein Wunder, dachte Julia, dass bisher überhaupt noch jeden Tag regelmäßig die Nachrichten gesendet wurden. Sie schaltete den Fernseher aus und dankte der Göttin Li dafür, dass sie von solchen Katastrophen verschont geblieben war. Diese ganze Sache mit ihrer eigenen Religion gefiel ihr so langsam außerordentlich gut. Wie viel Anhänger würde sie brauchen, um wirklich nach den Regeln ihrer Religion beurteilt zu werden, wenn es Montag wurde? Die Seite bei *Facebook* hatte schon ein paar Likes, der *Instagram*-Account fast 200 Follower, aber die würden vermutlich noch nicht als wirkliche Anhänger gelten. Sie machte sich auf den Weg nach Hause. Tatsächlich war hier im Viertel von Religionskriegen oder Problemen wenig zu sehen. Bisher schien von keiner Gruppierung Gefahr auszugehen.

Julia zog ein knallrotes Top an, das sie nur selten trug und dessen Ausschnitt sie schwer an das Oktoberfest im letzten Jahr erinnerte, auf das sie mit Thomas gegangen war. Sie damals im Dirndl, das ihre Brüste so zusammengequetscht hatte, dass Thomas sich den ganzen Tag kaum eine Sekunde vernünftig mit ihr unterhalten konnte, und er selbst in Lederhose, die an ihm einfach nur lächerlich aussah. Und diese Beine. Käsige, nackte Männerbeine mit der Extra-Portion Speck. Glücklicherweise war er damit bei Weitem nicht allein gewesen, so hatte sie diesen peinlichen Anblick besser verkraftet. Zu dem sehr einblickfreudigen Top trug sie heute einen ebenfalls roten Minirock. Ihr Plan war es, aufzufallen, und sie wusste dafür die Waffen einer Frau zu nutzen. Das hatte sie den guten Genen ihrer Mutter zu verdanken, auch wenn diese nie viel Wert auf Dinge wie Styling gelegt hatte.

Schon auf dem Weg zum Platz der Einheit verursachte sie jede Menge starrende und verärgerte Blicke. Das Starren kam von einigen der Männer, die Verärgerung von deren Frauen, wenn sie ihre Liebsten beim Gaffen ertappten. Doch als sie Elsa sah, war sie sich sicher, dass diese heute mindestens ebenso viel Aufmerksamkeit auf sich ziehen würde, obwohl bei ihr so gut wie keine nackte Haut zu sehen war. Elsa trug ein rot-gelb-gestreiftes Narrenkostüm mit weiter Hose und weiter Jacke, das sie sich aus ihrem Theater ausgeliehen hatte, inklusive bunter Mütze, die in vier großen Strahlen vom Kopf abstand. Alles war weit und fluffig an diesem Kostüm und zahllose Glöckchen bimmelten bei jedem Schritt. Julia tat schon nach fünf Minuten in Ellis Nähe der Bauch weh, weil sie so viel über das Kostüm lachen musste. Der kleine Stand, den sie gestern vorbereitet hatten, war schnell aufgebaut. Ein bemaltes Laken über einem Klapptisch, den Elsa mitgebracht hatte, dann noch die nagelneuen Flyer drauf und schon waren sie soweit. Auf den Flyern war alles erklärt, was es bisher über den Lizismus zu wissen gab.

Sie hatten versucht, es in so schöne und professionelle Worte zu kleiden, dass nicht weiter auffiel, wie dürftig die Angaben alles in allem waren. Julia blieb am Stand stehen, während Elsa wie ein Wirbelwind über den Platz eilte, Leute ansprach und versuchte, sie zu überzeugen. So war es immer mit Elsa. Sie war unglaublich schnell für eine Sache zu begeistern und stürzte sich mit Elan hinein. Zwar verlor sie meist auch genauso schnell wieder die Lust daran, aber bei einem Zeitlimit von fünf Tagen dürfte das nicht zum Problem werden, hatte sich Julia selbst versichert, bevor sie sich mit der Idee überhaupt an Elli gewandt hatte.

Das Interesse war erstaunlich. Sie hatten Glück, dass auf dem Platz so viel los war. Elsa schleppte einen Interessierten nach dem anderen an und viele Menschen holten sich auch von selbst Flyer ab. Am frühen Nachmittag gingen ihnen die zweitausend Flyer aus, die sie für den heutigen Tag heimlich in Julias altem Büro gedruckt hatten, und zogen los, um Nachschub zu besorgen. Das Bürohaus war keine zwanzig Meter entfernt, und so konnte Julia schnell nachlegen. Diesmal hatte sie sich nicht so viel Mühe mit Diskretion gegeben, das Licht angelassen und sich nicht vor jedem Gang umgesehen, ob jemand da war. Das Büro lag vollkommen verlassen da. Ein Wunder, dass der Strom noch funktionierte, ging es ihr durch den Kopf, während sie am Drucker stand. Sie hatten überlegt, ob sie für den Lizismus eine Art Taufe einführen sollten, aber sie beließen es bei einer kleinen Checkbox neben der Zeile »Ja, ich bin ein offizieller Anhänger des Lizismus« und einem Feld für den Namen daneben auf dem Flyer. So war die Hemmschwelle niedriger. Wer ließ sich schon gerne von anderen Menschen mit Wasser bespritzen, oder, wie sie es aus Videos von den Massentaufen der Zeugen Jehovas kannte, sogar ganz untertauchen. Am Stand hatten sie eine kleine Box aufgestellt, wo man die ausgefüllten Flyer einwerfen konnte. Den Zögerlichen nannten sie Ellis Adresse, damit sie auch später die

Möglichkeit hatten, der Religion beizutreten, dann eben mit einem Einwurf des Flyers in Ellis Briefkasten. Von allen besonders Interessierten schrieben sie sich die Mail-Adressen auf. Am Abend sollte es eine erste Zusammenkunft geben, mit Gebeten und Andacht und einer großen Bar. Vielleicht war Freibier eine Idee. Julia wollte der Religion all das geben, was sie bei ihren Erkundungen in den letzten Tagen vermisst hatte. Jetzt mussten sie nur noch das Haus, das zur Kirche des Lizismus werden würde, angemessen herrichten.

30 / MANFRED

Als Manfred nach Hause kam, ahnte er nichts Böses. Wie immer stellte er die Schuhe akkurat ins Schuhregal, hängte seine Jacke an den dafür vorgesehenen Haken, wusch sich die Hände und gab seiner Frau einen Kuss auf die Wange, bevor er sich an den Tisch setzte. Er atmete tief durch, um sich zu beruhigen, und schüttelte dann nur den Kopf.

»Du glaubst nicht, was heute alles los war. Sowas habe ich in all meinen Dienstjahren noch nicht erlebt«, sagte er und sein Blick war fassungslos auf den Suppenteller vor ihm gerichtet. »Traudl war von ihrem kindischen Trinkspiel irgendwann so betrunken, dass sie sich mitten im Büro erbrochen hat. Direkt neben ihren Papierkorb. Es war einfach nur widerlich. Ich sage es dir. Meier hat auch wieder nur Mist gemacht. Mir ein Furzkissen auf den Stuhl gelegt, wie ein dummes Kind. Unterlagen versteckt. Zumindest bin ich mir sicher, dass das dieser … ich weiß gar keinen Ausdruck dafür. Jedenfalls bin ich mir sicher, dass er es war. Außerdem hat er eine Apparatur mit einem Eimer und Schnüren gebaut, die mir literweise grün gefärbten Schleim über den Kopf geschüttet hat, als ich die Kaffeeküche betreten habe. Die Sauerei kannst du dir nicht vorstellen. Ich musste meine Ersatzkleider holen und habe ewig gebraucht, bis ich wieder sauber war. Ich habe ihn angebrüllt. Helga, ich sage es dir, ich wäre am liebsten handgreiflich geworden.«

Helga saß nur da, hörte zu und nickte fast unmerklich.

»Ich habe heute einen einzigen Antrag geschafft«, fuhr Manfred fort. »Einen einzigen! An einem ganzen Arbeitstag. Stell dir mal vor! Ich habe Meier dann noch vor allen zurechtgewiesen und heimgeschickt und mehrere Kollegen haben mich angesprochen und mir gesagt, dass ich mich falsch verhalte. Dass ich mich falsch verhalte, Helga! Kannst du dir das vorstellen? Die sind doch alle irre geworden. Jeder, der an diesen … diesen Wahnsinn von einem Weltuntergang glaubt, gehört einfach weggesperrt.«

»Das sehe ich nicht so«, sagte Helga entschieden.

Eine ungewohnte Stille entstand. Einen Moment fragte sich Manfred, ob er sich vielleicht schlicht verhört hatte. Er schluckte mehrfach hörbar, brauchte aber eine Weile, bis seine Worte erneut den Weg vom Gehirn zu seinem Mund fanden.

»Du siehst das nicht so?«, fragte er dümmlich.

Weitere Stille. Helga schüttelte den Kopf und verschränkte die Arme. Sie sah angespannt aus. Dann sprudelte es förmlich aus ihr heraus.

»Mir macht das Angst, was auf der Welt passiert. Ich glaube nicht, dass diese Meldung vorgestern wirklich nur Unfug war. Das kam in allen Medien der Welt gleichzeitig. Es gab keine Berichte davor. Wie sollen die sich abgesprochen haben? Und wozu sollten sie so etwas tun?«

Einen Augenblick rang sie nach Worten. Der verständnislose Blick ihres Mannes machte es ihr offensichtlich schwerer.

»Ich habe mit den Leuten am Strand gesprochen, die wir gestern gesehen haben. Ich war heute nochmal da. Sie sind sich alle sicher, dass wir vor unseren Schöpfer treten müssen oder vor wen auch immer.«

»Verdammt nochmal!« Manfreds Stimme war jetzt deutlich lauter und wütender. »Was du dir für einen Unfug erzählen lässt. Für so naiv hätte ich dich nicht gehalten. Das ist ja lächerlich.« Er schüttelte den Kopf. »Vor unseren Schöpfer treten«, äffte er sie nach.

Es klirrte laut. In ihrem ganzen Leben hatte Helga keine Tasse an die Wand geworfen. Überhaupt war sie noch nie so außer Kontrolle geraten, doch jetzt reichte es. Sie sprang auf. Ihre Stimme überschlug sich.

»Dann geh doch weiter in deine Arbeit, wenn es dich glücklich macht. Ich will an meinen letzten Tagen noch ein bisschen mehr Freude haben, als mir dein Gemecker anhören zu müssen. Ich gehe jetzt weg. Weg von hier und von dir und du brauchst mir nicht nachzukommen!«

Mit diesen Worten ging sie. Und sie ging wirklich. Sie packte in aller Eile ein paar Dinge, was genau, wusste er nicht. Er sah nur, wie sie mit einer kleinen Tasche durch den Flur ging, dann war sie fort. Ohne sich noch einmal zu verabschieden. Manfred fühlte sich wie im falschen Film, wie er da so vor seiner mittlerweile kalten Suppe saß. Völlig allein. Sollte er ihr nachlaufen?

Irgendwann stand er auf, holte sich ein Pils aus dem Kühlschrank, setzte sich auf seinen Stuhl auf der Terrasse und trank es. Er konnte nicht verstehen, was da gerade passiert war. So vieles konnte er dieser Tage nicht verstehen.

Manfred ging an diesem Abend früh schlafen. Morgen war schließlich ein Arbeitstag.

31 / RON

Schon eine ganze Weile hatte Ron die junge Frau mit den stylisch kurzen, blondierten Haaren im Blick gehabt, ihr zugesehen, wie sie ihr Bier trank und der Musik lauschte. Ihr Blick und ihre Augen faszinierten ihn. Wer sie nur war? Vielleicht konnte er sie nach dem Konzert fragen, ob er sie mit Jack bekannt machen sollte, und sie darüber kennenlernen? Das Risiko war zu groß, dass sie dann nur Augen für Jack haben würde. Schließlich war Jack berühmt, schon oft im Fernsehen gewesen und viele Frauen bewunderten ihn. Und wenn er sie einfach direkt ansprach? Wenn er noch länger wartete, konnte es auch gut sein, dass vorher ein anderer vorbeikam und mit ihr ein Gespräch anfing. Diese Augen waren so unbeschreiblich schön. Gerade hatte er sich überlegt, zu ihr hinüberzugehen, da war sie wie von der Tarantel gestochen von ihrem Barhocker aufgesprungen und hatte das Weite gesucht. Zurück blieben nur ein enttäuschter Ron und eine halbleere Flasche Bier, die auf dem Tresen vor sich hin wärmte. Langes Trübsalblasen war nicht seine Art, und so wandte er sich wieder dem Konzert zu. Jack Rodman live zu erleben war beeindruckend. Er hatte nun schon zwei Tage mit ihm verbracht und mochte ihn. Vor allem weil er gestern Abend sehr cool reagiert hatte, als sie Achim da rausgeholt hatten. Er war ein seltsamer Typ. Oftmals schroff und ungelenk in seinen Umgangsformen, dann wieder so betont lässig und cool. Aber auf der Bühne war er in seinem Element.

Trotz seiner Schwäche und der stark blutenden Nase waren Achims erste Worte »Tu die Waffe weg!« gewesen, als sie ihn um die nächste Häuserecke geschafft hatten.

Jack hatte nur gelacht und den Abzug gedrückt. »Ist nur mein Feuerzeug, der älteste Trick der Welt.«

Sie hatten Achim, der völlig erschöpft war, in den Bus gebracht. Der Weg zum Bus war anstrengend gewesen, so schwer und angeschlagen wie Achim war, doch auf die Matratze hätten sie ihn wohl zu zweit gar nicht mehr hieven können. Da hatte Achim nach einem kurzen Moment der Ruhe jedoch genug Kraft gesammelt, um sich selbst mit hochzustemmen, und war dann auf der Matratze zusammengebrochen. Sie waren mit ihm ein Stück in die Innenstadt Hannovers gefahren. Jack saß am Steuer, Ron versuchte, Achim zu versorgen. »Ich habe eigentlich Sanitäter gelernt«, hatte er Achim wahrheitsgemäß erklärt, um zu rechtfertigen, was er tat. Verschwiegen hatte er, dass er die Ausbildung nicht fertiggemacht hatte. Genau genommen war er schon nach drei Wochen rausgeflogen, weil man ihn beim Kiffen auf dem Klo erwischt hatte. Zum Glück hatte man von einer Anzeige abgesehen. Aber für die meisten von Achims Verletzungen reichten seine rudimentären Kenntnisse und der Verbandskasten des Autos. Mit der Nase war er sich nicht sicher, aber er hatte mal gehört, dass man den Knochen nach vorne ziehen musste, bis es eine Art Knacken gab und alles wieder an seinen Platz rutschte. Doch bei jedem Versuch hatte Achim noch schlimmer geschrien und sie waren letzten Endes doch noch ins Krankenhaus gefahren, um ihn versorgen zu lassen. Auf dem Weg dorthin war Achim wieder ein wenig zu Kräften gekommen. Sie hatten ihn gedrängt zu erzählen, was es mit der ganzen Sache überhaupt auf sich hatte.

Der Mann, den er hatte verprügeln wollen, hieß Florian und die beiden waren schon seit ihrer Schulzeit befreundet gewesen. Sie hatten sich kennengelernt, als Achim im Alter von elf Jahren mit seinen Eltern von Stuttgart hier nach Hannover gezogen war, damit sein Vater einen besser bezahlten Job antreten konnte.

»Ich war damals ziemlich schüchtern«, erzählte Achim. »Kaum war ich in der Schule angekommen, es war noch am ersten Tag, da gingen ein paar Größere auf mich los, weil ich ihnen mein Geld nicht geben wollte. Sie haben mich hin und her geschubst. Ich war alleine und die zu viert. Ich hatte beschissene Angst. Da kam Florian, der damals schon ziemlich groß für sein Alter war, und hat gesagt, sie sollen aufhören, sonst setzt es was. Sie haben nur gelacht. Da hat er sich den Lautesten von denen geschnappt und ihm den Arm verdreht und ihn zu Boden gerissen. Das hättet ihr sehen sollen, wie der gewinselt hat. Florian hat ihm eingeschärft, den Scheiß zu lassen, und so wurden wir Freunde. Wir haben in der Schulzeit fast jeden Tag miteinander verbracht. In den Jahren danach genauso.«

Jack hupte laut in der Hoffnung, die Autos vor ihnen würden verschwinden, und Achim erzählte weiter. Sie hatten gemeinsam Abi gemacht, gemeinsam ihre Ausbildung bei der Polizei angetreten und lange Jahre gemeinsam gearbeitet. Achim hatte die besseren Noten, mehr Geld und mehr Glück in der Liebe gehabt, aber er hatte das nie für ein Problem zwischen ihnen gehalten. Sogar aneinander angrenzende Doppelhaushälften hatten sie sich gekauft. Achim gemeinsam mit seiner Frau, wenn auch auf ihren Namen, Florian allein. Achim hatte Florian insgeheim immer für schwul gehalten, gab er zu.

»Ich dachte, das wäre der Grund, warum er nie länger mit einer Frau liiert war«, sagte Achim mit einem bitteren Gesichtsausdruck. »Da habe ich mich wohl geirrt.«

Die langen Einsätze der letzten Monate, viele davon in Wiesbaden, hatten Probleme in Achims Ehe gebracht. Er hatte kaum noch Zeit für seine Frau und sie war von ihm genervt, doch hatte er nicht gedacht, dass die Beziehung daran kaputt gehen würde. Oder es nicht wahrhaben wollen.

»Und Florian habe ich im Haus nebenan nie als Bedrohung wahrgenommen. Ich hätte nicht gedacht, dass er in der Lage ist, mir so in den Rücken zu fallen. Dann hat Luisa mich letzte Woche angerufen.« Achim hatte jetzt Tränen in den Augen. »Sie hat mir gesagt, dass sie sich trennen wolle und dass es einen anderen gebe. Ich wollte es erst nicht glauben. Dann habe ich gefragt, wie lange schon, und sie hat mir nicht geantwortet. Als sie mir gesagt hat, wer es ist, bin ich ausgeflippt und habe sie angeschrien. Danach habe ich meine Wohnung kurz und klein geschlagen. Aber ich hatte noch Dienst und konnte nicht so schnell weg, also wollte ich am Montag aufbrechen und dann kam alles ein bisschen anders als gedacht.«

Endlich konnten sie weiterfahren. Jack folgte den Hinweisschildern zum Krankenhaus.

»Vielleicht war das der Grund, dass seine Beziehungen nie gehalten haben. Er war einfach auf meine Frau scharf«, sagte Achim wütend. »Er hat mich wohl erwartet, der Bastard. Wir waren über die Jahre immer fast gleich stark, aber ich habe mich zu sehr auf den Überraschungseffekt verlassen.«

»Und auf den Schlagring«, fügte Ron dümmlich hinzu und kam sich sofort blöd vor, dass er das gesagt hatte. Der blutverschmierte Schlagring lag jetzt in einem der Geschirrfächer des Busses, Achim hatte ihn immer noch fest in seiner Hand gehalten, als sie ihn zurückgebracht hatten.

»Gut, dass ich nicht wusste, dass er ein Bulle ist«, sagte Jack vom Fahrersitz aus nachdenklich. Achim hatte bei dem Wort Bulle die Miene verzogen, aber Jack sah es nicht und ließ sich von solchen Dingen generell nicht aus der Ruhe bringen. »Hätte ich es gewusst, hätte ich mich die Nummer mit der Pistole sicher nicht getraut«, setzte Jack nach.

»Es ging zu schnell und war zu dunkel, als dass man sich darüber hätte Gedanken machen können. Der Einzige, der heute den

Überraschungseffekt genutzt hat, warst du«, sagte Achim mit einem schwachen Lächeln auf den Lippen.

Als sie ihn ins Krankenhaus brachten, wurde schnell klar, dass es einige Zeit dauern würde. Ron machte Stress, damit sich jemand zeitnah Achims Nase ansah, aber es dauerte dennoch eine Ewigkeit. Die Wartezeit verbrachten sie auf hässlichen, grünen Plastikstühlen, die mehr als ungemütlich waren. Um sie herum wimmelte es von Menschen, die noch schlimmer zugerichtet waren als Achim. Die Notaufnahme war restlos überfüllt und auf den blauen Plastikstühlen sah man jede Menge Männer und Frauen mit blutenden Wunden, Knochenbrüchen und schmerzverzerrten Gesichtern.

»Wieso wart ihr überhaupt da?«, fragte Achim nach ein paar Minuten nachdenklich. »Wir wollten uns doch erst um zehn treffen, und auch nicht dort, sondern vor der Bank.«

Ron schwieg einen Moment, unsicher, wie er es formulieren sollte.

»Ich habe dir die Nummer mit deiner Frau nicht so richtig abgekauft. Du hast sie in der ganzen Zeit nicht ein einziges Mal angerufen, zumindest habe ich nichts mitbekommen, hast wenig von ihr erzählt und so. Und dann ziehst du dich im letzten Moment um, bevor du sie triffst, statt in dem schicken Anzug zu bleiben? Nicht sehr wahrscheinlich, auch wenn du den Anzug schon eine ganze Weile getragen hast. Es sah nicht so aus, als wären das Klamotten, die du regelmäßig trägst, der Pulli hat überhaupt nicht gepasst. Ich hatte Sorge, dass du die Bank, vor der wir gehalten haben, überfallen willst, und wollte dich deswegen im Auge behalten. Nicht, dass ich hier das Fluchtfahrzeug stelle und nichts mitbekomme.«

Achim lachte schallend und hielt sich dann vor Schmerzen die Rippen.

»Als du da ohne weiteres rauskamst, waren wir neugierig und haben das weitere Geschehen aus sicherer Entfernung verfolgt. Und als du bei der Nahkampfübung dann so gar nicht mehr aufgestanden bist, waren wir sicher, dass wir eingreifen sollten. Ich habe nach etwas gesucht, womit ich den Typen fernhalten könnte, und dann meinte Jack, ich soll ihn mal machen lassen.«

»Schwein gehabt, oder?«, sagte Jack.

Achim nickte mit ernster Miene. »Zwischendurch hatte ich Angst, dass der Sack mich umbringt, bei diesem Blick, den er im Gesicht hatte.«

Nach Stunden erst holte eine Schwester Achim zur Behandlung. Inzwischen hatte Jack sich aus dem Staub gemacht. Ihm war ein alter Kumpel von einer früheren Tour eingefallen, ein Engländer, der hier in der Stadt eine Bar besaß, und er wollte einen Gig für Mittwochabend klarmachen. Achim kam mit einem kleinen Pflaster auf dem frisch gerichteten Nasenbein, Verbänden und Schmerzmitteln in der Tasche zurück, und da der Morgen graute, beschlossen er, Ron und der inzwischen zurückgekehrte Jack, eine Kleinigkeit zu frühstücken. Den ganzen Tag vertrödelten sie dann in Hannover, tranken Bier und genossen die Sonne. Zwischendurch telefonierte Ron mit seiner Mutter, die aber nichts von dieser ganzen Sache mit dem Weltuntergang hielt und ihm nur Vorwürfe machte, dass er auf der faulen Haut lag. Das Gespräch dauerte nicht lange.

Sie fanden einen schönen kleinen Park mit Kneippbecken, wo sie auf der Wiese liegen und, von der Sonne angestrahlt, ein wenig Schlaf der vergangenen Nacht nachholen konnten. Achim hatte sich nicht getraut, beim Sonnenbaden etwas auszuziehen, sein Gesicht alleine hatte schon so viele blaue Flecken, dass er immer wieder angestarrt wurde. Was für Blicke hätte er dann erst für seinen zerschundenen Körper abbekommen? Nasenpflaster und Verbände an beiden Unterarmen taten da ihr Übriges. Ansonsten würde nach Verblassen der Schmerzen und blauen Flecken keine größere Erinnerung bleiben. Zwei Rippen waren angeknackst, würden aber von selbst wieder heilen. Wenn noch genug Zeit dafür blieb. Am Abend legte sich Achim in den Bus und schlief den Schlaf der Gerechten. Er hatte keinen Bedarf gehabt, in der Bar auch noch den ganzen Abend angestarrt zu werden, und die Schmerzmittel hatten in Verbindung mit dem Bier zusätzlich eine recht einschläfernde Kombination ergeben.

So stand Ron jetzt allein in der Bar, dachte an die Frau mit den blonden, kurzen Haaren und überlegte, wo er als nächstes hinwollte. Er hatte Jack versprochen, mit ihm nach Berlin zu fahren, aber würde er dann da bleiben? Mal nach Hamburg fahren? Oder vielleicht in ein anderes Land? Er hatte dringend mal noch nach Amsterdam gewollt.

Jack stellte seine Gitarre zur Seite und der Applaus ebbte ab. Der Raum leerte sich, abgesehen von ein paar Fans, die Jack um Autogramme baten und das Gespräch mit ihm suchten. Ron saß an der Bar.

»Wie lange kennt ihr euch schon?«, hörte er eine Stimme neben sich fragen. Der Barmann stand neben ihm.

»Gerade erst kennengelernt. Aber wir wollen im Moment in die gleiche Richtung«, antwortete Ron. »Und ihr?«

»Schon eine Ewigkeit«, sagte der Mann und seine Mundwinkel umspielte ein Lächeln der Erinnerung. Dann strecke er Ron seine Hand ihn. »Ich heiße John. John Radcliffe. Ihr fahrt nach Berlin, richtig?«

Ron stellte sich ebenfalls vor und bejahte.

»Berlin ist eine tolle Stadt. Ich war mit mal mit meiner Tochter dort, als sie noch hier gewohnt hat.«

»Wo wohnt sie denn jetzt?«, fragte Ron und trank einen Schluck. Offenbar brauchte dieser John jemandem zum Reden. Waren es nicht sonst immer die Barkeeper, die zugetextet wurden?

»Jasmin ist mit ihrer Mutter nach Leipzig gezogen. Seitdem sehen wir uns nicht mehr so oft. Gestern habe ich mit ihr telefoniert, ihr gesagt, wie sehr ich sie vermisse. Aber sie verliert das Interesse an mir. Ist schon vier Jahre her, dass ihre Mutter mich verlassen hat, weißt du? Da war Jasmin gerade zwei geworden.« Er goss sich einen klaren Schnaps aus einer Flasche ohne Etikett ein und trank ihn in einem Zug. »Seitdem wohnt sie bei einem anderen Kerl und ich sehe sie kaum mal. Oft bin ich mit der Bahn hingefahren und habe mir echt Mühe gemacht, aber ich bin halt nicht der, der sie vom Kindergarten abholt und so. Der ihr die Brote schmiert.«

Ron sah, dass er Tränen in den Augen hatte.

»Aber du bist ihr bestimmt auch wichtig«, versuche Ron ihm gut zuzureden.

John zuckte nur mit den Schultern.

»Wenn du sie vermisst, dann mach doch hier zu«, sagte Ron, nachdem er einen Moment nachgedacht hatte. »Schau, dass du irgendwie nach Leipzig kommst. Züge, Auto, zu Fuß. Ist doch egal. Kann sein, dass wir nur noch ein paar Tage zu leben haben. Da solltest du doch schauen, dass du deine Tochter nochmal siehst.«

Der große Mann lächelte und nickte. Seine Augen glitzerten. Er trank noch einen dieser undefinierbaren Schnäpse.

»Keine schlechte Idee, Kleiner«, sagte er. Dann wandte er sich zu Jack, der sich gerade neben Ron gesetzt hatte. »Ich geh mal kurz hoch, mich frisch machen, und begebe mich dann auf eine kleine Wanderung. Dein Freund hier hat mich auf eine Idee gebracht. Ich lass euch den Schlüssel vom Laden da. Sperrt ab, wenn ihr rausgeht, und werft den Schlüssel draußen in die Regentonne. Ich hab was zu erledigen.«

Er legte den Schlüssel auf den Tresen, dann nickte er Ron zu und ging hinaus.

»Was war denn das gerade?«, fragte Jack amüsiert.

Ron winkte nur ab. Er hatte nicht das Gefühl, dass Jack der richtige Gesprächspartner für so etwas war.

»Ich schätze, wir dürfen jetzt selber zapfen«, sagte er dann.

Als er mit Jack zusammen in den frühen Morgenstunden zum Bus zurückkehrte, waren sie beide gut angetrunken. Sie torkelten und alberten herum. Sie überlegten, wo sie hinreisen konnten mit dem Bus in den paar verbleibenden Tagen, aber Jack wollte seinen Termin in Berlin unter keinen Umständen absagen. Da sei was Besonderes geplant, sagte er mit einem Grinsen. Vielleicht war Achim ja fit genug, um zu fahren, dann konnte es endlich in Richtung Berlin weitergehen. Ron schob langsam und vorsichtig die Bustür auf, um Achim nicht zu wecken. Hatte schließlich genug mitgemacht, der Mann. Doch die Mühe lohnte sich nicht. Als Ron seinen Kopf in das Innere des Busses steckte, hörte er kein Atemgeräusch. Die Matratze war verwaist und Achim nirgendwo zu sehen.

32 / ACHIM

Als die Bustür ins Schloss gefallen war, war Achim noch ein paar Augenblicke regungslos liegengeblieben, bis er sich sicher sein konnte, dass Ron und Jack weit genug weg waren. Dann rappelte er sich auf. Trotz dreier *Paracetamol* war das Dröhnen in seinem Kopf noch immer ohrenbetäubend. Die blauen Flecke, seine Nase, die ramponierten Knochen – alles tat ihm weh. Aber sich ausruhen konnte er auch noch, wenn er tot war. Mit Rons Zweitschlüssel, den dieser ihm zur Sicherheit dagelassen hatte, sperrte er den Bus zu und machte sich auf den Weg. Es war mühsam, sich zusammenzureißen und nicht zu schreien oder bei jedem Schritt laut aufzustöhnen, doch jetzt, da die Sonne untergegangen war, achtete sowieso niemand auf ihn. Eine Viertelstunde lang schleppte er sich durch die zunehmende Dunkelheit, dann sah er endlich die vertrauten, bogenförmigen Fenster. Er hatte gehofft, dass Luisa selbst unter den seltsamen Umständen, die auf der Welt gerade herrschten, nicht von ihren Gewohnheiten abweichen würde. Mittwochabend war Pilates und danach ging sie mit ihren Freundinnen noch ins *Mauritius* auf einen Wein und ein paar Frauengespräche. Er betrat die Kneipe, doch von den Frauen blickte keine in seine Richtung, sie waren alle fünf in ihre Unterhaltung vertieft. Er betrachtete für einen Augenblick Luisas Hinterkopf, setzte sich dann aber an die Bar. Sicher würde sie bald mal aufs Klo gehen oder sich anschicken, aufzubrechen, so dass er sie ohne das Rudel um sie herum ansprechen konnte. Sein Magen fühlte sich angespannt an, wie früher, wenn sein Chef ihn ungeplant zu sich gerufen hatte. Achims Hände schwitzten. Die Minuten vergingen und Achim wurde immer ungeduldiger. Er traute sich nicht, noch mehr Bier zu trinken. Vorhin hatte ihn der Alkohol in Verbindung mit den Schmerztabletten zu benommen und schläfrig gemacht; nur mit Mühe hatte er es geschafft, sich überhaupt wachzuhalten, bis Ron endlich die Bustür hinter sich zugesperrt hatte.

»Noch zwei Rotweinsch…«

Sie hatte ihn, so dunkel gekleidet, für einen Kellner gehalten, doch als ihr Blick jetzt auf ihn fiel, stockte ihr sichtlich der Atem. Die Konversation am Tisch war zum Erliegen gekommen. Seine Schritte hatten ihn unsicher zu ihr geführt und jetzt ruhte ihr Blick finster auf ihm. Sie war doch seine Frau. Das konnte doch nicht so einfach weg sein. All die Jahre, all die Erinnerungen. Und jetzt so ein Blick.

»Achim, du gehst jetzt besser«, sagte eine rothaarige Frau, die die Situation am schnellsten überblickt hatte und der auf die Stirn geschrieben war, dass ihr Achims malträtiertes Gesicht eine Heidenangst machte. Sie hatte eine Warze auf der spitzen Nase und sah so aus wie eine Hexe aus einem Kinderbuch. Wie hieß sie noch? Martha? Martina?

Er legte Luisa die Hand auf die Schulter und spürte, wie sie versuchte, sich von ihm wegzubewegen.

»Ich glaube, wir sollten uns mal unterhalten«, sagte er ernst und ließ den Blick nicht eine Sekunde von ihr ab. »Sollen wir an die Bar gehen?«

Sie nickte stumm und ging mit ihm zur Bar. Wenn er in den darauffolgenden Tagen über die Situation nachdachte, wusste er nie so recht, was er eigentlich erwartet hatte. Dass Luisa in Tränen ausbrechen und ihm sagen würde, dass sie wieder zu ihm zurückwollte? Eine tiefsinnige, ausschweifende Unterhaltung über die Fehler, die sie in ihrer gemeinsamen Beziehung begangen hatten, hier in aller Öffentlichkeit? Eine riesige Szene? All das hielt er in diesem Moment per se für möglich, doch nichts trat ein. Sie saßen sich nur schweigend nebeneinander – beide warteten darauf, dass der jeweils andere etwas sagen würde. Luisa sah ihn an und ihre Augen wurden feucht. Keine Frage, wieso er so zugerichtet war. Keine Entschuldigung. Nur ein Hauch von Schuld in ihren Tränen. Jedes Wort, das er sich zurechtgelegt hatte, jeder Vorwurf blieb ihm im Halse stecken. Auch verheult waren ihre Augen noch schön, eines mehr grau, eines mehr blau. Sie sah traurig aus. Die Wut auf sie und das Bedürfnis, sie in den Arm zu nehmen, sie zu trösten, rangen in ihm miteinander. Gerade wollte er ansetzen, ihr zu erklären, was in ihm vorging, und versuchen zu verstehen, was passiert war, da erhob sie sich wieder von ihrem Stuhl.

»Ich muss mal kurz für kleine Mädchen, ich komm gleich wieder«, sagte sie schniefend.

Was für eine blöde Redewendung, dachte er. Er legte sich die Worte zurecht. Überlegte, was genau er ihr eigentlich sagen wollte. So saß er da mit seiner gleichmütigen Miene und wartete. Es dauerte fast zehn Minuten, bis ihm der Verdacht kam, dass sie nicht zurückkommen würde. Ihre Freundinnen saßen alle noch am Tisch und unterhielten sich leise, warfen aber auch keine Blicke mehr in seine Richtung. Sie hatten schneller geschaltet als er und brauchten sich jetzt keine Sorge mehr um Luisa machen. Um sicher zu sein, ging Achim zum Damenklo und warf einen kurzen Blick hinein. Das weit geöffnete Fenster versicherte ihm seine Idiotie. Er hatte das Gefühl, das Lachen hören zu können, wenn Luisa später diese Geschichte Flo erzählen würde. Was hatte er sich dabei gedacht? Die Kombination aus Schmerzmitteln und Alkohol war schlechter für den Kopf, als er vermutet hatte. Er zahlte seine Rechnung und machte sich auf den Weg zurück zum Bus, traurig und deprimiert. Als er um die erste Ecke bog, um wieder auf die Straße Richtung Innenstadt abzubiegen, sah er nur eine kurze Bewegung vor seinen

Augen. Später bildete er sich ein, schon beim Verlassen des Gebäudes in der Nähe schnelle Schritte gehört zu haben, aber vermutlich war das nur in seinem Kopf. Der Schlag traf ihn hart im Gesicht und drückte seine Nase wieder aus dem Heilungsprozess. Er war so unvorbereitet und von den Medikamenten betäubt, dass er es nicht schaffte, zurückzuschlagen. Jemand presste seinen Kopf auf den Asphalt und sagte dann leise nah an seinem Ohr: »Lass sie in Ruhe. Verpiss dich aus der Stadt. Sie will nichts mehr von dir. Du hast sie nicht verdient«, und fügte dann noch leiser hinzu: »Wenn du sie nochmal ansprichst, breche ich dir jeden Knochen einzeln.«

Dann spürte er, wie ihm zweimal, nein, dreimal mit Kraft gegen die Rippen getreten wurde. Achim verlor das Bewusstsein.

33 / JUSTUS

Zum Glück war die Schicht heute nicht zu lang. Schon die wenigen Stunden hatten Justus völlig erschöpft. Der Andrang im Klinikum hatte etwas nachgelassen und mittlerweile hatte die Klinikleitung ganz gut auf die Umstände reagiert und von vielen verschiedenen Stationen Personal abgezogen, von dem auch der Großteil nach wie vor zur Arbeit erschien. Es war ein guter Tag gewesen. Viele Patienten, wenig große Probleme. Die meisten hatten nur kleine Verletzungen bei Prügeleien abbekommen oder waren betrunken gestürzt. Nichts, was nicht in kürzester Zeit wieder geflickt gewesen wäre. Im Moment ging es bei ihnen in erster Linie um Effizienz. Möglichst viele Patienten in möglichst wenig Zeit behandeln, und zwar so, dass jedem exakt die tatsächlich notwendige Behandlung zukam. Das bedeutete schnelles Handeln. Viel schneller, als er es aus der Onkologie gewohnt war, wo Tests eine wichtige Rolle spielten. Entsprechend ausgezehrt fühlte er sich jetzt.

Und das Telefonat mit Julia bereitete ihm Kopfzerbrechen. Den ganzen Tag hatte neben seinem Kater der Gedanke geschwebt, dass er gestern etwas unsagbar Dummes getan hatte. Aber er konnte sich nicht erinnern und das Bett, in dem er heute Morgen erwacht war, hatte er sich exakt mit der Person geteilt, mit der er sich das erhofft hatte. Daher konnte das Gefühl also nicht kommen. Was hatte Julia vorhin am Telefon gesagt?

»Wir treffen uns bei dir. Es wird dir gefallen, was wir hier veranstalten.« Dann hatte sie aufgelegt.

Ihn überkam die dunkle Erinnerung, dass sie gestern über etwas geredet hatten, das sein Haus betraf und dazu diese komische

Sektensache, von der Julia so schwärmte. Oder bildete er sich das ein? Nicht, dass er ein großer Fan des Ganzen war, was sie gestern so erzählt hatte, aber er erinnerte sich noch ganz gut, dass es mit zunehmendem Alkoholpegel und Julias zunehmender Nähe alles besser geklungen hatte. Seltsam verheißungsvoll.

Schon als er in die Burghausenallee einbog, hörte er den wummernden Bass. Er wusste sofort, dass das laute Dröhnen aus seinem Haus kam. Er sah die brennenden Lichter und die Schatten der Menschen. Julia saß grinsend auf der kleinen Steinmauer, die seinen Vorgarten umschloss. Sie wollte ihn mit einem Kuss begrüßen, doch er wich zurück.

»Was hast du hier gemacht? Was machen all die Leute in meinem Haus?«

Einen Augenblick wirkte sie verdattert, dann fing sie sich wieder.

»Kannst du dich nicht dran erinnern?«, fragte sie.

»Woran erinnern?« Sein Tonfall war barsch und kalt. Sie konnte froh sein, dass er noch zu fassungslos war, um richtig auszuflippen.

»Du hast heute Nacht angeboten, dass du dein Haus als unsere Kirche zur Verfügung stellst. Du brauchst es ja eh nicht mehr lang, hast du gesagt.«

Schemenhaft flogen ihm Erinnerungsfetzen durch den Geist. Er hatte eine Rede gehalten, oder einen Toast ausgesprochen. Einen Toast auf Julia und ihre Idee. Hatte er ihr wirklich sein Haus zur Verfügung gestellt? Justus drängte sich entnervt an ihr vorbei.

»Raus! Alle raus aus meinem Haus!«, brüllte Justus in die tanzende Menge hinein. Zwei Leute warfen ihm einen kurzen, prüfenden Blick zu, der Rest tanzte und feierte vollkommen unbeirrt weiter. Ein, zwei Mal rief er noch – ohne Erfolg. Dann legte sich ihm eine Hand auf die Schulter.

»Komm mit nach draußen«, sagte Julia ruhig und liebevoll und zog ihn sanft vor die Tür.

»Schau«, begann sie zu erklären, »wir brauchten eben einen Ort für die Religion und du hast es selber gestern vorgeschlagen und gesagt, dass du dieses überdimensionierte Haus eh nie wirklich nutzt. Wie konnte ich da nein sagen? Du hast mir auch einen Schlüssel gegeben.«

Drinnen wechselte das Lied. Eine Basslinie begann. Ganz klar Michael Jackson. Die Menge johlte.

Justus hielt nur mit Mühe seine Wut zurück. Er gestikulierte vor ihrem Gesicht und rang weiter nach Worten.

»Du kannst doch nicht einfach ... Du hast das doch ... Meine ganzen Sachen sind da drin!«

Julia legte ihre Hände rechts und links auf seine Hüfte. Sie zog sich an ihn und unterbrach ihn mit einem leidenschaftlichen Kuss. Justus ließ es geschehen.

»Die haben wir alle in den Keller gesperrt«, sagte sie, als sie wieder von ihm abließ. »Alles Persönliche, und ich verspreche dir, dass wir morgen alles wieder herrichten. Das machen Elsa und ich, du brauchst dich um nichts kümmern. Es sind die letzten Tage auf Erden«, sagte sie und streichelte ihm über die Wange. »Versuch sie ein bisschen zu genießen und nicht immer so steif zu sein. Nicht auf eine schlechte Art zumindest.«

Sie grinste und zwinkerte ihm übertrieben deutlich mit einem Auge zu. Ihre Nähe entwaffnete ihn. Gemeinsam gingen sie nach ein paar Minuten wieder hinein und Julia besorgte ihm einen Drink von der Bar. Als er heute Morgen das Haus verlassen hatte, war da definitiv keine Bar in seinem Flur gewesen, aber jetzt florierte sie. Mit jedem Schluck, den er trank, entspannte sich Justus ein Stückchen mehr. Was half es schon, sich jetzt noch Gedanken um Eigentum zu machen? Er musste noch ein bisschen leben und versuchen, die Zeit, die ihm blieb, zu genießen. Jetzt zählte seine Karriere auch nichts mehr, genau wie sein Eigentum. Es zählte nur das Jetzt. Er ging mit Julia auf die Tanzfläche und gab sich den Beats hin, so gut er konnte.

Justus' gute Laune hielt auch am nächsten Morgen noch, als er, schon wieder verkatert, zwischen einer nackten Julia und einer überraschenderweise ebenfalls nackten Elsa in seinem Ein-Meter-achtzig-Bett erwachte. Elsa lag halb auf ihm, ihr Bein war um seinen Körper geschlungen. Er musste sie vorsichtig zur Seite drehen, um aufstehen zu können. Er warf sich einen Bademantel über. Die Erinnerungen an gestern Nacht waren verschwommen, aber genussvoll. Er schlich sich aus dem Schlafzimmer und ging ins Bad. Wie jeden Morgen schaltete er als Erstes den kleinen Fernseher ein, in dem gerade die Nachrichten begannen.

»Guten Morgen, hier spricht Carmen Wegener mit einem neuen Beitrag aus Berlin. Heute stehe ich unweit der Siegessäule.« Eine kurze Pause, nun wurde ihr Blick ernster. »Der Regierende Bürgermeister zeigte sich bestürzt über die in den letzten Tagen drastisch steigende Zahl von Gewalttaten, Plünderungen und Einbrüchen. Obwohl vielerorts von großen friedlichen Demonstrationen in der ganzen Stadt berichtet wird, steigt zugleich die Kriminalität sprunghaft an, wie unsere zahlreichen Korrespondenten vor Ort beobachten konnten. Der Bürgermeister rief die Bevölkerung zu Besonnenheit und Zurückhaltung auf. Massenweise seien große Supermärkte, Elektronikgeschäfte und viele andere Berliner Handelsketten überfallen und nahezu leergeräumt worden. Auch von Einbrüchen am helllichten Tag in zahlreiche Schmuckgeschäfte und Banken wurde berichtet. Die Bundeskanzlerin erklärte, die Polizei sei nicht mehr imstande, angemessen zu reagieren. Daher werde ab morgen die Bundeswehr zum Schutz der betroffenen Großhandelsketten und zur Aufrechterhaltung von Recht und Ordnung im Inland eingesetzt, so die Bundeskanzlerin. Dieser Schritt sei notwendig, um Panik in der Bevölkerung und eine weitere Eskalation zu verhindern. Wörtlich sagte sie: ›Wir dürfen trotz der aktuell angespannten Lage nicht in Gesetzlosigkeit verfallen.‹ Der Schritt sei durch die neuen Notstandsgesetzgebungen gerechtfertigt, die gestern im Schnelldurchlauf beschlossen wurden, und der aktuellen Lage völlig angemessen, sagte sie weiter. Auf Nachfragen bestätigte sie, dass die Soldaten mit Gewehren bewaffnet sein werden. Panzer oder andere Kampffahrzeuge werden zunächst nicht eingesetzt. Ab morgen werde bei schwerwiegenden Vergehen wie den genannten im Zweifelsfall auch geschossen, um die Täter aufzuhalten. Die Kanzlerin versicherte jedoch, dass ausschließlich Warnschüsse oder nicht-tödliche Schüsse auf Personen erfolgen würden. Die Opposition zeigte sich entsetzt und warf der Kanzlerin diktatorische Maßnahmen und völlig unangemessene Handlungen vor. Der Fraktionsvorsitzende der SPD zog in seiner Rede die Rechtsgültigkeit der Notstandsgesetze in Zweifel und gab an, sie noch diese Woche beim Bundesverfassungsgericht prüfen zu lassen.

Wir halten Sie auf dem Laufenden. Gleich im *Brennpunkt*: Die Lage in Südafrika verschärft sich immer weiter, mittlerweile sind bei den dortigen Aufständen mehrere hundert Menschen ums Leben gekommen. In Russland greift die Polizei seit heute vermehrt zu Wasserwerfern und setzt Tränengas ein, um die Demonstrationen unter Kontrolle zu halten, und in Brasilien wurde aufgrund der verschärften Lage nach dem Militärputsch jetzt ein Notfallparlament eingesetzt. Umfragen zufolge gab es in den letzten Tagen eine nie dagewesene Hinwendung zu den Weltreligionen. Damit beschäftigt sich jetzt mein Kollege Hans Zacher«

Justus war fertig mit dem Pinkeln, schaltete den Fernseher wieder aus und ging kopfschüttelnd nach unten. Die Welt war vollkommen verrückt geworden. Nicht zuletzt hier. Das Haus sah aus wie ein Schlachtfeld. Weinflaschen, Bierflaschen und Plastikbecher, soweit das Auge sah, Flecken an den Wänden und auf dem Boden. Überall lagen schlafende Menschen, die es nicht mehr nach Hause geschafft hatten. Manche sabbernd, manche neben Flecken von Erbrochenem. Das war kein schöner Anblick. Überraschend viele waren leicht bekleidet oder ganz nackt. Sowohl Männer als auch Frauen. Der Rest-Rausch in seinem Kopf genügte, um ihn achselzuckend darüber hinweg steigen zu lassen und sich an dem Gedanken festzuhalten, dass sich Julia und Elsa um alles kümmern würden.

Im Briefkasten lag die Zeitung zusammen mit einem Umschlag, den Justus gleich aufriss. Normalerweise kam um diese Zeit noch gar keine Post. Als er die Nachricht darin fertiggelesen hatte, stieß er einen leisen Pfiff aus. Spontan verschob er das Frühstück, das er den Damen eigentlich hatte herrichten wollen, und ging wieder nach oben. Das musste er Julia zeigen.

34 / THOMAS

Thomas erwachte und genoss noch einen Moment das Rauschen des Meeres. Im Traum hatte er Julia getroffen und sich mit ihr versöhnt. Sie waren einander in die Arme gefallen. Und sie waren endlich einmal wieder miteinander in den Urlaub gefahren, nach Fuerteventura, an den kleinen Strand, den Julia so liebte. Er atmete tief ein, um die Meeresbrise in seinen Lungen zu spüren, und musste plötzlich husten.

Thomas rieb sich die Müdigkeit aus den Augen und sah sich um. Das hier war nicht das Meer. Er trug noch das Shirt und die Hose vom Vortag und hatte zwei geleerte Flaschen Wein neben sich liegen. Sein Rücken schmerzte vom harten Untergrund, auf dem er lag.

Nachdem sie gestern den ganzen Laden ausgeräumt hatten, war er mit ein paar anderen auf einer Wiese im Görlitzer Park versackt. Durchgeknallte Typen. Er konnte sich nur noch schemenhaft erinnern. Und dann war da noch diese Frau gewesen. Thomas sah sich um. Er lag auf der Wiese neben einem Kanal und wusste nicht mehr, wie er hierhergekommen war. Wasser ja, Meer definitiv Fehlanzeige. Er kratzte sich am Oberarm. Neben ihm lag die rothaarige Frau, deren Namen er vergessen hatte, in einem langen dunklen Kleid, das abgenutzt, fleckig und an mehreren Stellen genäht war. Sie schien noch tief und fest zu schlafen. War er mit ihr vom Park hierhergekommen? Er war früher schon manchmal ziemlich aufgedreht gewesen, wenn er zu viel getrunken hatte, aber dass er gestern sogar eine Scheibe eingeschmissen und geholfen hatte, einen Laden auszurauben, das konnte er im Nachhinein gar nicht mehr glauben. Sie hatten mehr Getränke als Essen aus dem *Edeka* mitgenommen. Vom gestrigen Tag fehlten ihm lange Stunden, die Erinnerung verschwamm.

Er rappelte sich hoch und kratzte gedankenlos wieder seinen Oberarm. Sollte er die Frau wecken? Er konnte sich an nichts erinnern. Nicht an ihren Namen, nicht, ob er mit ihr geschlafen hatte, nicht einmal daran, wie sie hierhergekommen waren. Das würde keine gute Stimmung ergeben, wenn sie jetzt aufwachte.

Mit leisen Schritten machte er sich auf die Suche nach Essen. Sein Magen schrie vor Hungerqualen. Thomas durchsuchte seine Taschen und wunderte sich nicht, als er darin kein Geld fand. Wo hätte es auch herkommen sollen? Was er allerdings fand, war der Schlüssel für sein Hostel-Zimmer. Warum war er nicht dahin gegangen zum Schlafen? Dann hätte er sicher auch nicht so starke Rückenschmerzen. Und was war mit diesem verdammten Oberarm los? Er schob das T-Shirt hoch und eine blasse Erinnerung an den gestrigen Abend kehrte zurück. Deutlich weniger blass, viel mehr stark gerötet, prangte auf seinem Oberarm ein krumm und schief gestochener Schriftzug, der – wenn er ihn richtig entzifferte – den Namen SONJA darstellen sollte. Thomas warf einen Blick zurück auf die immer noch schlafende Rothaarige. Na wenigstens den Namen wusste er jetzt. Ach ja, ein Mann hatte ihm den Schriftzug gestern gestochen. Wolli oder so ähnlich. Ein total bescheuerter Name und eine noch bescheuertere Idee. Mit einer Nadel und Tinte und jeder Menge Alkohol mitten im Park. Er konnte förmlich spüren, wie die Blutvergiftung sich anbahnte. Und es juckte wie die Hölle.

Gestern hatte er die Idee unglaublich lustig gefunden, wie damals mit sechzehn, als sie bei Caro, ihrer Klassenkameradin, die friedliche Hausparty gestürmt und das ganze Haus ins Chaos gestürzt hatten. Viel war dabei zu Bruch gegangen und auch an die große Lache aus Erbrochenem im Flur erinnerte er sich noch gut.

Noch heute schüttelte es ihn, wenn er sich an ihr Weinen erinnerte. Als er am nächsten Morgen aufgewacht war und realisiert hatte, welchen Schaden sie angerichtet hatten, und dass Caro sicher bis ans Ende aller Tage Hausarrest haben würde, hatte er sich geschworen, nie wieder Alkohol zu trinken. Diesem Schwur war er dreiundneunzig Tage treu geblieben. Nach so vielen Tagen konnte dann ein kleines Gläschen Bier bestimmt nicht schaden. Und wenn ein Gläschen Bier nicht schadete, dann konnte er auch noch ein Gläschen mehr trinken. Und innerhalb von kürzester Zeit hatte er wieder viel getrunken und die Erinnerung an diese Party war immer weiter in den Hintergrund gerückt. Caro hatte danach bis zum Abitur kein Wort mehr mit ihm und seinen Freunden gewechselt. Er schämte sich, wenn er manchmal an sie dachte, und noch mehr schämte er sich, dass er nie den Schneid gehabt hatte, sich zu entschuldigen. Es hieß, man träfe sich ja immer zweimal im Leben. Seltsamerweise hatte er immer geglaubt, er würde sie einmal bei einem Klassentreffen wiedersehen – und dann war er nie hingegangen. Er war feige. Es war das erste Mal in seinem Leben, dass er den Gedanken so unverblümt zuließ, so ganz ohne schützende Phrasen drumherum. Er war einfach feige. Und all das, was er sich normalerweise zu tun verbot, bahnte sich im Rausch seinen Weg und führte dazu, dass er nicht mehr an sich halten konnte. Mit ernster Miene schlurfte Thomas durch das warme Berlin. Es schien hier von Tag zu Tag heißer zu werden, das war selten im Juni, aber auch nicht unmöglich. Thomas sehnte sich nach seinem Bett, nach einer Dusche und ein bisschen Creme für seinen juckenden Arm. Aber er wusste jetzt schon, dass ihm all das kein Vergnügen bereiten würde, wenn er nicht vorher das gähnende Loch in seiner Magengegend füllte. Er lief umher und überlegte, wo er ein bisschen Geld herbekommen konnte. Auf der Straße sprach er nacheinander zwölf Leute an, Pärchen, Studenten, Rentner und Familien. Keiner wollte ihm Geld geben, ja die meisten beachteten ihn nicht einmal. In Frankfurt hätte man ihm bestimmt ein paar Cent gegeben, dachte er. Ein paar große, lose Steine auf dem Bürgersteig lächelten ihn verführerisch an, aber noch konnte er seinen Hunger soweit unter Kontrolle halten, dass er es nicht schon wieder tun wollte. Was gab es noch für Möglichkeiten? Er betrat einen Späti, der komplett voll mit Getränken aller Art war, und lief durch die Reihen. Es gab nur ein kleines Regal mit Essen. Sein Magen knurrte wütend. Konnte er hier etwas mitnehmen?

»Kannst dich nicht entscheiden, wa?«, lies sich der Besitzer vernehmen, der plötzlich neben ihm stand. Er war dick, wirkte aber, als hätte er neben dem Fett auch viel Kraft. Fünf Kästen trug er wahrscheinlich mal eben in einem Gang alleine durch den Laden. Thomas war sich sicher, dass der ihn mit einem Griff zerquetschen konnte, wenn er was Blödes tat.

»Willst du nen Kurzen?«, fragte ihn der Mann und reichte ihm lächelnd eine seiner großen Pranken. »Ich heiße Hank. Oh, warte bitte kurz.«

Er hatte draußen eine ältere Dame gesehen, die aus dem Eingang des Nachbarhauses getreten war. Thomas sah ihr an, dass sie sichtlich überfordert war von den vielen Menschen vor ihrer Tür. Hank winkte sie gestenreich zu sich in den Späti.

»Was ist denn los, Frau Neuberger? Sie sehen so bekümmert aus.«

Sie presste die Lippen ernst zusammen und nickte mehrfach hintereinander.

»Ach, wissen Sie«, sagte die alte Dame dann traurig, »heute Abend kommen die Enkel zu Besuch, wie jeden Mittwoch. Brave Enkel sind das, der Jannis und die Marlene. Und da wollte ich noch ein bisschen einkaufen. Heute Morgen schon. Da wollte ich Geld abheben gehen, vorne bei der Sparkasse. Und die ist zu. Und mein

Edeka ist auch geschlossen. Die Scheiben eingeschlagen. Alles ausgeräumt, können Sie sich das vorstellen? Der wird bestimmt nicht so schnell wieder aufgemacht. Dann hab ich mich ein bisschen ausgeruht, aber wie soll ich das denn schaffen? Und dann noch die vielen Leute.«

Thomas sah ihr an, dass ihr das Laufen schwerfiel. Es war sicherlich keine Freude für sie, bis zur nächsten Bank und dann noch bis zum nächsten offenen Supermarkt zu gehen, wenn es überhaupt noch welche gab. Gerade bei dem Andrang jetzt in der Stadt. Aber für ihre Enkel würde sie wahrscheinlich sogar das machen, wenn sie das schaffte. Das strahlte sie aus.

»Was brauchen Sie denn, Frau Neuberger?«, fragte Hank.

Er sprach laut mit ihr. Das Gehör war wohl auch nicht mehr das beste.

»Ein bisschen Bier und ein Kuchen, hatte ich gedacht«, sagte sie. »Vielleicht könnte ich auch was kochen.«

»Also Bier ist jede Menge da«, sagte Hank. Er zeigte auf sein kleines Regal, das ein paar Nahrungsmittel enthielt.

»Da sind auch ein paar fertige kleine Kuchen und sowas, Sie finden bestimmt etwas für die Enkel.«

Er sah, wie sie widersprechen wollte, und fiel ihr ins Wort: »Mit dem Geld machen Sie sich mal keine Sorgen. Sie können es mir ja in ein paar Tagen wiedergeben, wenn sich alles etwas beruhigt hat.«

Die alte Dame bedankte sich überschwänglich und suchte ein paar Sachen zusammen. Als sie gegangen war, kam Hank mit zwei kleinen Schnapsgläsern aus Plastik wieder zu Thomas.

»So, wo waren wir stehengeblieben?«, fragte Hank und lachte bärig.

Thomas trank mit ihm den Ouzo und verabschiedete sich dann recht schnell. Er hatte ein schlechtes Gewissen, dass er einen so netten Mann hatte bestehlen wollen. Aber sein Hunger wurde immer größer. An der Wiener Straße ging er in einen geräumigen Späti. Ein großer, grün leuchtender Schriftzug über der Tür verriet, dass hier rund um die Uhr geöffnet war. Der Mann an der Kasse war mager und wirkte wenig bedrohlich. Thomas wartete einen Augenblick, bis ein Kunde sein mittägliches Bier bezahlte, und griff sich dann zwei Packungen der fertigen Sandwiches, die schräg gegenüber der Kasse im Regal lagen. Er versuchte, sie völlig unauffällig mit nach draußen zu nehmen. Eine tiefe Stimme stoppte ihn.

»Bleib stehen.«

Es war ganz ruhig gesprochen, nicht wie ein Befehl, sondern einfach, als hätte der Mann »Dankeschön« gesagt, völlig unbeteiligt. Doch Thomas wusste sofort, dass es ihm galt. Langsam drehte er sich um. Der Mann, der eben sein Bier bezahlt hatte, machte sich eilig aus dem Staub. Der schwarzhaarige, ernst dreinblickende Mann hinter der Kasse hielt eine Pistole auf ihn gerichtet. Sie sah in Thomas' Augen riesig aus. Er fühlte sich wie in einem Film und hoffte, dass er keine namenlose Nebenrolle war.

»Ihr glaubt wohl alle, ich bin blind oder sowas? Ich habe hier gerade zwanzig so Penner wie dich am Tag. Ich verschenke meine Waren nicht einfach, lass dir das gesagt sein, du Flachpfeife. Und jetzt leg die Dinger wieder zurück, sonst zeige ich dir, was mein kleiner schwarzer Freund hier so ausrichten kann. Die Bullen hätten eh keine Zeit zu ermitteln, schon gar nicht wegen einem versoffenen Penner. Die würden sich einen Scheiß für dich interessieren. Gut so, genau dahin. Und jetzt verpiss dich, aber hurtig.«

Er deutete mit der Waffe Richtung Tür. Sein Blick war ernst und er hatte die ganze Zeit nicht ein einziges Mal die Stimme gehoben. Diese kühle Gelassenheit und die ruhige Hand, mit der er die Waffe hielt, machten Thomas am meisten Angst. Als er draußen war, klebte sein Hemd am Körper, Schweiß perlte ihm von der Stirn und sein Herz raste im Galopp durch Berlin. Nach zehn Minuten, in denen er sich mit Mühe beruhigte, fand er eine *Lidl*-Filiale hinter dem Moritzplatz, deren Türen und Fenster aufgebrochen waren. Fast alles an Essen und Getränken hatte man schon mitgenommen. Viele Flaschen und Lebensmittel lagen auf dem Boden durcheinander. Die leeren Regalreihen sahen gespenstisch aus. Er sah sich kurz um und bediente sich dann, zuerst am Obstregal bei den Bananen und Äpfeln, von denen noch jeweils ein paar da waren, und dann machte er sich über Knabbergebäck her. Man musste nehmen, was man kriegen konnte.

Mit einer *Lidl*-Tüte voller Chips und Cracker unter dem Arm betrat er den Vorraum des großen Hostel-Komplexes an der Landsberger Allee. Froh, endlich wieder ein Dach über dem Kopf zu haben, wollte er gerade zu den Fahrstühlen gehen, als ihn ein Mann an der Rezeption aufhielt. »Entschuldigung, zu wem möchten Sie?«

Er war Anfang vierzig, schätzte Thomas, und saß auf einem Stuhl hinter der Rezeption. Sein Blick war wachsam und abschätzend, während er Thomas musterte. Der versuchte ein Lächeln und unterdrückte das lautstarke Flehen seines Körpers nach Bad, Bett und Dusche, um dem Mann seine Aufmerksamkeit zu schenken.

»Ich heiße Thomas Schulter, ich habe das Zimmer 242.«

Er legte dem Mann den Schlüssel auf den Tisch. Der guckte skeptisch, nahm den Schlüssel und las die Nummer darauf ab und blätterte in dem dicken Hefter, den er vor sich liegen hatte.

»242? Soso«, murmelte der Mann, dann blickte er Thomas ernst an. »Wenn ich das richtig sehe, hatten Sie nur für eine Nacht gebucht. Nicht mal ausgecheckt haben Sie und die Rechnung ist auch noch nicht bezahlt. Inzwischen haben wir Ihr Zimmer weitervermietet, wir sind komplett ausgebucht. Jeder will im Moment nach Berlin, ist ja klar.« Er lachte ein kurzes, brummiges Lachen und wurde dann gleich wieder ernst. »Also, haben Sie das Geld?«

Als er Thomas' verzweifelten Blick sah, nahm er den Schlüssel und verstaute ihn unter seinem Tisch, hob den Telefonhörer und sprach laut hinein: »Sicherheitsdienst? Ja, kommen Sie bitte zur Rezeption und nehmen Sie den Mann hier in Gewahrsam. Und rufen Sie die Polizei. Genau, wieder so einer. Bis gleich.«

Dann legte er auf. Thomas dachte nicht lange nach. Es war völlig egal, ob das Hostel sich tatsächlich einen Sicherheitsdienst leistete, er ließ alles stehen und liegen und nahm die Beine in die Hand. Polizei brauchte er jetzt wirklich nicht.

35 / JENNY

Jenny saß auf dem angenehm warmen Steinboden und fühlte sich wohl. Sie hatte eine Flasche Wasser neben sich, die Sonne schien und der Tag versprach ein Erfolg zu werden. Schon im Morgengrauen hatte sie sich hier postiert, um einen guten Platz in Hannovers größter Fußgängerzone zu erwischen, bevor irgendwelche Straßenmusiker, Jongleure oder sonst wer hier auftauchte. Der Andrang ein paar Stunden später hatte ihr Recht gegeben. Jetzt saß sie fast genau am Eingang zur Fußgängerzone auf dem Boden, vor sich ungefähr zwanzig Blatt Papier verteilt, die mit Steinen beschwert waren. Und sie hatte noch einiges mehr in ihrem Rucksack, falls der Tag gut laufen sollte. Immer wieder warfen Leute interessierte Blicke auf ihre Bilder. Es waren vor allem Bleistiftzeichnungen und auch ein paar, die mit Filzstift oder ihren edlen *Faber-Castell*-Buntstiften gezeichnet waren. Sie hatte überall noch kleine Künstler-Signaturen hinzugefügt und ein Schild gemalt, das besagte, dass jede Zeichnung elf Euro kosten würde. Das war ihr gestern in den Sinn gekommen, als sie den Musiker auf der Bühne betrachtet hatte. Wenn sich die Leute Zeit nahmen, um ein Konzert anzuhören, obwohl sie nur noch ganz wenige Tage auf Erden hatten, dann war es doch auch nicht unmöglich, dass sie das wenige Geld investierten, um ein Bild zu kaufen und einer jungen Künstlerin zu helfen. Unter den Preis hatte sie geschrieben, dass sie mit dem Geld gerne nach Berlin wollte.

»Ha, Darth Vader höchstpersönlich«, lachte ein Mann im Anzug, als er vorbeikam, und beugte sich zu dem Bild herunter. Anders als in ihrer Heimat waren hier wahnsinnig viele Leute in gut sitzenden Anzügen unterwegs. Er gab ihr einen Zwanziger für das Bild und sagte, er werde es seinem Sohn übers Bett hängen.

»Der ist ganz vernarrt in *Star Wars*«, sagte er lachend. »Den Rest kannst du behalten.«

Jenny hatte gehofft, dass die Leute so kalkulieren würden. Die Masche hatte sie sich von ihrem Chef im Landgasthof abgeschaut. Einen Preis wählen, der nicht zu hoch ist und viele Leute veranlasste, aufzurunden. Bis jetzt klappte es ganz gut. Sie hatte bisher fünf Bilder verkauft, und drei der Käufer hatten ihr mehr als die elf Euro gegeben. Das war schon jetzt mehr Geld, als sie unter normalen Umständen jemals mit ihren Bildern verdient hätte. Noch dazu, wo es ja eigentlich Skizzen waren, die sie gestern Nacht fein säuberlich aus ihrem Notizbuch herausgetrennt hatte. Dazu hatte sie sich extra eine Schere von der Rezeption geliehen, damit es möglichst akkurat aussah. Sie wusste nicht genau, was ein Zugticket von Hannover nach Berlin kostete, aber wenn die meisten der Bilder weg waren, würde sie entweder gleich heute zum Bahnhof fahren oder vorher noch eine Nacht im Hostel verbringen. Hoffentlich fuhren überhaupt noch Züge. Sie hatte sich schnell an das Hostelbett gewöhnt und Ulla, die Aerobic-Trainerin am Empfang, hatte ihr versprochen, wenn möglich, ihr ein Zimmer freizuhalten, bis sie sich entschieden hatte, wo sie heute Nacht schlafen würde.

Als sie ihren Blick durch die Menge schweifen ließ, sah sie einen jungen Typen mit halblangen Haaren, der ihr vage bekannt vorkam. Nach ein paar Sekunden trafen sich ihre Blicke und sie sah ein kurzes Lächeln in seinem Gesicht aufleuchten. Er deutete seinem Begleiter die Richtung und sie kamen an ihren improvisierten Verkaufsstand.

»Hi«, sagte er, und wieder blitzten seine weißen Zähne in einem Lächeln auf. Er stellte sich als Ron und seinen Begleiter als Jack vor. Jetzt erst erkannte sie den Begleiter. Er war der Musiker, den sie gestern Abend hatte auftreten sehen. Wie klein die Welt doch war. Oder eben diese Stadt.

»Ich habe dich gestern Abend in der Bar gesehen«, sagte Ron prompt. Der Musiker hatte den Hut tief ins Gesicht gezogen und sah trotz seiner Brille recht zerknittert aus, während er eine Selbstgedrehte rauchte. »Du bist so schnell verschwunden.«

»Ich hatte noch was zu erledigen«, sagte Jenny, während Ron sich die Bilder anguckte. Eine etwas unangenehme Stille trat ein.

»Willst du eins, Jack?«

»Nee«, sagte der Angesprochene mit leiser, müder Stimme, »lass uns mal weiter Achim suchen gehen. So ein Scheiß. Wir finden ihn doch eh nicht. Schlafen wäre auch mal wieder eine gute Idee.«

»Ja, gleich. Also, ich nehme das hier.« Ron deutete auf ein Bild, das den Eiffelturm zeigte, allerdings aus einer Perspektive, bei der der Betrachter mittig unter dem Eiffelturm stand. Sie hatte dafür ein Foto aus den Flitterwochen ihrer Eltern als Vorlage genommen und fand es nicht gerade eine Sternstunde ihrer Malkünste, aber wenn er es wollte. Zuerst versuchte Ron, mit einem Zehner zu bezahlen, erinnerte sich dann offensichtlich, dass das nicht ganz aufging, und gab ihr dann noch einen Fünfer dazu. Er schien ein bisschen durcheinander zu sein und lächelte immer wieder verlegen. Er sah gut aus, fand sie, allerdings hätten ihm eine Dusche und ein Kamm immens gutgetan. Immer wieder schaute er Jenny begeistert an, so direkt, dass es ihr fast peinlich war. Er zögerte offensichtlich, fortzugehen, während sein Kumpel ihn zum Weitersuchen drängte. Dann fielen seine Augen auf den unteren Teil des kleinen Pappschildes.

»Du willst nach Berlin?«, fragte er.

Jenny nickte, und dieser Jack wirkte so, als hätte er gerade hinter seinen dunklen Brillengläsern die Augen verdreht.

»Ich will Sonntag zu einer, naja, einer Veranstaltung«, sagte sie und spürte ihre Vorfreude.

»Vielleicht ist das ja sogar die Party, auf der Jack spielen wird. Wir sind auf dem Weg nach Berlin und haben noch einen Platz frei. Soll ich dich mitnehmen?«, sagte Ron und Jenny strahlte.

Das war fast zu schön, um wahr zu sein. Auch wenn Jack vermutlich nicht auf dem *Star Wars*-Kongress spielen würde. Immer wieder hatte sie Momente, in denen ihr die Idee, dort noch mehr zu ihrem Glauben zu finden, lächerlich vorkam, doch es zog sie dorthin.

Ron versprach, sie am Abend hier abzuholen. Jack meinte nur, er würde sich mal kurz eine Cola holen.

»Was für eine Laus ist dem denn über die Leber gelaufen?«, fragte Jenny und deutete auf den davonschlurfenden Musiker.

»Ach«, sagte Ron mit einer wegwerfenden Handbewegung, »der hat nur 'nen ziemlich üblen Kater vom *Jägermeister* gestern und hat schlecht geschlafen, weil wir früh aufgestanden sind, um unseren Kumpel zu suchen, der uns gestern, naja, abhandengekommen ist. Ich hoffe, der taucht wieder auf. Kennst du dich hier aus? Wenn ja, wüsstest du vielleicht ein paar Tipps, wo wir suchen könnten?«

Jenny verneinte. »Ich komme aus dem Allgäu, da im tiefsten Süden.«

Ron lachte. »Echt? Da war ich vor Urzeiten mal im Urlaub. Dort war ganz schön der Hund begraben. Ich kann verstehen, dass man da nach Berlin möchte.« Jenny lächelte. Überall kannten die Menschen diesen kleinen Landstrich im Süden und überall hatte er den gleichen Ruf. Hübsch anzusehen, gute Luft und die unglaubliche Einöde. Näher an der Realität ging es in Jennys Augen ja auch kaum.

»Entschuldige, dass ich keine Tipps für die Suche habe«, sagte sie.

»Macht nichts.« Ron zuckte mit den Achseln. »Kann ja nicht jeder ein Hannoveraner sein. Aber ich glaube, wir werden jetzt dann mal weitersuchen. Hat mich sehr gefreut, dich kennenzulernen. Bis heute Abend!«

Sie verabschiedeten sich mit einem Händedruck, der sich seltsam förmlich anfühlte. Sie spürte, dass er sie gerne umarmt hätte, aber zum einen kannten sie sich kaum, zum anderen saß sie im Schneidersitz auf dem Boden, was eine Umarmung auch ästhetisch schwierig gemacht hätte. Jack wartete schon ein paar Meter weiter und Jenny sah den beiden Männern nach, wie sie von dannen gingen. Einen hübschen Hintern hatte dieser Ron, das musste sie zugeben.

36 / JULIA

Sie las den Brief wieder und wieder durch. Es war so seltsam. Julia saß mit aufgerissenen Augen auf dem Bett, Elsa und Justus blickten ihr über die Schultern.

»Hast du schon mal was von einem Orden der Kreuzritter gehört?«, fragte Julia an Justus gewandt.

»Ich dachte, Orden steckt man wichtigen Leuten an«, warf Elsa ein und versuchte sich an einem Lachen, aber die Stimmung im Raum war gerade nicht danach. Der Brief war unwirklich und keiner von ihnen konnte einschätzen, was es damit auf sich hatte. Justus blickte von seinem Smartphone auf.

»Ich finde nichts Aktuelles darüber. Ein Orden ist erstmal nur ein Haufen Leute, die in einem Kloster zusammenleben und zusammen ihrer Religion nachgehen. Kreuzritter waren die Ritter in den christlichen Kreuzzügen, aber da geht es um die Zeit zwischen dem elften und dreizehnten Jahrhundert, das sollte uns jetzt nicht betreffen. Ich finde vor allem historische Betrachtungen der Kreuzzüge, was deren Motive waren und sowas. Es gibt natürlich verschiedene kirchliche Orden, über Ritterorden finde ich auch was. Insbesondere die Tempelritter tauchen immer wieder auf, über die gibt es viele Geschichten. Ich glaube, sie waren so eine Art Spezialeinheit in den Kreuzzügen und es gibt viele Filme und Geschichten über sie ... Alles nah dran am Thema Glauben. Dazu gibt es noch ein paar wenige Treffer, die gar nicht passen. ›Orden der Kreuzritter‹ scheint im Moment kein gebräuchlicher Begriff zu sein.«

»Wir müssen jemandem massiv auf den Schlips getreten sein mit dem Lizismus«, sagte Julia nachdenklich. »Derselbe Brief wurde auch als Kommentar auf dem Blog unter jeden einzelnen Eintrag gepostet, den wir in den letzten Tagen erstellt haben, und mir noch per Mail an die angegebene Kontaktadresse geschickt. Da hat sich jemand ganz schön viel Arbeit gemacht.«

»Naja, Kommentare auf einem Blog an verschiedenen Stellen einzufügen und eine Mail zu schreiben, halte ich nicht für viel Aufwand, ehrlich gesagt. Da empfinde ich den Brief schon als aufwendiger«, sagte Justus.

Das Blatt Papier war in feiner Schreibschrift mit einer kurzen Nachricht versehen worden.

Ihr sogenannten Geistlichen des Lizismus,

in schwerer Sünde verbringt Ihr Eure Tage, indem Ihr mit einem falschen Glauben dem Herrn lästert. Die Verachtung und Strafe Gottes wird dafür auf Euch niedergehen. Auch hier in weltlichen Gefilden sollt Ihr keine Ruhe finden, bis Ihr Euer Laster aufgebt und zu Gott findet, sonst werdet Ihr schwer büßen. Blasphemie straft der Herrgott im Himmel, doch wir werden nicht ruhen, bis Ihr noch vor dem Eintreffen des Jüngsten Gerichts Eure Sünden erkannt und davon abgelassen habt. Keinen Tag sollt Ihr mehr ruhen können, keine Stunde mehr erleben, in der Ihr nicht von eurem Frevel gepeinigt seid. Möge Gottes Zorn über Euch kommen, nachdem Ihr den unseren erlebt habt.

Unterschrieben war die Botschaft mit »Der Orden der Kreuzritter« und daneben war ein kleines Templerkreuz gemalt, das Justus dank *Google* inzwischen als solches identifiziert hatte.

»Die Drohung ist deutlich, aber warum macht sich jemand die Mühe?«, fragte Elsa.

Keiner von ihnen wusste eine Antwort darauf.

»Ha, schaut euch das an.« Justus wirkte ganz aufgeregt. »Jemand von den Freikirchen hier in Frankfurt hat ein Bild von einem ähnlichen Brief gepostet, mit derselben Unterschrift. Da scheint jemand einen Kleinkrieg führen zu wollen. Oder sie wollen zumindest den Eindruck vermitteln. Vielleicht ist es ja ganz harmlos. Man sagt doch, Hunde die bellen, beißen nicht.«

Auf den letzten Kommentar ging niemand ein.

»Dann wissen wir, dass es zumindest nicht nur uns gilt«, sagte Justus nach einer kurzen Denkpause. Davon, dass die Nachricht in seinem Briefkasten gelegen hatte, fühlte er sich persönlich angegriffen. »Die Frage ist, wie machen wir jetzt weiter?«

Julia kratzte sich nachdenklich an ihrer Nase, dann zuckte sie mit den Schultern.

»Ich würde sagen, wir machen so weiter wie bisher und versuchen nebenbei, ob wir etwas über diesen Orden der Kreuzritter herausbekommen. Oder ob wir jemanden finden, der ein Interesse daran hat, andere Glaubensrichtungen zu verunsichern.«

Justus lachte kurz auf, und die beiden Frauen sahen ihn verwundert an.

»Na, kommt schon. Das ist doch klar. Jede Glaubensrichtung hat doch letzten Endes ein Interesse daran, andere Glaubensrichtungen zu verunsichern, um mehr Anhänger zu gewinnen. Letzten Endes kann es um nichts Anderes gehen, denke ich. Das ganze Zeug mit Kreuzrittern und das Templerkreuz deuten ja auf jemanden aus der katholischen Kirche hin, oder? Gewaltsames Missionieren war da ja lange Zeit quasi der gute Ton, auch wenn ich dachte, das sei mittlerweile vorbei.«

»Aber wem in der katholischen Kirche sind wir denn gestern auf den Schlips getreten?«, fragte Julia. »Die einzige Kirche am Platz der Einheit ist die große evangelische, da könnte ich es mir eher vorstellen. Ist dir jemand aufgefallen, Elli?«

Elsa blickte zur Decke und kramte ausführlich in ihren Erinnerungen.

»Also, ein paar Leute waren gestern sicherlich genervt oder haben mir gesagt, dass ich mich verpissen soll mit meinem Kostüm und den Flyern, aber mir fällt jetzt niemand ... « Ihre Stirn lag vor angestrengtem Nachdenken in Falten.

»Doch!«, rief Julia neben ihr plötzlich aus. »Da war wirklich jemand, der etwas vom Zorn Gottes gemurmelt hat. Vielleicht so vierzig, Mitte vierzig. Großer, magerer Typ mit grauen Haaren. Für das Alter recht faltig. Und ich weiß noch, dass sein Kopf zu klein für seinen Körper wirkte. Hat sich die Flyer angeguckt und sich ein bisschen aufgeregt. Er ist relativ schnell weitergegangen, aber der könnte es gewesen sein.«

»Meinst du?« Justus war noch skeptisch. »Leute, die sich über alles Mögliche ärgern und meckern, gibt es doch an jeder Ecke.«

»Klar, aber wer bei gesundem Menschenverstand redet schon vom Zorn Gottes, bloß, weil er irgendwo einen Stand mit Flyern sieht? Wir haben ihn ja nicht mal angesprochen, er ist von selbst gekommen.« Sie sah, dass beide, Justus und Elsa, nicht vollkommen überzeugt waren. »Naja, es kann auch jemand ganz anderes gewesen sein. Ich mein ja nur, dass der auf jeden Fall in Frage kommt, oder seid ihr da anderer Meinung?«

Justus nickte. »Es stimmt natürlich, der könnte dazugehören. Ist halt die Frage, warum er das bei den Freikirchen auch schreibt und vielleicht noch bei anderen. Das größere Problem, das ich sehe, selbst wenn es der Typ sein sollte, ist die Frage, wie man einen Mann um die vierzig, der mit der katholischen Kirche zusammenhängt, finden will. Frankfurt ist vielleicht nicht New York City, aber auch nicht gerade ein Dorf.«

Julia überlegte einen Augenblick. »Am besten klappert jemand die katholischen Kirchen und deren Umfeld in der Innenstadt ab, da sehe ich die besten Chancen«, sagte sie dann. »Von den Pfarrern entfernt sich gerade bestimmt keiner öfter als nötig von seiner

Kirche, die Gottesdienste finden unglaublich oft statt und sind gut besucht. Wenn es kein Pfarrer ist, dann glaube ich nicht, dass man den finden kann. Wir sollten auf jeden Fall noch Jugendorganisationen der Katholiken im Netz suchen. Vielleicht gibt es da ein paar Teenager, denen zu sehr nach Pöbeln ist. Und wir sollten auch gucken, ob es Berichte über radikale Christen in Frankfurt oder hier im Umland gibt. Kann man sicher auch durch Googlen in Erfahrung bringen.«

»Die Kirchen abklappern, das kann ich machen«, schlug Justus vor.

»Super! Und wir machen hier klar Schiff, übernehmen die Recherche am Rechner und bauen danach unseren Stand nochmal auf. Und heute Abend dann wieder Gottesdienst für Li, oder?«, fragte Julia an Justus gewandt, der sofort zustimmte. Die Sache war doch interessanter, als er zunächst gedacht hatte.

»Wir machen also weiter?«, fragte Elli begeistert.

Sie schmiedeten noch eine ganze Weile Pläne, dann zog Justus los zu den ersten Kirchen. Elsa und Julia putzten erstmal wie verabredet das Haus, räumten auf und befreiten es von den restalkoholisierten Gestalten des Vorabends.

37 / MANFRED

Am Donnerstag fuhr Manfred wie an jedem Werktag ins Büro. Nach einer unruhigen Nacht machten sich seine alten Knochen immer stark bemerkbar. Das Haus war so leer ohne Helga. Es war ihm nicht bewusst gewesen, wie normal es für ihn war, ihre Atmung zu hören, sie im Bett neben sich zu wissen, jeden Tag seit so vielen Jahren. Die Tankanzeige näherte sich dem roten Bereich. Er fuhr die *Aral* an, an der er seit ihrer Eröffnung vor knapp zehn Jahren fast jeden Monat getankt hatte. An der hinteren linken Zapfsäule hielt er an. Warum es immer die 3 sein musste, wusste er nicht. Es war keine bewusste Entscheidung, nur Gewohnheit. Er öffnete den Tankdeckel, schraubte die Kappe ab und setzte den Zapfhahn an. Nichts passierte. Weder das vertraute Rauschen des Benzins durch den schwarzen Gummischlauch war zu hören, noch sprang der Zähler an und zeigte die geflossenen Liter und das Geld, das dafür zu fließen hatte. Es passierte rein gar nichts. Manfred hängte den Zapfhahn wieder ein und wollte nach drinnen gehen, um nachzufragen, was da kaputt war. Doch drinnen war kein Licht und die elektronische Schiebetür gab den Weg nicht frei. Kein Zettel, keine Nachricht. Und das, obwohl laut Öffnungszeiten donnerstags ab 6 Uhr bis 23 Uhr geöffnet war. Eine Frechheit war das.

Manfred trat mit dem Fuß gegen die Tür.

»So ein verdammter Mist!«, schrie er. »Es ist eure Pflicht, jetzt aufzumachen.«

Es tat sich nichts.

Mit einem frustrierten Grummeln stieg er wieder ins Auto und fuhr ins Büro. Ein bisschen würde die Tankfüllung schon noch reichen.

Er war mal wieder der Erste im Büro. Natürlich. Eifrig war hier kaum noch jemand. Er wartete bis kurz vor zehn, räumte alle Akten an ihren Platz, sortierte seinen Schreibtisch und bearbeitete einen Antrag. Nach und nach trudelten vereinzelte Kollegen ein. Den Posteingang hätte er ebenfalls durchgesehen, doch darin lag nichts. Die Sekretärin hatte er heute noch nicht gesehen. Mehr Mitarbeiter waren heute wohl nicht mehr zu erwarten. Es fehlten mehrere, unter anderem natürlich Meier. Er ging zu jedem einzelnen hin und bat darum, sich um elf im Besprechungsraum einzufinden. Manfred bemühte sich um einen freundlichen Ton. Ekelhaft, wie sehr Traudl zu dieser frühen Stunde schon nach Schnaps stank. Doch er kommentierte das nicht, lächelte sie nur an und bat auch sie in den Besprechungsraum.

Punkt elf freute sich Manfred ehrlich, in mehrere erwartungsvolle Gesichter zu schauen. Alle, die es heute überhaupt ins Büro geschafft hatten, saßen hier vor ihm. Natürlich waren nicht alle ihre Gesichter positiv gestimmt, es gab durchaus Ausnahmen, aber dennoch gab ihm ihre Anwesenheit ein gutes Gefühl. Er räusperte sich und begann dann zu sprechen, bemüht, einen freundlichen Ton anzuschlagen.

»Liebe Kolleginnen und Kollegen, die letzten Tage lief es hier nicht rund und ich verstehe, dass ihr alle mitgenommen seid. Manche sicher mehr, manche weniger, so wie viele andere Menschen auf der ganzen Welt auch, aufgewühlt von den Ereignissen rund um diesen grausamen Scherz, der seit Montag verbreitet wird, oder worum auch immer es sich da handelt. Auf jeden Fall habe ich beschlossen, dass ich eure Anwesenheit nur noch für dieses Treffen von euch verlangen werde.«

Ein aufgeregtes Raunen lief durch den Raum, doch Manfred breitete die Hände aus, beschwichtigte sie mit einer Handbewegung und sprach weiter.

»Wie gesagt, nur noch für dieses Treffen. Danach könnt ihr bis Montagabend eurer Wege gehen und ich werde euch dafür nicht abmahnen und es euch auch sonst nicht nachtragen. Wenn sich am Dienstag alles wieder beruhigt, erwarte ich euch allerdings wieder am Arbeitsplatz. Bevor es soweit ist und ihr gehen könnt, will ich allerdings noch ein paar Punkte loswerden. Es gibt Privatpersonen und städtische Einrichtungen, die darauf warten, dass wir über ihre Anträge entscheiden, sei es, ob sie einen Baum fällen dürfen, ob es um Entscheidungen zu Baumaßnahmen oder die Straßenbegrünung geht. Und auch in diesen wirren Zeiten gibt es darunter sicher den einen oder anderen, für den das noch wichtig ist. Darum bitte ich jeden Einzelnen von euch mir hier zu helfen, dass wir etwas schaffen in den nächsten Tagen. Unser Vorteil ist, dass es im Moment auch weniger Anträge sind, die reinkommen, wir können das auch ohne die Kollegen, die jetzt schon nicht mehr auftauchen, stemmen. Es ist nicht unnütz, was wir hier arbeiten, und wir können Menschen damit ihre Arbeit und ihr Fortkommen erleichtern. Denkt darüber nach, bitte. Das war es auch schon.«

Manfred sah, wie zwei Kollegen aufstanden und gingen, ohne ihn anzublicken. Er fühlte sich enttäuscht. Da stand Bernd auf und sagte etwas unbeholfen in seinem schwäbischen Akzent: »Also Manfred, ich bleib weiter hier. Auf mich kannst du dich verlassen.«

Auch Hartmut erhob sich jetzt und brummte leise: »Auf mich auch. Ist doch klar.«

Da standen auch Traudl und Herr Walter gleichzeitig auf, wenngleich Traudl sich dabei am Tisch festhalten musste, und erklärten ihm ihre Mithilfe. Manfred war gerührt.

Der Tag ging für ihn großartig weiter. Die vier Kollegen, die blieben, waren zwar nicht viele, aber sie arbeiteten mit neuem Elan und sie kamen gut voran. Zum ersten Mal fuhr Manfred diese Woche guter Dinge heim. Erst als er das Haus betrat, fiel ihm ein, dass kein Essen auf dem Tisch stand. Dass Helga nicht auf ihn wartete. Er zog seine Schuhe gar nicht erst aus, ging direkt wieder raus und rannte zum Strand. Meter für Meter rannte er, wie er lange nicht mehr gerannt war. Da war die Stelle, an der er mit Helga gemeinsam die jungen Leute gesehen hatte. Vielleicht konnten sie ihm sagen, wo er seine Frau suchen sollte. Doch da war niemand. Nur ein bisschen Müll lag herum, sonst war hier keine Menschenseele. Manfred ließ sich in den Sand fallen und zum ersten Mal seit Jahren weinte er.

38 / RON

Beschwingt und guter Laune ging Ron durch die Straßen. Ihm fiel auf, dass er vor lauter Nervosität vergessen hatte, die schöne junge Frau nach ihrem Namen zu fragen. Durch einen glücklichen Zufall würde er jetzt mehr Zeit mit ihr verbringen, da ergab sich sicher eine Gelegenheit, sie näher kennenzulernen. Jack lief neben ihm her, bemühte sich, sein Tempo zu halten, und schien von Minute zu Minute schlechter gelaunt zu sein.

»Wo ist dieser Typ bloß abgeblieben? Der kann sich doch nicht in Luft aufgelöst haben«, sagte er gereizt. Ron versuchte, sich davon nicht stören zu lassen. Er machte sich keine allzu großen Sorgen um Achim. Schließlich hatte er jahrelang hier in der Stadt gelebt, was sollte ihm schon groß passieren. Vielleicht war er einfach nochmal losgegangen, weil er nicht länger auf sie warten wollte, und hatte auf dem Weg ein paar alte Bekannte getroffen. So dumm, in seinem Zustand nochmal Florian anzustressen, war er sicher nicht.

»Wir hätten mal besser Handynummern tauschen sollen«, murmelte er nachdenklich. Aber wer dachte schon an so einen Kram? »Hat doch auch keinen Sinn, hier so ziellos durch die Straßen zu irren«, sagte er und überlegte, wie sie es sinnvoller angehen konnten. »Die Stadt ist viel zu groß. Auf gut Glück finden wir ihn hier nie. Lass uns nochmal die Krankenhäuser absuchen, vielleicht haben wir und die Schwestern ihn in dem Chaos da einfach übersehen. Oder er hat uns sogar einen falschen Namen genannt und wir haben ihn deshalb nicht gefunden. Was denkst du?«

Noch ein paar Stunden, dann konnte er die ganze Fahrtzeit bis Berlin im selben Auto wie die Frau mit den grünen Augen verbringen. Das ging Ron immer wieder durch den Kopf. Aber wenn er das jetzt aussprach, war noch mehr Gereiztheit bei Jack vorprogrammiert. Er schien zurzeit nicht so besonders gut auf das schöne Geschlecht zu sprechen zu sein. Egal ob die Geschichte mit seiner Ex in Göttingen so stimmte, wie er sie erzählt hatte, sie lag ihm zweifellos im Magen.

Bereits nach dem ersten Krankenhaus, das sie tags zuvor auch schon ausführlich von innen gesehen hatten, verlor Jack wieder die Lust an der Idee und schlug vor, sie könnten doch einfach weiterfahren. Aber Ron wollte eh auf Jenny warten, und die Zeit bis dahin konnten sie gut mit der Suche verbringen. Außerdem fühlte er sich Achim verbunden. Man ließ seine Freunde nicht in so einem Zustand im Stich. Vielleicht waren Achims Verletzungen doch schlimmer als erwartet und er hatte sich zu einem Krankenhaus geschleppt, wer wusste das schon? Es war keine Option, Achim hier zurückzulassen, solange sie nicht sicher sein konnten, dass er bei Freunden war oder zumindest in Sicherheit. Nach allem, was er ihnen erzählt hatte, hatte er seine Freundin und seinen einzigen wirklich guten Freund auf der Welt verloren, da durften sie ihn nicht auch noch alleine lassen. Ron konnte Jack mühsam überzeugen, weiterzusuchen.

Beim dritten Krankenhaus wurden sie fündig. Bei ihrem ersten Besuch hier hatte man die Patientendaten von Achim noch nicht aufgenommen. Mit all dem Blut im Gesicht und auf seiner Kleidung hatte er auch nicht allzu gut auf Jacks Beschreibung gepasst, die er der Schwester am Empfang gegeben hatte. Jetzt mussten sie über eine Stunde im Wartezimmer totschlagen und immer wieder die Schwester nerven, bis sie endlich zu Achim vorgelassen wurden. Sie seien keine Angehörigen, meckerten die Schwestern, aber sie ließen es geschehen. Er sah schrecklich aus, noch zerschundener als am Tag zuvor. Er erzählte ihnen, was passiert war, und sie schwiegen betroffen. Hart, dass seine Noch-Ehefrau so etwas zuließ.

»Und jetzt habe ich halt noch einige Wunden mehr und einen Schädel-Basis-Bruch oder sowas. Etwas ist da zumindest angeknackst, ich habe es nicht so genau verstanden. Mein Rücken tut auch saumäßig weh, aber da ist nichts ernsthaft kaputt. Nur wenn ich aufstehe, dreht sich alles. Ich nehme die Schmerztabletten diesmal nicht.« Den letzten Satz sagte er im Flüsterton.

»Wieso das?«, fragten Ron und Jack fast unisono.

»Ich habe das Gefühl, der Schmerz tut mir gut«, sagte Achim. Hätte er nicht so ernst geguckt und so elend ausgesehen mit seinem Kopfverband, der lila verfärbten Nasenwurzel und all den anderen blauen Flecken und Wunden, wäre all das nicht gewesen, hätte Ron den Satz vermutlich witzig gefunden. Oder ein bisschen lächerlich. So stimmte er ihn nur traurig. Da keiner reagierte, sprach Achim einfach weiter.

»Ich denke, das hat für mich etwas von Katharsis. Mein Leben verändert sich im Augenblick in so vielen Dingen. Und dazu gehört Schmerz. Und wenn in ein paar Tagen wirklich alles vorbei ist, will ich wenigstens vorher noch mit diesem Kapitel abschließen.« Seine Stimme klang rauer als noch gestern und bei jedem lauten Geräusch zuckte er zusammen. Er schien Kopfweh zu haben.

»Was ich nicht verstehe«, sagte Ron nach ein paar Minuten, in denen sie alle drei geschwiegen hatten, nachdenklich. »Wenn ihr so gute Freunde wart, du und Florian, und mit deiner Frau eigentlich auch alles okay, wie kommt es dann, dass das jetzt alles so extrem geworden ist? Ich meine, so etwas ändert sich doch nicht von heute auf morgen, bloß weil du eine Weile viel arbeitest ...«

Achim starrte schweigend und nachdenklich an die Decke. Er rang mit sich.

39 / ACHIM

»Es ist nicht so«, begann Achim, »dass die Freundschaft immer so perfekt geblieben wäre, wie sie es am Anfang war. Ich glaube, es fing mit dem Hauskauf an. Ich war liiert, machte viel mit meiner Frau und arbeitete zumindest die meiste Zeit nicht mehr als nötig und vorgeschrieben, und Florian stürzte sich in die Arbeit, versuchte, schnell aufzusteigen und setzte ziemlich seine Ellenbogen ein. Er fing an, schlecht über Kollegen zu reden, um sich dadurch einen Vorteil zu verschaffen, und stellte immer seine Leistung in den Vordergrund. Ich fand das nicht gut und zudem ziemlich nervtötend. Er wiederum verstand nicht, dass ich mich nicht neunzig Stunden die Woche der Arbeit widmen wollte. Deswegen gab es immer wieder Streit. Wir haben uns ein bisschen aus den Augen verloren, würde ich sagen, obwohl wir direkt nebeneinander wohnten. Wir trafen uns nach wie vor öfter am Wochenende zum Essen, aber die gemeinsamen Gespräche wurden weniger und immer oberflächlicher.«

Er trank einen Schluck und wischte sich den Schweiß von der Stirn, bevor er weitersprach. »Dann ging es irgendwann darum, wer die Stelle beim BKA in Wiesbaden kriegt. Gut bezahlt, mit Sonderzuschlägen. Sie war zwar mit viel Arbeit verbunden, aber auch prestigeträchtig, und viele bei uns wollten sie haben. Man konnte davon ausgehen, dass Florian sie bekommen würde. Mein Chef zog sich leider eine sehr üble Erkältung zu. Die schlug ihm auf das Herz, nur ein oder zwei Wochen, bevor verkündet werden sollte, wer die Stelle bekommt. Er wurde vom Dienst auf unbestimmte Zeit freigestellt und der Leiter einer anderen Stelle übernahm provisorisch seinen Job mit. Unser alter Chef hatte für Florians Biss und seine Arbeitswut ziemlich viel übriggehabt und es deswegen auch akzeptiert, dass er manchmal ein bisschen über die Stränge geschlagen hatte. Ein bisschen zu viel Drohungen bei Verhören und Einsätzen. Immer mal wieder gab es Gerüchte über ihn, was Gewalt gegenüber Verdächtigen anging, und ähnliche Sachen, die offiziell sehr schwerwiegend gewesen wären, so aber nur stillschweigend in die Aufzeichnungen gewandert waren, ohne dass man viel Tamtam darum gemacht hatte. Der neue Chef sah sich die Akten allerdings ziemlich genau an und entschied dann, dass ich am besten für den Job geeignet wäre. Von da an hat Florian nicht mehr mit mir gesprochen. Und ich hatte keine Chance, ihm zu erklären, dass das nicht auf meinen Wunsch hin geschehen war.«

Eine Schwester platzte ins Zimmer, aber Achim bat sie, später wiederzukommen. Mit säuerlicher Miene zog sie sich zurück.

»Das ist jetzt ziemlich genau acht Monate her. Ich weiß nicht, ob meine Frau damals schon ein Verhältnis mit Florian hatte, in jedem Fall war sie nicht begeistert darüber, dass ich jetzt eine ganze Weile von Wiesbaden aus arbeiten würde, vermutlich mehrere Jahre, vielleicht sogar für immer. Sie weigerte sich, mit mir zu kommen. Sie arbeitet in einem kleinen Bastelladen, ihr Gehalt kann es also kaum gewesen sein, aber ich dachte, sie wollte einfach ihr Umfeld und die Stadt, in der sie aufgewachsen war, nicht verlieren. Wir hatten vorher schon ziemliche Probleme, haben uns oft wegen Geld gestritten, weil ich ihr zu verschwenderisch war. Ich habe versucht, so oft wie möglich herzukommen, aber vielleicht habe ich sie ein bisschen vernachlässigt. Ich weiß es nicht. Ich weiß nur, dass mich die Tatsache, dass sie sich gestern aus dem Staub gemacht und Flo auf mich gehetzt hat, mehr trifft als all die Schläge. So lächerlich es auch klingen mag. Wie kann man nur so schmutzig sein?« Er schüttelte den Kopf leicht und verzog erneut vor Schmerz die Mundwinkel.

Ron und Jack hatten der Geschichte ohne eine Regung zugehört und saßen jetzt ernst vor ihm. Sie dachten beiden angestrengt nach. Was konnte man da schon machen? Jack war es, der als Erster wieder sprach.

»Tut mir leid, wie das so für dich gelaufen ist, Alter. Aber ich denke, wir müssen dann langsam mal wieder losziehen, damit wir überhaupt eine Chance haben, es noch nach Berlin zu schaffen.«

Achim sah entsetzt aus.

»Ihr könnt mich doch hier nicht allein lassen!«, rief er empört. »Ich will die letzten Tage auf Erden nicht in einem Krankenhausbett versauern, ich will mit euch unterwegs sein. Was soll ich denn noch in dieser ätzenden Stadt? Mein einziger richtiger Freund hat mich zweimal verprügelt und ist wahrscheinlich gerade damit beschäftigt, es meiner Frau zu besorgen.«

»Aber was sollen wir denn tun?«, fragte Ron. »Du wirkst nicht so, als ob du ohne weiteres heimgehen könntest.«

»Ich lass mir etwas einfallen, gebt mir ein paar Sekunden Zeit zu überlegen«, sagte Achim, und auch wenn es ein paar Minuten dauerte, blitzten plötzlich seine Augen auf und ein kleines Lächeln stahl sich auf sein Gesicht.

»Aber achten Sie darauf, vor 18 Uhr wieder hier zu sein«, rief ihnen die Schwester eine gute Viertelstunde später zu, als Ron den silbern glänzenden Rollstuhl durch die Stationstüren schob, um mit einem trotz der Verletzungen grinsenden Achim einen Spaziergang zu machen. Er war nicht fit genug, um selbst zu gehen, die Schmerzen waren zu groß und sein Kreislauf spielte nach wie vor nicht mit. Aber wenn er um jeden Preis mit nach Berlin wollte, sollte es ihnen recht sein. Durch die kleine Notlüge mit dem Spaziergang hatten sie den Rollstuhl völlig umsonst bekommen. Und den Aufstand vermieden, den es verursacht hätte, wenn Achim den Wunsch geäußert hätte, sich zu entlassen. Jack lief ihnen hinterher und schien sich bei der ganzen Sache köstlich zu amüsieren.

Eine Stunde später hatten sie den Rollstuhl ins Auto geladen und das Bett im Bus wieder zu einer Sitzbank zusammengeklappt, auf der Achim es sich jetzt bequem machte. Ihn ins Auto zu bekommen, war bei seiner Verfassung noch anstrengender als beim letzten Mal gewesen.

»Warum halten wir?«, fragte er, als Ron nach einer kurzen Fahrt wieder anhielt. »Ich dachte, wir fahren auf die Autobahn?«

»Unser kleines Häufchen hat sich heute noch erweitert«, sagte Ron lächelnd und winkte der jungen Frau zu, die gleich hinten bei Achim einstieg und sich allen als Jenny vorstellte. Ron beeilte sich, sich ebenfalls vorzustellen, und sie lächelte ihn an.

»Was ist denn mit dir passiert?«, fragte sie Achim, als sie seine Blessuren sah.

Er lächelte müde. »Glaub mir, das ist eine lange Geschichte.«

»Ich habe vorhin hier in einer Kneipe einen Bericht über die Staumeldungen gehört«, sagte Jenny. »Ich glaube, wir haben jede Menge Zeit.«

40 / JUSTUS

Als sein Handy klingelte, hatte er schon zwei der Kirchen abgeklappert, die auf seiner Liste standen. Sein Smartphone hatte neun katholische Kirchen in der weiteren Innenstadt gefunden. Zumindest wurden dort überall in diesen Tagen katholische Gottesdienste abgehalten. Die ersten beiden hatten sich als Reinfälle erwiesen. Er war in der Kirche herumgelaufen, hatte sich die Leute, die dort zu arbeiten schienen, genau angesehen und auch extra nach dem Pfarrer gefragt. Sie hatten alle sehr nett versucht, ihn in Glaubensdingen zu beraten. Aber keiner von ihnen passte auf die Beschreibung, die Julia ihm gegeben hatte, wenngleich auch er die Beschreibung in ihrer Effektivität nur für sehr dürftig hielt. Grauhaarige Männer um die vierzig gab es schließlich jede Menge, es hätte nicht gerade für ein Phantombild ausgereicht und machte seine Suche entsprechend schwer. In den zwei imposanten Kirchenbauten waren die Leute bereits durch Alter und Haarfarbe ausgeschieden. Wenn er jemanden finden sollte, der ungefähr passte, würde er versuchen, unauffällig ein Foto zu machen und Julia zu schicken. Falls der Fotografierte sich dann als der Richtige herausstellen sollte, würde er ihn zur Rede stellen, ihm erklären, dass er wegen der offenen Drohung einen Anwalt eingeschaltet habe, und versuchen, den Mann gehörig einzuschüchtern. Sollte er ihm Gewalt androhen? Der Typ wusste ja nicht, wie ausgesprochen ungern Justus zuschlug. Von seiner Größe und Muskulatur her konnte er durchaus wie jemand wirken, der sich gerne prügelte, zumindest hoffte er das.

Als Nächstes standen auf seiner Liste das Gemeindehaus und die Kirche in der Wittelsbacher Straße. Auch hier gab es zurzeit viel

Aktivität in Sachen Andacht und Gottesdienst. An demjenigen, der das Signet über der Tür des Gemeindehauses entworfen hatte, war sicherlich kein Designer verloren gegangen. Der Schatten des Kreuzes sah völlig schief aus. Als er amüsiert den Vorraum betrat, hörte er den vertrauten Klingelton seines Smartphones und eilte sofort wieder nach draußen, um nicht zu stören.

Julias Stimme schwankte zwischen Wut und Frustration.

»Es ist alles kaputt«, sagte sie und er war sich sicher, dass sie am anderen Ende der Leitung weinte. »Alles, was wir hier gemacht haben. Die Flyer, der Tisch, die zwei Banner, die wir neu gemalt haben – alles ruiniert. Was für Idioten machen denn sowas?«

»Jetzt versuch dich erstmal ein bisschen zu beruhigen«, sagte Justus mit Besorgnis in der Stimme. »Was ist denn passiert?« Aber Julia regte sich so auf, dass sie keinen klaren Satz mehr zustande brachte. Deswegen setzte er nach: »Soll ich zu euch kommen?«

Als Julia das bejahte, überlegte er kurz, wie er am schnellsten zu ihrem Stand am Platz der Einheit kommen konnte, bis ihm einfiel, dass es ja mittlerweile sowieso keine andere Möglichkeit gab als zu laufen, wenn man nicht gerade sein Auto dabei und genug Benzin im Tank hatte. Alle Busse, Bahnen und die meisten Taxis hatten den Dienst quittiert. Genervt von der Verzögerung, die das mit sich brachte, machte er sich auf den Fußmarsch.

Schon von der anderen Seite des Platzes aus bekam er eine Vorstellung dessen, was passiert war. Der Stand und ein guter Bereich rundum und auch die Menschen, die dort standen, hatten reichlich rote Farbe abbekommen. Als Julia ihn auf sich zukommen sah, wollte sie ihm schon in die Arme fallen, besann sich aber im letzten Moment eines Besseren. Sein Anzug brauchte nicht auch noch neu gefärbt zu werden. Sie weinte.

»Ein paar junge Typen kamen an, haben etwas von Sündern gerufen und drei Farbbeutel geworfen. Einer hat gebrüllt, dass sie das im Namen der Kreuzritter tun«, erzählte Julia zwischen mehreren Schluchzern. Jetzt umarmte Justus sie doch, auch wenn sich in ihm Ritterlichkeit und Sorge um den schönen Stoff stritten. Die Gegend sah wirklich furchtbar aus. Das rotgefärbte, nasse Papier der Flyer klebte ebenso auf dem Tisch wie alles andere. Elsa stand dahinter und schüttelte den Kopf. Sie schien nicht ganz so viel abbekommen zu haben wie Julia, aber sie hatte sich die rotgefärbte Narrenkappe vom Kopf gezogen und sah ebenfalls sehr zerknirscht aus.

»Was sind das nur für komische Leute, die sich so viel Mühe machen, nur um unser kleines Projekt zu zerstören?«, fragte Julia und vergrub ihr Gesicht in Justus Schulter. Er spürte ihre Anspannung und fragte sich, was er ihr am besten raten sollte. Den Lizismus aufgeben? Es als ein kleines Hirngespinst zur Seite schieben, das eh nie wirklich erfolgversprechend gewesen war? Andererseits hatte die Idee begonnen, ihm zu gefallen.

»Wir werden aufhören müssen«, sagte Elsa tonlos. Justus hatte gar nicht gemerkt, dass sie sich inzwischen zu ihnen gesellt hatte. »Hat doch keinen Sinn, gegen einen Widerstand anzukämpfen, den wir nicht brechen können.«

Justus sah, wie unsicher sich Julia war, wie sie mit sich und ihrem Stolz kämpfte. Sie fing an zu nicken.

»Wahrscheinlich hast du recht. War eine blöde Idee.«

Sie ließ die Schultern hängen und drehte sich weg, um ihre neuen Tränen zu verbergen. Die nächste Viertelstunde sagte keiner von ihnen ein Wort. Sie räumten zusammen, was dreckig geworden war, und pressten alles, so gut es ging, in einen der öffentlichen Mülleimer. Die Banner lugten ein gutes Stück heraus und tropften Farbe auf den Steinboden, aber das spielte keine Rolle mehr. Sie machten sich auf den Weg zu Julia nach Hause. Elsa trug den Klapptisch unter dem Arm.

»Im Theater brauche ich mich nicht mehr blicken lassen«, sagte Elsa. Ihre Stimme klang traurig.

»Wieso denn das?«, fragte Justus.

»Naja, es war nicht so richtig vorgesehen, dass ich mir das Kostüm ausborge«, antwortete Elsa.

»Ach, Elli«, seufzte Julia nur. Dann schwiegen sie wieder eine Weile.

In Justus rumorten die Gedanken.

»Wir können uns das doch nicht einfach so gefallen lassen«, brach der Ärger nach ein paar Minuten aus ihm heraus. Die beiden Frauen sahen ihn überrascht an. »Ich meine, es kann doch nicht sein, dass ein paar Idioten mit ein bisschen Farbe und Briefpapier anderen Leuten ihren Glauben madig machen. Wir leben verdammt nochmal in einem freien Land. Es darf doch jeder glauben, was er mag. Ob man jetzt das heilige Taschentuch, den heiligen Kothaufen oder das heilige Wurstbrot anbeten will, wer sind die, dass sie es uns verbieten wollen? Wir tun doch niemandem damit weh. Wir nehmen niemandem etwas weg. Das pisst mich echt an.«

Julia stoppte seinen Monolog, indem sie ihm freudestrahlend einen dicken Kuss auf die Wange drückte.

»Du hast recht. Wir dürfen nicht so einfach aufgeben! Heute Abend machen wir extra einen großen Gottesdienst und wir fragen noch bei allen anderen an, die auch solche Briefe und so einen Mist erhalten haben, ob sie nicht dazukommen wollen und mit uns feiern. Dürfen wir weiterhin in deinem Haus feiern?«

Sie sah Justus mit großen Augen an. Wie eine von diesen japanischen Manga-Figuren, bei denen zwei Drittel des Kopfes nur aus Augen bestehen, dachte er und musste lachen.

»Klar«, sagte er dann. »Muss man eigentlich beten in eurer Religion?«

»Nein, wieso?«, antwortete Julia sofort. »Die Göttin Li nimmt das mit den Gebeten nicht so wichtig«, sagte sie lächelnd.

41 / THOMAS

»Bis nachher, Süßer«, sagte Sonja und ging davon. Thomas lächelte ihrem Rocksaum nach, bis sie ums Eck war.

»Ist schon 'ne Perle, unsere Sonja, wa?«, urteilte ein älterer Mann mit Glatze und einem Bauch, der nach neuntem Schwangerschaftsmonat aussah, und hielt Thomas ein Bier hin. Er hieß Herbert und sah auch absolut so aus, fand Thomas. Er nahm das Bier und trank einen großen Schluck. Sein Magen knurrte, aber wenigstens hatte er ein bisschen Gesellschaft, seit er sich gestern nach der Flucht aus dem Hostel wieder zu Sonja und ihren Kumpanen gesellt hatte.

Wolli hatte als Erstes gleich sein Werk auf Thomas' Unterarm begutachtet und fachmännisch erklärt: »Dafür, wie voll ich gestern war, gar nicht mal so schlecht.« Dann hatte er dreckig gelacht. Seit Thomas Wollis Tätowiermaschine bei Tageslicht gesehen hatte, ertappte er sich häufiger bei Überlegungen, wie sich eine Blutvergiftung wohl üblicherweise äußerte.

Sonja klebte den ganzen Tag schon an Thomas, aber jetzt war sie losgegangen, um sich etwas zu besorgen. Die kleinen roten und in manchen Fällen blauen Einstichstellen an ihren Unterarmen ließen ihn da auf nichts Gutes hoffen. Wie hatte er nach seinem ruhigen, spießbürgerlichen Leben nur in so kurzer Zeit hier landen können? Er sollte einfach zur Polizei gehen und sich vom Einwohnermeldeamt einen neuen Pass ausstellen lassen. Falls er beweisen konnte, wer er war. Und falls da mittlerweile überhaupt noch wer arbeitete. Sicher hatte man in den Ämtern schnell die Arbeit hingeworfen.

Bis jetzt hatte ihm sein Abenteuer zwar jede Menge Aufregung gebracht, aber nur wenig Spaß. Von ein bisschen Vergnügen mit

Sonja in den letzten Tagen abgesehen. Sie verzogen sich immer mal wieder zu zweit in die Schrebergartenkolonie zwei Straßen weiter. Hatte es jetzt überhaupt noch Sinn, sich zu irgendwelchen Ämtern zu begeben? Deutsche Beamte waren ja nicht gerade für ihre Schnelligkeit bekannt. Morgen war Freitag, also wäre weniger als ein Arbeitstag Zeit, um ihm einen neuen Pass auszustellen, damit er wieder Zugriff auf sein Konto und auf sein richtiges Leben bekam. Da musste dann auch noch die Bank mitspielen. Vollkommen unmöglich. Er trank noch einen Schluck Bier und war sich nicht sicher, ob die Bitterkeit aus der Flasche oder aus seinem eigenen Inneren kam. Es gab doch immer einen Ausweg, oder nicht?

»Ick hab echt Kohldampf«, sagte Herbert und stieß Thomas mit dem Ellenbogen an. »Lass ma wat holen gehen.«

Alle Vorräte, die noch da gewesen waren, hatten sie gestern Abend weggefuttert. Thomas' Bauch sehnte sich ebenfalls nach fester Nahrung.

»Aber wo gehen wir hin?«, fragte jemand hinter ihm, wahrscheinlich der alte Georg.

»Friedrichstraße«, sagte Wolli. »Hier in Kreuzberg ist alles leergeräumt, aber da oben hat sich bestimmt noch keiner die Finger schmutzig gemacht.«

Überall zustimmendes Gemurmel. Aufbruch. Die Leute um ihn herum hatten ihn anstandslos akzeptiert, dachte Thomas, aber unter normalen Umständen hätte er mit solchem Volk kein Sterbenswörtchen gewechselt. Sein Schicksal ging seltsame Wege in den letzten Tagen.

Er lief einfach den anderen hinterher. Es war ein äußerst bunter Haufen von Menschen. Sicherlich rochen sie auch allesamt nicht wie die Allerfeinsten. Andererseits fielen sie bei dem Trubel auf den Straßen nicht weiter auf. Der Fußmarsch machte ihm nichts aus. Er hatte in den letzten Tagen deutlich an Gewicht verloren.

»Und schon sind wir da. Endlich was zu essen«, sagte Wolli und boxte Thomas an die Schulter.

Auf der Friedrichstraße war erstaunlich viel los.

»Wie immer«, brummte Herbert, als Thomas einen Kommentar dazu fallen ließ. Sie drängten sich durch einen großen Demozug. Tanzende Massen wie jene, an die Thomas sich gut erinnern konnte. Es fühlte sich an, als wären es Erinnerungen an ein anderes Leben, und auch das war schon völlig entgegengesetzt zu seinem richtigen Leben gewesen. »Die Decke der Zivilisation ist und bleibt hauchdünn«, hatte sein Opa vor langer Zeit einmal gesagt. Da war es zwar um den Krieg gegangen, aber es war deshalb nicht weniger richtig.

An der Ecke stand ein großer Discounter, der tatsächlich noch vollkommen intakt war. Heruntergelassene Jalousien sollten die Menschen abschrecken. Für Herbert war das keine große Herausforderung. Er hatte sein Stemmeisen dabei und arbeitete sich fast zehn Minuten in aller Öffentlichkeit und ohne übertriebene Hektik daran ab, die Jalousie an der Eingangstür so weit aufzubiegen, dass sie einen Durchgang hatten. Ein einfacher – wenn auch äußerst kräftig ausgeführter – Schlag mit der Brechstange auf das Glas darunter verschaffte ihnen und einer schnell größer werdenden Menge Einlass. Sie alle begannen, an Essen zusammenzuklauben, was noch gut war. Vieles im gar nicht mehr kühlen Kühlregal sah nicht mehr essbar aus. Käse und Wurst schwitzten in den verschweißten Packungen vor sich hin. Auch vom Obst war etliches vergammelt. Offensichtlich funktionierte die Kühlung hier im Laden schon eine Weile nicht mehr. Es dauerte einige Minuten, bis jemand die weiteren Gäste bemerkte, die sich außen vor dem Markt und im Eingangsbereich postiert hatten.

»Hier spricht die Bundeswehr. Diese Filiale ist umstellt.« Thomas blieb beinahe das Herz stehen. Die Stimme drang aus einem

Megaphon und war laut und bellend. »Lassen Sie alles stehen und liegen, heben Sie die Hände über den Kopf und warten Sie darauf, bis Sie von unseren Männern abgeführt werden. Wir sind bereit, diese Filiale nötigenfalls gewaltsam zu räumen. Leisten Sie keinen Widerstand.«

Einen Augenblick war es vollkommen still. Thomas sah vor seinem geistigen Auge für einen kurzen Moment, wie ein Strohballen im Western durch die endlosen Weiten der Prärie flog. Dann ertönte ein lauter, markerschütternder Schrei, eine Art Kampfesgebrüll, das Thomas als »Auf sie!« deutete. Er hatte es nicht gewagt, sich umzudrehen, und stand noch immer mit Blick auf die Äpfel, als die Hölle losbrach. Die wenigen Sekunden, die ihm noch blieben, verbrachte Thomas mit dem Gedanken, ob das gerade die Stimme von Herbert gewesen war oder nicht. Dann traf ihn eine der ersten Kugeln.

Der Schütze hatte eigentlich den Befehl zu schießen noch nicht einmal bekommen, aber in seinem sprichwörtlichen Feuereifer war ihm das entgangen. Oder er hatte es schlicht ignoriert. Auf jeden Fall hatte er einen schlechten Tag. Er hatte auf den Arm des Mannes schräg vor Thomas gezielt, doch der warf sich im – für ihn richtigen und für Thomas falschen – Moment unter die Tische mit dem Obst und Gemüse. Die Kugel ging bei Thomas direkt ins Herz, das sogleich seine Bereitschaft zu schlagen aufgab. Er starb mit einem Apfel in der Hand.

42 / JENNY

Es schien ein einziger Stau zu sein, von Hannover durchgängig bis nach Berlin. Und wenn man dem Radio Glauben schenken durfte, sah es in allen anderen Teilen des Landes genauso aus. Eine ganze Weile hatte sich Jenny mit Achim unterhalten und sich von ihm seine Lebensgeschichte erzählen lassen. Sie war entsetzt gewesen über die Prügelei, darüber, dass ihn seine Frau betrogen hatte. Solche Geschichten kannte sie nur aus Büchern. Später am Abend, nach dem Halt an einer Raststätte, verstand Achim Rons vierten oder fünften Wink mit dem Zaunpfahl. Er fragte, ob er sich nicht nach vorne zu Jack setzen könne, der ab jetzt mit Fahren dran war. Er war unglaublich schweigsam, dieser Jack, und Jenny hatte das Gefühl, dass ihm ihre Anwesenheit nicht besonders behagte oder er sie schlicht nicht leiden konnte. Gemeinsam mit Ron hatte sie Achim gestützt, so dass er, geschwächt wie er war, vorne einsteigen konnte. Ihm schien das Röhren des Busmotors und jede Bodenwelle physische Schmerzen zu bereiten, aber er hielt sich wacker.

Jenny freute sich darüber, wie Ron strahlte, als er sich neben sie setzte, und wie viele Fragen er ihr stellte und sich alles anhörte, was sie zu sagen hatte. Sie erzählte von ihrer Mutter, von ihrem Job zuhause und dem Gefühl, dort nicht aufgehoben zu sein. Sie erzählte ihm davon, wie sie weggelaufen war, von ihrer Autofahrt mit Daniel und Daniela und davon, wie sie in Hannover gestrandet war. Er erzählte nur wenig von zuhause und seinem Leben vor Montag, doch sie konnte nicht einschätzen, ob es ihm unangenehm war oder ob es ihm zu belanglos vorkam. Sie erfuhr, wie er, Achim und Jack sich kennengelernt hatten und wie Ron diese abgefahrene Woche erlebte. Sie sprachen leise und vertraut miteinander, die Köpfe dicht beisammen, als wären sie jederzeit kurz davor, einander zu küssen. Ihr erster Eindruck von ihm hatte sie nicht getäuscht, sie fühlte sich wohl mit ihm. Als es Nacht wurde, fielen Ron wieder und wieder die Augen zu bei der Unterhaltung, wofür er sich sehr süß entschuldigte. Er hatte in den letzten Tagen nur wenig Schlaf abbekommen und kapitulierte nach einer Weile. Er wünschte ihr eine gute Nacht und quetschte sich zum Schlafen seitlich auf die Sitzbank, so dass er mit angezogenen Beinen zwei der Plätze belegte und genug Raum für sie blieb.

Jetzt lag sein Wuschelkopf nur ein paar Zentimeter von ihrem Bein entfernt und sie spürte hin und wieder die Versuchung, ihm übers Haar zu streicheln. Sie widerstand ihr, schließlich wusste sie auch gar nicht, ob er das wollte. Er schien an ihr auch Interesse zu haben, aber der Schein konnte trügen. Sie rollten im ersten Gang über die Autobahn, einen Großteil der Zeit rollten sie auch gar nicht. Die nur von Achims lautem Schlaf durchbrochene Stille im Bus war Jenny unangenehm. Draußen tauchten die Front- und Heckscheinwerfer der unzähligen Autos vor ihnen, hinter ihnen und in der Gegenrichtung alles in rotes und weißes Licht.

»Sollten wir vielleicht über die Landstraße fahren?«, fragte sie in Jacks Richtung gewandt.

»Zumindest eine Überlegung wert«, sagte er halblaut.

»Wir sind auf dem Weg nach Hannover auf den Bundesstraßen ganz gut vorangekommen«, antwortete sie.

»Freut mich für euch.«

Sein gelangweilter Tonfall fing an, sie zu nerven.

»Kann es eigentlich sein, dass du mich nicht leiden kannst?«, fragte Jenny.

Jack schwieg eine Weile und der Bus zuckelte gemächlich weiter.

»Das hat nichts mit dir zu tun«, sagte er dann. Heute Abend trug er natürlich keine Sonnenbrille mehr, aber da er eine Reihe vor ihr saß, konnte sie ihm nicht in die Augen sehen, um einschätzen zu können, ob er das auch so meinte.

»Mit wem dann?«

»Ich habe in den letzten Jahren viel Erfolg gehabt«, sagte er nach ein paar weiteren Minuten der Stille. »Viele Städte, viele große Konzerte, viele Frauen. Und das hat meine Meinung von ihnen nicht gerade verbessert. Ein Haufen Bekloppte, Stalkerinnen und Groupies, die keine Wertschätzung für sich selbst haben und deren Wertschätzung für mich schnell mal in Hass umschlug, wenn ich nicht das tat, was sie sich vorgestellt hatten.« Er redete langsam und nachdenklich vor sich hin und wirkte so, als hätte er vollkommen vergessen, mit wem er sprach.

Jenny wunderte sich, dass er sich so offen gab.

»Drohungen, Diebstahl, wüste Beschimpfungen. Liebesschwüre und Hass, Gewalt auf beiden Seiten, auch wenn man sowas natürlich nicht zugeben darf. Das war so viel in den letzten Jahren, dass ich vielleicht verlernt habe, nett zu Frauen zu sein. Ich habe es satt. Der Erfolg und die Konzerte und das Geld – das ist alles toll und macht mir Spaß, aber ich glaube, wenn das noch lange weitergegangen wäre, wäre ich über kurz oder lang ganz allein dagestanden. Überall nur Menschen, die ein Stück von meinem Kuchen abhaben wollen, vom Ruhm und vom Geld. Ich habe einfach ein Händchen für Arschgeigen«

Er blickte auf und sah Jenny im Rückspiegel verwundert an. Einen Moment schien er zu überlegen, wer sie war und wo er sich gerade befand.

Dann sagte er nur: »Entschuldige, dass ich dich vollgelabert habe«, und bevor sie etwas dazu sagen konnte, fügte er hinzu: »Ich denke, du hast recht. Vielleicht sollten wir wirklich einen Versuch auf den Landstraßen starten.« Er blinkte rechts, fuhr gut dreihundert Meter auf der Standspur am Stau vorbei und bei der nächsten Ausfahrt ab von der Autobahn.

Sie spürte, dass Jack jetzt keinen Kommentar hören wollte, also schwieg sie und sah Ron ein paar Minuten beim Schlafen zu. Nach einer Weile legte sie ihren Kopf ans Fenster und schlief ebenfalls ein.

Jack fuhr, bis in den frühen Morgenstunden die Sonne am Himmel erschien. Dann hielt er an einer großen Tankstelle an und weckte die anderen. Achim schien es heute besser zu gehen, er konnte sich selber auf den Beinen halten und sah auch trotz der Schwellungen und Blutergüsse ein Stück erholter aus. Zu der Tankstelle gehörte auch ein kleines Bistro, das Gott sei Dank geöffnet hatte. Sie bestellten sich kleine Frühstücksportionen und aßen gutgelaunt. So zusammengewürfelt sie waren, die Fahrt erzeugte ein Gemeinschaftsgefühl, das sie alle spürten. Jenny nippte an ihrem Latte Macchiato und wunderte sich, wie selbstverständlich sich Rons Gegenwart anfühlte, der direkt neben ihr saß und müde auf einem zähen Croissant herumkaute. Ihre Knie berührten einander. Sie hatten sich nur ein bisschen unterhalten, sich nicht mal geküsst bisher, aber sie mochte ihn gern. Jack war schweigsam und sicherlich unwahrscheinlich müde, während Achim fröhlich vor sich hin plauderte und mit sich selbst und ihrem stillschweigend vorausgesetzten Einverständnis Pläne schmiedete für ihre Zeit in der Hauptstadt.

»Wir müssen unbedingt auf die Museumsinsel. Hoffentlich haben die Museen noch offen, da war ich ewig nicht mehr. Und vielleicht zum Reichstag. Die Weltzeituhr würde ich auch gerne sehen. Es gibt so viele aufregende Dinge. Abends gehen wir natürlich zu deinen Auftritten, Jack, aber tagsüber kann man ja ein bisschen Spaß haben, Sightseeing machen.«

»Ich weiß ehrlich gesagt nicht, wie lange wir noch als Gruppe unterwegs sein werden, wenn wir in Berlin ankommen«, sagte Jack. »Ich werde viel zu tun haben, außerdem kenne ich die Stadt mittlerweile wie meine Westentasche, ich brauch nicht einen auf Touri machen.«

Achim zog ein langes Gesicht. »Aber ihr«, fragte er in Rons und Jennys Richtung. »Ihr schaut euch mit mir Berlin an, oder?«

»Denke schon«, sagte Ron und Jenny nickte. »Ich habe ehrlich gesagt noch keine genaueren Pläne für die Zeit in Berlin gemacht. Ursprünglich wollte ich danach nach Hamburg, vielleicht Richtung Amsterdam. Kann auch sein, dass eine Party in Berlin der bessere Weg ist, das Ende der Welt zu bestreiten.« Er warf Jenny einen Seitenblick zu. »Aber wir können gern zu dritt ein bisschen Sightseeing machen.«

In Achims Gesicht kehrte der Anflug eines Lächelns zurück.

Als sie wieder im Auto saßen, Ron am Steuer und Jenny neben ihm, drehte Ron den Schlüssel im Schloss, doch das vertraute Brummen des Motors setzte nicht ein. Auch sonst gab das Auto keine Geräusche von sich.

43 / JULIA

»Ich weiß nicht, ob ich das jetzt jeden Tag mitmachen kann«, stöhnte Justus, während er den Tee, den Julia ihm gebracht hatte, Schluck für Schluck seine Kehle hinunterwürgte. Sein Kopf drohte jeden Augenblick zu explodieren.

Draußen stand die Sonne schon hoch am Himmel. Mittlerweile fühlte er sich jedes Mal, wenn er das Haus verließ, als ob er in den Tropen leben würde. Laut Nachrichten waren die Temperaturschwankungen sehr ungleich verteilt und von Meteorologen nicht zu erklären. In den meisten tropischen und subtropischen Ländern und überhaupt in Afrika und Südamerika hatten sich die Temperaturen kaum verändert, auch aus der Arktis und Antarktis waren keine ungewöhnlichen Temperaturen zu erfahren gewesen. Völlig anders verhielt es sich dagegen in den Vereinigten Staaten, Kanada und sämtlichen Ländern von Portugal über Deutschland bis nach Russland – dort waren überall noch nie dagewesene Hitzewellen über die Menschen gekommen. Im tiefsten Sibirien konnte man jetzt bequem in Badehose herumlaufen und in Norwegen hatte die Bevölkerung selbsttätig begonnen, eine Siesta einzuführen, weil es um die Mittagszeit einfach zu heiß war, um zu arbeiten oder überhaupt etwas Sinnvolles zu tun.

Weder Hitze noch Kälte hätten Justus heute den Tag versüßen können, sein Schädel dröhnte. Er war nie ein Kostverächter beim Alkohol gewesen, aber diese Woche hatte er ganz eindeutig zu viel und zu regelmäßig getrunken.

»Das ist das Alter«, sagte Julia amüsiert und küsste ihn auf die Stirn. Bei jedem Wort zuckte er ein kleines bisschen zusammen.

»Sieh's doch mal positiv. Die Party gestern war ein riesiger Erfolg, so viele Leute hat dein Haus sicher noch nie gesehen.«

Es stimmte, das Grundstück war aus allen Nähten geplatzt. Sie hatten unter alle Meldungen, die sie über ähnliche Briefe von diesem ominösen »Orden der Kreuzritter« im Netz gefunden hatten, Einladungen zu ihrem sogenannten »Glaubensübergreifenden Gottesdienst« gesetzt, der laut und ausgelassen gewesen war. Justus hatte es sich leider nicht nehmen lassen, etliche Gläser von einem neongrünen Cocktail zu trinken, den einer der Gäste mitgebracht hatte. Die Folgen spürte er jetzt bei jedem Geräusch und jeder einzelnen Bewegung.

»Und das Schöne ist«, fuhr Julia fort, »von diesen militanten Kirchenspinnern haben wir auch nichts mehr gehört. Wir genießen jetzt einfach noch ein bisschen den Tag, dann räumen wir das Haus auf und überlegen uns, was wir noch tun können. Nachdem Elli ja heute Abend nicht zu ihrer Vorstellung gehen will, haben wir jede Menge Zeit. Vielleicht machen wir sogar ... »

Sie brach mitten im Satz ab, als sie Elsas Gesichtsausdruck sah, die gerade in die Küche getreten war.

Elsa hielt einen Umschlag in der Hand. »Der hier war auf den Briefkasten geklebt.«

Justus hatte plötzlich zu neuer Fitness gefunden. Er stand auf, nahm ihn ihr aus der Hand und verließ wortlos den Raum.

Als er zehn Minuten später wiederkam, sah er noch müder und abgekämpfter aus als zuvor.

»Ich habe mit der Polizei telefoniert und versucht, denen klar zu machen, dass wir offen bedroht werden«, sagte Justus ernst, »aber die interessiert das nicht. Sie brauchen alles, was an Personal verfügbar ist, um die Lage in der Stadt stabil zu halten. Die Frau war extrem kurz angebunden und hat dann einfach aufgelegt, ohne sich zu verabschieden.«

Er war blass um die Nase, fand Julia.

»Ich nehme jetzt ein Aspirin«, fuhr er fort, »und dann werde ich weiter die Kirchen abklappern.«

»Was stand denn drin in dem vermaledeiten Brief?«, fragte Julia, und Justus zog ein zerknülltes Stück Papier aus seiner Hosentasche und reichte es ihr. Die Schrift und die Signatur waren identisch mit dem vorherigen Brief.

Wir haben Euch gewarnt, Sünder, doch Ihr habt nicht auf uns gehört. In wenigen Tagen wird Gott Euch strafen, Euch brennen lassen in der Hölle, und auf Erden wird Frieden sein. Doch damit ist es nicht getan, so lange werden wir nicht warten. Noch auf Erden sollt Ihr in aller Deutlichkeit Eurer Sünden gewahr werden. Wie Er es einst bei Mose getan, wird Er Euch ein Zeichen senden und Euch aufmerksam machen auf den richtigen Weg. Eine letzte Möglichkeit, Eure Fehler einzusehen und umzukehren. Ihr solltet sie nutzen oder euch wird Gefahr von allen Seiten drohen. Im Himmel und auf Erden. Euch und all den anderen Sündern, Gotteslästerern und Zweiflern werden auf ewig Höllenqualen bereitet werden.

Julia ließ ihn sinken und sah die beiden fassungslos an.

»Die bluffen doch nur und spielen sich groß auf«, sagte sie, »so ein Quatsch, das Ganze. Von wegen Orden und Ritter, das werden nur ein paar frustrierte Gottesfreaks sein, die noch ein bisschen Unruhe stiften und Angst säen wollen, bevor das Ende der Welt kommt. Wo gehst du hin?«

Justus hatte den Zettel genommen, ihn wieder eingesteckt und ihr einen Kuss auf die Wange gedrückt.

»Ich gehe jetzt nach den Idioten suchen, die so hirnlose Briefe schreiben und mit Farbbeuteln werfen, anstatt sich um ihren eigenen Kram zu kümmern. Räumt ihr hier mal auf und organisiert alles für heute Abend. Ich hoffe, ich finde den Drecksack. Ich versuche, rechtzeitig wieder da zu sein.«

Er drehte sich um und machte sich aus dem Staub. Hinter ihm hörten sie die Tür ins Schloss fallen.

»Wenn ich der Briefeschreiber wäre, würde ich Justus gerade ungern begegnen. Der sah nicht so aus, als ob er lange diskutieren würde«, sagte Elsa und zog eine Braue nach oben.

44 / RON

»Und, siehst du was?«, rief Achim ihm zu.

»Dreh nochmal«, rief Ron statt einer Antwort und Jenny drehte den Autoschlüssel. Jack schlief völlig erschöpft im Sitzen auf der Rückbank. Sein Kopf war ans Fenster gelehnt und sein Hut ins Gesicht gezogen, sodass die Sonne ihn nicht blendete. Er war die ganze Nacht gefahren. Ron stand vor der geöffneten Motorhaube und prüfte nacheinander alle Stecker und Leitungen. Er hatte sich die kleine Werkzeugbox aus dem Bus geholt, aber er fand keine losen Muttern, keine Steckverbindungen, die auseinandergegangen waren, nichts unter den üblichen Verdächtigen, was festgeschraubt oder zugezogen werden musste. Erst das Multimeter, mit dem er den Stromfluss und die Stromstärke testen konnte, brachte ihm die Lösung, die ihm aber nicht die geringste Freude bereitete. Die Autobatterie war trotz der langen Fahrt hierher fast vollkommen leer. Entweder lud das Auto sie nicht richtig oder sie konnte gar nicht mehr aufgeladen werden.

Sie fragten an der Tankstelle und sogar in einigen der nächstgelegenen Häuser nach, aber niemand hatte eine Batterie übrig und natürlich wollte auch keiner die Batterie aus seinem eigenen Auto hergeben. Die Tankstelle hätte unter normalen Umständen welche verkauft, aber natürlich waren diese Woche kaum Lieferungen für irgendwas angekommen. Gähnende Leere starrte Ron aus dem Regal mit den Ersatzteilen an. Es war ein Wunder, meinte der Tankstellenbesitzer, dass er überhaupt noch Sprit hatte. Lange würde auch der nicht mehr reichen. Immerhin erklärte er sich bereit, den Bus fremdzustarten. Ron saß vor dem Bus auf dem Boden, hatte eine Landkarte vor sich ausgebreitet und einen kleinen Notizblock ausgepackt und rechnete.

»Wir sind hier kurz vor Leimingen. Wenn wir keine großen Umwege fahren, dann können wir es von hier bis nach Berlin mit einer Tankfüllung schaffen«, verkündete er fröhlich. Die Stimmung bei Jenny und Achim hing tief.

»Wie meinst du das? Wir haben keine Batterie. Ich dachte, wir fahren zum nächsten *VW*-Händler. Oder wir rufen einfach den *ADAC*«, sagte Jenny.

»Beim *ADAC* ist niemand zu erreichen, das habe ich schon versucht. Und wenn wir versuchen, zum nächsten Händler zu kommen, ist das ein elender Umweg und wir wissen ja gar nicht, ob die noch geöffnet haben und ob bei ihnen Batterien rumliegen, die in meinen Bus passen«, sagte Ron. »Aber wenn wir durchfahren und den Motor nicht mehr ausmachen, kommen wir auch so nach Berlin. Dort müssen wir dann halt entweder eine neue Batterie auftreiben oder mit U- und S-Bahnen fahren. Meine Eltern haben früher immer gesagt, dass sie in den Jahren in Berlin überhaupt kein Auto hatten, weil es schon immer so gut vernetzt war. Ist nur die Frage, ob wir es schaffen, bis Berlin zu fahren, ohne die Karre abzuwürgen. Fahrerwechsel können wir ja auch bei laufendem Motor machen.«

Er kaufte dem älteren Mann, dem die Tankstelle gehörte, ein Kabel zum Fremdstarten ab, und sie schlossen die Autos aneinander an. Beim zweiten Versuch klappte es und sie machten sich nach einer kurzen Verabschiedung wieder auf.

Ihr Weg führte durchs tiefste Brandenburg, durch viele kleine, verschlafene Nester, mit Bauernhöfen, malerischen Seen. Mit Jenny neben sich verspürte Ron kein Bedürfnis, das Radio anzuschalten, er unterhielt sich lieber in aller Ruhe mit ihr und gab sich Mühe, die junge Frau kennenzulernen, deren Anblick ihm seit Mittwoch den Kopf verdrehte. Sie redeten über ihre Familien, ihre jeweiligen Heimatstädte und darüber, wie sie ihr Leben verbracht hatten. Nachdem er sich am Vorabend ein wenig geziert hatte bei dem Thema, erzählte Ron nun doch von sich. Davon, wie es war, ohne Vater aufzuwachsen, von der distanzierten Mutter, die wenig mit ihm anzufangen wusste. Es war ihm unangenehm, diese Punkte anzusprechen, doch merkte er, dass es ihm guttat, Jenny davon zu erzählen.

»Ich fand deine Bilder wahnsinnig schön«, sagte Ron nach einer Weile, »sie sind so fein gezeichnet und schattiert, das mag ich viel lieber als große Leinwandgemälde oder sowas. Gerade die Bleistiftzeichnungen fand ich schön, so ein bisschen skizzenhaft, aber so gut, dass es trotzdem ein vollendetes Bild ist.«

Nicht, dass er der große Kunstkritiker war. Sein einziger steter Kontakt mit Kunst war das Schulfach gewesen, und dort hatte er auch wahrlich keine Glanzleistungen vollbracht, aber er kannte über seine Mutter wenigstens ein paar Kunstwerke. Jene, deren Drucke sie in ihrem Büro und in ihrer Wohnung aufgehängt hatte. Er sollte sie mal wieder anrufen, dachte er, aber nicht jetzt. Später vielleicht. Bei seinem Onkel hatte er es vorhin erneut probiert, ihn aber immer noch nicht erreicht.

»Wenn ich Zeit habe, mal ich dir eins«, versprach Jenny.

»Vermisst du eigentlich deine Eltern?«, fragte Ron, dem viel daran lag, die Konversation aufrechtzuerhalten.

»Ja, ein bisschen«, gab sie zu, »aber ich hätte diese Woche nicht mit ihnen verbringen wollen, das hätte nur Streit und Tränen und Probleme gegeben. Ich denke oft daran, sie anzurufen, aber dann würde ich ein furchtbar schlechtes Gewissen bekommen, weil ich einfach abgehauen bin. So habe ich, glaube ich, lieber ein schlechtes Gewissen, weil ich sie nicht anrufe.«

»Das kenn ich gut«, sagte Ron ernst, »bei mir gab es zuhause auch nur Probleme. Meine Mutter war immer sehr kalt zu mir, ich glaube, sie wollten mich eigentlich nicht haben, deswegen bin ich wie du ziemlich früh meiner Wege gegangen und ausgezogen. Das wäre auch diese Woche nicht schön geworden mit ihr. Warum lachst du?«

Jenny sah ihn an.

»Ich habe über dieses ›wie du‹ gelacht. Ich kann nicht von mir behaupten, dass ich früh meiner Wege gegangen wäre. Ich meine, neunzehn ist bestimmt noch nicht wahnsinnig alt, aber ich habe eigentlich immer gemacht, was meine Eltern gesagt haben. Ich dachte immer, später ist ja eine Menge Zeit, mich auszuleben, zu machen, was ich will, und die große weite Welt zu sehen. Ich dachte, ich schaffe es schon noch auf Umwegen an die Kunsthochschule. Und jetzt ...« Ihre Stimme versagte. Als Ron zu ihr hinüberblickte, sah er, dass sie weinte.

»Jetzt wird es kein Später mehr geben«, vollendete er ihren Satz und streichelte ihr vorsichtig über die Wange. »Aber wenn du jetzt noch ein paar schöne Tage hast, vielleicht ist es dann zumindest ein würdiger Abschluss. Und wenn es wirklich ein Jüngstes Gericht gibt, gibt es bestimmt auch etwas, was danach kommt, auch wenn ich mir nicht vorstellen kann, was das sein mag.«

Er wusste, dass sie lächelte, aber im Moment musste er sich auf die Straße konzentrieren. Dort war eine seltsame Situation vor ihnen aufgetaucht, die er nicht richtig einordnen konnte.

»Was ist das da?«, fragte Jenny.

»Ich habe nicht den Hauch einer Ahnung«, sagte Ron erstaunt.

»Wir hätten vielleicht doch auf der Autobahn bleiben sollen.«

Erst jetzt wurde ihm bewusst, dass die Menge der Autos, die in die Gegenrichtung fuhren, deutlich zugenommen hatte. Sie fuhren auf einer völlig normalen Landstraße, doch dort vorne, wo eigentlich eine Ortseinfahrt und kurz darauf eine große Kreuzung zu kommen schien, war die Straße mit mehreren Polizeiautos versperrt. Davor und daneben standen zehn oder elf Polizisten und warteten.

Für Ron gaben sie ein beängstigendes und einschüchterndes Bild ab, was vermutlich nicht allzu weit von dem Effekt entfernt war, den sie zu erzielen beabsichtigten. Zwei von ihnen trugen große Maschinenpistolen. Links und rechts der Absperrung waren große Äcker, auf denen mindestens hundert Autos abgestellt waren. Es war schwer zu schätzen, da sie völlig durcheinander dastanden. Von oben musste das ein amüsantes Bild abgeben, dachte er, während er bis zur Absperrung fuhr.

»Haben Sie eine Sondergenehmigung?«, fragte der behelmte Polizist durchs Fenster.

»Nein, ich ...« Ron wurde sofort unterbrochen.

»Dann dürfen Sie nicht weiter. Sie können ihr Fahrzeug gerne auf den Feldern parken, diese sind dafür freundlicherweise zur Verfügung gestellt worden.«

»Aber ... wieso?«

»Berlin ist vollkommen überfüllt mit Menschen, es gibt kaum noch Straßen, auf denen gefahren werden kann. Wir haben Order bekommen, sämtliche Zufahrtsstraßen zu sperren. Sie dürfen, wenn Sie wollen, zu Fuß weiter. Ansonsten muss ich Sie bitten, umzukehren. Wir haben keine Zeit für Diskussionen.« Er klang entnervt und aggressiv. Sicher hatte er diesen Text heute schon hundertmal abgespult.

»Was ist das denn für eine Scheiße hier?«, rief eine verschlafene Stimme von der Rücksitzbank. Jack war aufgewacht und nicht gerade bester Laune. »Lassen Sie uns gefälligst durch, wir haben es eilig.«

Als der Beamte keinerlei Anstalten machte, murmelte er ein leises, aber dennoch hörbares »Arschloch« hinterher.

Ron sah den Sturm kommen und zog sich, um seine Ohren zu schonen, ein kleines Stück vom Fenster zurück. Gerade so weit, dass es nicht allzu verdächtig aussah. Mehr so, als ob er sich zu Jenny lehnen würde, um ihr etwas zu sagen.

Schon brüllte der Polizist aus vollem Halse los: »Was fällt Ihnen eigentlich ein? Eine Frechheit ist das! Das ist Beamtenbeleidigung und strafbar. Bis auf den Fahrer steigen jetzt mal alle aus. Charly, bring die werten Herrschaften mal auf die Wache.«

Der angesprochene Polizist nickte diensteifrig.

»Natürlich, Herr Mersbach. Wird gemacht.«

»Und Sie ...«, dabei blickte Mersbach Ron böse an, »Sie fahren jetzt gefälligst Ihr Auto hier auf die Wiese, wie alle anderen auch, und schließen dann zum Rest auf. Mein Kollege wird Sie dann mit Freuden zur Wache begleiten. Da können wir uns nachher in Ruhe unterhalten.«

Er lehnte sich ein Stück ins Auto und holte durch die Nase tief Luft. Ron wich irritiert zurück.

»Und ich würde Ihnen raten, keine Rauschmittel mitzuführen, wenn wir Sie nachher durchsuchen, sonst verbringen Sie das Wochenende in einer Zelle«, fügte Mersbach noch hinzu.

45 / ACHIM

Der Polizist namens Charly war ein teigiger Mann mittleren Alters mit mürrischem Blick. Er stieß sie unsanft vor sich her, wenn sie zu langsam wurden. Es dauerte ein paar Minuten, bis Ron zu ihnen aufgeschlossen hatte. Mit traurigen Mienen trotteten sie durch den kleinen brandenburgischen Ort. Cosburg hieß er, wenn Ron das Schild vorhin im Vorbeigehen richtig identifiziert hatte. Achim schwitzte und sein Kopfweh war mittlerweile wieder schlimmer geworden. Vielleicht hätte er doch die Schmerzmittel nehmen sollen. Als sie auf der kleinen Polizeiwache ankamen, war Achim erstaunt, wie viel dort los war. Dicht an dicht standen die Leute, überall wo man hinsah. Sie wurden in ein kleines, staubiges Zimmer gebracht, dessen Wände von holzgerahmten Landschaftsbildern geschmückt waren. Der Beamte, der sie herbegleitet hatte, nahm, ohne einen Anflug von Freundlichkeit aufkommen zu lassen, ihre Personalien auf. Jenny weinte leise vor sich hin. Der Raum war muffig, und dank eines vergilbten Vorhanges fiel kaum Licht herein. Er sah ganz und gar nicht so aus wie ein passender Raum für ein Verhör. Sicher, nicht immer wurden die Leute verhört wie in den *Tatort*-Folgen. Dort fanden die Verhöre immer in fensterlosen, bläulich beleuchteten Zimmern statt, die nichts außer einem Metalltisch und Stühle enthielten. Eine Wand natürlich verspiegelt, durch die von draußen der Kollege hereinschaute. Oder eben wegschaute, falls das Verhör aus dem Ruder lief. Das Ambiente hier war eher lächerlich und ländlich.

Einer nach dem anderen mussten sie ihre Taschen ausleeren. Nacheinander durften sie »alles Unbedenkliche vorerst wieder einstecken«, wie es der Beamte formulierte. Als der Mann die kleine Plastikbox sah, die Achim bei sich trug, verfinsterte sich sein Blick. Er sagte nichts dazu, aber riss sie ihm förmlich aus der Hand. Die Box war bis an den Rand gefüllt mit den Tabletten, die Achim im Krankenhaus von den Schwestern bekommen und nicht genommen, sondern brav gesammelt hatte. Es musste doch jedem, der ihn sah, klar sein, was es damit auf sich hatte. Er überlegte, ob er sich als Kollege zu erkennen geben, vielleicht ein bisschen Druck machen und versuchen sollte, sie sofort wieder nach draußen zu bringen. Andererseits herrschten seltsame Zustände zurzeit. Und was sagten diese Notstandsgesetze, von denen im Radio die Rede gewesen war, gleich noch mal?

Charly, den keiner von ihnen so anzusprechen gewagt hätte, ließ sie für ein paar Minuten allein. Auf Handschellen war dankenswerterweise verzichtet worden. Achim konnte sich vorstellen, dass es derzeit einen gehörigen Mangel an Handschellen gab, wenn all diese Leute da draußen tatsächlich inhaftiert werden sollten.

»Was werden die jetzt mit uns tun?«, fragte Jenny mit einem weinerlichen Tonfall in der Stimme.

»Also, wenn der Typ von vorhin herkommt, schätze ich mal, dass wir lange angeschrien werden, ein bisschen beleidigt und provoziert«, sagte Jack, »und dann noch ein paar Stunden in Gewahrsam gehalten werden, wenn wir brav sind. Dann können wir weiter.«

»Alles bloß, weil du nicht die Klappe halten konntest«, zischte sie ihn an.

»Tut mir ja leid, konnte ja keiner ahnen, dass der keinen Humor hat.«

»Du Held« sagte Ron und schüttelte den Kopf. »Wie viele Bullen kennst du, die Humor haben?«

»Ey! Mal nicht persönlich werden«, sagte Achim.

Jack grinste. »Naja, immerhin einen«, sagte er dann.

Die Tür ging auf und Charly stand vor ihnen.

»Na, da haben wir ja eine tolle kleine Truppe aufgegabelt. Gegen Sie«, er deutete auf Achim, »liegt eine Anzeige wegen Körperverletzung vor. Und das bei einem Polizisten.« Er schüttelte missbilligend den Kopf. »Außerdem tragen Sie eine nicht unerhebliche Menge Schmerzmittel mit sich herum ...«

»Weil ich Schmerzen habe ...«, sagte Achim entnervt.

»Nicht frech werden, Freundchen«, entgegnete Charly. Als nächstes deutete er auf Jenny. »Und du bist von deinen Eltern als vermisst gemeldet worden.« Jenny sah ihn mit großen Augen an. Achim fragte sich, ob der kurzfristige Wechsel vom Duzen zum Siezen wohl an Jennys Alter lag oder daran, dass sie als Einzige im Raum Brüste hatte. Von diesem Charly vielleicht abgesehen.

»Gegen Sie liegt eine Strafanzeige wegen häuslicher Gewalt von einer Frau Schneider aus Göttingen vor«, sagte er zu Jack.

Der Einzige, der unkommentiert blieb, war Ron. »Die Frage ist jetzt noch, was wir mit euch machen werden. Ganz ehrlich, ich denke, an Material würde das reichen, um euch auf Verdacht ein paar Stunden hier zu lassen. Im Sinne der Notstandsgesetze könnten wir euch auch das ganze Wochenende hierbehalten, wenn wir Anlass sehen, dass ihr eine Gefahr für Frieden und Ordnung seid. Was denkt ihr dazu?«

Sie schwiegen alle, blickten ihn an und hingen düsteren Gedanken nach, die bei jedem Einzelnen sekündlich dramatischer wurden. Kämen sie in eine komfortable Gefängniszelle, von der aus man einen guten Ausblick ins schöne Brandenburg hatte und in der man sich in Ruhe zurückziehen und lesen konnte? Oder würden sie in ein kaltes Steingemäuer geworfen, mit nichts als einem Eimer für die Notdurft, Dunkelheit und Schreien von Folter und Verzweiflung darin? Es lag eine seltsame Stimmung über diesem Polizeirevier, dachte Achim. Das war doch alles nicht normal. Nicht verhältnismäßig. Die Gewissheit in den Augen dieses Mersbach, dass sie hier machen konnten, was sie wollten, das war kein gutes Omen. In diesem Augenblick steckte ein junger Beamter mit Nickelbrille seinen Kopf zur Tür herein.

»Charly, kannst du mal kurz kommen?«

Als die Tür hinter dem Mann in Grün ins Schloss fiel, breitete sich Stille über die kleine Runde.

»Ich will nicht ins Gefängnis«, sagte Achim nachdenklich und es klang wie ein Entschluss. Dieser eine kleine Satz erweckte sie alle miteinander schlagartig aus ihrer Lethargie. Jack war der Erste, der auf den Beinen war und begann, am Fenstergriff zu rütteln.

»Ich dachte immer, Verhörräume haben keine Fenster, oder wenn, dann vergitterte«, sagte er.

Achim lachte. »Hast du das Schild nicht gesehen, als wir reinkamen? Das ist kein Verhörraum, sondern der Pausenraum der Polizeiwache.«

»Das Scheißding klemmt«, raunte Jack ihnen zu, »aber ich glaube nicht, dass das Schloss hier zugesperrt ist. Packt mal mit an.«

Ron zog und Jenny drückte von unten gegen den kleinen Hebel, der mit einem gewaltigen Knacken ruckartig nach oben gedreht wurde.

»So, und jetzt raus hier«, sagte Jack und öffnete die beiden Fensterflügel. Gerade war er mit einem Bein nach draußen gelangt und hatte schon den Asphalt der Freiheit unter einem Fuß, da ertönte ein lauter Ruf hinter ihnen. Erschrocken fuhren sie alle herum.

»Hey! Hiergeblieben!«

Der Mann namens Charly sah finster drein, hatte aber seine Waffe nicht gezogen. Jack hievte langsam sein Bein wieder nach drinnen.

»Wir wollten doch nur ...«, begann Jenny.

»Ich weiß schon, was ihr wolltet.« Er sah sie ernst an, dann fuhr er sich mit beiden Händen durch die Haare. Es widerstrebte ihm, was er als Nächstes sagen würde.

»Mersbach, unser Vorgesetzter, ist ein bisschen, naja – wie soll ich sagen – übereifrig heute, wir haben leider nicht genug Platz, um euch und die ganze Vogelschar da draußen irgendwo unterzubringen, und da sind Leute dabei, bei denen es noch deutlich dringender ist, ihnen eine Lektion zu erteilen, als bei euch. Darum will ich mal Gnade vor Recht ergehen lassen. Schaut, dass ihr verschwindet und dass euch um Gottes Willen Mersbach nicht zu sehen bekommt, egal ob ihr nochmal zu eurem Auto geht oder nach Berlin rein.«

Sie bedankten sich verblüfft und machten sich, so schnell es ging, vom Acker, bevor es sich der Polizist anders überlegen konnte.

46 / JUSTUS

Justus war enttäuscht über seinen mangelnden Erfolg. Er hatte zwei Menschen gefunden, auf die Julias ursprüngliche, vage Beschreibung gepasst hatte, und es sogar geschafft, mit seinem Handy unauffällig Fotos von ihnen zu machen. In den ansehnlichen Kirchen war es nicht unüblich, dass Besucher ihre Handys in der Hand hielten, um die bunten Fenster, die Figuren von Jesus, Maria und den Engeln, die Verzierungen oder die Wandmalereien zu fotografieren. Da ließen sich problemlos auch Menschen mit aufs Bild bekommen. Aber Julia war bei beiden sicher, dass es sich nicht um den Mann handeln konnte, den sie im Verdacht hatten. Justus mochte Julia mittlerweile sehr. Hätten sie ein bisschen mehr Zeit gehabt, wäre aus ihnen vielleicht ein schönes Paar geworden.

Wut brodelte in ihm, wie er es schon lange nicht mehr gespürt hatte. Die Wut und der Ärger über Ungerechtigkeit und Dummheit. Von Kindesbeinen an hatte er sie in sich getragen. Er erinnerte sich, wie Lara in der dritten Klasse von ein paar Mädchen gehänselt worden war wegen ihrer neuen Mütze. Nach diesem Tag hatte sie die Mütze nie wieder getragen. Auch wie ein paar der großen Jungs Ali immer nachgeäfft hatten, wenn er gesprochen hatte, wegen seines türkischen Akzents. Es hatte Justus so wütend gemacht, so viele Dinge, die um ihn herum passierten. Aber er war ein Hänfling gewesen, dünn, und hatte sich nicht getraut, dazwischen zu gehen, wenn sich jemand falsch verhielt. Halblaut Einspruch erheben – vielleicht. Zuhause hatte er wütend seine Kissen durchs Zimmer geworfen und einfach jahrelang kein Ventil für seine Wut, seinen

Frust gefunden. Nur der Klumpen, den er in seinem Magen spürte, war immer größer geworden.

Erst in den Jahren nach dem Studium war es wirklich besser geworden. Sein Beruf brachte ihn natürlich auch mit vielen Menschen zusammen, die sich merkwürdig oder irrational verhielten, aber da es ihnen vor allem selbst schadete und nur selten andere betraf, konnte er das besser von sich fernhalten. Und immer wieder konnte er Menschen wirklich helfen, konnte Hoffnung zurückgeben, wo schon keine mehr war. Das hatte es ihm leichter gemacht. Doch mit jedem Tag, der verging, mit jedem Tag dieser Woche, der verstrich, empfand er den Angriff auf den Lizismus als persönlichen Angriff gegen sich. Nicht zuletzt, weil es sein Haus betraf, an dem die Drohbriefe ankamen. Der Klumpen in seinem Magen war wieder zu spüren. Ja, vielleicht war es lächerlich, eine eigene Religion gründen zu wollen, aber auch nicht lächerlicher als vieles, was im Namen Gottes und von Religionen über die Jahrtausende passiert war. In jedem Fall hatte sich da niemand einzumischen, schon gar nicht so militant.

Seine Suche hatte dank der Tatsache, dass er sie zu Fuß zurücklegte, länger gedauert, als er sich erhofft hatte. Nun brach schon die Dämmerung herein, als er endlich in Sichtweite seines Hauses kam. Ihm taten die Füße weh und er sehnte sich nach ein paar ruhigen Minuten, vielleicht einer heißen Badewanne. Er war nach wie vor grauenhaft müde und verkatert. Aber soweit er das erkennen konnte, war das Haus schon wieder voll von Feierwütigen, die Julias Idee oder zumindest ihre Partys unterstützten. Wurden die denn nie müde? Er drängte sich durch die tanzende Meute. Heute gab es zum ersten Mal einen Extra-DJ für den Rasen, also war zu vermuten, dass es noch voller werden würde. Er ging rein, um Julia einen kurzen Willkommenskuss zu stehlen. Leider war sie gerade hinter der Bar und hatte so viel zu tun, dass kaum Zeit blieb, sich zu unterhalten. Dafür dröhnte auch die Musik aus den Boxen links und rechts von der Bar zu laut. Sie küssten sich flüchtig und Justus entschloss sich, wieder nach draußen zu gehen. Einer seiner hölzernen Gartenstühle war noch frei und er ließ sich darauf nieder, um seine Füße zu schonen. Ein paar Meter entfernt saß eine Gruppe von drei Pärchen beieinander und diskutierte sehr ernsthaft, trotz der lauten Musik. Offensichtlich waren die meisten von ihnen nicht überzeugt, dass es tatsächlich bald mit der Welt zu Ende gehen würde. Er versuchte ihnen zuzuhören, doch die Stimmen wurden immer leiser.

Als er wieder erwachte, waren mindestens zwei Stunden vergangen. Oder waren es vier? Auf jeden Fall musste der Gottesdienst schon deutlich weiter vorangeschritten sein. Das Gerufe war lauter, das Tanzen ekstatischer und draußen wie drinnen jeder Raum gefüllt. Wenigstens hatten sie von ihm ein bisschen Abstand gehalten, sonst wäre er vermutlich durchgedreht. Er empfand ein wenig Mitleid mit seinen Nachbarn wegen des Lärms der letzten Tage, andererseits hatte er von denen niemanden gesehen diese Woche. Wahrscheinlich waren Eberhofners zusammen mit ihren Kindern wieder in ihr Ferienhaus auf Ibiza geflogen, da war es sicher schöner als hier. Und das Pärchen von der anderen Seite, Herr und Frau Weiherer, die eh den ganzen Tag stritten, waren bestimmt an der Ostsee. Dort hatten auch sie eine Ferienwohnung oder ein Ferienhaus. So genau wusste er das nicht. Justus stellte sich vor, wie sie alle die letzte Woche des Lebens bei Champagner und Trüffeln genossen. Einen Moment lang blickte er in die gelbe Flamme nur wenige Meter vor ihm. Nachdenklich, wie er vor Jahren bei seinen Großeltern am Abend immer gerne ins Kaminfeuer geguckt hatte. Dann durchzuckte ihn mit einem Mal die Erkenntnis, dass hier definitiv keine Flammen hingehörten. Er sprang auf und sah die ersten Menschen zurückweichen. Ein Großteil der Hecke rund um den Garten brannte und das Feuer breitete sich aus. Er sah im Schein der Flammen, wie sich jemand gewaltsam seinen Weg durch die Menge raus auf die Straße bahnte.

Justus hörte ihn schreien: »Seid gewarnt, ihr Frevler!«

Er sprang auf und jagte durch die entstandene Gasse hinterher. Der Mann, dessen dunkle Klamotten im schwachen Schein der Straßenlaternen nicht allzu gut zu erkennen waren, begann zu rennen. Justus war ihm dicht auf den Fersen. Der Mann bog um die Ecke in die Parkstraße.

»Bleib stehen, du Wichser! Was fällt dir ein? Arschkrampe!«, schrie Justus aus vollem Hals. Er hatte seit Jahren nicht so viel geflucht, nicht einmal leise in Gedanken, aber jetzt war es mehr als angebracht. Was fiel diesem Typen ein, seine Hecke abzufackeln?

Der Mann sah sich im Rennen kurz um und beschleunigte seine Schritte noch.

»Du Drecksack, elendiges Arschloch!« Justus rannte und brüllte. Der Mann gewann wieder einen leichten Vorsprung. Wenige Meter vor ihm stand mitten auf der Fahrbahn ein Auto, dessen Motor bereits lief. Es war ein weißer Kombi, der Justus sofort bekannt vorkam. Die Beifahrertür wurde von innen geöffnet und der Mann sprang hinein. Großer Mann mit kleinem Kopf, dachte Justus. Das passte wie die Faust aufs Auge. Im gleichen Augenblick, als der Mann nahezu auf den Beifahrersitz gehechtet war, bretterte das Auto los, und außer zu fluchen und zu schreien konnte Justus nichts mehr ausrichten. Aber er hatte das Auto in den letzten Tagen bei seinen Erkundungstouren definitiv gesehen. Das Logo darauf war ihm noch vage im Gedächtnis. Ein Kreuz mit einem komischen schiefen Schatten. Einen Moment brauchte er, um Luft zu holen. Er ging ein wenig in die Hocke und stützte seine Hände auf die Knie, um zu verschnaufen. Als er sich umdrehte, sah er selbst aus dieser Entfernung, dass die Flammen mittlerweile deutlich höher loderten. Höher als die Hecke war. Sie hatten bereits auf das Haus übergegriffen. Das Seitenstechen und sein pochendes Herz hinderten ihn nicht, ein weiteres Mal zu rennen. Menschen strömten panisch aus dem Haus, überall waren Schreie zu hören. Manche wurden gequetscht und keiner nahm Rücksicht auf den anderen. Wer hinfiel, kam nicht mehr hoch. Das Feuer hatte die trockenen Zweige seiner Hecke schnell entfacht. Mittlerweile brannte sie um das ganze Haus herum, vermutlich hatten die Flammen erst auf die Büsche und Bäume im Garten und schließlich auf das Haus übergegriffen. Inmitten von lauter Musik und Alkohol hatten die meisten das Ausmaß des Problems erst erkannt, als bereits große Teile des Untergeschosses in Flammen standen. Wie lang war er weg gewesen? Es musste unglaublich schnell gegangen sein. War Gas im Haus?

Er suchte die Straße vor dem Haus nach Julia und Elsa ab und mit jeder Sekunde, die er sie nicht finden konnte, wurden seine Sorgen um die beiden größer. Die Menschenmenge war nicht leicht zu überblicken. Alle starrten wie gebannt in die Flammen. Immer noch strömten unzählige Menschen aus dem Haus. Wie viele waren heute da gewesen und hatten mitgefeiert? Justus hoffte inständig, dass niemand schwer verletzt war oder gar umkam. Er sah die Panik in den Augen der Leute auf der Straße, auch wenn für sie kaum Gefahr bestand. Endlich kam ihm der Gedanke, Feuerwehr und Krankenwagen zu rufen, doch die Rettungsstelle antwortete nur kurz, dass sie schon informiert waren, und legte augenblicklich wieder auf. Die Menschentraube, die sich zwischen den brennenden Heckenenden hinaus zwängte, wurde für einen Moment dünner und sofort drängte Justus in die Gegenrichtung, durch den Garten und hinein ins Haus. Irgendwo hier mussten Julia und Elsa doch sein. Er suchte alle Räume ab, die er noch betreten konnte, das Wohnzimmer war mittlerweile so voller Rauch, dass er eine Gasmaske gebraucht hätte. Hinter der Bar war niemand mehr. Er schrie und rannte von einem Zimmer zum anderen, während es im Haus immer heißer wurde. Doch er bekam keine Antwort.

47 / MANFRED

Manfred trat aufs Gas. Auch wenn er sich nicht so recht auf sein Zuhause freute, das seit zwei Tagen so leer war, war er doch gut gelaunt. Heute hatten sie effizient gearbeitet und tatsächlich viel geschafft. Es hatten nicht nur alle Kollegen, die gestern nach der Besprechung geblieben waren, auch heute wieder den Weg zur Arbeit gefunden, es war sogar eine weitere Kollegin aus dem ungenehmigten Urlaub zurückgekehrt. Die Stimmung im Büro war heute gut und das Klima angenehm arbeitsam gewesen. Erst als der Motor des *Kadetts* nach ein paar Minuten Fahrt begann, komische Geräusche zu machen, bekam Manfreds gute Stimmung erste Risse. Wenige Meter weiter ging der Motor ganz aus. Zu tanken hatte Manfred nach dem Fiasko gestern früh völlig vergessen. Und hier war weit und breit keine Tankstelle. Zu Fuß würde er mindestens eine Stunde nach Hause brauchen. Jetzt wäre ein Handy sicher sinnvoll gewesen, dachte er. Und gleichzeitig war ihm auch bewusst, dass er diesen Gedanken niemals gegenüber jemand anderem zugeben würde. Er blieb eine Weile unschlüssig neben dem Auto stehen. Es kam in letzter Zeit öfter vor, dass er Autos sah, die einfach auf der Straße oder schlecht geparkt am Straßenrand stehen gelassen worden waren. Deswegen fuhr er auf kleineren Landstraßen zur Arbeit und von da nach Hause. Leider hieß das auch, dass hier wahrscheinlich so schnell niemand vorbeikommen würde, schon gar kein Taxi. Also machte er sich zu Fuß auf den Weg und ließ sein Auto einfach stehen. Sicher konnte er morgen einen Abschleppdienst auftreiben.

Beim Laufen musste er an den Vorabend denken. Wie er am Strand gesessen hatte. Er wusste nicht, wie lange. Das Rauschen des Meeres in den Ohren. Nie in seinem ganzen Leben hatte Manfred sich so einsam gefühlt. Keine von Helgas wenigen Freundinnen wusste, wo Helga im Moment war, auch ihre Schwester nicht. Oder sie verrieten es ihm nicht, aber das machte keinen großen Unterschied. Er wusste nicht, wo er sie suchen sollte. Sein Mund war trocken und sein Hemd komplett durchgeschwitzt und das schon nach wenigen Minuten. Die Hitze machte Manfred schwer zu schaffen. Meter für Meter schleppte er sich voran, doch er sah nichts, was ihm weiterhalf. Kein Brunnen, kein Kiosk, nicht mal ein kleiner Bach. Er war erst zwanzig Minuten unterwegs und alles begann vor ihm zu schwanken. Die Welt drehte sich langsam und er hatte Mühe, einen Fuß vor den anderen zu setzen. Er näherte sich drei Häusern, denen er beim Vorbeifahren nie große Beachtung geschenkt hatte, und nahm sich vor, dort zu klingeln und um Leitungswasser zu bitten. Alle drei Häuser sahen alt aus, mit Reetdächern, aber gut in Schuss gehalten. Hoffentlich wohnte hier noch jemand. Beim ersten Haus hatte er kein Glück. Er hielt einen Moment vor der Tür inne. Hier war es schattig und er atmete ein paar Mal in Ruhe. Die Zunge klebte förmlich in seinem Mund. Er ging zum nächsten Haus. Gerade wollte er auch hier klingeln, da bemerkte er den verbrannten Geruch. Er sah sich panisch um, dann besann er sich und suchte einen Weg um das Haus herum. Seine Vermutung bestätigte sich: Hier wurde gegrillt. Rund um den Grill saßen vielleicht zwanzig Leute.

Eine sportliche junge Frau kam auf ihn zu.

»Hallo, der Herr«, sagte sie in übertrieben förmlichem Ton, »können wir Ihnen behilflich sein?«

Er versuchte etwas zu sagen, doch brachte er nur leise Kratzlaute heraus. Sie besah sich seine ausgetrockneten Lippen.

»Hätten Sie vielleicht gerne ein Bier?«

Er nickte, bekam ein Radler in die Hand und trank die Flasche in schnellen großen Schlucken leer. Seine Umgebung fand ihren Halt wieder.

Die Frau vor ihm imitierte eine bucklige alte Frau und tätschelte seinen Arm.

»Geht es besser, mein Sohn?«, fragte sie mit zittriger Stimme.

Manfred bedankte sich und schaffte sogar ein höfliches Lachen. Sie stellten sich einander vor. Die junge Frau hieß Didi. Sie hatte lange, dick verfilzte Haare, die am Hinterkopf zu einer Art Pferdeschwanz zusammengebunden waren. Didi klärte ihn darüber auf, dass solche Haare Dreadlocks hießen. Manfred bekam ein weiteres Bier und trank es fast ebenso schnell. Sie sprachen über die Hitze und auch über den bevorstehenden Weltuntergang. Die zwei schnellen Biere auf nüchternen Magen machten Manfred zu schaffen und so widersprach er Didi nicht bei den Dingen, die sie erzählte, sondern konzentrierte darauf, gerade zu sitzen und zuzuhören.

»Ich habe eine riesige Angst vor Montag«, sagte sie, »und irgendwie freue ich mich auch darauf. Wir werden lernen, was nach dem Leben kommt. Und es wird friedlich sein. Keine Kriege, kein Tod mehr, da bin ich mir ganz sicher. Endlich keine Kämpfe mehr zwischen Religionen. Die ganze Welt bereitet sich darauf vor. Manche vielleicht mit Streit, aber in den Nachrichten haben sie gesagt, dass in Brasilien große Teile des Militärs ihre Waffen ins Meer geworfen haben und desertieren. Es gibt so viel Hoffnung.«

Didi redete schnell, ihre blauen Augen leuchteten und sie gestikulierte. Manfred saß einfach weiter da und nahm all das in sich auf, was sie sagte. Nach fast einer Stunde, in der Manfred nur wenig von sich erzählt und hauptsächlich Didi gesprochen hatte, verebbte ihr Redeschwall. Manfred sagte leise, dass er sich jetzt auf den Heimweg machen würde. Ein sehr dünner junger Mann kam vorbei, schlang einen Arm um Didi und gab ihr einen langen Kuss.

Das wollte er auch gern, dachte Manfred. Nicht Didi, natürlich nicht, sondern seine Frau. Er wollte diese Leidenschaft wieder spüren, das Bedürfnis haben, mehr als nur von seinem Tag zu erzählen. Wie sie das früher gehabt hatten.

Jetzt erkannte er den Mann, der Didi küsste. Er hatte schwarze kurze Haare. Als er von seiner Freundin abließ – falls es seine Freundin war –, tippte Manfred ihn an.

»Sie waren doch am Montag mit ein paar anderen am Strand, oder?«, fragte Manfred und wartete die Antwort gar nicht erst ab. »Waren Sie auch die Tage danach da? Bitte, ich muss das wissen.«

Der Mann überlegte einen Augenblick. Dann nickte er.

»War da auch eine ältere Frau, die etwas über den Weltuntergang wissen wollte?«, hakte Manfred nach.

Der Mann grinste.

»Ja, klar, Helga«, sagte er dann, »sie hat uns viele Fragen gestellt und sogar ein bisschen mitgetanzt.«

Hoffnung keimte in Manfred auf.

»Wissen Sie, wo sie ist?«, fragte er.

Der dürre Mann schüttelte den Kopf. »Ich hab sie seitdem nicht mehr gesehen.«

Manfred verabschiedete sich enttäuscht und schwankte stark angetrunken nach Hause, ein drittes Bier hatten sie ihm für den Weg mitgegeben. Für den Flüssigkeitshaushalt.

In seinem Kopf drehte sich immer noch alles, aber jetzt rotierten die Gedanken, nicht die Umgebung. War das alles falsch, was er bisher gedacht hatte? Über den Weltuntergang? Über all die Spinner? Wie sollte man sich sicher sein?

Es war Freitagabend. Am Wochenende würde er weiter nach Helga suchen.

48 / JENNY

Sie suchten sich einen Umweg durch das kleine Städtchen, der wieder zu der Wiese führte, auf der der Bus stand.

»Ich habe extra versucht, den Bus ein wenig außer Sicht zu parken«, sagte Ron. »Allerdings eher, damit keiner versucht ihn zu klauen und wir, wenn sie uns entlassen, gut ran können. Dass es so schnell geht, hatte ich nicht gedacht«, sagte Ron.

Keiner reagierte darauf. Alle hingen ihren Gedanken nach. Die Angst vor Polizeigewalt, vor einer Nacht im Gefängnis, Seite an Seite mit Kriminellen, steckte ihnen noch ganz schön in den Knochen.

»Tut mir leid, Leute. Die Nummer im Auto war echt dumm von mir«, sagte Jack nach ein paar Minuten.

Ron klopfte ihm aufmunternd auf den Rücken.

»Ist schon okay«, sagte Achim.

»Ich schätze, wir werden die restliche Strecke bis nach Berlin laufen müssen«, sagte Ron ernst. »Die anderen Zufahrten sind sicher auch dicht. Selbst wenn wir es schaffen, die Karre jetzt hier fremdzustarten, dann sieht uns mit Sicherheit dieser Mersbach und bringt uns auf direktem Weg ins Gefängnis. Gehe nicht über Los, und Kohle gibt's auch keine.«

Jack grinste.

»Wartet mal kurz«, sagte Jenny leise zu den beiden, »ich glaube, Achim geht's nicht gut.«

Jenny hatte schon eine ganze Weile den Eindruck, dass Achim immer wieder zurückfiel und dass er nicht sehr fit aussah, aber sie hatte es auf den Stress und die dörrende Hitze geschoben. Sie alle hatten nun schon eine ganze Weile nichts mehr zu trinken bekommen, aber jetzt war er einfach in die Knie gegangen, ohne ihnen etwas zu sagen. Er hatte sie nicht gebeten anzuhalten, sondern hockte einfach da und atmete schwer.

Ron beugte sich zu ihm.

»Was ist los, Achim? Alles klar bei dir?«, fragte er.

»Kopfschmerzen«, sagte Achim leise und gepresst. Sein ganzer Körper war schweißnass. Ron hatte seinen Verband das letzte Mal noch an der Tankstelle gewechselt, seither nicht mehr, aber es sah alles normal aus. Vielleicht vertrug er einfach nur die Hitze nicht. Es war auch möglich, dass sich eine seiner Wunden gerade entzündete. Jack und Ron hoben ihn an den Schultern hoch und nahmen ihn zwischen sich. Der Weg zum Auto war zum Glück nicht mehr weit. Als sie in die Nähe des Feldes kamen, das mittlerweile randvoll mit Autos war, hörten sie Mersbach brüllen. Jack linste um die Ecke des letzten Hauses.

»Der ist noch beschäftigt, wie es aussieht. Der Typ hat einen Ton am Leib ...« Er wandte sich an Jenny. »Magst du kurz auf Achim aufpassen und Ron und ich holen die paar Sachen aus dem Bus, die wir brauchen?«

Sie war einverstanden und erleichtert. Bereitwillig zog sie sich mit Achim in eine Hauseinfahrt zurück, damit sie nicht jeder sofort sehen konnte, der über das Feld lief.

Am Auto angekommen, packten Jack und Ron, so schnell und leise es ging, alles Nötige zusammen. Großes Gepäck hatte – abgesehen von Jacks Gitarrenkoffer – keiner von ihnen. Sie zogen den Rollstuhl heraus und legten alles darauf, was ihnen wichtig erschien. Auch ein bisschen Trinkwasser und Essen war noch da.

»Hey, was machen Sie da? Weg von dem Auto!«, hörten sie plötzlich Mersbach brüllen. Ron gefror das Blut in den Adern. Er wollte schon losrennen, bloß weg von hier, da hielt ihn Jack am Ärmel fest.

»Schau mal, ich glaube nicht, dass der uns meint.« Gleich darauf hörten sie Schüsse und quietschende Reifen. Jack schaute vorsichtig am Bus vorbei.

»Wenn ich das richtig sehe, hat sich der Mann da hinten mit Mersbach gestritten und sich geweigert, sein Auto hier wegzufahren. Stattdessen ist er einfach wieder in sein Auto gestiegen, und wollte damit die Barriere durchbrechen, um nach Berlin reinzukommen. Zum Glück haben sie niemanden getroffen. Ich sehe aber mindestens einen zerschossenen Reifen. Das dürfte für unser Vorhaben zumindest die nötige Ablenkung liefern.«

Der Mann wurde gewaltsam aus dem Auto gezerrt und in Handschellen abgeführt, während sie, so schnell sie konnten, fertig packten und in Windeseile wieder bei Achim und Jenny waren. Jenny umarmte Ron vor Freude und küsste ihn auf die Wange, was seine gedrückte Stimmung enorm aufzuhellen schien.

»Was waren das für Schüsse?«, wollte Jenny wissen. »Ich hatte solche Angst!«

Ron berichtete ihnen, während Jack den Rollstuhl freiräumte und ihre kleineren Taschen an die Griffe des Rollis hängte. Dann hoben sie alle zusammen Achim auf die Sitzfläche, dessen dunkle Augenringe besorgniserregend aussahen.

»Wir sollten dich zu einem Arzt bringen«, sagte er zu Achim.

»Kein Arzt«, presste Achim hervor, »wegen den paar Tagen ... Ich will das bisschen Zeit nutzen, das ich noch habe. Hat wer von euch vorhin den Beutel mit den Schmerztabletten mitgenommen? Er lag noch auf dem Tisch, glaube ich. Scheiß auf Katharsis.«

Sie sahen einander mit fragenden Gesichtern an.

»Du kannst was hiervon nehmen«, sagte Jack und holte aus einem versteckten winzigen Fach im Hals seines Gitarrenkoffers ein kleines durchsichtiges Plastiktütchen mit Pillen hervor, die auf der einen Seite schwarz und auf der anderen weiß waren. »Guckt mich nicht so vorwurfsvoll an, der Mann hat Schmerzen.«

»Was ist das für'n Zeug?«, fragte Achim.

»Hab ich von dem Engländer in Hannover. Er meinte, es hat 'nen ähnlichen Effekt wie Morphium und Gras zusammen. War sozusagen ein Teil meiner Gage. Aber nimm erst mal nur eine.«

»Ich glaube, du solltest nicht«, begann Jenny, doch Achim hatte sich bereits eine der Tabletten in den Mund gesteckt und eine der Wasserflaschen geschnappt, um sie hinunterzuspülen.

Es wurde langsam dunkler, und sie machten sich zu Fuß auf den Weg Richtung Berlin. Zum Glück waren auch hier im Ort immer Schilder zu finden, die in die Hauptstadt wiesen. Als sie Cosburg verließen, sahen sie auf den Feldern hinter dem Städtchen viele kleine, flackernde Lichter. Offensichtlich hatten einige Leute beschlossen, hier zu campen. Überall brannten Lagerfeuer, hier und da ertönte leise Musik. So hatte sich Ron immer die Hippiefestivals der Siebziger vorgestellt, wenn auch gedrängter. Achim atmete mittlerweile wieder deutlich tiefer und wirkte auch sonst ziemlich normal. Hin und wieder kicherte er ein bisschen, davon abgesehen bemerkten sie keine Nebenwirkungen der Droge.

Jack meinte, er sei fast ein bisschen enttäuscht. Er hatte sich wohl mehr Reaktion erwartet.

Insgeheim dachte Jenny, dass er sich vermutlich um seine Gage betrogen fühlte.

Als es immer dunkler wurde, suchten sie sich einen freien Platz auf einer frisch gemähten Wiese rechts von ihnen. Sie schlugen ihr Nachtlager auf, indem sie sich einfach mit ein wenig Abstand zueinander ins abgemähte Gras fallen ließen. Ein Zelt hatte keiner von ihnen dabei. Nur Ron und Jenny lagen näher beisammen. Ohne das Röhren des Busses schlief es sich zweifellos ein ganzes Stück bequemer.

Jenny sah, dass Achim wach lag und in die Wolken am Nachthimmel starrte. Sicher sah er Szenen seiner Vergangenheit, Erinnerungen an seine Ehe, an die letzten Dienstjahre, an die beiden Prügeleien mit Florian. Er sah furchtbar traurig aus. Jenny beschloss, ihn in Ruhe zu lassen. Vielleicht fand sich morgen mal Zeit, miteinander zu reden. Nach einer Weile fielen seine Augen zu.

Sie konnte nicht schlafen. Ihre Gefühle schlugen Purzelbäume. Auch Ron, der sich zaghaft an sie gekuschelt hatte, gab sich alle Mühe, in den Schlaf zu finden. Doch er schaffte es einfach nicht. Sie spürte seinen Blick in ihrem Nacken. Sie mochte ihn von Tag zu Tag mehr. Sie hatte es gern, wie er sie ansah. Nie zuvor hatte sie jemand so ernst genommen, in allem, was sie tat. Sie nicht für ihre Bilder und Träume belächelt. Ihre Gedanken wanderten wie von selbst zu ihren Eltern. Zu dem, was in ein paar Tagen passieren würde.

»Weinst du?«, hörte sie ihn fragen. So leise, dass es keiner der anderen hören konnte.

Jenny schüttelte den Kopf, dabei entfuhr ihr ein Schluchzen. Sie drehte sich zu ihm um und er nahm sie in den Arm. Ihr Gesicht war nass, die Augen gerötet und geschwollen.

»Was ist los?«, fragte Ron vorsichtig.

Jenny schluchzte noch einmal.

»Ich habe so Angst vor Montag«, sagte sie mit schwacher Stimme, »ich will noch nicht sterben.«

Ron streichelte ihr vorsichtig über die Wange.

»Kann ich gut verstehen«, sagte er dann, »aber wir wissen wenigstens, dass danach noch etwas kommt. Es wird bestimmt alles gut werden.« Sie schmiegte sich an ihn. »Und wenn ich darf, bleibe ich bei dir. Bis Montag und darüber hinaus.«

»Yoda sagt, dass Angst einen auf den Weg zur dunklen Seite bringt. Aber ich weiß nicht, wie ich die Angst loswerden soll. Danke, dass du bei mir bist«, sagte Jenny.

Eine ganze Weile blieb es still.

»Ich war noch nie am Meer«, sagte Jenny tonlos. »Es klingt so absurd. Wie kann man ein ganzes Leben leben und nicht einmal am Meer gewesen sein?«

»So toll ist es da auch nicht«, sagte Ron, dem nichts Besseres einfiel. »Aber wenn du gerne hin möchtest, fahren wir hin, wenn wir gesehen haben, wie Jack am Brandenburger Tor gespielt hat. Nach ein paar Songs. Okay?«

»Du hast kein Auto mehr«, sagte sie, doch jetzt lächelte sie ein wenig.

»Vielleicht fahren ja noch Bahnen. Oder wir mieten ein Auto. Oder wir klauen ein Fahrrad. Mit dir würde ich sogar an die Ostsee laufen.«

Ihr Lächeln wurde breiter. Ron lehnte sich zu ihr und versuchte, sie zu küssen, aber sie zuckte im letzten Moment zurück. Er blickte sie überrascht und vor den Kopf gestoßen an.

»Entschuldige«, sagte Jenny und legte ihm zart einen Finger auf die Lippen. »Ich hatte auf dem Weg hierher ein komisches Erlebnis und ... Keine Sorge, nichts Schlimmes«, fügte sie hinzu, als sie Rons besorgten Gesichtsausdruck sah. »Ich ... ich kann das jetzt einfach nicht. Hat nichts mit dir zu tun. Entschuldige. Wir holen das nach. Alles okay zwischen uns?«

Er sah ihr an, dass sie nicht wusste, was sie jetzt tun sollte. Er streichelte über ihren Rücken und nickte.

»Klar, mach dir keine Sorgen«, sagte Ron.

Sie kuschelte sich wieder enger an ihn und kurz darauf schliefen beide fast zeitgleich ein.

49 / RON

Als sie sich am nächsten Morgen wieder auf den Weg machten, spürten sie alle die Nacht deutlich in den Knochen. Dass sie ohne das Röhren des Motors und den restlichen Fahrtlärm besser schlafen würden, war eine Fehleinschätzung gewesen. Schließlich bot die Wiese nicht gerade den perfekten Komfort. Auch die Völkerwanderung um sie herum, das Gebrüll und Gegröle mancher, das alles machte es nicht leichter zu schlafen. Ron und Jenny waren schon früh aufgewacht und hatten lange miteinander geredet. Er litt darunter, dass sie nur so wenig Zeit haben würden, aber das ließ sich nicht ändern. Sie mussten die Zeit miteinander genießen, die ihnen blieb. Achim schienen die Drogen gut zu tun. Er wirkte, seit er aufgewacht war, ein bisschen abwesend und ließ sich kommentarlos von Jack durch die Gegend schieben, aber immerhin schienen seine Schmerzen geringer zu sein. Die Landstraße, die von ihrer Wiese aus nach Berlin führte, war an diesem Morgen deutlich stärker bevölkert als noch am Vorabend. Ein seltsamer Haufen skandierte wieder und wieder »Jüng-stes Ge-richt«. Was auch immer das helfen sollte. Viele hatten Bier- oder Mateflaschen in der Hand. Sich etwas zu trinken mitzunehmen – soweit hatten sie alle nicht gedacht, aber nachdem sie zwanzig Minuten gelaufen waren, kamen sie an einem Stand vorbei, der wohl in aller Eile aufgebaut worden war und einen enormen Besucherandrang verbuchen konnte. Es gab eine überraschend große Auswahl. Frisch gemachte Smoothies, Cola, Bier, Sekt und Wasser. Jenny wollte heute nichts mit Alkohol, aber alle anderen genehmigten sich ein Bier. Jenny zog eine große Wasserflasche vor. So trotteten sie vor sich hin und jeder hing seinen Gedanken nach, nippte am Bier oder an der Wasserflasche. Zum gefühlt hundertsten Mal versuchte Ron, seinen Onkel anzurufen. Es ging nur die Mailbox hin. Ron gab es auf. Es war schade, dass er nicht mehr mit ihm würde sprechen können.

Das Wetter war gut und Ron hatte das Gefühl, dass die gedrückte Stimmung vor allem an Achim lag. Aber auch Jack machte nicht den glücklichsten Eindruck, was sicher nicht nur an dem großen Gitarrenkoffer lag, den er schleppen musste. Mit der Zeit wurden die Häuser am Straßenrand dichter und nach über vier Stunden Fußmarsch befanden sie sich endlich in Charlottenburg und steuerten, nachdem sie sich durchgefragt hatten, auf die Siegessäule zu. Sie hielten sich am Rande der Menschenströme, die die Straße des 17. Juni bevölkerten, damit sie mit dem Rollstuhl besser vorankamen. Seit sie Berlins Innenstadt betreten hatten, hatte sich Achims Laune und auch die der ganzen Gruppe wieder merklich aufgehellt. Ron taten jetzt schon die Füße weh, aber er wollte vor Jenny nicht herumjammern und riss sich zusammen.

»Ich muss heute Abend zu einem Gig. Mein Manager hat mich für einen kleinen Auftritt in den Räumen gebucht, in denen früher das *Zapata* war«, sagte Jack beiläufig.

Fragende Gesichter blickten ihn an.

»Neben dem *Tacheles*«, erklärte Jack in einem Ton, als wüsste Ron nicht, wo bei seinem Bus die Räder sein könnten.

Ron grinste und zuckte mit den Schultern. Jack wurde mal wieder bewusst, dass sie alle wenig bis keine Ahnung von Berlin hatten. Er hatte in den letzten Jahren seiner Karriere so viele Auftritte hier gehabt, Alben hier aufgenommen und Zeit hier verbracht, dass er das Gefühl hatte, zumindest einige Teile der Stadt wie seine Westentasche zu kennen. »Ist ja auch egal«, sagte er dann, »auf jeden Fall habe ich einen Auftritt, habt ihr Lust mitzukommen?«

Ron und Jenny nickten sofort, Achim jedoch wirkte skeptisch.

»Ich glaube nicht, dass ich mit dem Ding hier auf ein Konzert gehen kann«, sagte er traurig und klopfte auf seinen Rollstuhl.

Jack machte eine wegwerfende Handbewegung.

»Ach, klar. Das kriegen wir schon organisiert. Bei den Gigs sind oft Leute mit Rollstühlen dabei, die können vorne in den Pressegraben oder – wenn es eine gibt – auf die Galerie. Ist überhaupt kein Problem.«

Man konnte Achim ansehen, wie sehr er sich freute. Viele seiner blauen Flecken waren inzwischen in ein intensives Lila übergegangen. Einzelne hatten ein verschwommenes Grün angenommen. Die Letzteren stammten noch von der ersten Schlägerei bei Florian zuhause, vermutete Ron. Achim zeigte sich begeistert von den Sehenswürdigkeiten Berlins, an denen sie im Laufe des Tages vorbeikamen, dazu die schönen alten Fassaden, die immer wieder zu sehen waren. Achim ließ sich diese Begeisterung zur Freude aller deutlich anmerken. Von der Siegessäule ging es weiter zum Brandenburger Tor und dann, nach einer längeren Pause, zum Fernsehturm. Der war zwar mangels Personal für Besucher gesperrt worden, sah aber auch von unten schwer imposant aus. Danach aßen sie in einem Steak-Haus am Alexanderplatz, von dem aus man das Rote Rathaus sehen konnte. Ron fragte sich, ob die Regierung Berlins und auch die Bundesregierung noch ihrer Arbeit nachgingen.

Sie hatten auf dem Weg hierher viele verbarrikadierte Läden gesehen, andere waren offensichtlich geplündert worden. Zerschlagene Scheiben und leere Regale sprachen Bände. Es gab auch an vielen Ecken Elend zu sehen, Menschen, die hier Lager am Straßenrand aufgeschlagen hatten. Manche von ihnen sahen krank aus. Aber die meisten Menschen, die sie trafen, wirkten fröhlich. Hier am Alex waren fast alle Restaurants und Imbissbuden noch offen, auch wenn in großen Teilen der Stadt sämtliche Läden geschlossen schienen.

Leider galt dasselbe auch für die S- und U-Bahnen, wie sie heute sehr schnell erfahren hatten. Alles war dicht, die U-Bahnhöfe verbarrikadiert und abgesehen davon, dass man hin und wieder Leute sah, die hoch auf die Gleistrassen geklettert waren und jetzt dort spazieren gingen, schien dort überhaupt kein Verkehr mehr zu sein.

Nachdem sie gut gegessen und sich ein bisschen ausgeruht hatten, erklärte ihnen Jack, dass er jetzt wegen seines Auftritts losmüsse. Nach einer kurzen Diskussion beschlossen sie, gemeinsam dorthin zu laufen. Ron, Jenny und Achim kannten sich nicht aus und Achim hatte die wichtigsten Sehenswürdigkeiten, die sich in Laufnähe befanden, mittlerweile gesehen.

»Gibt es in dieser Stadt überhaupt einen Fleck, der nicht voller Menschen ist?«, fragte Jenny kopfschüttelnd in die Runde, als sie sich wieder auf den Weg machten und sie ihren Blick über all die Leute auf dem Alexanderplatz schweifen ließ.

»Ich glaube nicht«, sagte Jack, »so voll habe ich es hier nie gesehen. Aber ich glaube, so voll hat es hier noch niemand je gesehen. Wenn ich vorhin eine Unterhaltung hinter mir richtig verstanden habe, dann geht man von knapp elf Millionen Menschen aus, die sich im Moment in Berlin aufhalten, aber es gibt keine Möglichkeit, das auch nur halbwegs akkurat zu erfassen.«

»Ich glaube, die Frau hat was von zwölf Millionen gesagt«, warf Achim ein.

»Ach, die Million hin oder her«, sagte Jack.

»So muss das Leben für einen Rockstar sein«, lachte Achim. »Auf die Million kommt es jetzt auch nicht an.«

Alle lachten, selbst Jack wirkte amüsiert. Als sie sich wieder beruhigt hatten, sagte er nachdenklich: »Kannst mein Geld haben, wenn du es willst. Du kennst doch bestimmt den Satz, dass das letzte Hemd keine Taschen hat. Kannst meine Gage für den Auftritt morgen Abend gerne haben, wenn ich welche kriege. Mir geht's jetzt nur noch drum, zweimal aufzutreten. Das Gefühl kann kein Geld der Welt herstellen. Der Applaus von Leuten, die dich feiern, Begeisterungsstürme und Leute, die deine Texte mitsingen. Dafür lebe ich. Nicht für die Kohle, die ich dafür kriege.«

Jenny, die von ihnen allen am wenigsten Großstadterfahrung hatte, war die ganze Zeit damit beschäftigt, die schrillen Menschen zu begutachten, die sie umgaben. Es war kaum zu glauben, wie viele Irre diese Stadt im Moment zu bevölkern schienen. Als sie das laut sagte, lachte Jack dreckig und erklärte ihr, dass Berlin schon lange von einem Haufen Irren bevölkert gewesen sei, so wie er die Stadt kannte. Momentan wären es nur mehr, weil überhaupt mehr Leute auf den Straßen waren. Egal ob Nudisten, Menschen in riesigen Latex-Anzügen, Hasen-Kostümen oder welche, die als Film- oder Computerspielfiguren verkleidet waren. Jede Menge Menschen liefen, tanzten und torkelten kostümiert herum. Ein Mann im Anzug führte mit drei Hunden und einer Katze auf einem Podest eine Art Revue auf. Andere hatten große Schilder dabei, jodelten in aller Öffentlichkeit oder führten mitten auf der Straße Tanztheater auf. Wo auch immer sie hinsah, überall gab es etwas zu entdecken.

50 / JULIA

Als Erstes bewegten sich die Augenlider minimal. Sie öffneten sich noch nicht, sie zuckten nur leicht. Dann krümmte sich ein Finger an ihrer Hand und schließlich, nach ein paar Minuten des Wartens, begann nach und nach ihr ganzer Körper sich zu regen und zu bewegen. Als Julia langsam die Augen aufschlug, saß Justus bei ihr am Bett. Er nahm ihre Hand und streichelte sie.

»Wie fühlst du dich?«, fragte er.

»Als hätte ich in einer verrauchten Kneipe übernachtet«, sagte sie und rang sich ein Lächeln ab. »Was ist denn passiert?«

Sie sprach leise, und ihre Stimme kratzte stark.

»Meine Kollegen sagen, du hattest wohl nur eine leichte Rauchvergiftung. Du hast ziemlich lang geschlafen, aber sonst scheint dir außer einer Beule am Kopf nichts weiter zu fehlen. Die Feuerwehrleute haben dich im Wohnzimmer gefunden und rausgebracht.«

»Okay. Ich kann mich nur erinnern, dass plötzlich überall Rauch und Feuer waren, und ich wollte noch die Fenster zumachen. Irgendwie haben mich die Leute mitgerissen, die rausgeströmt sind. Danach weiß ich nichts mehr«, sagte Julia.

»Ich habe versucht, dich zu finden, aber wegen dem Rauch konnte ich nichts sehen. Zum Glück kam die Feuerwehr schnell. Ich hatte ziemlich Angst um dich«, sagte Justus. Er drückte ihr einen Kuss auf den Mund, den sie liebevoll erwiderte.

»Weißt du auch schon, warum es überhaupt gebrannt hat?«

»Ja«, sagte Justus und sein Gesichtsausdruck wurde grimmig. »Diese schäbigen Kreuzritter-Typen haben die Hecke angezündet. Ich denke, dass das Haus in Brand geraten ist, war nicht der Plan, aber wer weiß das schon? Sie haben die Gefahr auf jeden Fall in Kauf genommen.«

»Ach, das meinten sie mit Moses.«

Justus sah sie fragend an.

»Naja, der brennende Dornbusch, durch den Gott Mose ein Zeichen gibt. Ich schätze mal, dass sie darauf angespielt haben.«

»Ich habe damals in der Bibelstunde nicht immer ganz so genau aufgepasst«, gab Justus zu. »Auf jeden Fall hat das Feuer auf mein Haus übergegriffen und große Teile davon sind abgebrannt. Zum Glück gibt es keine schweren Verletzungen, trotz der Massenpanik. Ein paar Quetschungen, Schürfwunden und so ein Zeug, aber nichts Schlimmeres.«

In dem Augenblick ging die Tür auf und ausgerechnet Schwester Mandy trat herein. Genau so hatte Justus sie ihr beschrieben. Sie wirkte recht überrascht, Justus hier zu sehen. Ihr Gesichtsausdruck war nicht gerade freundlich.

»Herr Dr. Dona, schön dass Sie auch mal wieder hier sind«, sagte sie geringschätzig. Sie hatte die rotgefärbten Haare zu einem Pferdeschwanz gebunden, was sie ein paar Jahre jünger wirken ließ, als Justus sie eingeschätzt hatte. Julia begriff sofort, was die Schwester meinte. Justus hätte gestern eigentlich Dienst gehabt, und war nicht erschienen.

»Scheiße«, entfuhr es ihm, »das hatte ich überhaupt nicht mehr auf dem Schirm. Ich muss mich beim Oberarzt entschuldigen, dass ich nicht zum Dienst angetreten bin.«

»Sie und unzählige andere. Da brauchen Sie sich nicht extra entschuldigen, das ist inzwischen der Normalfall geworden. Aber wenn Sie ein schlechtes Gewissen haben, wir brauchen für die Schicht morgen tagsüber noch ein paar Leute.«

Damit wandte sie sich demonstrativ von ihm ab und Julia zu.

»Frau Hofer, freut mich, dass Sie wach sind. Können Sie mich kurz zum Arzt begleiten? Der checkt Sie nochmal durch, und wenn es nichts zu beanstanden gibt, dann können Sie sofort wieder nach Hause.«

Julia folgte ihr auf wackligen Beinen und war wenige Minuten später mit einem strahlenden Lächeln wieder zurück.

»Er meinte, ich soll viel trinken und mich ein bisschen schonen, aber es ist so weit alles gut.«

Nachdem Justus sich schuldbewusst für vier Stunden Dienst am Sonntag eingetragen hatte, verließen sie gemeinsam das Krankenhaus mit ebenso wenig Gepäck, wie sie mitgebracht hatten. Plötzlich erschrak Julia. »Was ist eigentlich mit Elli?«

»Der ist nichts passiert. Sie hat sich rechtzeitig nach draußen flüchten können und nur ein paar blaue Flecken. Sie saß auch eine ganze Weile mit an deinem Bett, aber jetzt ist sie nach Hause gefahren und hat sich schlafen gelegt. Ich habe ihr versprochen, mich zu melden, wenn du wach bist, und das werde ich auch gleich tun.«

Julia war erleichtert. Sie machte sich Vorwürfe, dass es so lange gedauert hatte, bis ihr der Gedanke an Elsa gekommen war, aber in erster Linie war es gut zu wissen, dass ihr nichts passiert war.

»Vielleicht sollten wir das auch machen: nach Hause ins Bett gehen, meine ich«, sagte Julia.

Sie zwinkerte Justus zu, doch der sagte nur: »Du kannst schon mal vorgehen, wenn du magst. Ich denke, ich habe noch was zu erledigen.«

Einen Moment lang wirkte sie verletzt, doch dann sah sie die Wut und die Verachtung, die in diesem Moment in Justus Augen geschrieben standen, und begriff.

»Du hast eine Idee, wer sie sind, oder?«, fragte sie.

Er nickte bedächtig.

»Eine Idee und eine grobe Ortsbeschreibung. Ich habe den Typen, der die Hecke angesteckt hat, gesehen, wie er sich durch die Menge gedrängt hat, noch bevor jemand groß realisiert hatte, dass es brennt. Er sprang in ein Auto und ist abgedüst. Das Logo, das ich auf dem Auto sehen konnte, kam mir bekannt vor. In den letzten Stunden habe ich lange und gründlich darüber nachgedacht und ich bin mir sicher, dass ich es an einem der Orte gesehen habe, an denen ich in den letzten Tagen nach deinem Verdächtigen gesucht habe. Ich denke, dass es tatsächlich der Typ ist. Der Mann hat zumindest auf die Beschreibung gepasst. Und nachdem ich im Kopf meine Wege noch einmal abgelaufen bin, habe ich eine ziemlich genaue Vorstellung von dem Ort, den ich suche. Ich habe es auf zwei Gemeinden eingrenzen können. Die will ich jetzt besuchen und dann überlege ich mir, was ich mit dem Typen mache, wenn ich ihn in die Finger kriege.«

Er sah einschüchternd aus. Schon die Drohungen hatten ihn wütend gemacht, aber jetzt wirkte Justus, als könnte er dem Mann aus dem Stand den Kopf abreißen. Es war ein Gesichtsausdruck, dessen Hass und Wut Julia weniger gefielen als die sanftmütigen und höchstens mal leicht verärgerten Seiten, die sie bisher an Justus gesehen hatte. Zum ersten Mal ging ihr durch den Kopf, wie wenig sie sich eigentlich kannten, dafür, dass sie so selbstverständlich miteinander umgingen. Noch vor kurzem hatte sie mit Thomas zusammengewohnt, mit ihm ihre Tage und Nächte verbracht. Seine Gesichtszüge hatte sie schon seit Jahren nicht mehr studieren müssen, um zu wissen, was in seinem Kopf gerade passierte. Dafür war er zu berechenbar gewesen. Wie es ihm jetzt wohl ging? Was er machte? Wahrscheinlich hatte er den Rest der Woche ganz brav und normal gearbeitet und seine Schrauben verkauft, sobald er sich von der Prügelei erholt hatte. Das konnte sie nach wie vor nicht verstehen, was da wohl passiert war. Julia spürte, dass sie immer noch wütend auf ihn war.

Sie konzentrierte sich wieder auf das Hier und Jetzt und legte Justus einen Arm um die Hüfte. »Ich komme mit. Ich lass mir was einfallen, was wir mit ihm machen können. Es gibt schönere Methoden, als ihm Arme und Beine zu brechen.« Sie versuchte, es wie einen Scherz klingen zu lassen, und Justus fing sich augenblicklich wieder.

»Stimmt schon«, sagte er und bemühte sich, ein bisschen Entspannung in seinen Körper zu bringen. »Es gibt bestimmt bessere Wege. Aber ich halte es für möglich, dass mir das durchaus Spaß bereitet hätte.«

Es dauerte fast zwanzig Minuten, bis sie in der Gegend angekommen waren, in der die Pfarrgemeinde stand, die Justus für die wahrscheinlichere hielt. Doch schon als er in die Straße einbog und das kleine Gebäude mit dem Flachdach sah, schüttelte er den Kopf. Sie kehrten augenblicklich um und liefen ein Stück zurück, um in eine andere Straße einzubiegen. Justus hatte versucht, mit seinem Smartphone das Logo wiederzufinden, doch es war ihm nicht gelungen. Wenn ihn seine Erinnerungen nicht vollkommen trogen, dann musste es die Gemeinde der St. Nepomuk-Kirche sein. Leider hatte die Kirche zwar Einträge bei verschiedenen Portalen, den gelben Seiten, dem Telefonbuch und in mehreren digitalen Kirchenverzeichnissen, aber keine eigene Homepage. Als sie sich der Kirche näherten, wurden Julia und Justus gleichermaßen aufgeregter.

»Wenn der Typ keine Gottesdienste halten sollte, wie kommen wir dann an ihn ran?«, fragte Justus.

»Entweder wir beschreiben ihn den Leuten, die wir antreffen, und versuchen herauszufinden, wer das ist, oder wir warten einfach und hoffen, dass er sich irgendwann blicken lässt.«

Justus spürte, dass seine Hand in der von Julia immer schwitziger wurde. Was würde passieren, wenn sie den Mann konfrontierten? Nach ein paar Metern deutete Justus auf das Symbol, das über dem Gemeindehaus angebracht war.

»Genau. Dieses Logo meinte ich«, sagte er.

Es war ein Kreuz, neben dem sich mehrere kleine Quadrate befanden. Bisher hatte er gedacht, dass sie den Schatten des Kreuzes darstellen sollten, der perspektivisch schlecht angeordnet war. Jetzt erkannte er, dass jedes der Quadrate einen feinen Buchstaben enthielt und sie das Wort »INRI« bildeten.

Die Kirchentür stand offen und Julia warf einen kurzen Blick hinein.

»Prunkvoll, aber völlig leer«, sagte sie mit enttäuschtem Blick, als sie sich wieder umdrehte. Sie betraten den Vorraum des Gemeindehauses. Justus besah sich einen Glaskasten.

»Da!«, rief er plötzlich. »Könnte er das sein?«

Er deutete auf ein Foto, unter dem ein Zettel erklärte: »Pfarrer Erhardt Bobinger besucht regelmäßig die Tafel Frankfurt und unterstützt dort die sozial Schwachen mit Spenden und tatkräftiger Hilfe.«

In dem Bild stand ein Mann im schwarzen Pfarrersgewand samt dem kleinen weißen Kollar am Kragen und lächelte freundlich, während er mit einem Suppenlöffel in einem großen Kessel rührte. Er hatte graue Haare, war ein hagerer, großgewachsener Mann, dessen Kopf zu einem wesentlich kleineren gepasst hätte. Julia erkannte in ihm den Typen wieder, der sie auf dem Platz der Einheit beschimpft hatte und Justus war sich sicher, dass er auch vor ihm weggerannt war.

»Die Farbbeutel haben dann vielleicht Ministranten oder Bekannte von ihm geworfen«, überlegte Justus. »Die waren ja jünger, hattest du gesagt.«

»Schau mal«, sagte Julia, die ihm nicht zugehört hatte. »Morgen früh um zehn hält Pfarrer Bobinger hier einen öffentlichen Gottesdienst. Vielleicht sollten wir ihm dabei einen Besuch abstatten.«

»Ich denke, das wäre angemessen«, sagte Justus ernst. Er brauchte viel Selbstbeherrschung, um nicht direkt zum Gemeindehaus zu rennen und zu randalieren. »Komm mal mit«, sagte Julia und grinste, »wir müssen noch ein paar Besorgungen machen.«

51 / RON

Der Club, in den Jack sie führte, faszinierte Jenny sichtlich. Bei ihr zuhause war sie selten ausgegangen, erzählte sie Ron, und wenn, dann auch nur in zwei kleine, schimmlige Bars. Schon die Kneipe in Hannover hatte ihr sehr gut gefallen mit ihrem schicken Holzinterieur. »Mit Konzerthallen wie diesen in der Umgebung hätte ich meine Jugend viel mehr auf Konzerten und viel weniger zuhause verbracht«, sagte sie staunenden Blickes. Ihre Eltern hatten sie nur selten auf Konzerte nach München oder Augsburg gehen lassen, also war sie eben lieber daheimgeblieben, bevor sie auf Partys ging, die sie nicht reizten.

»Da wurde dann nur gesoffen und gegrölt und ich hatte keinen Spaß«, erzählte sie Ron und er erinnerte sich bildlich an seine Jugend.

Die Halle hieß nicht mehr so, wie Jack sie in Erinnerung hatte. Jetzt stand in großen, dunkelroten Lettern »Hendrix« über dem Eingang und drinnen über der Bühne. Die Wände waren mit allen möglichen Plakaten gepflastert. Von Elvis Presley und den Blues Brothers bis hin zu ganz aktuellen Plakaten von Bands, die in letzter Zeit hier gespielt hatten. Deren Plakate waren ohne Ausnahme signiert. Es gab eine große Bar, eine hohe Bühne und tatsächlich einen kleinen Fotograben, in den Achim sich mit seinem Rollstuhl verzog. Dadurch schützten ihn und seinen Rollstuhl Gitter vor der Menschenmenge und er war ganz nah an der Bühne. Seit Florian ihn das zweite Mal niedergeschlagen hatte, hatten sie ihn nicht allzu oft gehen sehen. Nachdem sie das Polizeirevier verlassen und zum Bus zurückgegangen waren, gar nicht mehr. Er schien zu schwach zu sein oder dabei zu starke Schmerzen zu haben. Und er wirkte unsagbar traurig. Ein gebrochener Mann. Insgeheim dachte Ron, dass es besser für Achim gewesen wäre, in Hannover im Krankenhaus zu bleiben. Jenny und er tranken gemeinsam einen Shot Tequila. Als er das Glas absetzte, beugte Jenny sich vor und drückte ihm einen Kuss auf die Wange. Seinen erstaunten Blick erwiderte sie nur mit einem Grinsen und einem weiteren Kuss.

»Schön, dass du hier bist«, sagte er und sah ihr dabei in die Augen, »ich hätte sonst gar nicht gewusst, was ich mit mir anfangen soll.«

Sie lächelte. »So geht's mir auch. Kommst du morgen mit auf den *Star Wars*-Kongress? Wenigstens eine Weile?«

»Gern. Ich will später allerdings, wenn möglich, noch ein bisschen zu Jacks Konzert. Und danach bahnen wir uns einen Weg ans Meer, wenn wir es irgendwie schaffen.«

Sie lächelte wieder. »Ich glaube nicht, dass wir das wirklich schaffen können. Aber Jacks Konzert wäre schon ein krönender Abschluss. Jack meinte ja, er wird morgen abwechselnd mit anderen Musikern durchspielen, bis Montag früh, aber ich glaube, ein bisschen Musik reicht mir schon.«

Sie bestellten sich beide Rotwein, den sie in durchsichtigen Plastikbechern bekamen, und gingen händchenhaltend zu der Absperrung, hinter der Achim in seinem Rollstuhl wartete. Jenny reichte Achim das Bier, das sie für ihn gekauft hatten. Er bedankte sich und trank hastig in großen Schlucken, wandte sich aber rasch der Bühne zu, obwohl dort noch gar nichts Interessantes passierte. Nach einer Weile begann Ron, den das abweisende Verhalten von Achim schon den ganzen Tag anstrengte, sich mit Jenny allein zu unterhalten. Er erzählte ihr davon, wie einmal ein Mann vierhundert Burger gekauft und bezahlt hatte und sie ewig nicht sicher waren, ob eine versteckte Kamera im Raum war. Und von den Problemen mit seinem cholerischen Chef und dessen Anfällen. Im Gegenzug erzählte sie ihm von ihrer unangenehmen Fahrt mit Daniel und Daniela.

Um acht war der Laden proppenvoll und die beiden genossen das Konzert, feierten und beklatschten Jack, küssten sich wieder und wieder, wenn auch nur auf die Wangen, und schmiegten sich aneinander. Jack hatte Ron erzählt, dass es so eine Art Geheimkonzert für seine Fans war, denen morgen der Trubel zu groß sein würde. Manche gingen sicher auch zu beiden Konzerten. Es war sogar sein Fanclub da, der nur aus jungen Mädchen zu bestehen schien, die ihn über die Maßen anhimmelten. Ron sah, wie mehrere von ihnen ihre BHs während der Show unter den Tops hervorkramten und auf die Bühne warfen, was Jack sichtlich amüsierte. Als er Jenny darauf aufmerksam machte, zeigte sie ihm wiederum, wie zwei von den Fan-Mädchen extra BHs aus ihren Handtaschen holten, um sie werfen zu können. Von da an verbrachten sie mehr Zeit damit, den Fanclub zu beobachten als Jack auf der Bühne. Ohne Vorband spielte er gute zwei Stunden, dann verabschiedete er sich. Es dauerte nach dem Ende des Konzerts noch fast eine Stunde, bis Jack sich von den BH-Werferinnen und Autogrammjägern gelöst hatte. Seine Gitarre hatte er im Backstage-Bereich gelassen und er schien großartig amüsiert. Er unterhielt sich kurz im Flüsterton mit Achim, dann lachten sie beide laut auf. Sie schienen beide noch betrunkener zu sein, als Ron sich fühlte.

Jack drehte sich zu Ron und Jenny und fragte: »Kommt ihr mit in den Strip-Club gleich gegenüber?«

Ron verneinte instinktiv, er war sich sicher, dass Jenny das nicht mitmachen würde, und als er zu ihr sah, wusste er, dass es die richtige Entscheidung gewesen war. Sie sah geradezu angewidert aus.

»Warum wollt ihr denn jetzt in einen Strip-Club?«, fragte sie mit hochgezogenen Augenbrauen. Ihr Tonfall ließ keinen Zweifel daran, was sie von solchen Lokalitäten hielt.

»Naja, zum einen sind wir beide Single und haben gerade beschlossen, dass wir jetzt erstmal genug von eurem Pärchen-ach-sind-wir-verliebt-Geturtel haben, und zum anderen muss ein Mann tun, was ein Mann tun muss«, lallte Jack.

»Und ab und zu muss ein Mann in einen Strip-Dings gehen«, komplettierte Achim, den nur sein Rollstuhl davor bewahrte, zu torkeln, als wäre schwerster Seegang. Er lispelte jetzt stark.

»Aber ...«, versuchte Ron etwas einzuwenden, doch Jack schnitt ihm augenblicklich das Wort ab.

»Nix aber. Ihr macht weiter Bussi-Bussi, ich und mein Freund Achim, wir gehen hier über die Straße in 'n Strip-Club. Also ich gehe zumindest, Achim hat es einfacher, der fährt«, fügte er hinzu und lachte wieder. Er schlug Achim kumpelhaft auf die Schulter, der zuckte mit schmerzverzerrtem Gesicht zusammen.

»Wir treffen uns dann einfach später wieder hier«, fügte Achim mit seinem schweren Zungenschlag hinzu, dann rollte er Richtung Ausgang. Das war es also gewesen, weswegen er den ganzen Abend so wenig in ihre Richtung geblickt hatte, dachte Ron. Na wenn schon.

»Die sind ja scheiße«, stellte Jenny mit ernstem Blick fest.

»Ja, das stimmt«, sagte Ron und nahm sie wieder bei der Hand. »Wollen wir ein Stück spazieren gehen und die beiden eine Weile vergessen?«

Sie nickte und ging mit ihm nach draußen an die heiße Nachtluft, die so gar nicht zu einer Nacht in Deutschland passen wollte. Auch wenn Ron hin und wieder Zweifel beschlichen, möglicherweise würde es ihre vorletzte Nacht auf Erden sein.

52 / ACHIM

Die Lichter im *Moulino* waren grell, aber Achim gewöhnte sich schnell daran. Dank des Alkohols und Jacks Drogen konnte er seinen Rollstuhl passabel selbst bewegen, aber die Schmerzen wurden immer stärker. Das grelle, flackernde Licht schien sein Kopfweh eher zu verstärken, ebenso wie es die Musik von Jacks Konzert getan hatte. Er hatte noch nie gemerkt, wie laut sich eine Akustikgitarre anhören konnte.

Vor ihnen tanzten mehrere junge, schlanke Frauen an Stangen. Eine Blondine hatte unglaublich große Brüste, die sich beim Tanzen so gut wie nicht bewegten. Achim bezweifelte, dass sie echt waren. Die anderen beiden Tänzerinnen waren nicht ganz so üppig, aber sie gefielen ihm besser, weil sie natürlicher wirkten, nicht wie frisch vom OP-Tisch. Immer wieder ließen sie Kleidungsstücke fallen, was mit lautem Jubel und Applaus kommentiert wurde, nicht zuletzt von Jack, der sich freute wie ein kleines Kind an Weihnachten. Nur Achim saß still da und dachte nach. Er betrachtete die nackten Brüste der Tänzerin ganz rechts, ihren winzigen, mit Glitzersteinchen besetzten Slip und sofort wanderten seine Gedanken wieder zu seiner Frau. Nicht einmal nackte Tänzerinnen konnten ihn von dem Schmerz ablenken, der in ihm saß. Jack stand auf und steckte einer der Tänzerinnen einen Geldschein in den Slip, was sie mit einem zuckersüßen Lächeln quittierte.

Auf dem Rückweg zu seinem Platz klatschte Achim Jack ab. Er musste für diese kleinen Gesten so viel Kraft mobilisieren, das war schrecklich. Die letzten Tage auf Erden hatte er sich anders vorgestellt. Wenn schon Single, dann auch gerne in einem Strip-Club, das war nicht schlecht, aber nicht in diesem Zustand.

Am liebsten wäre er jetzt bei Luisa gewesen und alles wäre gut. Auch von Jack war er enttäuscht. Er hatte ihn als Musiker immer sehr bewundert, aber in den letzten Tagen war er ihm zunehmend egozentrisch und aufgeblasen erschienen. Er kümmerte sich wenig um die Gruppe und noch weniger um Dinge, von denen er nicht profitierte. Er hatte in den letzten Tagen keine Zweifel daran gelassen, dass er kompromisslos seinen Stiefel durchziehen würde, egal was die anderen machten. Oft hatte Achim den Eindruck, dass sie ihm alle auf die Nerven gingen. Es war traurig, jemanden, den man eigentlich für seine Musik bewunderte, für sozial so inkompetent halten zu müssen. Auch Ron und Jenny hätte Jack nicht so behandeln müssen … Klar war ihr Pärchenglück Achim ebenso auf die Nerven gegangen, aber Jacks Worte und Tonfall waren trotzdem zu hart und verletzend gewesen. Und er selbst fühlte sich zu schwach und zu müde und zu wütend auf alles, um Jack zu korrigieren. Er war so entsetzlich müde.

Er atmete tief durch und rief dann Jack zu, dass er mal aufs Klo müsse. Schon rollte er von dannen. Behinderten-Toilette gab es keine, also fuhr er ins Männerklo. Die weißen Kacheln waren fast vollständig mit *Edding*-Stiften bemalt worden, was vollgeschmiert und trotzdem gut aussah. Mit Mühe hievte sich Achim aus dem Rollstuhl, wankte in eine der Kabinen und schloss sie hinter sich. Ein paar Minuten saß er auf dem Sitz und sammelte seine Kräfte für das, was jetzt kommen würde. Dann zog er langsam den Beutel mit den kleinen Tabletten hervor, den er von Jack bekommen hatte. Es waren noch zwölf von den Tabletten darin. Achim fluchte, weil er vergessen hatte, sich Wasser mitzunehmen. Er ging wenige Schritte aus der Kabine, streckte sich und schaffte es mit Müh und Not, eine der Wasserflaschen aus den Taschen an seinem Rollstuhl zu ziehen. Zurück auf dem Toilettensitz, schluckte er, so schnell er konnte, alle zwölf Tabletten und lehnte sich zurück, in Vorfreude darauf, dass die Wirkung einsetzte.

Als nach ein paar Minuten langsam die Dämmerung einsetzte, nahm er noch einen Hauch von Geräuschen wahr. Es mochten Rufe und ein energisches Klopfen sein. Dann schlummerte er weg.

Als er wieder zu sich kam, löste sich gerade ein Paar trockener Lippen von den seinen, und er spürte einen wahnsinnigen Druck auf seiner Brust und gleichzeitig einen ekligen Geschmack in seinem Mund.

»Er ist wieder da«, rief jemand und ein paar Leute applaudierten. Matt versuchte er, die Augen zu öffnen. Als es ihm nach etlichen Versuchen endlich gelang, sah er Jack, der über ihm kauerte. Jetzt mal ohne Hut, ging es ihm durch den Kopf. Jack Blick war besorgt.

»Könnt ihr mich nicht in Ruhe sterben lassen?«, presste Achim entnervt hervor.

»Keine Chance«, sagte Jack und lachte halbherzig. Der Ton und seine Haltung cooler als sein Blick. Achim hob leicht seinen Kopf und sah sich um. Er lag in dem Gang vom Publikumsraum zu den Klos. Die Musik lief nicht mehr und die Tänzerinnen standen in seiner Nähe, zwischen vielen der Gäste, alle blickten sie ernst drein. Rechts und links von ihm waren große Flecken von Kotze, Jack hatte ihm wohl den Finger in den Hals gesteckt, um die Tabletten wieder herauszubekommen.

»Die Beatmung hätte ruhig eine von denen machen können«, sagte Achim leise und nickte hinüber zu den Tänzerinnen. Jack lachte noch lauter, und die Atmosphäre um sie herum entspannte sich merklich. Wenn es etwas zu lachen gab, dann konnte es nicht so schlimm sein. Die meisten der Gäste begaben sich zurück auf ihre Plätze und nach ein paar Minuten fing die Musik wieder an, wenn auch leiser als vorher. Der Barkeeper putzte kommentarlos die Flecken neben Achim weg.

Jack sagte nichts weiter. Er wartete wohl, bis Achim sich wieder regen würde. Doch Achim lag einfach da und wusste nicht, was er fühlen und denken sollte. Ihm war seine Entscheidung klar gewesen. Er hatte nicht gezögert, sie auszuführen, und doch dachte er jetzt, dass es vielleicht nicht das Schlechteste war, dass Jack ihn wieder zurückgeholt hatte. Immerhin musste er an ihn gedacht haben, sonst hätte Achim in aller Ruhe auf der Toilette sterben können, ohne lästige Unterbrechungen. Vielleicht war Jack doch nicht so egoman, wie er manchmal wirkte.

»Lass uns woanders hin gehen«, sagte Jack und half Achim in den Rollstuhl.

Achim war auf eine seltsame Art und Weise froh und traurig zugleich, als er wieder die frische Nachtluft in der Nase hatte.

53 / MANFRED

Sie musste einfach bei Erna sein. Sie war unter den Bekannten und Freundinnen von Helga die Einzige, die er noch nicht aufgesucht hatte. Am Samstag hatte Manfred nach dem erfolglosen Versuch, einen Abschleppdienst für seinen *Kadett* zu finden, stundenlang alle Hotels der Umgebung abgesucht und zudem alle Leute, die sie etwas besser kannten, gefragt, ob sie Helga gesehen hätten. Immerhin hatte er es geschafft, den alten Eduard zu überreden, ihn am Montag mit seinem Taxi zur Arbeit zu fahren und später wieder abzuholen. Das war das einzige Erfolgserlebnis an einem langen, anstrengenden Tag gewesen.

Eine weitere Erklärung für Helgas Verschwinden war ihm gekommen, als er abends seine schmerzenden Füße in ein heißes Fußbad tauchte und seinen Gedanken nachhing. Vielleicht hatte ihn Helga gar nicht verlassen, weil er nicht ihrer Meinung gewesen war und sie angeblafft hatte. Möglicherweise war da ein anderer Mann im Spiel. Sowas gab es ja auch im Alter noch. Sicher, Helga war keine zwanzig mehr, aber trotzdem eine tolle Frau. Was, wenn sie sich neu verliebt hatte? Der Gedanke verursachte Panik in ihm. Er hatte ihr oft nicht so genau zugehört, sich nicht für das interessiert, was sie aus ihrem Hausfrauenalltag zu erzählen hatte, und sie vielleicht damit traurig gemacht. Im Grunde war er selbst schuld, wenn sie sich einen besseren Mann für den Rest ihres Lebens gesucht hatte. Jetzt, da er Helga ein paar Tage nicht gesehen, nicht mit ihr geredet hatte, war ihm klar, wie wichtig sie für ihn war. Hoffentlich konnte er ihr das noch sagen.

Nach einer unruhigen Nacht, der unruhigsten dieser anstrengenden Woche, befand er sich am Sonntagvormittag auf dem Weg zu Erna, was fast eineinhalb Stunden Fußmarsch bedeutete. Er vermisste sein Auto, aber offene Tankstellen waren nicht zu finden. Und Eduard war nicht davon zu überzeugen gewesen, heute zu arbeiten. Er fluchte und die Bilder in seinem Kopf von Helga mit einem anderen – einem jüngeren – Mann, verursachten ihm Übelkeit. Von Tag zu Tag standen mehr Autos herum. Das sah nicht schön aus und machte doch Fußgängern wie Autofahrern nur das Leben schwer. Obwohl, er hatte heute noch keinen einzigen Motor gehört.

Völlig erschöpft, schwer atmend und durchgeschwitzt kam er endlich an der Kreuzung Röthelstraße-Maserngasse an. Er brauchte einen Moment, um sich zu orientieren. Die kleinen Häuser hier sahen alle gleich aus. Er war sich sicher, dass Erna in der Röthelstraße 72 lebte, doch auf dem Klingelschild, das selbstgetöpfert aussah und eine Familie mit zwei Kindern abbildete, stand »Meier«. Das passte nicht. Er dachte nach, ob er vielleicht in der falschen Straße stand, doch dann erkannte er, ein Stück entfernt, Ernas weinrot lackierten Gartenzaun. Es war die Hausnummer 27. Da hatte sich in seinem Kopf ein Zahlendreher eingeschlichen. Vor dem Zaun standen zwei Leute. Er beschleunigte seine Schritte. Als er näherkam, sah er, dass da wirklich seine Ehefrau stand. Sie umarmte jetzt den glatzköpfigen Typen neben ihr innig. Seine Vermutung war also richtig gewesen, Helga hatte ihn wegen eines anderen Mannes verlassen. Und wie intensiv die beiden sich umarmten. Sie wollten sich gar nicht mehr loslassen. Manfred wischte sich den Schweiß von der Stirn. Er spürte, wie ihm der Anblick die Brust zuschnürte. Es tat weh, das mitansehen zu müssen. Er hatte das Gefühl, keine Luft zu bekommen. Es tat so weh. Er wusste nicht, ob er zu den beiden rennen oder besser schnell das Weite suchen sollte.

Manfred kam nicht mehr dazu, sich zu entscheiden. Hätte er in den vergangenen Monaten seiner Frau zugehört, als sie im Zusammenhang mit Erna von Krebs, Chemotherapie und Haarausfall erzählt hatte, wäre es ihm jetzt wieder eingefallen. Der glatzköpfige Mann, den Helga da umarmte, hätte bei genauerem Hinblick auch weniger wie ein Mann und mehr wie Erna ausgesehen, nur eben ohne Haare.

Doch nichts davon fiel ihm ein. Nichts sah er. Er starb vor der Hausnummer 31 in der Röthelstraße an einem Herzinfarkt.

54 / JUSTUS

»Meine liebe Gemeinde, ich bin froh, euch hier so zahlreich versammelt zu sehen. Zahlreicher selbst, als wir es in den letzten Tagen erleben durften. Ich möchte mit euch heute über Sünde und Buße sprechen. Es ist wichtig, dass ihr euch freimacht von den falschen Wegen, die ihr in eurem Leben gegangen seid. Von allem, was auf eurer Seele lastet. Öffnet euch Gott und lasst euch durch seine Barmherzigkeit vergeben. Wir alle gehen unseren Weg, suchen den richtigen Pfad und hin und wieder geht ein jeder fehl. Und wir ...«

Der Mann mit dem kleinen Kopf unterbrach seinen Singsang und sah sich um. Er wischte sich über die Backe, schüttelte den Kopf und setzte wieder an.

»Und wir müssen ... Was soll das denn?« Die letzten Worte rief er laut. Ein paar Leute konnte man an verschiedenen Stellen im Saal lachen hören.

Justus und Julia saßen regungslos da und versuchten, sich zusammenzureißen, um nicht schallend laut aufzulachen. Jedes Mal, wenn sich der Pfarrer wieder aufrichtete und versuchte, seinen Satz zu beginnen, traf ihn ein Wasserstrahl.

»Wer ist hier so unverschämt, dass er ...«

»Ich!«, sagte Julia laut und stand auf.

»Wie kommen Sie dazu ...?«, echauffierte sich Bobinger und wollte sichtlich zu einer Strafpredigt ansetzen, da unterbrach ihn Julia auch schon.

»Wissen Sie, Herr Blödinger ...«, sie blickte ihm ernst in sein von Wut und Verständnislosigkeit verzerrtes Gesicht, »ich habe letzte Woche eine Religion gegründet, die sich Lizismus nennt.«

Justus sah, dass Bobinger bleich wurde und noch ungläubiger dreinsah.

»Und Sie haben mich zu Ihrem Feind erklärt, ohne dass ich Ihnen etwas angetan hätte«, redete Julia weiter. »Sie haben uns gedroht, uns mit Farbbomben attackieren lassen, ein Haus abgefackelt, alles in Ihrem religiösen Wahn. Steht in der Bibel nicht, dass man auch seine Feinde lieben soll?«

»Ich habe das getan, damit Sie von Ihrem Irrweg abweichen!«, schrie Bobinger dazwischen, »und diese Gotteslästerung, diese Farce einer Religion aufgeben. Und der Brand sollte nur eine Drohung sein, es ging mir nicht darum, jemanden zu verletzen. In Gottes Namen habe ich all das getan, um Sie zu strafen für den Irrsinn, dem Sie sich hingeben. Mit dem Sie sich Ihre Sünden, Ihre Verfehlungen schönreden.«

»Glauben Sie nicht, dass Ihr Gott ganz gut alleine mit mir fertig werden würde, wenn ihm das nicht passen sollte, was ich tue? Halten Sie sich für mächtiger und wichtiger als Gott?« Julia freute sich, dass ihre Jahre im katholischen Religionsunterricht nun, am Ende ihres Lebens, doch tatsächlich noch so eine Art winzigen Sinn bekamen.

»Sünder wie Sie werden in der Hölle schmoren«, rief Bobinger völlig außer sich, dem offensichtlich keine wirklichen Argumente einfielen. Er gestikulierte wild mit den Armen und rang nach Worten.

»Er ist recht uneinsichtig, Justus«, stellte Julia fest. »Vielleicht solltest du es mal probieren.«

Justus zog aus seinem Rucksack unter der Sitzbank eine noch größere Wasserpistole, die mit deutlich mehr Druck schießen konnte. Um sie zu bekommen, hatten sie drei Spielzeugläden abklappern müssen. Der einzige, der überhaupt noch geöffnet war, hatte glücklicherweise schon eine »Sommer-Sonne-Strand«-Aktionsfläche aufgebaut, für die sich außer Julia und Justus jedoch niemand mehr interessierte.

»Was fällt Ihnen eigentlich ein, hier die Messe zu stören? Eine Frechheit ist das.«

»Wissen Sie, Herr Bobinger, Sie haben mein Haus niedergebrannt«, rief Justus mit einem freundlichen Lächeln im Gesicht, »und im Gegensatz zur Wasserpistole meiner Freundin enthält meine kein Leitungswasser. Es ist – naja, sagen wir mal – etwas Selbstgemachtes für Sie. Vollkommen Bio.«

Er schoss auf den Pfarrer, der jetzt erst wirklich verstand, was er da gerade gehört hatte. Man sah ihm seine Abscheu an. Er versuchte auszuweichen, doch Justus war zu schnell. Eine gelbe Fontäne traf ihn mitten auf der Brust, dass es nur so spritzte.

Bobinger schrie auf und kreischte: »Sie haben verdient, was Ihnen passiert ist! Blasphemie wird Gott nicht verzeihen. Es gibt nur eine wahre Religion und das müssen die Sünder, Frevler und Narren der Welt lernen. Sie alle werden es büßen müssen.« Jeder Muskel seines Körpers war angespannt. Seine Fingerknöchel traten weiß hervor. »Jahrelang habe ich Sünder erlebt. Sie haben mir gebeichtet, aber die Menschen ändern sich nicht. Ich wollte endlich etwas tun und ich gebe es gerne zu. Es war mir eine Freude, Ihnen Ihr blasphemisches Handwerk zu legen.« Er sah aus, als würden ihm beim Schreien gleich die Augen aus den Höhlen platzen.

»Los geht's, Leute!«, rief Julia laut und ohne den Blick von Bobinger abzuwenden.

Die Menge braver Christen, die mit Entsetzen in den Augen starr auf ihren Plätzen saßen, war durchsetzt mit all jenen Anhängern des Lizismus, deren Mail-Adressen und Telefonnummern Julia hatte zusammenkratzen können. Auf ihrem Blog hatte Julia nichts verlauten lassen, denn dort hätte Bobinger die Ankündigung sehen können und wäre gewarnt gewesen. Alle Informierten hatten ihre Vorräte auf schimmliges Obst, abgelaufene Eier und Ähnliches durchsucht. Nun flog Bobinger eine wahre Pracht an Gaben entgegen, und er konnte nichts dagegen ausrichten. Nach wenigen Sekunden des Zögerns floh er durch den Seitenausgang aus der Kirche. Schallendes Gelächter folgte ihm und einige Hochmotivierte rannten ihm sogar mit ihren Gemüsebomben hinterher.

»Okay, Leute«, rief Julia denjenigen zu, die noch dageblieben waren. »Erst einmal vielen Dank, dass ihr da wart. Wer Lust hat, wir feiern heute Abend hier auf dem Gelände im Gemeindehaus den letzten Gottesdienst und die letzte Party unseres Lebens. Für den Lizismus und für alle anderen Religionen auch. Es geht um acht los und wir hören erst auf, wenn es morgen früh um neun ist!« Sie sah sich um. »Das gilt natürlich auch für diejenigen unter euch, die eigentlich wegen dem Herrn Klobinger da sind. Ihr seid uns auch willkommen.«

Einige der Leute applaudierten, dann verließen die meisten nach und nach die Kirche.

»Und, bist du zufrieden mit unserer kleinen Einlage?«, fragte Julia grinsend und gab Justus einen Kuss.

»Ja«, sagte er, »der Klumpen hat sich aufgelöst.«

»Was für ein Klumpen?«, fragte sie grinsend, doch Justus machte nur eine wegwerfende Handbewegung.

»Wir feiern hier?«, fragte er dann. »Davon weiß ich ja noch gar nichts.«

»Du wirst schon sehen«, sagte Julia grinsend.

55 / JENNY

Jenny saß da und streichelte Ron langsam über den Kopf. Sie war schon seit einer halben Stunde wach und betrachtete die Großstadt. In Rons Gegenwart war es kein Problem für sie gewesen, draußen zu schlafen. Sie fühlte sich von ihm beschützt, so wie er beim Schlafen den Arm um sie gelegt und sich an sie gekuschelt hatte.

Gestern Abend waren sie erst lange spazieren gegangen und dann nach gut zwei Stunden zum *Hendrix* zurückgekehrt. Doch da hatte man ihnen nur gesagt, dass Jack seine Gitarre schon geholt hatte und mit dem Mann im Rollstuhl weitergezogen war. Ron hatte kurz einen Blick in den Strip-Club geworfen, aber auch da war keiner der beiden zu sehen gewesen. Offensichtlich wollten sie nichts mehr mit ihnen zu tun haben. Also waren Ron und Jenny noch ein Stück am Spreeufer entlang spaziert und hatten sich schließlich, wie so viele andere auch, auf einer Wiese in der Nähe der Museumsinsel niedergelassen und waren eingeschlafen.

Ron erwachte und rieb sich die Augen.

»Wie spät ist es?«, fragte er.

»Kurz nach zwei«, antwortete Jenny.

»Krass. Der letzte ganze Tag der Welt und ich verschlafe ihn fast«, sagte er.

Jenny lächelte ihn an. »Ich habe auch bis gerade eben geschlafen.«

»Wann geht dieser Kongress los?«

»Also, los geht's um 17 Uhr, ziemlich früh, finde ich. Es soll die ganze Nacht dauern. Ich freue mich darauf, ein paar Gleichgesinnte zu treffen. Yoda war immer meine Lieblingsfigur im *Star Wars*-Universum. Er steht für mich für Disziplin und Ausdauer, mit der man das erreichen kann, was man möchte. Dass das Gute in der Welt über das Böse siegen kann. Er zeigt so viel Güte in den Filmen und ist gleichzeitig auf eine gute Art streng. Ich bin schon sehr gespannt darauf, ihn morgen kennenzulernen. Ich hoffe, auf dem Kongress kann ich mehr über ihn erfahren, vielleicht gibt es Fans, die sich noch intensiver mit ihm beschäftigt haben. Ich weiß nicht, wie voll es wird. Gehen wir gegen sechs hin? Was denkst du?«

»Klingt gut«, sagte Ron und setzte sich auf. »Sollen wir uns ein kleines Frühstück holen?«

»Wenn du Mittagessen meinst, bin ich dabei«, sagte Jenny und stand auf.

Sie überquerten eine Straße und sahen eine Frau, die Jenny auf Anfang dreißig schätze. Sie trug Uniform und war gerade dabei, einen Strafzettel unter den Scheibenwischer eines zerbeulten *Opel Corsa* zu klemmen, der vor einer Einfahrt stand. Sie trat mit Wucht gegen den Reifen des Autos. Jenny entschied sich spontan, zu ihr zu gehen, und Ron kam hinterher.

»Hallo, ich heiße Jenny.«

»Ursula«, stellte sich die Politesse vor. Sie sah schuldbewusst drein.

»Trittst du öfter Autos?«, fragte Jenny. Die Frage klang frecher als sie gedacht war und einen Moment überlegte Jenny, ob sie die Politesse hätte siezen müssen. Aber schließlich hatte sie sich mit Vornamen vorgestellt.

Jenny konnte ihr ansehen, dass sie Mühe mit ihrer Antwort hatte. Dann begann sie doch zu reden: »Mein Vater hatte bis zu seinem Tod einen *Corsa*, der sah fast genauso aus. Weißt du? Er war gewalttätig, hat sich um nichts gekümmert und war einfach ein Arschloch. Verstehst du? Der Anblick von dem Auto hier hat mich wütend gemacht und ich dachte mir, der Reifen kann das schon ab, wenn ich ihn trete.«

Jenny wusste nicht, wie sie auf so viel Direktheit reagieren sollte.

»Und warum arbeiten Sie heute noch?«, fragte Ron in die entstehende Pause.

Ursula verdrehte die Augen.

»Die Straßenverkehrsordnung gilt schließlich sieben Tage die Woche. Aber du meinst wahrscheinlich, warum ich mich nicht auf das Ende der Welt vorbereite, oder? Ich halte das für ein Hirngespinst und freue mich darauf, wenn am Dienstag meine Kollegen wieder zum Dienst erscheinen und die Welt endlich wieder normal wird. Versteht ihr? Habt einen schönen Tag.« Damit ging die Politesse an den beiden vorbei und weiter die Straße entlang bis zum nächsten falsch geparkten Wagen.

Ron und Jenny blieben eine Weile stehen und sahen einander an, bis ein lautes Knurren von Jennys Bauch die beiden aus ihrem Bann löste. Sie grinsten und machten sich auf die Suche nach etwas zu essen.

»Schräg, dass hier so viele Läden noch aufhaben, oder?«, sagte Ron knappe zehn Minuten später, während er ein Stück von seiner Pizza verspeiste. »Man würde doch meinen, die Leute haben jetzt Besseres zu tun als zu arbeiten. Genau wie diese Ursula.«

»Vielleicht denken sie ja, man kann das Geld mitnehmen, wo immer es auch hingeht nach dem Sterben«, überlegte Jenny und versuchte, sich zusammenzureißen. Über den Tod wollte sie nicht nachdenken.

»Oder sie wissen nichts mit sich anzufangen oder glauben einfach nicht daran, dass es wirklich enden wird. Oder es ist einfach Pflichtgefühl«, meinte Ron nickend. »Mich würden jetzt keine zehn Pferde mehr zum Arbeiten bringen. Nicht für alles Geld der Welt. Vielleicht arbeiten manche von ihnen auch einfach gern.«

»Ich frage mich, was die beiden gerade machen«, sagte Jenny nachdenklich.

»Achim und Jack? Naja, wahrscheinlich ihren Rausch ausschlafen und dann weitertrinken. Weiß ich nicht.« Ron guckte verärgert.

»Ich kann mir nicht vorstellen, dass sie einfach so gegangen sind. Vielleicht ist etwas passiert, weshalb sie wegmussten. Weißt du, was ich meine?«, fragte Jenny, die das Gefühl hatte, sich vor allem in Achim sehr getäuscht zu haben.

»Ein Notfall oder so? Dann hätten sie uns ja auch eine Notiz dalassen können. Ach, keine Ahnung. Ich habe mich einfach geärgert.«

Sie aßen beide noch ein Stück. Im Fernseher, der an der Decke hing, lief eine Sendung mit den größten Deutschlandmomenten. Ron kannte die Szenen so gut wie alle nicht und fragte sich, wer sich diese Woche wohl die Mühe gemacht hatte, so ein Zeug noch zusammenzuschneiden. Vielleicht war es auch eine Wiederholung.

»Willst du dann heute Abend trotzdem zum Konzert gehen?«, unterbrach Jennys Stimme seine Gedanken. »Dem von Jack, meine ich.«

»Ja, vielleicht. Ist bestimmt ganz gut, aber erstmal schauen wir, wie dieser Kongress wird. Wenn es total cool wird, können wir ja auch einfach dort bleiben, wir müssen ja nicht um jeden Preis ans Meer. Und wenn es mir nicht gefällt, machen wir einfach einen Treffpunkt aus.«

Jenny war einverstanden, doch ihr lag immer noch eine Frage auf der Zunge.

»Denkst du, es wird komisch für dich, unter lauter *Star Wars*-Nerds zu sein?«

Ron lachte. »Nee, das krieg ich schon hin. Ich mag die Filme schließlich auch. Allerdings glaube ich genauso wenig daran wie an Gott und all die anderen Figuren wie Buddha und so. Aber ich bin gespannt, was da auf mich zukommt.«

Jenny lehnte sich zu ihm hinüber und küsste ihn auf die Stirn.

Die Zeit, die ihnen blieb, verbrachten sie damit, Hand in Hand weiter durch die Stadt zu schlendern, zu reden und die gegenseitige

Nähe zu genießen. Sie unterhielten sich über die *Star Wars*-Filme und Jenny frischte Rons Gedächtnis über die Jedi und die Macht, das Imperium und die Rebellen auf. Dass er die Filme zum letzten Mal gesehen hatte, war lange her. An der Friedrichstraße kamen sie an einem großen Supermarkt vorbei, um den weiträumig ein Absperrband gezogen war. Ron war schockiert von den Einschusslöchern, die neben der Tür und hinter den zerstörten Fenstern zu sehen waren. Direkt neben dem Absperrband stand ein einfaches Holzkreuz, auf das jemand mit schwarzem *Edding* »Thomas« geschrieben hatte. Drumherum lagen Blumen. Was war hier passiert? Ron versuchte, Jenny schnell weiterzuziehen. In den letzten Tagen war ihr immer wieder anzumerken, dass das Thema Tod sie sehr beschäftigte, doch ihre glasigen Augen verrieten, dass sie das Kreuz auch gesehen und eingeordnet hatte. Sie verloren kein Wort darüber.

Am späten Nachmittag machten sie sich auf den Weg zum Kongress. Ein netter älterer Mann hatte ihnen erklärt, wie sie zum U-Bahnhof Wittenbergplatz kamen. Von da aus waren es nur zwei Straßen bis zur angegebenen Adresse. Jenny sah das Gebäude schon von weitem. Die weiße Fassade war edel verziert, Jenny tippte auf Barock. Rechts und links der breiten Eingangstür hingen große Banner, auf denen der *Star Wars*-Schriftzug und Bilder von Yodas grünem Kopf zu sehen waren. Die Menschen strömten regelrecht hinein. Sie sah mehrere Jedi, tanzende Stormtrooper, einen Menschen im Ganzkörper-Wookie-Kostüm und einen, der sogar eine Latex-Yoda-Maske trug. Ein dunkelhäutiger, glatzköpfiger Mann mit Umhang sah Mace Windu aus den Prequel-Filmen zum Verwechseln ähnlich. Ein Gefühl der Euphorie mischte sich in Jenny mit einem Anflug von Skepsis. Was erwartete sie hier? Sie trat nach kurzem Anstehen mit Ron durch die Tür und einen schwarzen, schweren Vorhang und erschrak. Ein greller Blitz blendete sie. Ihre

Augen brauchten einen Moment, um sich zu erholen, dann sah sie sich um. Das Foyer des Gebäudes war voll mit Menschen, viele davon verkleidet. Nicht weit vor ihnen war ein Empfangstresen. Ein junger, schlanker Mann mit roten Haaren winkte sie und Ron zu sich. Er kaute unablässig Kaugummi.

»Willkommen. Wollt ihr es kaufen?«, fragte er.

Ron und Jenny sahen sich irritiert an. Der Mann lachte. Er zeigte auf die Reihe von Monitoren über sich.

»Das Foto, das gerade von euch am Eingang gemacht wurde. Kostet nur siebzehn Euro.«

Tatsächlich fand Jenny nach kurzer Suche ein Foto von ihr und Ron, auf dem sie beide völlig überrascht dreinblickten. Nicht gerade ihre vorteilhaftesten Mienen.

»Nein, danke«, sagte Jenny. »Wie finde ich mich hier denn zurecht?«

»Erstmal kriege ich bitte noch fünf Euro Eintritt pro Nase«, sagte der Mann. Ron und Jenny sahen einander einen Moment überrascht an, aber dann zog Ron seinen Geldbeutel hervor und legte einen Zehner auf den Tresen.

»Hier ist ein Lageplan«, sagte der rothaarige Mann, legte das Geld in eine Yoda-grüne Kasse und drückte Jenny einen bunten Flyer in die Hand. »Hier rechter Hand im Raum 1 ist das Lichtschwert-Training, da kann man jede halbe Stunde einen Workshop besuchen zu Kampfhaltung, Technik und Taktik. In Raum 2, genau gegenüber, ist die Fotoecke. Da ist ein Greenscreen und ihr könnt Fotos von euch auf Tatooine machen lassen oder im Rat der Jedi und noch viele andere Sachen. Ziemlich geil.«

Er malträtierte weiter seinen Kaugummi, als müsste er ihn bekämpfen.

»Im ersten Stock gibt es in Raum 3 einen großen Souvenir-Shop. *Star Wars*-Lego, Puppen, Action-Figuren, Filme … alles, was das

Herz begehrt. Im selben Stock in Raum 4 ist der Seminarraum, für Diskussionen und solche Sachen. Und der zweite Stock ist komplett Tanzfläche, da wird später ein DJ auflegen. Ist total geil. Der zieht sich an wie Vader höchstpersönlich und mixt Elektro mit den Soundtracks der Filme. Euch auf jeden Fall eine schöne Zeit. Und: Möge die Macht mit euch sein!«

Jenny bedankte sich und winkte Ron hinter sich her. Das schlechte Gefühl in ihrem Bauch war deutlich schlimmer geworden. Das meiste, was dieser Typ von sich gegeben hatte, klang so gar nicht nach dem, was sie sich von der Veranstaltung erträumt hatte. Sie wollte nicht feiern, sondern sich in Ruhe unterhalten. Sie sah sich um und ärgerte sich über all die kostümierten Menschen, die herumstanden und Selfies voneinander schossen. Ihre letzte Hoffnung war der Seminarraum. Die Luft hier im Foyer war unglaublich schlecht. Es war voll und ständig wurde sie von Stormtroopern und Jedi gleichermaßen angerempelt und fast umgeworfen. Sie sah, wie fasziniert Ron von den vielen Kostümen war. Mühsam kämpften die beiden sich die Treppe hoch und fanden die Tür mit der großen Zahl 4 darauf auch schnell. Sie war nur angelehnt.

»Also, das ist eine wahnsinnig spannende Stelle«, hörten sie einen Mann in etwas affektiertem Ton sagen.

»Ui, die schauen bestimmt gerade einen der Filme an«, flüsterte Jenny Ron zu und fasste neuen Mut. Doch als sie in den Raum schlüpften, sahen sie zwar etwas, das mit *Star Wars* zu tun hatte, aber ein Film lief nicht. Stattdessen warf ein großer Beamer ein Bild an die Wand, in dem Meister Yoda gerade sein Lichtschwert erhoben hatte. Jenny überlegte, aus welchem der Filme das Bild war. Der Vortragende, ein junger, dicklicher Mann mit strengem Scheitel, stand vorne und zeigte mit einem Laserpointer auf das Bild.

»Gut, dass du das gefragt hast, Gerd«, sagte er und nickte. Er tippte immer wieder mit seinem Zeigefinger in die Luft. »Ein wichtiger Punkt. Ich denke schon, dass die Haltung und der Winkel des Lichtschwertes – übrigens nicht Laserschwert, wie es von Laien an vielen Stellen fälschlicherweise genannt wird …«

Jenny sah, wie einige im Raum die Augen verdrehten, ob so einer Banalität. Mildes Gelächter setzte ein.

»… eine entscheidende Rolle spielt und uns eine Botschaft vermitteln will. Trotz Kampf und seiner Bereitschaft, Gewalt auszuüben, nimmt er damit eine Haltung ein, die Defensive darstellen soll. Die feine Symbolik, die dahinter erkennbar ist, ist von unschätzbarem Wert für uns als Glaubensgemeinschaft. Seht hier: allein schon die Handhaltung! Bei der Konzeption unserer Glaubensrichtlinien bin ich in Paragraph 8, Absatz b nochmal en détail auf eben diese Defensive im Offensiven eingegangen. Dieses scheinbare Paradoxon darf nicht vernachlässigt werden!« Der junge Mann rückte sich die Brille zurecht. »Auf die angesprochene Konzeption und schriftliche Erstfassung der Glaubensrichtlinien wollen wir dann, wie schon angekündigt, in einem späteren Tagesordnungspunkt eingehen. Lasst uns diese Haltung erstmal gemeinsam einüben.«

Er stellte sich in Positur und sah unfassbar lächerlich aus dabei. Einige im Publikum versuchten tatsächlich ebenfalls, die Handhaltung nachzumachen. Jenny sah dem Treiben ungläubig zu.

»Kommen wir jetzt zum nächsten Bild. Es zeigt den Jedi-Meister Obi-Wan Kenobi oder auch Ben Kenobi«, wobei der Mann bei dem Wort »Ben« Gänsefüßchen in der Luft andeutete, »in einer für ihn sehr typischen Kampfhaltung. Wir wollen sie zunächst Sonnengott nennen, so wie er die Arme gespreizt hat. Eine sehr erquickende Haltung für das morgendliche Training, ich kann sie nur empfehlen. Ich möchte sie hiermit als Ritual und potentielle Gebetshaltung für unsere Religion in den Raum stellen. Wollen wir darüber abstimmen? Wer dafür ist, hebt jetzt die Hand.«

Überall im Raum schossen die Hände in die Höhe.

Blasiertes Sektentum, ging es Jenny durch den Kopf. Früher hätten die ganzen Jungens hier bestimmt Briefmarken gesammelt oder sowas. Nach drei weiteren Dias kam der Mann endlich zum Schluss und bedankte sich. Applaus kam von mehreren Seiten, einige im Publikum riefen sogar laut »Amen«.

Jenny konnte es nicht fassen. Sie nahm Ron bei der Hand und rannte beinahe die Treppe hinunter. Um ein Haar hätte sie dabei einen der zahlreichen Stormtrooper umgerissen.

»Was für aufgeblasene Idioten«, waren ihre ersten Worte, als sie vor dem Haus am Fuß der Treppe angekommen waren. Sie ließ sich auf den betonierten Rand eines kleinen Blumenbeets fallen und weinte. Sie schluchzte laut und hätte am liebsten geschrien.

»Und dafür bin ich von zuhause weggelaufen. Für so einen Dreck. Das ist alles so sinnlos«, sagte sie. »Ich weiß auch nicht, was ich mir erwartet hatte. Aber doch nicht so einen Quatsch von ein paar aufgeblasenen Vollidioten.« Sie stampfte mit dem Fuß auf. Die Tränen rannen ihr die Backen hinunter. »Mist. Mist. Mist.«

Ron legte ihr den Arm um die Schulter.

»Hätte ich dich nicht kennengelernt, ich glaube, ich müsste zusammenbrechen. So ein weiter Weg und dann so eine Scheiße.« Das letzte Wort spuckte sie mehr, als dass sie es sprach.

Ron hielt sie einige Minuten lang einfach fest, bis ihr Schluchzen nachließ.

»Ich komme mir so naiv vor. Kindlich und dumm und naiv«, sagte Jenny. »Ich wollte doch nur ernsthaft über Yoda diskutieren. Über seine Werte, aber doch nicht mit solchen Affen, die was von Gebetshaltungen faseln.«

»Vielleicht haben wir ja mit dem Konzert mehr Glück. Und morgen lernst du schon den echten Yoda kennen«, sagte Ron aufmunternd und küsste ihre Wange.

Sie lächelte schwach. Dann küsste sie ihn zum ersten Mal auf den Mund. Es schmeckte ein bisschen salzig.

Der Versuch, zum Konzert zu gelangen, erwies sich als unerwartet schwierig. Zum einen war es mit Jennys Laune rapide bergab gegangen, zum anderen machte sich niemand, den sie nach dem Weg fragen wollten, noch die Mühe, anzuhalten und ihnen etwas zu erklären. Erst als sie an einem der Bierstände zwei Flaschen kauften und dort fragten, bekamen sie eine brauchbare Auskunft, wo es zum Brandenburger Tor ging.

»Hier waren wir doch schon mal«, wunderte sich Jenny, als sie zehn Minuten später um eine Ecke bogen.

»Ja«, nickte Ron. »Das ist die Straße des 17. Juni. Dann müssen wir jetzt nur noch geradeaus laufen, um zum Brandenburger Tor zu kommen. Jack meinte gestern, da sei die Bühne.« Ihnen wurde gleichzeitig die laute Musik bewusst, die jetzt aus den Boxen an den Straßenrändern schallte. Dahinter waren alle zehn Meter Leinwände aufgebaut, die die Straße säumten. Keine fünfzig Meter vor ihnen sahen sie eine gigantische, eng gedrängte Masse an Menschen, die sich, so weit wie das Auge reichte, auf der Straße voranwälzte.

Ron konnte es kaum fassen. Sie näherten sich der Menschentraube, aber da war kein Durchkommen. Wer konnte, der drückte nach vorn, und auch an den Seiten war alles dicht. Er hörte ein erneutes Schluchzen an seiner Seite und drehte sich zu Jenny. Sie war total in Tränen aufgelöst.

»Zu viel Enttäuschung?«, fragte er vorsichtig. Sie nickte und schmiegte sich an ihn. Ein paar Minuten hielt er sie im Arm, unsicher, was er tun oder sagen sollte.

»Ist ein bisschen wie mit Sylvester, denke ich«, sagte er dann ernst. »Man freut sich total darauf und übersteigert seine Erwartungen und dann wird man enttäuscht.« Sie nickte. »Vielleicht sollten wir unsere Erwartungen ein Stück runterschrauben«, sagte er und sah ihr in die Augen. Sie schenkte ihm ein Lächeln.

»Das Meer«, sagte Jenny und gab ihm einen weiteren Kuss »Wie weit ist das denn von hier?«

Er musste lachen, dann nahm er sie an der Hand.

56 / CARMEN

»Heute wende ich mich persönlich an Sie«, sagte Carmen Wegener und hielt einen Moment inne. Sie lächelte dabei breiter und ehrlicher in die Kamera, als sie es je zuvor getan hatte. »Es gibt nur noch wenig, was ich Ihnen berichten könnte. Die Lage hier in Berlin ist verhältnismäßig stabil. Die wenigen gezielten Militäreinsätze wurden zwar vielerorts kritisiert, konnten aber der aufkeimenden Verbrechenswelle erfolgreich Einhalt gebieten. Von kleineren Unruheherden abgesehen, bereiten sich hier in der Hauptstadt alle auf die großen Feierlichkeiten heute Abend am Brandenburger Tor vor oder genießen das schöne Wetter. Nach unseren letzten Informationen kehrt weltweit an allen Schauplätzen von Krieg und Aufständen eine nie dagewesene Ruhe ein. Die meisten unserer Korrespondenten im Ausland sind nicht mehr zu erreichen und, um ehrlich zu sein, habe ich auch langsam genug. Es war mir ein Vergnügen, für Sie alle so viele Male in den vergangenen Jahren die Nachrichten zu präsentieren, und ich möchte mich bei allen im Sender bedanken, die in den letzten Tagen den Sendebetrieb aufrechterhalten haben, es war mir wie immer ein Fest, mit euch zusammenzuarbeiten. Genießen Sie den heutigen Tag, machen Sie sich keine Sorgen. Schon morgen lösen wir das größte Rätsel der Menschheit. Ich werde mich jetzt zurückziehen und den heutigen Tag nutzen. Ob es einen Ersatz für mich gibt, kann ich Ihnen nicht sagen und es spielt auch keine Rolle. Gehen Sie raus und erfreuen Sie sich an der Sonne. Es gibt nichts Wichtigeres mehr. Das war ein letztes Mal für Sie: Carmen Wegener.«

Mit diesen Worten gab sie ihrem Kameramann Philipp ein Zeichen. Carmen und er hatten seit Monaten eine Affäre und so war es sehr angenehm, dass er sie seit Tagen fast pausenlos begleiten und mit ihr die Außeneinsätze filmen konnte. Ihm hatte sie im Gegensatz zu den Leuten im Sender vorher Bescheid gesagt. Dort, im Sender, wurde es jetzt bestimmt unruhig ob ihrer Nachricht, aber das kümmerte Carmen nicht. Philipp ließ wie abgemacht die Kamera einfach sinken, ohne sie auszuschalten. Er stellte sie ab und richtete sie auf die Menschen in der Umgebung aus. Dann legte er alles dazu, was er noch an Utensilien in den Taschen hatte, auch sein Diensthandy, und machte sich gemeinsam mit Carmen auf den Weg an die Spree.

Ob sie die Übertragung weiterlaufen ließen und die Schönheit Berlins zeigten oder nicht, sollte der Sender entscheiden, das spielte jetzt keine Rolle mehr. Ihren Job zu verlieren, machte Carmen angesichts der Umstände keine Angst. Nach all den Jahren vor der Kamera hätte sie sich gerne pompöser verabschiedet, aber was konnte sie schon tun? Für tolle Technik, einen Zusammenschnitt ihrer besten Reportagen und aufwendige Animationen fehlte es an Zeit und Personal und sie hatte auch keinen Nerv mehr, einen mitreißenden, emotionalen Text zu schreiben. Seit Donnerstag hatten sie die einzige Live-Sendung überhaupt im deutschen Fernsehen und damit unvorstellbare Quoten erreicht. Das war doch auch ein schönes Ende.

Sie kauften sich eine Flasche Sekt mit zwei Bechern an einem Kiosk und suchten ein paar Minuten nach einer geeigneten Wiese. Zwischen zwei Bäumen war ein handbemaltes Transparent gespannt, auf dem »Party bis zum Ende! Christen, Muslime, Juden und alle anderen Religionen willkommen!« stand. Sie liefen auf die Wiese und sahen sich um. Überall saßen und lagen Menschen und es schienen tatsächlich viele Religiöse gekommen zu sein. Sie verliehen dem sehr demonstrativ Ausdruck. Mit Kopftüchern und Burkas und mitgebrachten Gebetsteppichen, mit Kreuzen, mit Kippas. Überall gab es etwas zu entdecken. Den Gewändern nach zu urteilen, waren auch die Priester verschiedener Religionen anwesend. Und alle saßen einfach da, diskutierten miteinander und es gab überraschend wenig Streit, trotz der vielen Meinungen. Es war ein schöner Augenblick.

Carmen und Phil sahen einander an und wussten, dass sie das gleiche Bedürfnis hatten: zu filmen. Es wäre ein guter Bericht geworden, doch Carmen zuckte nur mit den Achseln und ließ sich ins Gras sinken. Es war jetzt genug mit den Berichten. Sie öffneten den Sekt, stießen an und genossen das letzte bisschen Freizeit, das ihnen vor Montagmorgen noch blieb.

57 / JULIA

Sie begrüßte Justus mit einem Kuss, als er kurz vor acht hereinkam. Das Haus war schon jetzt vollkommen überfüllt.

»Wie war's im Krankenhaus?«, fragte sie und gab ihm ein Bier von der Bar.

»Ganz gut. Es wird ruhiger, kaum noch jemand geht ins Krankenhaus, wenn es sich vermeiden lässt, deswegen war nicht zu viel zu tun. Von ein paar wenigen abgesehen, die große Angst vor dem Sterben haben und deswegen Panik verbreiten, ist die Stimmung dort sehr friedlich. Wie bist du hier hereingekommen?«

Das Gemeindehaus war voll mit Girlanden und unzähligen anderen Verzierungen.

»Also genau genommen haben wir einfach geklingelt und sind hereingestürmt«, meinte Julia mit einem schelmischen Grinsen. »Dieser Bobinger wusste gar nicht, was er sagen soll. Als er gemerkt hat, dass wir es ernst meinen und wir immer mehr Leute wurden, hat er versucht, die Polizei zu rufen, was natürlich nicht besonders viel Effekt hatte. Die haben ihn seiner Reaktion nach nur abgewimmelt. Dann hat er sich verzogen. Auf den müssen wir ein bisschen aufpassen, denke ich. Aber ich habe vorgesorgt. Ich denke, abbrennen wird er ein Haus der Kirche sicher nicht, nicht mal, wenn wir es ein wenig entweiht haben. Also bleiben ihm nicht allzu viele Möglichkeiten, wenn wir die Getränke und die Anlage im Auge haben. Die Anlage«, sie zeigte auf einen kleinen Kasten neben sich, »ist heute verschlossen und angekettet. Und ich bleibe bei den Getränken. Wenn du Lust hast, kannst du mir gerne helfen.«

Justus stellte sich hinter die Bar und begann auszuschenken.

»Was ist eigentlich mit Elli?«, fragte er.

»Die hatte keine Lust. Ich denke, sie will alleine sein. Ich war vorhin bei ihr, aber sie schien den ganzen Stress nicht haben zu wollen, den ich mir hier mache. Ich glaube, der Brand hat ihr ihre Angst vor dem Tod ganz schön vor Augen geführt. Ist aber okay, finde ich, sie hat echt viel geholfen diese Woche.«

In den nächsten Stunden wurde es auf der Party immer voller. Die Musik dröhnte laut aus den Boxen, bis um kurz nach zehn plötzlich alles finster und still wurde. Ein paar Rufe ertönten.

»Hab ich's mir doch gedacht«, sagte Julia, bückte sich und tastete nach einem Schalter. Ein leises, gleichmäßiges Wummern ertönte, dann kam nach kurzer Zeit die Musik wieder, und trotz Dunkelheit begannen die Leute zu tanzen.

»Was hast du dir gedacht?«, fragte Justus irritiert.

»Komm mal mit«, sagte Julia und zog ihn sanft hinter sich her. Sie gingen gemeinsam aus dem Haus und stiegen eine metallene Treppe hinunter, die in ein Kellergewölbe führte. Dort konnte man jemanden laut fluchen hören.

»Taschenlampe an«, sagte Julia mit einer lauten Stimme, die klang, als wäre sie es gewohnt, Befehle zu erteilen. Ganz anders als ihre ruhige, verträumte, normale Stimme. Eine Taschenlampe leuchtete in der Dunkelheit auf und beschien Bobingers Gesicht, der allem Anschein nach von zwei Männern festgehalten wurde, die ihm beide Arme auf den Rücken gedreht hatten.

Beschimpfungen wie »Sünder, ihr werdet in der Hölle schmoren« wechselten bei ihm nahtlos mit Hilferufen und Drohungen, dass er seinen Anwalt sprechen wolle und sie alle verklagen würde.

»Soso, Herr Bobinger. Sie sind es«, sagte Julia mit einer übertriebenen, zitternden Stimme, die hier im dunklen Keller nach Wahnsinn und Irrenanstalt klang. »Ich glaube, zur Strafe werden wir Ihnen ein Ohr abschneiden müssen.« Plötzlich hatte sie ein

Taschenmesser in der Hand, das sie aufklappte. Sie begann diabolisch zu lachen. Die wackelnde Taschenlampe ließ die ganze Szenerie noch gruseliger erscheinen. Derweil näherte Julia sich mit dem Messer Bobingers Ohr. Justus konnte die Panik in seinen Augen sehen. Plötzlich riss sich Bobinger los und stürmte nach draußen. Dass er heftig am Türpfosten aneckte, schien er nicht einmal zu bemerken. Julias Teufelslachen ging innerhalb von kürzester Zeit in normales Gelächter über, und auch Justus und die anderen Männer im Raum lachten. Dann ging das Licht in dem kleinen Kellerraum wieder an.

»Na, das hat doch mal nach Plan geklappt, würde ich sagen«, lachte Julia und schüttelte den drei jungen Männern die Hand. »Dankeschön fürs Mithelfen!« Die drei grinsten immer noch, als sie aus dem Keller gingen.

»Die haben jeder eine Flasche Schnaps gekriegt, dafür, dass sie bei der Nummer mitmachen«, sagte Julia und wandte sich dem offenstehenden Sicherungskasten an der Wand zu. Sie drückte sämtliche der kleinen schwarzen Schalter wieder nach oben und blickte zuversichtlich.

»Was ging denn hier eigentlich gerade ab?«, fragte Justus sichtlich verwirrt. Julia lachte wieder.

»Eigentlich hätte ich dich einweihen sollen, aber ich wollte den Überraschungseffekt nicht verderben.« Sie holte tief Luft und begann zu erzählen.

»Ich war mir relativ sicher, dass dieser Vollarsch irgendwas versucht. Ist ja auch nicht die feine englische Art, sein Gemeindehaus zu kapern, aber ich fand es relativ angemessen für das, was er uns getan hat. Vor allem, wenn man dein Haus in Betracht zieht. Es gab wenig Punkte, wo er ansetzen konnte. Die Polizei kümmert sich nicht mehr um sowas, Farbbomben und Ähnliches auf sein eigenes Haus fand ich auch unwahrscheinlich. Also hielt ich es noch für möglich, dass er sich an den Getränken vergreift, weswegen es nur eine überschaubare Bar gab, und dass er versucht, uns den Strom abzudrehen. Die drei jungen Herren waren so nett, mir zu assistieren, hier zu warten und ihm aufzulauern, falls er das tun sollte.«

Justus amüsierte ihre Begeisterung für dieses Spiel.

»Ich hatte sie gebeten, ihren Griff ein wenig zu lockern, wenn ich anfange, verrückt zu spielen«, fuhr Julia fort, »ich war eine Weile in Ellis Theatertruppe, da habe ich mal eine Rolle gehabt, in der ich so richtig durchdrehen konnte. Ging doch ganz gut, oder? Auf jeden Fall wusste ich sofort, was Sache ist, als der Strom ausging, und ich hatte extra einen kleinen Generator für die Soundanlage mitgebracht, um in diesem Fall keine Probleme zu bekommen. Den Rest hast du ja mitbekommen. Ich wollte ihn einschüchtern, ohne ihn wirklich festhalten oder ihm etwas antun zu müssen. Ich glaube nicht, dass der zurückkommt.«

Justus lachte und küsste sie begeistert. »Der hat gekriegt, was er verdient hat«, sagte er. Er bewunderte ihre Entschlossenheit und ihren Mut. So fühlten sich die berüchtigten Schmetterlinge im Bauch wohl an. »Aber jetzt lass uns wieder hochgehen und unseren letzten Abend noch genießen, ohne sinnlos Gedanken an diesen Typen zu verschwenden«, sagte er lächelnd und sie gingen gemeinsam zurück ins Haus.

Als die Party in den frühen Morgenstunden endete, setzten sie sich gemeinsam auf das Dach, hielten einander in den Armen und unterhielten sich leise. Sie ließen die letzte Woche Revue passieren und warfen mit Ideen um sich, wie es wohl in wenigen Stunden mit ihnen weitergehen würde.

»Ich hab dich sehr gern«, sagte Justus zu Julia. »Du bist ein toller Mensch und ich hoffe, wir können weiter Zeit miteinander verbringen.«

»Das geht mir genauso«, sagte Julia und schmiegte sich noch ein wenig enger an ihn.

So blieben die beiden eng umschlungen sitzen bis zum Ende.

58 / RON

Sie hatten schnell eingesehen, dass eine Zugfahrt an die Ostsee nicht infrage kam. Da die normalen Straßen in der Stadt alle völlig unpassierbar waren, hatte Jenny die Idee gehabt, eine Autobahnauffahrt zur Stadtautobahn hochzulaufen und dort nach einem Auto Ausschau zu halten. Auch hier waren wie in der ganzen Stadt unzählige Wagen einfach stehen gelassen worden. Immerhin gab es hier genug Platz, so dass sie trotzdem wegfahren konnten, wenn ein Auto es ihnen erlaubte. Es war kurz nach 8 Uhr abends. Sie suchten die Autos danach ab, ob die Schlüssel steckten.

»Wenn wir ein richtig altes Auto finden, krieg ich es vielleicht auch ohne Schlüssel in Gang. Ich habe früher manchmal die alte Kiste von meiner Mutter kurzgeschlossen, mehr so aus Langeweile. Wenn wir so ein ähnliches finden, schaffe ich das vielleicht noch.«

Sie suchten und suchten. Dieses Stück der Autobahn war von Menschen völlig verlassen.

»Hier!«, rief Ron nach einer Weile. Bei einem schwarzen *Mercedes* Coupé lag der Schlüssel auf dem Fahrersitz. Sie setzten sich hinein, aber Ron machte augenblicklich Anstalten, wieder auszusteigen.

»Was ist denn los«, fragte Jenny verwundert, »gefällt dir das Auto nicht?«

»Gefallen ist mir egal, aber wenn ich den Schlüssel im Schloss drehe, tut sich nix. Der Motor springt nicht an. Ich schätze, wir müssen weitersuchen.«

Es dauerte noch zehn Minuten, bis sie endlich einen *MINI Cooper* fanden, bei dem ebenfalls der Schlüssel steckte und der auch bereitwillig ansprang. Ron fuhr los und seine Hoffnung bestätigte sich, dass die Autobahn ihnen mittlerweile genug Platz zur Durchfahrt ließ. Die Polizeisperren schienen ebenfalls aufgehoben zu sein. Auch Polizisten wollten in dieser Nacht bei ihren Familien sein. Hie und da liefen Leute über die Autobahn, aber die gingen zur Seite, wenn sie den *MINI* hörten.

Kurz vor der Abfahrt zum Flughafen Tegel standen das erste Mal die Autos relativ dicht gedrängt auf der Straße, was zu leichten Schrammen in der Karosserie des *MINI* führte. Ron musste häufig die Spur wechseln, um voranzukommen. Auch wenn sie so nicht schnell fahren konnten, machten sie allmählich Strecke. Jenny drehte das Radio auf. Sie hörten eine vertraute Stimme und blickten einander erstaunt an. Das Lied verklang.

»Das war Jack Rodman mit seinem Song *Hoist the Sails*. Bleiben Sie dran für den zweiten Teil der Live-Übertragung vom Brandenburger Tor in Berlin in wenigen Minuten«, sagte ein Moderator.

Ron hatte keine Straßenkarte dabei, aber er hatte die Himmelsrichtungen ungefähr im Kopf und fuhr grob Richtung Norden. Immer weiter, und dabei hörten sie Jack, wie er seine Lieder sang. Nach ein paar Songs kam die erste und einzige Ansage von Jack, die Ron bei dem mittlerweile dritten Auftritt in wenigen Tagen von ihm gehört hatte.

»Den nächsten Song widme ich meinen Freunden Achim, Ron und Jenny, die mit mir in den letzten Tagen viel mitgemacht haben. Es war eine kurze, aber schöne Zeit und ich danke euch dafür!«

Er begann zu singen. »Oh it's just one of these days …" Eines seiner erfolgreichsten Lieder. Nach dem Song beendete er das Set. Ron sah, dass Jenny erneut Tränen in den Augen hatte.

»Das war lieb von ihm«, sagte er und lächelte. »Vielleicht gab es doch einen Grund, dass wir ihn nicht mehr getroffen haben.«

»Wir werden es wohl nie erfahren«, sagte Jenny und er hörte an ihrer Stimme, dass auch sie lächelte.

Sie fuhren durch die Nacht und Ron hatte mit seiner Müdigkeit zu kämpfen. Nur die Vorfreude aufs Meer hielt ihn wach. Sie unterhielten sich über alles Mögliche – über den missglückten *Star Wars*-Kongress, über die Liebe und über die Kunst. Ron genoss es, wie leicht ihm die Unterhaltungen mit Jenny fielen. Immer wieder schwiegen sie, und auch das Schweigen mit ihr war angenehm.

»Bereust du, dass du deine Mutter nicht nochmal angerufen hast?«, fragte Jenny nach einer längeren Gesprächspause. Ron schluckte und dachte kurz darüber nach.

»Ja, ein bisschen«, antwortete er. »Aber ich werde sie trotzdem nicht anrufen. Lieber habe ich ein schlechtes Gewissen als schlechte Laune.« Er spürte sein Bedürfnis, sich zu rechtfertigen, diese Kälte zu erklären, aber Jenny verstand ihn. Er hatte ihr viel über das Verhältnis zu seiner Mutter und ihr Desinteresse erzählt.

»Und«, fragte er zurück, »bereust du es, deine Eltern nicht angerufen zu haben?«

Jenny schwieg einen Augenblick.

»Ja, ein bisschen«, antwortete sie und musste grinsen. »Es tut mir leid, dass ich weggelaufen bin und ihnen nicht gesagt habe, was ich vorhabe. Aber sie akzeptieren auch nicht richtig, wie alt ich mittlerweile bin, und hätten es mir verboten. Trotzdem war es nicht nett. Aber ich bringe es einfach nicht fertig, anzurufen.«

»Schreib ihnen doch einfach eine SMS«, schlug Ron vor und fummelte umständlich sein Handy aus der Tasche. Im Sitzen und während des Fahrens ging das gar nicht so leicht. Jenny tippte eine Weile auf seinem Handy vor sich hin, dann wollte sie es ihm zurückgeben.

»Schalte es aus«, sagte Ron. »Ich brauche es nicht mehr.«

Kurz hinter Güstrow hatte es offenbar einen schweren Unfall gegeben. Die zusammengestauchten Autos standen dicht beieinander und blockierten die Fahrbahn. Zwei waren vollständig ausgebrannt.

»Wenn wir von hier aus laufen«, sagte Ron, »brauchen wir viel zu lange bis zur Ostsee.«

»Aber da kommen wir nirgendwo durch«, sagte Jenny und er sah, wie sie der Mut verließ.

»Seltsame Situationen brauchen eben seltsame Lösungen«, sagte Ron und wendete mitten auf der Autobahn. Als er Jennys entsetzten Blick neben sich spürte, sagte er nur entschuldigend: »Ist doch eh keiner außer uns da.«

Und es stimmte. Sie hatten nur wenige andere Autofahrer auf der Autobahn gesehen und seit Berlin kaum Fußgänger. Bei der nächsten Ausfahrt fuhr Ron von der Autobahn ab. Auf der Landstraße schlug er wieder die richtige Richtung ein. Seine Hand lag auf dem Knie von Jenny, die immer mal wieder einnickte. Er fuhr nicht zu schnell und versuchte, sich immer grob Richtung Norden zu orientieren. Es war jetzt früher Morgen, bis zum Sonnenaufgang waren es bestimmt noch ein oder zwei Stunden. Die Straße wurde enger und Ron hielt an. Jenny schreckte hoch.

»Was ist los?«, fragte sie verschlafen.

»Wir kommen schon wieder nicht durch«, sagte er. Vor ihnen stand eine lange Reihe von Fahrzeugen, an der sie weder links noch rechts vorbeikamen. Sie stiegen aus und liefen gemeinsam nach vorne. Selbst die Morgenstunden waren nicht kühl.

Das vorderste Auto der Reihe war ein alter *Opel Kadett*. Dahinter hatte jemand schräg einen SUV zum Stehen gebracht und damit diese Autoschlange, die völlig verwaist war, verursacht. Ron nahm sich einen Stein und schlug das hintere Seitenfenster des *Kadett* ein.

»Was machst du denn da?«

»Vielleicht kann ich ihn ja kurzschließen.«

Er griff durch die zerbrochene Scheibe und öffnete von innen die Fahrertür. Es dauerte zehn Minuten, die er sich durch Kabelsalat kämpfte, dann sprang tatsächlich der Motor an. Ron stieß einen

Freudenschrei aus. Doch gleich darauf fluchte er laut. Der Motor war mit einem Gluckern wieder ausgegangen.

»Kein Benzin. So ein Mist«, rief er laut. Er sackte hinter dem Steuer frustriert zusammen und ließ seinen Kopf auf das Lenkrad sinken.

»Wollen wir es mit Laufen versuchen? Es kann doch nicht mehr so weit sein?«, schlug Jenny vor.

Ron hielt einen Moment nachdenklich inne. Er war erschöpft, stieg aber aus dem Auto und nickte. »Du hast Recht. Lass es uns versuchen.«

Ron wusste nicht, wie lange sie gelaufen waren, als sie auf ein großes Lagerfeuer stießen, das vor drei Wohnhäusern am Rand der kleinen Straße die Nacht erhellte. Eine Frau mit blonden Dreadlocks kam auf sie zu und streckte ihnen die Hand hin.

»Hey, ihr Süßen«, sagte sie grinsend, »ich bin Didi. Was treibt euch denn hierher?«

Ron erzählte von ihren Autoproblemen und dass Jenny noch nie am Meer war.

»Dann wird es aber Zeit«, sagte Didi und winkte einen Mann mit kurzen, schwarzen Haaren herbei. »Komm Mark, wir fahren die beiden schnell ans Meer. Die brauchen ein bisschen Zweisamkeit.«

Sie lachte.

»Ihr habt ein Auto?« Jenny war ganz begeistert.

»Nicht direkt«, lachte Didi.

Sie und Mark holten hinter dem Haus zwei kleine Roller hervor, die allerdings genug Platz für Fahrer und Gast boten.

»Magst du aufspringen?«, fragte Didi Ron, als der Roller auf der Straße stand.

Ron sah, dass die Aussicht, sich den Roller mit einem fremden Mann zu teilen, bei Jenny unangenehme Erinnerungen weckte.

»Ich bin für Geschlechtertrennung«, sagte Ron und grinste Didi an.

»Auch gut, los geht's. Wir haben nicht die ganze Nacht Zeit«, sagte Didi und wirkte nicht im Geringsten gekränkt.

Ron war froh, als sie an einem Strandübergang angekommen waren. Sie hatten es geschafft. Nach dem Fahrstil von Didi und Mark zu urteilen waren sie nicht mehr völlig nüchtern, aber Jenny und er hatten es wohlbehalten überstanden. Sie winkten den beiden hinterher, als sie davonfuhren.

Ron und Jenny spazierten zum Strand der Ostsee, der an dieser Stelle menschenleer war. Sie ließen sich in den immer noch lauwarmen Sand fallen und lagen einander in den Armen. Es dauerte nicht lange, dann sahen sie die Sonne aufgehen.

Den ganzen Morgen über sprachen sie wenig. Ihre Stimmung war nicht trübselig, aber ein wenig gedrückt. Sie schmiegten sich aneinander und spürten beide, dass keine Worte nötig waren. An diesem Morgen schliefen sie nie gleichzeitig, obwohl sie hundemüde waren. Immer wenn einer von ihnen wegnickte, kuschelte sich der andere noch ein enger an ihn. Nach einer Viertelstunde küssten sie einander jedes Mal wieder wach, um nicht zu viel Zeit zu verschlafen.

Kurz vor neun weckte Jenny Ron ein letztes Mal.

»Ich wollte dir noch etwas geben«, sagte sie lächelnd und reichte ihm ein gefaltetes Papier. Er schlug es auf. Darauf war mit Bleistift ein Bild von ihnen beiden gezeichnet. Eine flüchtige Skizze, aber sofort erkennbar. Ron gab Jenny einen innigen Kuss. Vielleicht waren Worte nicht nötig, aber auch nicht fehl am Platz in diesem Moment.

»Du wirst mir fehlen«, sagte er und spürte den Frosch, den er nun im Hals hatte, mehr als deutlich. »Ich liebe dich!«

Sie lächelte ihn an. »Ich liebe dich auch! Mach dir keine Sorgen, das wird schon alles werden«, sagte sie. Sie gaben sich einen langen, immer länger werdenden Kuss, und ohne dass einer von ihnen beiden auf die Uhr sah, rückte der Zeiger auf Rons kleiner Armbanduhr auf die volle Stunde. Noch während sie sich küssten, veränderte sich alles um sie herum. Gemeinsam und ohne den geringsten Schmerz, ohne auch nur einen Windhauch glitten sie in eine vollkommen andere Welt.

59 / ACHIM

»Alles um mich herum ist lila.«

»Bei mir ist es türkis.«

Sie konnten beide kaum aufhören zu lachen.

Es war kurz vor neun am Morgen. Achim und Jack saßen zu gleichen Teilen betrunken, stoned und angefüttert mit einer bräunlichen Droge, die man durch die Nase ziehen musste, im Tiergarten.

Nach ihrem unangenehmen Erlebnis am Samstag im Strip-Club hatten sie die Nacht zum Sonntag damit verbracht, sich durch allerlei Kneipen zu zechen, die sie finden konnten. Ihr erklärtes Ziel war es, sämtliche rollstuhlgerechten Lokalitäten Berlins auszuprobieren, um herauszufinden, welche die beste war. Überraschenderweise gab es jede Menge passender Etablissements. Mit Müh und Not hatten sie dann in das Zimmer gefunden, das der Veranstalter des Konzerts am Brandenburger Tor für Jack in einem der wenigen noch geöffneten Hotels reserviert hatte. Danach war der Sonntag an ihnen vorbeigeflogen.

Nachdem sie ihren Rausch ausgeschlafen hatten, waren schon die Vorbereitungen für Jacks Konzert angelaufen. Sie mussten sich ihren Weg zur Bühne erkämpfen, was mit Gitarrenkoffer und Rollstuhl keine leichte Angelegenheit war. Die Menschenmenge war schon ab Sonntagmittag kaum noch passierbar und Jack wurde von allen Seiten angequatscht, bis sie endlich den Weg ins Backstage gefunden hatten. Danach zog sich für Achim die Zeit, bis Jack mit Soundcheck und letzten Interviews fertig war. Jack wurde in den fünfzehn Minuten, bevor es losging, immer nervöser, tigerte durch den Raum und schnauzte jeden an, der ihm in die Quere kam. Die Gitarre hing um seinen Hals und er spielte sich fluchend warm. Erst als eine junge Frau ihn auf der Bühne ankündigte, beruhigte er sich.

Als das Konzert begann, saß Achim in seinem Rollstuhl am Bühnenrand und blickte abwechselnd auf das Publikum und Jack. Es mussten Hunderttausende sein, die sich hier versammelt hatten – und ihnen gegenüber nur Jack, ganz allein mit seiner Gitarre und seiner ruhigen, tiefen Stimme. Achim war ihm unglaublich dankbar, dass er ihm am Abend zuvor das Leben gerettet hatte. Er hatte ihm gezeigt, dass es noch Menschen gab, denen er am Herzen lag. Und selbst wenn es nur ein egozentrischer Musiker war. Es wurde das schönste Konzert seines Lebens.

Nun war auch das vorbei. Sie saßen mit einem Haufen Musiker, Tontechniker, Roadies und Fans zusammen und ließen die Nacht ausklingen. Ein letztes Mal. Die Uhren hatten sie abgelegt und die Handys in den frühen Morgenstunden in der Spree versenkt. Die Crew des Konzerts hatte im Suff beschlossen, dass sie nicht wissen wollten, wann es neun wurde, und daran hatten sie sich auch gehalten.

Achim lehnte sich zurück und ließ sich ins Gras sinken. Sein Rollstuhl stand in der Nähe, aber er hatte kein Interesse daran, ihn noch einmal zu benutzen.

»War echt cool, dass du uns allen den Song gewidmet hast«, sagte Achim.

Jack nickte.

»War mir eine Freude. Ist scheiße, dass wir von Ron nicht die Nummer haben. Jenny hatte ja nicht mal ein Handy. Ich wüsste gerne, was sie jetzt machen. Vielleicht haben sie es ja gehört.«

»Ich glaube, das ganze Land hat es gehört«, sagte Achim nachdenklich. Das Reden strengte ihn an. »Wenn ich das richtig mitbekommen habe, liefst du auf allen Sendern. Fernsehen, Radio. Alles, was noch Übertragungen bringt. Dein größter Auftritt.«

»Jetzt ist bei mir auch alles lila«, sagte Jack kichernd.

Achim war der Erste, der die Veränderung bemerkte. Der Übergang war sanft. Es wurde heller und der Tag und alles um sie herum veränderte sich. Die Farben der Bäume, das Gras, der Himmel, alles wurde heller, bis die Welt nur noch aus Graustufen zu bestehen schien. Alles wurde weiß. Mit einem Mal fühlte Achim keinerlei Schmerzen mehr. Auch der Rausch, der eben noch so intensiv gewesen war, verflog. Er spürte, ohne es zu testen, dass seine Nase, die Wunde am Kopf und all die Schwellungen, Brüche und blauen Flecken in kürzester Zeit abheilten. Alles war vorbei.

60 / RON

Ron fühlte etwas in seiner Hand. Er schlug die Augen auf und betrachtete den kleinen gelben Zettel, auf dem in dicken schwarzen Lettern »M17 – 13.578« stand. Mehr nicht. Weder vorne noch auf der Rückseite. Während seine Sinne zu ihm zurückkehrten, begann er nach und nach seine Umgebung richtig wahrzunehmen. Das war nicht mehr die Ostsee – kein Meer und kein Strand weit und breit. Um sich herum bemerkte er leises Gemurmel. Wer waren nur all diese Menschen? In einem Anflug von Panik sah er sich um und war erleichtert, Jenny neben sich zu entdecken. Auch sie blickte verwirrt in die Weltgeschichte. Soweit das hier überhaupt noch zur Weltgeschichte gehörte. Der Zettel in ihrer Hand besagte »F77 – 10.001«. Sie saßen in einem langgezogenen Gang, der in beiden Richtungen schon nach knapp zwanzig Metern abrupt irgendwohin abbog. Ron erinnerte der Gang an den Flur seiner alten Schule, er war bloß etwas dunkler und es fehlten die Türen zu den Klassenzimmern. Die Bänke hier waren ähnlich gemütlich wie die, auf denen sie früher vor den Klassenräumen gesessen und gewartet hatten, wenn ein Lehrer sich verspätete.

Alles war voll mit Menschen. Bei jedem von ihnen sah Ron einen dieser Zettel, wie auch er ihn in seiner Hand gefunden hatte. Die Farben variierten und soweit er sehen konnte, waren die Kombinationen aus Buchstabe und Zahlen bei jedem anders, aber die Art der Zettel blieb gleich. An den Wänden waren große Anzeigetafeln angebracht.

Nun ertönte ein Gong und plötzlich erschien in hellgrün leuchtenden Ziffern »B4 – 17«.

Ein Aufschrei war zu hören. »Das ist meine Nummer«, rief ein Mann mit Ziegenbart. Er starrte fassungslos auf seinen Zettel. »Aber wo...? Was muss ich tun?« Er gestikulierte wild, blickte von einem zum anderen, doch keiner konnte ihm weiterhelfen.

»Ich muss doch etwas tun!«, rief er mit Panik in der Stimme. Er sah sich hektisch um, doch es war keine Tür zu sehen. In diesem Augenblick verschwand der Mann einfach. Einen Moment hielten die Menschen den Atem an, alle blickten sich um, doch von dem Mann mit dem Ziegenbart war keine Spur mehr zu sehen.

Es erhob sich ein lautes Murmeln, als überall gleichzeitig die Unterhaltungen wieder einsetzten. Ein junger Mann, der aussah wie ein junger, etwas verrückter Professor, sprang auf und fing an zu brüllen: »Was soll das alles? Was macht ihr mit uns?« Als niemand reagierte, rannte er laut schreiend davon. Ron sah mehrere Leute, die leise weinten.

»Geht es dir gut?«, fragte er Jenny, und sie lächelte ihn an.

»Aufgeregt bin ich schon«, sagte sie, »man erlebt ja nicht jeden Tag das Jüngste Gericht. Ich bin froh, dass es wirklich weitergeht.«

Ron nickte und strich ihr über die Schulter. Er wusste nicht, was er sonst noch hätte sagen können.

Sie befanden sich in einem Wartebereich, so viel war klar. Aber was waren die Strafen, die sie zu befürchten hatten? Als Kind hatte er öfter seiner Oma Kleingeld aus ihrem langen, schwarzen Ledergeldbeutel genommen, wenn er sich etwas Süßes kaufen wollte. Seine Mutter hatte er auch nicht im Übermaß geehrt. Und seinen Vater – wie auch, wenn der über alle Berge war? Zählte sowas schon als Sünde? Er hörte, dass Jenny etwas sagte, doch in diesem Augenblick erklang wieder ein Gong und auf allen Anzeigetafeln in ihrer Umgebung erschien »X7 – 234«. Eine dicke, junge Frau, nicht weit von Ron entfernt, schrie auf und war wenige Sekunden später genauso verschwunden wie der Mann vor ihr. Wie lang war das her?

Sekunden? Minuten? Ron hatte kein Zeitgefühl mehr. Er bat Jenny, den Satz zu wiederholen, doch sie wurde schon wieder von einem Gong unterbrochen.

»Nicht so wichtig«, sagte sie und gab ihm einen Kuss. »Ich freue mich, dass wir noch beieinander sein dürfen.«

Ron lächelte.

»Geht mir genauso«, sagte er und blickte auf die Nummer auf seinem Zettel. »Ich glaube, wir haben auch noch eine ganze Weile vor uns.« Das war eine angenehme Perspektive.

61 / ACHIM

Jack verschwand und Achim saß für einen Moment unschlüssig da. Was sollte er jetzt mit sich anfangen? Er hatte kein Bedürfnis, mit den Roadies und den anderen, mit denen er schon die vergangene Nacht durchzecht hatte, zu reden. Er kannte sie ja alle kaum. Achim erhob sich und war überrascht, wie unkompliziert das nun wieder ging. Er begann in gemütlichem Tempo den Gang entlang zu laufen. Ein tolles Gefühl, den eigenen Körper wieder ohne Schmerzen nutzen zu können.

Jack und er hatten sich nach Ertönen des Gongs gerade noch verabschieden können. Jetzt war er vollkommen allein. Das erste Mal seit Tagen. Er fragte sich, wo seine Frau jetzt war. Wahrscheinlich bei Florian. Kein schöner Gedanke. Vielleicht war es unaufhaltsam gewesen, dass es mit ihm und Luisa zu Ende ging. Aber ein schöneres, ein harmonischeres Ende hätte er sich nach all den Jahren schon gewünscht.

Achim kam an zwei älteren Männern vorbei, die sich lautstark unterhielten. Beide hatten weißes Haar und sahen zwar gebrechlich aus, aber der eine hatte um den Mund herum einen fein gepflegten Bart, ebenfalls in strahlendem Weiß, und der andere war sorgfältig rasiert.

»Es kann doch nicht sein«, monierte der Bärtige, »dass wir dazu verdonnert werden, hier herumzusitzen und auf Tafeln zu schauen, mit Zetteln in der Hand, wie die Schulbuben.«

Der andere stimmte ihm zu.

»Das kann man doch nicht einfach so akzeptieren«, fuhr der Bärtige fort. Er schien sehr wütend zu sein. Die faltige Haut bekam rote Flecken.

Der glattrasierte Mann nickte hektisch, dann nahm er seinen Zettel aus der Tasche, zerriss ihn demonstrativ und warf die Schnipsel in den Gang. Sie verschwanden augenblicklich. Ein Rascheln war zu hören. Der Mann blickte verwundert drein. Dann griff er in seine Tasche und zog erneut den Zettel heraus. Es waren keinerlei Spuren der Risse an ihm zu erkennen.

»Es ist durchaus möglich, dass es doch sein kann«, murmelte er.

Achim lief weiter. Er blickte um eine Ecke. Vielleicht gab es ja irgendwo irgendetwas zu tun. Ein Wartebereich brauchte doch zum Beispiel ein paar Zeitschriften mit Klatsch und Tratsch, vielleicht sogar eine kleine Bibliothek für die besonders langen Wartezeiten. Oder was auch immer, womit man sich beschäftigen konnte. Doch leider nein, hier saßen auch nur Menschen und warteten. Manche standen, manche liefen nervös hin und her.

Eine Frau mit schwarzen und grünen Haaren kam ihm entgegen. Er stierte einen Moment zu lang auf ihre Kurven. Sie wirkte sehr glücklich mit sich und der Welt und sprach ihn lächelnd an: »Ist es nicht schön, dass wir alle noch da sind? Dass es ein Leben nach dem Tode gibt? Ist das nicht einfach nur wunderschön?«

Achim lächelte ebenfalls und nickte. Da ging die Frau auf ihn zu und gab ihm einen Kuss auf den Mund. Mit Zunge. Achim war völlig perplex. Die Frau kicherte nur, lief weiter und ließ Achim verdattert zurück. Es war der erste Kuss seit Jahren, den er nicht von seiner Frau bekommen hatte, wenn man von der Mund-zu-Mund-Beatmung durch Jack absah. Und er konnte es genießen. Er hatte zwar direkt danach als erstes an seine Frau gedacht, aber der Kuss selbst hatte sich gut angefühlt.

Vielleicht wird mit der Zeit doch alles gut werden, dachte er. Dann begann er wieder zu laufen und aus dem Laufen wurde Rennen. Er hatte seine Fitness wieder, er hatte keine Schmerzen mehr und er war sich, ohne groß darüber nachzudenken, sicher, dass es keine Rolle spielte, wo in diesem gigantischen Wartezimmer er sich aufhielt. Er rannte und rannte und lachte dabei, wie er schon lange nicht mehr gelacht hatte. Ein absurdes Gefühl von Freiheit umströmte ihn in diesem Gefängnis von einem Gang. Er lachte noch lauter. Die Blicke der Leute störten ihn nicht. Der Gong schlug in der Zwischenzeit viele Male und Achim rannte, was seine Puste hergab. Ohne Ziel, einfach nur, weil er konnte.

Ein weiteres Mal ertönte der Gong. Keine hundert Meter entfernt, hinter einer weiteren Ecke, hätte er die Chance gehabt, Ron und Jenny wiederzusehen, doch er konnte das nicht wissen und kam nicht so weit. Achim blieb keine Zeit mehr, sich noch weiter umzusehen. Erneut wurde alles um ihn herum weiß.

62 / GOTT

»Nimm es mir nicht übel«, sagte Gott zu seinem Sohn, »aber die Einrichtung der Räume, das ganze Ambiente hätte durchaus schöner ausfallen können.« Er wirkte jedoch nicht zornig. Jesus wusste, dass ihm solche Feinheiten nicht wirklich wichtig waren.

»Ja, ich hätte mir dafür keine freiwilligen Helfer suchen sollen. Besser gleich klare Anweisungen geben und Menschen auswählen, die sich bei der Umsetzung daran halten. Die Designentscheidungen hat hauptsächlich ein Mensch getroffen und der hat offenbar einen seltsamen Geschmack.«

»Das war bestimmt wieder dieser Ole, oder?«, fragte Gott. »Der hat sich bei so vielen Aufgaben, bei denen sich Menschen einbringen konnten, freiwillig gemeldet. Ehrlich gesagt bin ich in keinem einzigen Fall mit ihm und seiner Arbeit zufrieden. Er war so fleißig, ja. Da habe ich ihn als Helfer ausgewählt, aber es mag sein, dass das nicht meine klügste Entscheidung im Lauf der Universen war. Unsere Büros hat er auch verschandelt. Die müssen wir dringend umgestalten, sobald wieder Zeit ist. Dass die Gerichtssäle ein bisschen hässlich sind, ist im Grunde genommen ja nicht so schlimm. Die Menschen kommen schließlich nicht her, um architektonischen Finessen zu bewundern. Lass uns mal die Checkliste durchgehen, es geht gleich los.«

Er war froh, dass die nächsten Tage bald vorbei sein würden. Wann hatte er das letzte Mal so richtig Urlaub gemacht? Das war viele Menschenleben her.

Gott nahm sich die Liste zur Hand, die Jesus vorbereitet hatte. Sie bestand aus acht Seiten von Stichpunkten, die sie Stück für Stück durchgingen und abhakten.

»Hast du den Erzengeln und den Heiligen Bescheid gegeben, dass Sie bei den Gerichtsverhandlungen protokollieren sollen, falls wir Engpässe haben?«

Jesus nickte.

»Aber sag ihnen, sie sollen sich im Hintergrund halten, so dass die Menschen sie nicht bemerken. Sonst drehen wieder welche durch. Nicht so belastbar, die Menschen von heute«, sagte Gott.

»Ich kümmere mich darum. Mutter hat mich übrigens gebeten, sie aus den Planungen herauszuhalten. Sie fühlt sich nicht so besonders«, sagte Jesus.

»In Ordnung. Mach, wie du denkst. Wurden nach deiner Ansprache die überarbeiteten Zusammenfassungen der Menschenleben nochmal kontrolliert?«, fragte Gott, als sie auf Seite fünf angelangt waren.

»Ich weiß es nicht genau, ich habe keine Zeit mehr dafür gehabt«, antwortete Jesus verlegen.

Gott raufte sich die üppigen, grauen Haare. »Das kann ja was werden«, stöhnte er und ahnte, dass es Ärger im Paradies geben würde.

Von einigen kleineren Problemen abgesehen, schien für das nun beginnende Jüngste Gericht alles vorbereitet zu sein. Die dringend benötigten menschlichen Helfer für das Gericht hatten ihre Akten mit den Zusammenfassungen, Handlungsanweisungen und das nach Religionen sortierte *Postirdische Strafgesetzbuch* in der mittlerweile vierzehnten Auflage an die Hand bekommen, die Erdenbewohner waren abgeholt und in den Wartebereich verfrachtet. Es wurde Zeit, anzufangen.

Als Gott versuchte, die Checkliste zusammenzutackern, um sie ordentlich abheften zu können, passierte nichts dergleichen.

»Wochenlang höre ich mir diesen Mist wegen der Tackernadeln an. Sogar einen Streik gab es deswegen«, rief er erzürnt, »jetzt sind sie genormt und wahrscheinlich auch noch einzeln handbemalt, aber es sind keine da, wenn ich welche brauche.«

Er warf den Tacker an die Wand, wo er zu Bruch ging.

»Ich lasse dir nachher einen neuen bringen«, sagte sein Sohn kleinlaut, dann verabschiedete er sich und machte sich auf den Weg zu seinem Gerichtsaal.

Gott setzte sich auf seinen Richterstuhl, der auf einem kleinen Podest thronte. Auf dem Stuhl davor würden die Menschen Platz nehmen. Ein bisschen stilvoller hätte es schon sein können, dachte er wieder, als er sich umsah. Etwas mehr Stil und Würde. Oder einfach weniger hässlich. Er versuchte sich zu beruhigen.

Es klopfte an der Tür und ohne dass auf das göttliche »Herein« gewartet worden wäre, wurde sie geöffnet.

Ich habe doch noch gar niemanden aufgerufen von den Erdenbewohnern, dachte Gott irritiert. Doch es war Fürchtegott, sein Berater, der wie immer aussah, als würde er seinen goldglänzenden Cordanzug demnächst sprengen.

»Ich hoffe, ich darf kurz stören«, sagte Fürchtegott und ließ sich von Gottes Zornesfalten nicht irritieren. »Wenn ich Ihnen nochmal kurz meinen Prototypen für den Antrag zum Jahrzehntwechsel in seiner digitalen Form präsentieren dürfte …«

Weiter kam er nicht.

»Digitalisierung? Raus hier!«, schrie Gott ihn an.

63 / THOMAS

Diese Räume hier wurden jetzt nur noch der »Alter Wartebereich« genannt. Jetzt gab es ja schließlich einen neuen, viel größeren. Auch wenn der deutlich spartanischer war, nach dem, was Thomas gehört hatte. Thomas bemühte sich, zu dem kleinen Mann aufzuschließen, der ihm den Weg wies.

Schon jetzt vermisste er die geräumige Zweizimmerwohnung, die in den letzten Tagen sein kleines Zuhause gewesen war. Dort gab es ein Bett und Bad und auf Wunsch wurden einem jedes Buch und jeder Film aus einer Bibliothek gebracht, und alles geschah ohne Eile. Es waren großartige Tage gewesen, seit Thomas auf Erden Bekanntschaft mit einer Kugel gemacht hatte. Er fühlte sich gut und vollkommen satt. Nahrungsaufnahme war hier nicht nötig, aber bei Lust und Laune möglich. Er hatte viel gelesen in diesen Tagen und über sein Leben nachgedacht. Er vermisste Julia noch immer und wusste, was er alles anders machen würde, wenn er noch einmal eine Chance bekäme. Sie war nicht immer die einfachste Frau, aber er liebte sie und sie liebte ihn doch auch. Es war so viel leichter zu verstehen, wenn man sich die Zeit zum Nachdenken nahm.

In den vergangenen Tagen hatte er viel von dieser Zeit gehabt. Er war hier keinem anderen Menschen begegnet und hatte das Gefühl, man wurde hier absichtlich voneinander ferngehalten, aber das störte ihn nicht.

»Aufgrund des bevorstehenden Jüngsten Gerichts, wie es häufig genannt wird«, hatte man ihm bei seinem Eintreffen mitgeteilt, »gibt es bis auf weiteres keine Einzelbeurteilungen. Alle, die in diesen Tagen bei uns ankommen, müssen sich bis zu eben jenem Jüngsten Gericht gedulden, so auch Sie. Ich werde Ihnen jetzt die Räumlichkeiten zeigen, in denen Sie sich bis dahin aufhalten können.«

Der Mann, der ihm all dies mitgeteilt und ihn daraufhin herumgeführt hatte, war ein kleiner, penibel wirkender Bürokrat, bei dem sich Thomas sicher war, dass er Fehlverhalten jeder Art keinen Augenblick tolerieren würde. Frank Josef Heidelberger war zu Lebzeiten Leiter des Bau- und Ordnungsamtes einer kleinen bayerischen Stadt gewesen, und Thomas lag mit seiner Vermutung vollkommen richtig. In der kleinen Wohnung hätte er auf ewig bleiben können, dachte Thomas bei sich, während er nun, wenige Tage später, hinter Frank Josef herlief, um zu einem der Gerichtssäle zu kommen. Hie und da hatte er Gesprächsfetzen aufgeschnappt. Viele Mitarbeiter der Verwaltung der zahlreichen Himmel für die verschiedenen Religionen hatten sich beschwert, wie viel Aufwand dieses Jüngste Gericht für sie bedeutete. Nun war er auf den Ablauf gespannt. Seine Wohnung lag im Wartebereich zwischen verschiedenen Himmelsregionen. Er fragte sich, ob er die Möglichkeit haben würde, einen Himmel zu sehen. Wer war überhaupt für ihn zuständig?

»Herr Heidelberger?«

Dieser drehte sich mit einem pikierten Gesichtsausdruck um. »Was ist denn?«

»Wissen Sie, von wem ich beurteilt werde? Ich bin nicht getauft und …«

Heidelberger hatte sich nach einem demonstrativen Blick auf seine Uhr wieder nach vorne gedreht und ging weiter. Er murmelte gestresst vor sich hin und Thomas war sich sicher, etwas von »Zeitverschwendung« in seinen halblauten Sätzen gehört zu haben. Die Gänge, durch die Thomas geführt wurde, waren fast vollständig leer. In kurzen Abständen waren hier auf beiden Seiten Türen, neben denen Pläne anzeigten, über wen hier zu welcher Uhrzeit gerichtet wurde. Von Datenschutz keine Spur. Plötzlich stoppte Frank Josef abrupt und hielt Thomas eine Tür auf. »Hier entlang«, sagte er noch, dann machte er auf dem Absatz kehrt und ging davon. Als Thomas eintrat, sah er den Richter vor sich auf einem Podest sitzen. Er erkannte die Gestalt, die dort oben saß. Zumindest hatte er eine starke Vermutung. Eingeschüchtert ließ er sich auf dem einzigen Stuhl in seiner Nähe nieder und versuchte eilig, alles in seinem Kopf zusammenzukratzen, was ihm über Buddhismus einfiel.

64 / URSULA

Sie trug noch immer ihre Politessenuniform. Die Jacke hatte sie über den Stuhl gelegt. Sie nestelte nervös an ihrer weißen Bluse und fragte sich, wie lange der Mann auf dem Podest noch lesen würde. Er hatte sich ihr als Ole vorgestellt und sie gebeten, Platz zu nehmen.

»Sie sind eine Knöllchenschreiberin, oder?«, hatte er gefragt und mit weit geöffnetem Mund gelacht. Sie hatte nur müde genickt. Ole hatte halblanges Haar und einen Mittelscheitel. Er war mager und seine hängenden Augenlider erweckten den Eindruck, als wäre er stoned. Auch jetzt beim Lesen war sein Mund geöffnet. Sie wusste nicht, wer er war, aber offensichtlich war es sein Job, sie zu beurteilen. Er war sicher nicht Gott, eher eine Art Aushilfe.

Jetzt blickte er hoch.

»Also ich würde sagen, achthundert Tage in der Hölle sollten angemessen sein. Bei Stufe …« Er hielt inne und dachte kurz nach. »Ich denke, bei Stufe 3.«

»Aber warum muss ich in die Hölle?«, fragte Ursula bestürzt. »Ich habe doch ein gutes Leben geführt, habe gearbeitet und gebetet.«

Nach wie vor stand ein leichtes Grinsen auf Oles Gesicht.

»Hier steht, Sie haben Ihren Vater umgebracht und Sie haben hier vor Gericht auch keine Reue gezeigt. Da finde ich das ganz richtig.«

»Aber Sie haben mich doch auch gar nichts gefragt«, erwiderte Ursula verzweifelt. »Darf ich erzählen, wie es damals war?«

Ole überlegte kurz, gähnte und nickte dann.

»Aber fassen Sie sich kurz, ich habe auch noch anderes zu tun«, sagte er mit bedeutsamer Miene.

Ursula erzählte von ihrer Kindheit, vom Tod ihrer Mutter und wie ihr Vater weder sein Leben noch das von Ursula hatte stemmen und organisieren können. Wie er immer mehr getrunken hatte. Wie oft sie ihn mittags in einem vollgepinkelten Bett gefunden hatte oder neben seinem eigenen Erbrochenen.

»Und jedes Mal habe ich mir gewünscht, dass er einfach tot wäre«, sagte Ursula mit zitternder Stimme. »Dass das Ganze einfach vorbei ist. Er oder wenigstens ich. Eines Tages kam er betrunken heim und die Lampe im Wohnzimmer ging nicht. Da hat er mir befohlen, die Leiter aufzustellen. Er hat sich aus dem Schrank eine neue Glühbirne geholt und ist die Leiter hinaufgestiegen. Er hat es kaum geschafft. Wir hatten sehr hohe Decken. Ich habe ihm gesagt, dass er das lassen soll, dass es gefährlich ist. Und er hat mir nur eine saftige Ohrfeige gegeben und mich wieder angeschrien.«

Oles Mund stand nach wie vor offen. Er zeigte keine Regung jenseits seines debilen Grinsens. Ursula hatte Mühe, ihm nicht ins Gesicht zu springen.

»Er hat mir befohlen, die Leiter festzuhalten«, fuhr Ursula fort. »Und das habe ich gemacht. Während er da oben war, habe ich überlegt, ob ich die Leiter loslassen soll, hoffen, dass er fällt, dass er stirbt oder wenigstens eine Weile ins Krankenhaus muss, damit er nicht mehr in meinem Leben ist mit seinem Gestank und seinem Suff und seinem Gebrüll und den Ohrfeigen. Aber ich habe es nicht getan. Dann hat plötzlich etwas geraschelt. Nicht weit weg von meinem Fuß, zwischen den ganzen Zeitungen und leeren Dosen und leeren Flaschen. Ich hab es nicht genau gesehen, eine Maus oder eine Ratte. Ich habe aufgeschrien und bin weggesprungen. Die Leiter stand aber noch. Und einen Augenblick später hat mein Papa sich zu weit nach vorn gelehnt. Ich konnte ihn nicht auffangen, ihm nicht helfen. Er ist mit dem Kopf voran auf dem Boden aufgeschlagen. Aus fast zwei Metern Höhe. Und ich bilde mir bis heute ein, es knacken gehört zu haben. Ich habe gleich den Rettungswagen gerufen, aber bis die kamen, war er schon tot. Ich bin jeden Tag seitdem traurig gewesen, dass das passiert ist, aber es war nicht meine Schuld. Wirklich nicht.«

Ursula schluchzte laut und sackte weinend in sich zusammen. Ole nickte langsam und nachdenklich.

»Das ist nicht schön, klar. Aber hier in der Akte steht nur, dass sie ihn umgebracht haben. Ihre Geschichte kann ja gelogen sein. Also bleiben wir bei den achthundert Tagen.«

Er nickte mehrfach, wie um sich selbst zu bestätigen. Dann notierte er die Strafe in der Akte und unterschrieb. Ein Aufschrei von Ursula war zu hören, dann verschwand sie.

65 / JULIA

Als Julia voller Zuversicht den Saal M388 betrat, bemerkte sie als Erstes einen kargen, einzelnen Holzstuhl vor sich. Der Raum war nicht sonderlich groß, rechts von der Tür war eine Art Bühne. Julia konnte kaum glauben, was sie da sah. Die dichten schwarzen Locken der Frau hingen weit den Rücken hinab. Sie hatte ein schmales, feines Gesicht, fast wie eine Porzellanfigur. Die Lippen hatten einen intensiven Rotton. Sie blickte fröhlich, liebevoll und gütig drein. Ein weiter, grauer Mantel hing ihr um die Schultern.

»Du musst Julia sein«, sagte sie mit träumerischer Stimme.

Julia nickte nur. Fassungslos vor der Göttin Li.

»Julia Hofer aus Frankfurt am Main?«

Julia nickt erneut.

»Du warst nach den Gesetzen des Lizismus ja sehr artig, muss ich sagen. Aber hat man dir nicht beigebracht, dass Selbstgerechtigkeit keine noble Eigenschaft ist?«

Die Stimme war jetzt schärfer geworden. Julia wusste nicht, wie sie reagieren sollte.

»Und sich eine Religion auszudenken, um seiner gerechten Strafe zu entgehen, ist Frevel!« Die Stimme war jetzt fast ein Kreischen. Julia erschrak.

Von einem Moment auf den anderen saß statt Li ein älterer, bärtiger Mann in einer schwarzen Robe vor ihr. Er sah sie finster an.

»Wer sind Sie?«, brachte Julia nach einer Weile heraus.

Der Bärtige zog eine Augenbraue hoch, als wolle er sich vergewissern, dass die Frage ernst gemeint war.

»Ich bin Gott«, sagte der Mann.

»Wie, Gott?«, fragte Julia irritiert.

»Naja, Gott eben«, antwortete der Mann und rollte die Augen. »Der Schöpfer von Himmel und Erde, Sie wissen schon, dieser Kram. Oder zumindest einer von ihnen.«

Julia konnte es nicht fassen, aber wenn sie genauer darüber nachdachte, sah er genauso aus, wie sie sich Gott immer vorgestellt hatte. Ein älterer Mann mit halblangen Haaren und grauem Bart, der Autorität ausstrahlte.

»Natürlich sehe ich so aus, wie Sie sich Gott vorgestellt haben, Frau Hofer«, sagte Gott. »Man sieht Götter meist in dem Licht, in dem man sie sich vorstellt.«

Julia brauchte einen Moment, dann fragte sie irritiert: »Haben Sie meine Gedanken gelesen?«

Für einen Moment wollte sie das Thema weiterverfolgen, doch etwas Anderes war jetzt wichtiger. »Und wo ist die Göttin Li hin«, fragte Julia vorsichtig.

Die Augenbrauen in Gottes Gesicht schoben sich noch mehr zusammen.

»Halten Sie mich eigentlich für vollkommen bescheuert, Frau Hofer? Bloß weil Sie sich ein Hirngespinst zurechtlegen und das Religion nennen, gibt es keine neuen Götter. Sonst könnte ja jeder kommen und sich seine eigene Gottheit zurechtbasteln. Sich die Regeln einfach zurechtlegen, wie man gerade Lust hat – so läuft das hier nicht. Und in Ihren Akten sehe ich, dass Sie in den letzten Erdentagen bei zahlreichen Religionen vorstellig geworden sind, um das beste Ergebnis für sich herauszuholen. So etwas kann ich nicht ausstehen. Sie waren nach dem, was in den Akten steht, Ihr ganzes Leben nur auf Ihren eigenen Vorteil aus.«

Seine Augen waren vor Wut zu kleinen Schlitzen verengt.

»Sich ein Leben lang keinen Funken um Religion und Nächstenliebe scheren«, sagte Gott mit Verachtung in der Stimme, »und dann, wenn es aufs Ende zugeht, plötzlich gottesfürchtig werden.«

Julia schaffte es nicht, zu Wort zu kommen. Sie hatte das Gefühl, eine dunkle Wolke hätte sich in diesem kleinen Zimmer über ihnen zusammengebraut, so stark war die Wut, die von Gott ausging.

»Sie haben sich nicht einmal gescheut, ältere Menschen in einer Kirche zur Seite zu stoßen, um sich vorzudrängeln. Von Kirchen kann man ja halten, was man will, aber das geht nicht«, sagte Gott.

Sie wollte einwenden, dass sie sich in ihrer Kindheit und Jugend öfter, also ab und zu zumindest, um ihre Oma gekümmert hatte. Und auch die weihnachtlichen Besuche in der Kirche wollte sie erwähnen, doch während Gott die Anschuldigungen auf sie einprasseln ließ, stieg Trotz in ihr auf.

»Aber der Lizismus hat viele Anhänger und wir haben auch Gutes getan«, sagte sie.

Sie blickten einander wütend an.

»Was genau haben Sie denn Gutes getan?«

Julia zögerte, sie überlegte fieberhaft. Ihr Instinkt riet ihr, nicht mit den Gottesdiensten der letzten Tage anzufangen, die bei genauem Hinsehen doch eigentlich nur Partys gewesen waren, also wechselte sie eilig das Thema: »Wir wurden sogar von einem von Ihren Leuten angegriffen.«

Das brachte ein verächtliches Grinsen in Gottes Gesicht.

»Sie denken, dieser Pfarrer gehört zu ›meinen‹ Leuten?«, fragte er und schüttelte den Kopf. »Glauben Sie mir, bloß, weil jemand Dinge angeblich für mich oder in meinem Namen tut, heißt das nicht, dass ich sie gutheiße.«

Julia fiel nichts mehr ein, was sie noch hätte sagen können.

»Zurück zu Ihnen, Frau Hofer«, sagte Gott mit ernstem Blick. »Sie haben ein selbstsüchtiges, konsumorientiertes Leben geführt und ich kann in den Unterlagen kaum etwas wirklich Gutes oder Nettes finden, das sie getan haben. Haben Sie etwas von Belang zu Ihrer Verteidigung vorzubringen?«

Julia spürte, wie Frust und Bitterkeit in ihr hochstiegen.

»Sie haben kein Recht, so über mich zu urteilen«, rief sie Gott entgegen. »Ja, ich habe versucht, mir einen Vorteil zu verschaffen. Wer nicht? Aber was sind das denn für lächerliche, dumme Regeln, dass man das nicht darf. Das ist mir völlig egal. Sie sind doch nur ein miesgelaunter, alter Mann. Was haben Sie denn über mich zu bestimmen? Ich gehe, wohin ich will. Meine Verteidigung? Da lache ich doch drüber.«

Und sie lachte tatsächlich. Es wurde dunkler im Zimmer und Julia spürte, wie ein Gewitter aufzog, auch wenn hier kein Fenster war.

»Ich sehe schon, dass Sie nicht einsichtig sein werden und keinerlei Besserung geloben«, sagte Gott und betrachtete sie mit Abscheu. »Dann verurteile ich sie hiermit zu sechshundert Tagen in der Hölle.« Mit einem etwas milderen Blick fügte er hinzu: »Stufe 2.«

Er schrieb etwas in die Akte und setzte seine Unterschrift darunter. Julia wollte protestieren, doch noch bevor ihre Stimmbänder einen Laut hätten produzieren können, war sie verschwunden.

Gott überlegte für einen Augenblick, ob Stufe 1 nicht angemessener gewesen wäre. Vielleicht war er etwas harsch mit ihr umgesprungen, aber dieses Verhalten war ja auch wirklich nicht zu tolerieren. Und dann hatte sie auch noch von der Kirche angefangen. Seine Stellvertreter hätten wohl milder entschieden. Andererseits würde dieser Frau Hofer und ihrer Arroganz etwas Läuterung guttun. Er wandte sich der Tür zu, die sich erneut geöffnet hatte. Gott nahm die nächste Akte vom Stapel. Es würde ein langer Tag werden. Er blätterte durch den Stapel. Noch zwei, dann kamen die ersten Kirchenoberhäupter. Auf die freute er sich schon.

66 / JENNY

Die Zeit zog sich endlos dahin. Keinem von beiden fiel ein irgendwie noch sinnvolles Gesprächsthema ein. Die Unsicherheit, was nun folgen würde, vielleicht doch auch etwas Angst vor diesem ominösen Jüngsten Gericht, von dem sie doch beide so gar keine Vorstellung hatten, beschäftigte sie. Ob Yoda wohl wirklich so klein und grün aussah? Ob er tatsächlich diese Eigenheit beim Satzbau hatte wie in den Filmen? Würde er zu Jenny letztendlich sagen: »In den Himmel der Jedi du kommen wirst«?

Und von wem wurde Ron beurteilt, der an keinen bestimmten Gott glaubte?

Um sie herum war ein permanentes Gewusel. Leute standen auf, liefen weg, kamen wieder. Ron und Jenny wagten es nicht, sich zu weit von ihrem Platz zu entfernen. Sie sollten den Aufruf ihrer Nummern sicher nicht verpassen. Also blieben sie einfach sitzen und führten hin und wieder Unterhaltungen in wenigen Sätzen. Die meiste Zeit spürten sie einfach ihre Nähe, hielten einander an der Hand und warteten, während um sie herum Mensch um Mensch verschwand. Mittlerweile gab es keine großen Ausrufe und auch kein Erschrecken mehr, wenn ein Gong eine neue Nummer ankündigte. Die Leute saßen da und verschwanden einfach. Die Nummer »F77 – 10.000« wurde aufgerufen und Jennys Hand schloss sich fester um die von Ron. Die nächste Nummer von F77 würde ihre sein. Er sah die Angst in ihren Augen und legte seinen Arm um sie.

»Denk dran, wie weise und fair er immer in den Filmen gewesen ist. Bestimmt wird alles gut werden«, sagte er.

Seine Stimme klang zuversichtlicher, als ihm zumute war.

»Das stimmt«, nickte sie schniefend.

»Sag mir danach, ob er wirklich so lustige Ohren hat«, bat Ron und sie mussten beide lachen. Es dauerte nicht mehr lange, da erschien Jennys Nummer auf der Anzeige. Sie küssten sich ein letztes Mal und keiner sprach aus, was sie beide dachten. Dass vollkommen unklar war, ob sie sich je wiedersehen würden. Noch während des Kusses spürte Jenny, wie Ron sich entfernte. Nein, eigentlich war wohl sie es, die sich entfernte.

Als sich der Raum um sie herum wieder zusammenfügte, fand sie sich wieder vor einer grauen Tür, auf der »F77« stand. Mit zitternden Knien trat sie ein. Der Raum sah aus wie eines der Klassenzimmer ihrer Grundschule. Einfarbiger, beigefarbener Linoleumboden, karge Wände. Doch es war niemand darin. Und Fenster gab es auch keine. Jenny ließ sich auf einem der Stühle nieder und wartete ab.

Plötzlich schwang die Tür auf, durch die auch sie eingetreten war. Ein Mann kam herein. Er war groß gewachsen, hatte eine Glatze und einen langen weißen Bart. Ein Lächeln stand in seinem Gesicht. Die Augen waren von Lachfalten umspielt. Die Augenbrauen sahen aus wie zwei weiße Büsche, die über den Augen gediehen. Seine weiten Gewänder in allen Farben des Regenbogens flatterten um ihn herum. Mit leicht glasigen Augen sah er Jenny an. »Das freut mich aber, dass Sie da sind, meine Liebe«, sagte er. Er hatte eine etwas raue, aber freundliche Stimme. »Ich hatte ja nicht damit gerechnet, dass ich heute so viel zu tun kriege, nachdem ich keine Atheisten angenommen habe.«

Er ging zu einem kleinen Schrank in der Ecke, den Jenny bisher nicht bemerkt hatte, entnahm ihm eine einzelne braune Akte und setzte sich in aller Ruhe auf einen Stuhl in Jennys Nähe. »Dann schauen wir mal, meine Liebe. Bin ja gespannt, was Sie in ihrem jungen Leben so gemacht haben«, sagte er fröhlich.

Jenny wusste nicht so recht, was hier geschah. Wer war dieser Mann? Sie konnte sich nicht mehr zurückhalten.

»Ich möchte nicht unhöflich sein«, sagte sie, »aber wann kommt denn Meister Yoda? Ich weiß gar nicht, wer sie sind, um ehrlich zu sein.«

Das Lächeln war aus dem Gesicht des alten Mannes verschwunden. Er blickte traurig drein.

»Sie sind auch auf der Suche nach diesem kleinen grünen Wesen, oder? Da sind Sie leider nicht die Erste heute, und ich befürchte«, seufzte er, »Sie werden auch nicht die Letzte sein. Mein Name ist Joda, allerdings mit J, nicht mit Y. Ich bin ein Meister der Malerei und Bildhauerei, deswegen werde ich seit ein paar Jahrtausenden als Meister Joda bezeichnet. Ich bin eine der vielen Gottheiten, aber nicht sehr bekannt auf der Erde.« Sein Blick verlor sich. »Ich habe mich nie sonderlich bemüht, Anhänger um mich zu scharen, meine Lehre zu verbreiten. Heute bereue ich es fast ein wenig. Mal sehen, was morgen sein wird.«

Er betrachtete Jennys traurigen Blick und tätschelte behutsam ihr Knie.

»Tut mir leid, meine Liebe, dass Sie falsch zugeordnet wurden«, sagte er. »Ich hoffe, ich habe Sie nicht zu sehr enttäuscht.« Er begann wieder in ihrer Akte zu blättern. »Aber das sieht hier ja alles sehr gut aus. Ich kann Ihnen versprechen, dass mein Himmel sehr schön ist und auch nicht so voll wie die anderen. Ich stelle Ihnen gern meine Lehre vor, es ist sehr interessant, das kann ich versprechen.«

Jenny kam sich unheimlich kindisch vor mit ihren Vorstellungen, ein Wesen aus *Star Wars* hätte sie hier beurteilen können. Was für ein lächerlicher Gedanke. Tränen liefen ihr die Wange hinunter. Sie war nichts weiter als ein dummes Kind. Ihre Eltern hatten schon recht gehabt, ihr nichts zuzutrauen.

»Gibt es denn keine Möglichkeit …?«, fragte sie schluchzend. Ihre Stimmte erstickte. Ihr fehlten die richtigen Worte, um sich auszudrücken.

Der alte Mann seufzte erneut.

»Sie meinen«, sagte er mit Resignation im Blick, »ob sie zu einer anderen Gottheit wechseln können? Natürlich, die zweite Tür links.« Er drückte ihr die Akte in die Hand. »Besuchen Sie mich mal, wenn Sie Zeit haben, meine Liebe. Ich könnte Ihnen schöne Gemälde zeigen. Ich würde mich wirklich außerordentlich freuen.«

Jenny versprach es und ging. Der nette alte Mann tat ihr leid.

In dem Raum mit der Nummer XX01, zu dem sie Meister Joda geschickt hatte, saß ein kleiner Mann am Schalter, der etwas von einem Maulwurf an sich hatte. Seine tiefliegenden Augen blickten sie gleichgültig an, als er ihre Akte in Empfang nahm. »Ach, von Joda«, sagte er. »Na, da sind Sie nicht die Erste heute.«

»Das hat er auch gesagt«, sagte Jenny und versuchte einen entschuldigenden Blick aufzusetzen.

»Was hätten Sie denn gern? Christentum? Buddhismus? Hinduismus? Islam? Oder was Älteres?«

Jenny überlegte einen kurzen Augenblick.

»Ich weiß nicht. Ich schätze, Christentum wäre jetzt das Richtige«, sagte sie.

Der Mann warf einen weiteren Blick in die Akte.

»Sie hatten ja kein sehr langes Leben und hier steht eigentlich auch nichts weiter Negatives drin, ich glaube, da kann ich sie so durchwinken.« Er drückte einen grünen Stempel in ihre Akte und legte diese rechts von sich auf einen kleinen Stapel.

»Gute Reise«, sagte er.

Bevor Jenny sich bedanken konnte, war sie schon wieder verschwunden.

67 / THOMAS

Erinnerungen an eine Party wurden in Thomas wach. Zumindest hatte Julia diesen Abend eine Party genannt. Erlebt hatte er ein zähes, gemeinsames Essen mit Julia, ihm und zwei anderen Pärchen. Das Ganze gefolgt von einem ungeselligen Beisammensein. Immerhin bei Kerzenschein. Der Abend hatte gefühlte Jahre gedauert. Nadine und Dirk kannte Julia von ihrer Arbeit und die hatten jeweils noch Freund beziehungsweise Freundin mitgebracht. Thomas, der lieber ferngesehen hätte, wurde in die Planung nur insoweit einbezogen, als er gesagt bekam, was er einzukaufen und dass er den Tisch zu decken hatte. Es wurde viel gelacht an dem Abend, und es gab Essen, das durchaus nicht schlecht schmeckte und über die Maßen viel gelobt wurde. Julia zauberte Gnocchi mit Sahnesauce und Kräutern und zum Nachtisch kleine runde Dinger aus Blätterteig. Und es wurde wirklich viel gelacht. Das war ihm sehr in Erinnerung geblieben.

Zumindest Julia lachte viel und auch Dirk und seine Freundin, wie auch immer sie hieß. Nadines Freund war gefühlt die ganze Zeit auf der Terrasse und rauchte und Nadine redete ohne Unterbrechung auf Thomas ein. Sie erzählte ihm ihre ganze Lebensgeschichte. Ein Mädchen wächst am Stadtrand auf und bleibt dann am Stadtrand. Und wenn sie nicht gestorben war, lebte sie dort sicher noch immer. Nun gut, inzwischen war sie natürlich gestorben und saß vermutlich noch im neuen Wartebereich. Jedenfalls hatte ihre Geschichte wenig Aufregendes zu bieten gehabt und er keine Möglichkeit gefunden, sich aus dem Staub zu machen. Seine Freundin war schließlich die Gastgeberin und schien tatsächlich einen schönen Abend zu haben. Der interessanteste Teil der – gefühlt Jahre währenden – Unterhaltung mit Nadine kam, als sie ihm von ihrer Leidenschaft für Indien erzählte. Sie war im Urlaub oft dorthin gereist, hatte viel vom Land gesehen und war Buddhistin geworden. Thomas hatte einen Dicken-Witz über Buddha gemacht und sich daraufhin einen langen Vortrag angehört. Darüber, dass die bekannten Buddha-Statuen nicht den eigentlichen, ursprünglichen Buddha zeigten, der den Buddhismus begründet hatte, sondern einen anderen, späteren Buddha. Sie hatte ihm Fotos von Siddhartha Gautama gezeigt. Natürlich nur von Statuen, die ihn zeigten. Eine Menge Fotos. Das ernste Gesicht mit der geraden Nase hatte sich ihm eingeprägt.

Jetzt erkannte er ihn sofort. Den Mann, der da vor Thomas auf der Podest saß, konnte man nicht verwechseln. Die weichen Gesichtszüge, die aufmerksamen und freundlichen Augen, die einen Menschen scheinbar mühelos durchleuchten konnten. Dazu die schwarzen Haare, zu einem Dutt verschnürt. Thomas versuchte fieberhaft, sich an Details zu erinnern, die ihm Nadine über Buddha und seine Lehren erzählt hatte. Er war so eine Art heiliges Vorbild gewesen, oder? Was gab es sonst, was er über den Buddhismus wusste? Es ging viel um Askese und man wurde immer wiedergeboren, bis man einen schwer erleuchteten Zustand erreichte. Half ihm das jetzt etwas?

»Thomas Schulter«, sagte der Mann auf der Empore mit dröhnender, tiefer Stimme. »Sind Sie den Lehren des Buddhismus immer treu geblieben?«

Vor dem Mann lag auf dem Tisch eine verschlossene Akte. Thomas wusste intuitiv, dass dort Dinge über ihn drinstanden. Lügen würde keinen Zweck haben. Eingeschüchtert schüttelte er den Kopf.

»Nein, Herr, äh, Buddha«, sagte er.

Die Gottheit ließ das unkommentiert.

Thomas überlegte nicht lange und stellte die Frage, die ihm auf der Zunge lag: »Warum kann ich Sie verstehen? Haben Sie nicht in Indien gelebt?«

Buddha lächelte.

»Ich habe schon an vielen Orten gelebt«, sagte er. »Und Sie können mich verstehen, weil ich Ihre Sprache spreche, wie ich auch viele andere Zungen beherrsche. Es ist in den nach-irdischen Gebieten alles sehr einfach zu lernen. Auch Sprachen, das werden Sie noch feststellen, falls Sie ein interessierter Mensch sind. Das sind leider wenige. Wir sind bei Gerichtsverhandlungen und zu ausgewählten anderen Anlässen verpflichtet, in der Sprache des Angeklagten oder des Antragstellers zu sprechen. Eine von diesen lästigen Sonderkommissionen hat das vor Jahren so festgelegt, weil es aus Verwaltungsgründen einfacher war, aber ich denke, es ist eine der besseren unter den zahlreichen Regelungen.«

Ein Moment der Stille trat zwischen ihnen ein.

»Was haben Sie in ihrem Leben Edles und Rechtes geleistet?«, fragte Buddha dann, als er sich wieder auf sein Verhör besonnen hatte.

Thomas schwieg und blickte zu Boden. So wirklich Gutes hatte er nichts getan, wenn er es genau bedachte. Er hatte eben gearbeitet, ein bisschen gefeiert und vor sich hingelebt.

»Was hat Sie zum Buddhismus gebracht?«, fragte Buddha. Sein Ton schwankte zwischen Langeweile und Genervtsein, was Thomas bei einem Erleuchteten etwas befremdlich fand.

»Also, genau genommen …« Thomas wand sich. »Eigentlich bin ich kein Buddhist.«

»Ach, Sie sind auch einer von diesen zufällig Zugewiesenen?«, fragte Buddha und rieb sich nachdenklich am Kinn.

Jetzt schlug der Mann die Akte auf, die vor ihm lag, und blätterte sie durch. »Sie haben es ja ganz schön krachen lassen in der letzten Woche«, bemerkte Buddha. »Mehrfacher Diebstahl, versuchter Raub, Prügeleien. Davor war ihr Leben doch ganz in Ordnung, nach dem, was hier steht. Friedlich und moralisch weitgehend unproblematisch, steht hier.«

»Ich war auch ein wenig asketisch«, wagte Thomas einzuwerfen. Er dachte an seinen Hunger, während er durch Berlin geirrt war.

»Soweit ich das hier sehen kann, haben Sie viel Bier getrunken in dieser Zeit. Versuchen Sie witzig zu sein?«, fragte Buddha in gereiztem Ton.

»Ich, äh…« Thomas wusste nicht, was er sagen sollte. Das Gespräch war ihm völlig entglitten.

Buddha wies mit dem Finger zur Tür und rief: »Raus hier! Und lassen Sie sich hier nicht mehr blicken.«

Thomas stand auf und ging zur Tür. Dort drehte er sich noch einmal um.

»Heißt das jetzt, ich darf in den Himmel? Und wohin muss ich da jetzt?«, fragte er.

»Ja, ja. Sie dürfen von mir aus in den Himmel«, sagte Buddha stöhnend. »Aber bitteschön in den für Christen, nicht in meinen. Soweit kommt's noch.«

Entnervt setzte er seine Unterschrift in die Akte.

Thomas trat vor die Tür und verschwand. Er hörte gerade noch, wie Buddha vor sich hinbrummelte: »Hoffentlich kommen nicht noch mehr von der Sorte.«

68 / DANIELA

»Ich hatte sogar noch vor, einmal im Leben den Jakobsweg zu gehen mit meinem Freund Daniel. Also zu dem Zeitpunkt war es mein Freund. Wir haben uns getrennt. Aber leider bin ich wegen dem Streit mit Daniel und den verstopften Straßen nicht mehr rechtzeitig angekommen. Ich hatte mich sehr auf Santiago de Compostela und die Kathedrale gefreut.«

Daniela war begeistert. Gott persönlich richtete über sie und er sah genau so aus, wie sie ihn sich immer vorgestellt hatte. Bärtig, weise und erhaben.

»Ich bin in den vergangenen Jahren so oft ich nur konnte in die Kirche gegangen«, fuhr Daniela fort, »habe ein bescheidenes Leben geführt und so oft ich konnte gebetet. Ich …«

Sie hielt inne, als sie bemerkte, dass Gott die Hand gehoben hatte, als hätte er eine Frage.

»Ich habe schon in Ihrer Akte gelesen, dass Sie ein großer Kirchen- und Bibelfan sind. Ich hatte schon viele von solchen Leuten heute. Wenn ich ehrlich bin, und was bleibt mir als Gott denn anderes übrig als ehrlich zu sein, ermüdet es mich ein bisschen«, sagte Gott. Er massierte sich die Nasenwurzel.

»Aber wir machen all das doch für Sie«, sagte Daniela.

»Schon, aber was denken Sie denn eigentlich von mir? Glauben Sie denn, es ist mir wichtig, dass alle auf Holzbänken herumsitzen und ihre Zeit mit langweiligen Predigten und schiefen Liedern verschwenden? Diese ganzen Gottesdienste sind so spaßbefreit. Nicht alle natürlich, aber furchtbar viele. Ich kriege Kopfweh, wenn ich daran denke. Dieses humorlose Gepredige, alles ist so streng. Gott will dies, Gott will das. Als hätten die Priester die Weisheit mit den Löffeln gefressen. Könnte man doch mal in Frage stellen, ob das alles so stimmt. Dann das Zölibat. Was soll das denn für ein Vorteil für mich sein, wenn ›meine‹ Leute keinen Sex haben? Kein Mord und Totschlag, klar. Aber kein Sex?«

Gott hatte einen richtig roten Kopf bekommen und redete sich mehr und mehr in Rage. Daniela spürte, wie Tränen ihre Wange hinunterliefen.

»Und die Kirchenoberen bereichern sich. Kaufen sich goldene Badewannen. Sammeln Geld und Schätze und erzählen, das in meinem Namen zu tun. In Gottes Namen könnte man auch nettere Sachen tun. Ein verlogener Haufen, einfach furchtbar. Bei den zehn Geboten sind ja ein paar ganz gute Sachen dabei, aber auch da wäre weniger mehr gewesen. Und die Beichte? So ein Unfug. Entweder man bereut das, was man getan hat, und akzeptiert seine Strafe oder eben nicht. Was sollen denn da ein paar ›Vater Unser‹ ändern? Man wird doch kein besserer Mensch davon.«

Daniela brach in lautes Schluchzen aus.

»Heißt das«, fragte sie, »es war alles umsonst? Ich komme nicht in den Himmel?«

Gott zog die Brauen hoch.

»In den Himmel? Doch, doch. Sie haben ja ein gutes Leben geführt. Wir lassen sogar religiöse Menschen in den Himmel. Ist halt nur ein bisschen schade um die Mühe, die Sie sich gemacht haben. In der Zeit, in der Sie gebetet haben, hätten Sie sicher Sinnvolleres tun können. Aber gut, wenn es Ihnen gefallen hat … Ich unterschreibe hier noch schnell und schon geht es für Sie weiter.« Er räusperte sich. »Entschuldigen Sie, dass ich gar so laut geworden bin. Sie waren ja keiner der Entscheider in der Kirche.«

Daniela wischte sich die Tränen weg. Sie war erleichtert, aber auch eingeschüchtert von dem Vortrag. Dann kam ihr ein Gedanke.

»Wissen Sie, was aus Daniel geworden ist? Meinem Freund.«

Gott bat sie, kurz zu warten, und ging aus dem Raum. Als er wiederkam, berichtete er: »Dieser Daniel befindet sich derzeit noch im Wartebereich, er wird aber letztlich ebenfalls in den Himmel kommen, soweit ich es auf die Schnelle erkennen konnte. Ein kleiner Abstecher in die unteren Gefilde ist möglich, je nachdem, ob er Reue zeigt – vielleicht ein paar Tage. Wollen Sie ihn gerne treffen? Das lässt sich arrangieren, sobald Sie da sind.«

Daniela schüttelte den Kopf.

»Nein, ich will ihn nie wiedersehen«, sagte sie.

Gott nickte. »Dann lassen Sie Ihre Adresse aus den Büchern löschen, wenn Sie angekommen sind. Das ist kein Problem. Genießen Sie Ihre Zeit im Himmel, anstatt noch mal zu beten. Tun Sie sich den Gefallen.«

Damit setzte er seine Unterschrift und Daniela verschwand.

69 / RON

Die Anzeige meldete »M17 – 13.577«. Die letzte Nummer vor ihm. Ron machte sich bereit. Seit Jenny weg war, hatte sich die Zeit noch mehr in die Länge gezogen. Hier schienen bei niemandem Armbanduhren oder Handys zu funktionieren, somit wusste auch niemand, wie viel Zeit tatsächlich verging. Es fehlte darüberhinaus jede Möglichkeit, sich zu beschäftigen. Ron dachte an Jenny und die turbulente letzte Woche, die sie erlebt hatten, in Frankfurt, Hannover und Berlin. Schließlich der Streit mit Achim und Jack und diese grauenhafte Kongress-Party. Zum Schluss die kurze, gemeinsame Zeit an der Ostsee.

Verschiedene Nummern mit anderen Anfangskombination aus Buchstaben und Ziffern wurden angezeigt. Dann passierte zum ersten Mal minutenlang nichts. Ron trommelte mit den Fingern auf seinem Bein. Wieder ertönte ein Gong. Es erschien die Nummer »M17 – 13.579«. Er starrte auf die Nummer und konnte es nicht begreifen. Das war doch falsch! Da musste eine Acht am Ende stehen. Er verschwand auch nicht. Eine Weile blieb er einfach sitzen, bis auch die Endnummern 80 und 81 aufgerufen worden waren. Er blickte verzweifelt nach links und rechts. Wohin sollte er sich wenden?

Er stand auf und lief die Gänge entlang. Hatte er etwas falsch gemacht? Immer wieder sprach er Leute an und fragte sie, ob sie eine Information oder sowas gesehen hatten, doch da jeder nur an seinem Platz saß und wartete, waren die Antworten karg. Es gab keine Hinweisschilder, nicht ein einziges. Er hastete Gang um Gang entlang. Das Ganze schien ein unendliches Labyrinth zu sein, das nur dazu gedacht war, die Wartenden aufzunehmen. Wo er sich nun befand, leuchteten die Aufrufe mit einem Buchstaben und dreistelligen Zahlenkombinationen an den Tafeln. Er musste weit gelaufen sein, doch noch immer hatte er nichts gefunden, das ihm weiterhalf. Musste er jetzt für immer hier herumirren? Die Angst in ihm wuchs mit jeder Abbiegung, hinter der wieder nur Enttäuschung lag.

Als er in einem ansonsten verlassenen Gang endlich fand, was er suchte, war der Schweiß von seinem anfänglichen Gerenne schon wieder fast vollständig getrocknet. Hier waren keine Anzeigetafeln zu sehen, dafür das internationale Symbol dafür, dass man dumme Fragen stellen durfte: Ein blauer Kreis mit einem weißen kleinen »i« darin war neben einer Tür abgebildet. Es war reiner Zufall, dass er in diesen Gang gebogen war, er musste schon vor Stunden die Orientierung verloren haben. Ein kleiner, geschäftig wirkender Mann stand hinter einem breiten Empfangstresen. Seine Miene war ernst und gewichtig. Er trug einen Anzug mit Weste und Krawatte und sah aus wie der Portier eines feinen Hotels. Seine schwarzen Haare waren nach hinten gegelt. Um ihn herum lagen jede Menge Blätter auf der Arbeitsplatte ausgebreitet. Als Ron eintrat, blickte er auf und begrüßte ihn in einer Sprache, die Ron nicht verstand. Er deutete zur Seite.

»Es tut mir leid«, sagte Ron verzweifelt. Er spürte, dass er kurz davor war, zusammenzubrechen. »Ich verstehe Sie nicht. Sprechen Sie Deutsch oder Englisch?«

Für einen winzigen Moment blitzte ein Lächeln auf dem Gesicht des Mannes auf. »Selbstverständlich. Ich spreche jede Sprache, die vonnöten ist. Auch alle Dialekte, falls Sie diesbezüglich Wünsche haben«, sagte er.

Er blickte Ron auffordernd an, doch der interessierte sich nicht im Geringsten für Dialekte.

»Meine Nummer ist nicht aufgerufen worden«, sagte Ron.

Wieder deutete der Mann nach rechts.

»Wenn Sie ein Anliegen haben, ziehen Sie bitte eine Nummer«, sagte der Mann freundlich. Ron sah sich um. Es war niemand außer ihm im Raum.

Folgsam ging er in die gezeigte Richtung zu einem schneckenförmigen Ausgabegerät und zog daraus einen weißen Zettel, auf dem die Nummer 178 stand. Dann sah er den Mann im Anzug fragend an. Der nickte und betätigte einen Knopf. Eine Klingel ertönte.

»Die Nummer 178 bitte!«, rief der Mann.

Ron kam sich vor wie im falschen Film, lief aber brav zurück zum Empfangstresen und gab die Nummer ab.

»Wie kann ich Ihnen helfen?«, fragte ihn der Mann.

»Meine Nummer ist nicht aufgerufen worden«, wiederholte Ron.

»Da irren Sie sich. Ich habe eben die 178 aufgerufen. Sonst stünden Sie nicht vor mir.«

»Äh, ja. Natürlich. Aber diese Nummer hier …« Ron legte den Zettel mit dem Ausdruck »M17 – 13.578« auf die vollgestopfte Arbeitsplatte.

Der Mann vor ihm betrachtete den Zettel und sah dann in seinem Computer nach.

»Die liegt ja schon ewig zurück«, sagte der Mann dann mit skeptischem Blick, »der Verwaltungsvorgang ist längst abgeschlossen.«

»Na, ich musste ja auch erst mal in den tausend Gängen diesen einen Raum hier finden«, rechtfertigte sich Ron.

Der Mann verzog keine Miene, obwohl Ron seine Stimme erhoben hatte. »Es sind weit über tausend Gänge. Wenn man die abläuft, da wird man ja verrückt. Warum haben Sie denn nicht einfach um Hilfe gerufen? Dann wären sie auch hier gelandet«, sagte der Mann irritiert.

Ron erbleichte. »Das wusste ich nicht«, sagte er.

»Mit einer so weit zurückliegenden Nummer können wir Sie jetzt natürlich nicht mehr eintakten, da gerät nur alles durcheinander«, sagte der Mann.

Er hob beschwichtigend die Hände, als er sah, dass Ron drauf und dran war, durchzudrehen.

»Ich schicke Sie mal zu meinen Kollegen. Ich kann Sie von hier aus nicht exakt an die richtige Stelle bringen, aber treten Sie einfach hier in den Aufzug.« Er zeigte auf eine Tür neben seinem Tresen. »Wenn sich seine Tür wieder öffnet, einfach den Gang hinunter und dann biegen Sie links ab. Zimmer XX01, kaum zu verfehlen. Ach, warten Sie, ich komme schnell mit.«

70 / JUSTUS

Der junge Mann gab ihm die Hand, als Justus durch die Tür kam. Er hatte einen Händedruck wie ein feuchter Aal.

»Ich heiße Ole«, sagte er. »Setzen Sie sich schon mal. Der Tag war voll anstrengend, ich brauche erstmal eine kleine Pause, dann machen wir weiter.«

Er lachte dümmlich. Justus war sich nicht sicher, ob es ein Scherz war, aber er nahm auf dem Holzstuhl Platz. Wieder sitzen, wieder warten. Hatte er das nicht in diesem öden Wartebereich schon genug getan? Julia war beizeiten von seiner Seite geholt worden und dann hatte er da die Zeit totgeschlagen. Er hatte sich für niemanden genug interessiert, um ein Gespräch anzufangen, es gab keinen Fernseher, keine Bücher. Und hier vor allen Leuten Sport zu machen, um sich abzulenken, war ihm zu peinlich gewesen. Nachdem ein Versuch, zur Entspannung zu meditieren, wegen der ständig tönenden Glocke fehlgeschlagen war, war er letzten Endes bloß dagesessen und hatte sich bemüht, über die letzten Tage nachzudenken. Und jetzt war er endlich dran, endlich beim Jüngsten Gericht angekommen, auch wenn es ihm mehr als befremdlich vorkam, dass der Richter sich als so ein junger Bursche herausstellte. Sicher arbeitete er nur stellvertretend.

Ole hatte sich ebenfalls gesetzt und seine nackten Füße auf den schrägen Tisch vor sich gelegt. Er las in einem Comicheft, dessen Umschlag knallbunt war. Schuhe und Socken ruhten neben seinem Stuhl auf dem Boden. So benahm man sich doch nicht anderen Leuten gegenüber, schon gar nicht vor Gericht. Justus dachte an Julia, die jetzt sicher schon ihre Zeit im Himmel genoss. Er überlegte, wie wohl der Himmel aussah. Seine Vorstellungen schwankten zwischen Landschaft aus Zucker, die in Regenbogenfarben leuchtete, und wunderschönen Stränden. Wohnte man in den Wolken? Die Minuten vergingen und Justus ärgerte sich mehr und mehr. Das Jüngste Gericht hatte er sich wirklich seriöser vorgestellt. Justus räusperte sich. Ole ließ sich nicht beirren und las weiter.

»Können wir dann bitte anfangen?«, fragte Justus, nachdem noch mehr Zeit ins Land gegangen war.

Ole sah auf. »Mach dich mal locker«, sagte er. »Geht bald los.«

Wenn er genervt war, duzte er wohl lieber, als höflich zu sein, dachte Justus. Ole las weiter. Sonst geschah nichts.

Justus fühlte sich schlecht behandelt und ärgerte sich.

»Ich verlange, dass es jetzt losgeht«, sagte er bestimmt.

Ole legte seinen Comic zur Seite und blickte ihn ernst an.

»Wenn du willst, kann ich dich auch gleich in die Hölle schicken, da habe ich gar kein Problem damit, Pappnase«, sagte er.

»Sie müssen nicht gleich unhöflich werden«, sagte Justus, »ich möchte Ihren Vorgesetzten sprechen.«

»Du bist Heide«, sagte Ole achselzuckend. Er lächelte überlegen.

»Atheist, bitte«, sagte Justus.

»Auch egal. Auf jeden Fall ist kein Gott für dich zuständig und somit interessiert sich auch keiner dafür, wie es dir ergeht. Für dich gibt es hier keine höhere Instanz als mich. Aber gut, fangen wir an, wenn es dir so wichtig ist«, sagte Ole.

Er öffnete eine braune Akte, die vor ihm lag und las kurz darin. Dann blickte er auf und kicherte.

»Du bist schon Justus Dona, oder?«, sagte er mit einem breiten Grinsen.

»Ja, wieso?«, fragte Justus verwundert.

»Ich wollte nur sichergehen. Ich habe gerade in deiner Akte gelesen, um zu sehen, was du so getrieben hast in deinem Leben. Ganz ehrlich: Hier drinnen steht, dass du der absolute Langweiler bist«, sagte Ole und brach in übertriebenes Gelächter aus. »Hier steht als Zusammenfassung, dass dein Leben öde und völlig unkritisch war, was Sünden angeht. Klingt ja nicht so spannend. Kannst quasi froh sein, dass es jetzt vorbei ist. Muss ich dich wohl doch in den Himmel stecken. Dann kannst du dich da weiter langweilen.«

Er kritzelte seine Unterschrift in die Akte. »Hier muss ja immer jeder Mist seine Ordnung haben«, maulte er noch.

Justus verschwand, bevor er ein weiteres Wort sagen konnte.

Ole wendete sich wieder seinem Comic zu. Es ging darin um zwei tollpatschige Dalmatiner, die sprechen konnten und einander auf immer abgefahrenere Arten bekriegten. Er liebte diese Geschichten.

71 / RON

Sie traten aus dem Fahrstuhl. Der Mann ging voraus, einen langen Gang entlang. Der war allerdings deutlich lichter und freundlicher als die in den Wartebereichen. Hier reihte sich eine Tür an die andere. Sie liefen erst wenige Meter, als Ron eine vertraute Stimme hörte, die er nicht auf Anhieb identifizieren konnte.

»Es war ein Unfall!«

Eine tiefere, wütende Stimme entgegnete: »Selbst, wenn ich die Fakten in Ihrer Akte zu Ihrem Vorteil auslege, ist es immer noch Totschlag, Herr Heller. Und Sie haben einen anderen die Strafe absitzen lassen. Dazu kommt der Mord.«

»Aber das war doch … also …«, sagte die erste Stimme wieder.

Ron war stehengeblieben und blickte durch die halboffene Tür in den Raum. Genau, wie er gedacht hatte: Es war Jacks Stimme. Aber wieso nannte ihn der Mann Heller? Er hieß doch Rodman mit Nachnamen. Und was war das von wegen Mord? Ron versuchte noch, das alles zu begreifen, da zog ihn der Anzugträger nach einem Blick auf seine goldene Taschenuhr schon am Arm weiter.

Wenige Augenblicke später standen Ron und er in einem Büro vor einem weiteren Mann, dessen Gesicht ihn schwer an einen Maulwurf erinnerte. Einen sehr bleichen Maulwurf. Die Brille mit den kleinen Augen verstärkte den Eindruck. Als er ihm die Sache mit seiner Nummer erklärt hatte, rieb sich der Mann übers Kinn.

»Ja, da weiß ich jetzt auch nicht so genau«, sagte er. Er kramte eine Weile in seinen Unterlagen. »Für Sie wäre Kuno zuständig gewesen, der ist etwas wirr gelegentlich, muss ich leider sagen. Ich bin gleich wieder da.«

Der Maulwurf lief aus dem Raum und kam kurze Zeit mit einem schmächtigen Mann wieder. Die beiden redeten leise mit dem Anzugträger, der Ron hergebracht hatte. Aus den Unterhaltungen hörte Ron heraus, dass der Schmächtige eben jener Kuno war. Sie diskutierten hin und her, offenbar wusste niemand so genau, was sie jetzt mit Ron anstellen sollten. Plötzlich fiel sein Blick auf einen Namen, der ihm nur zu vertraut war. Er wandte sich an den Maulwurf.

»Da steht der Name meiner Freundin. Wissen Sie, wo sie jetzt ist?«, fragte Ron.

Ron deutete auf eine der Akten, die neben ihm auf einem unordentlichen Stapel lagen. Der Maulwurf zog die Akte heraus, studierte sie kurz, dann erhellte ein Lächeln sein Gesicht.

»Ich erinnere mich. Eine sympathische junge Frau, ja, die ist in Sektor 7754A, um genau zu sein. Im Himmel des Christentums, falls Sie damit etwas anfangen können«, antwortete er.

Der Maulwurf schrieb etwas auf einen Zettel und hielt ihn diesem Kuno und dem Anzugträger unter die Nase. Sie nickten. Dann gingen die beiden und Ron blieb mit dem Herrn des kleinen Büros zurück. »Wir haben versucht, auf die Schnelle eine sinnvolle Lösung zu finden. Zu Ihrem Glück, möchte ich sagen, haben sich Kuno und auch Walter meiner Ansicht angeschlossen. Wenn Sie nichts dagegen haben, schicke ich Sie einfach zu Ihrer Freundin und wir lassen die ganze Sache gut sein«, sagte er.

Ron fiel ein großer, schwerer Stein vom Herzen. Während der Maulwurf noch allerhand Papiere ausfüllte, kam ihm eine Frage in den Sinn: »Gibt es hier eigentlich keine Frauen, die arbeiten? Die Mitarbeiter, die ich bis jetzt gesehen habe, waren alle Männer, und die Götter, die mir einfallen, sind auch fast alle männlich dargestellt.«

Der Mann sah gar nicht erst von dem Formular auf, das er gerade ausfüllte.

»Stimmt schon. Das ist historisch so gewachsen. Wir versuchen schon lange, das zu ändern, aber es geht nichts voran. Es gibt da kein Interesse, wie es scheint. Wenn Sie hier in der Verwaltung eine Frau finden sollten, sagen Sie mir Bescheid«, antwortete er. Er lachte auf. »In Himmel und Hölle gibt es natürlich jede Menge Frauen und es arbeiten auch welche in vielen anderen Positionen. Hier leider nicht. Würde mich ehrlich nicht stören.«

»Muss man denn noch arbeiten, wenn man im Himmel ist?«, fragte Ron. Die Frage, ob das Arbeiten in der hiesigen Verwaltung als Teil von Höllenstrafen gesehen wurde, ging ihm durch den Kopf. Er traute sich nicht, sie zu stellen.

»Man muss nicht. Wer will, der kann. So ist es mit fast allem. Man muss auch nicht essen. Aber wer möchte, der darf. So«, er blickte auf, »ich bin dann fertig mit Ihnen. Viel Vergnügen.«

Er stempelte Rons Akte.

»Vielen Dank«, sagte Ron und verschwand in Richtung Jenny.

72 / JACK

Jack hatte auf dem Stuhl Platz vor Gott genommen.

»Sie haben ein sehr sündiges Leben gelebt, Herr Heller«, sagte Gott voller Ernst.

»Könnten Sie mich bitte Rodman nennen? Jack Rodman ist mein richtiger Name. Den anderen habe ich vor langer Zeit abgelegt«, sagte Jack.

»Ihr bürgerlicher Name ist Sven Heller«, sagte Gott, »bloß weil Sie sich eine falsche Identität zugelegt haben, sind Sie kein anderer Mensch. Und nehmen Sie den Hut ab. Fangen wir in chronologischer Reihenfolge an mit Ihren schwersten Sünden. Da wäre der Tod ihrer Ex-Freundin.«

»Es war ein Unfall!«, rief Jack.

»Selbst wenn ich die Fakten in Ihrer Akte zu Ihrem Vorteil auslege, ist es immer noch Totschlag, Herr Heller«, erwiderte Gott wütend, »und Sie haben einen anderen die Strafe absitzen lassen. Dazu kommt der Mord.«

»Aber das war doch … also …«, stotterte Jack.

»In jedem Fall war Ihr Umgang mit dem Tod Ihrer Freundin, selbst wenn es nicht Ihre Intention war, sie zu töten, niederträchtig. Dass es nicht Ihre Intention war, mag ich sogar glauben, im Zweifel für Sie. In den Jahren danach haben Sie mehrfach im betrunkenen Zustand Frauen geschlagen, Sie haben gestohlen und betrogen. Was für ein trauriges Leben«, sagte Gott und sah verärgert aus.

»Und was ist mit Ihnen?«, fragte Jack und verschränkte die Arme. »Sie haben Milliarden Menschen unter furchtbaren Umständen sterben lassen. Krankheiten und Leid verursacht. Wo ist denn da Ihre Strafe?«

Gott blickte ihn einen langen Augenblick an. Jack fragte sich, ob er zu weit gegangen war. Aber was hatte er schon zu verlieren?

»Wir haben viele schlechte Entscheidungen getroffen, das bestreite ich nicht. Und wenn ein Gott eine dumme Entscheidung trifft, ist die Tragweite enorm. Damit werden wir uns auch beschäftigen müssen im Laufe der Zeit und uns für unsere Fehler eines Tages verantworten. Aber darum soll es heute nicht gehen. Heute und hier soll sich unser Gespräch um Sie drehen, Herr Heller.«

»Herr Rodman, bitte. Oder Mister Rodman, wie es Ihnen beliebt«, sagte Jack.

Gott nickte nur, ging aber nicht weiter darauf ein.

»Warum haben Sie den Mann umgebracht? Diesen Robert Hanglmeier, meine ich«, fragte Gott gerade heraus.

Einen Moment sortierte Jack seine Gedanken, dann begann er zu reden.

»Ich war die letzten Monate mit einer Frau zusammen, müssen Sie wissen. Die hieß Niki. Eine heiße Frau. Vielleicht nicht die hellste Kerze auf der Torte, aber wir hatten Spaß. Haben eine Weile zusammengelebt, sie ist mit auf Tour gefahren. Tolle Frau, dachte ich. Und am Montag, als diese Meldung in den Nachrichten kam, dass die Welt untergeht, wollte sie mir noch was erzählen. Ihr Gewissen reinwaschen, bevor sie stirbt. Sie hatte mit meinem Manager gevögelt und das wohl schon eine ganze Weile. Fand ich jetzt nicht cool.«

Gott massierte sich müde die Schläfen. Jack erzählte weiter.

»Aber wer bin ich, sie zu bestrafen? Ich habe sie in der Zeit, die wir uns kannten, auch etliche Male betrogen, einmal mit zwei Frauen gleichzeitig. Durch ihre Affäre wusste sie, dass mich mein Manager, Rob, um fast zwei Millionen beschissen hatte. Der vertritt mich seit knapp zwei Jahren, seit mein alter Manager keinen Bock mehr auf mich hatte. Rob ist so ein bulliger Typ mit Glatze. Immer in Nadelstreifen. Und Niki hat mir erzählt, dass er richtig damit angegeben hat, wie viel Kohle er an mir vorbeigeschleust hat. Da habe ich eine Stinkwut bekommen und gedacht, wenn die Welt untergeht, ist doch eh alles egal. Niki hat mich rausgeworfen, als ich erzählt habe, dass ich sie auch betrogen hab. Und weil ich ihr saftig eine runtergehauen habe. Da habe ich mir ein Messer aus der Küche geschnappt, um Rob zu besuchen. Draußen habe ich zwei Typen getroffen und die konnten mich ein Stück mitnehmen, das kam mir ganz gelegen. Dann bin ich eben Rob besuchen gegangen mit meinem Messer. Für einen Faustkampf hätte es bei mir nicht gereicht.« Er grinste.

»Ich sehe schon, in Ihnen ist keinerlei Reue. Sie kommen erstmal auf unbestimmte Zeit in die Hölle. Bei Stufe 3, Mister Rodman«, sagte Gott. Er betonte den Nachnamen überdeutlich. »In vier Jahren sehen wir uns wieder«, fuhr Gott fort und notierte das Urteil in der Akte, »dann schauen wir, ob sich Ihre Einstellung geändert hat und ich entscheide nochmal über Dauer und Härte der Strafe. Versuchen Sie sich klarzumachen, was Sie getan haben. Ohne ehrliche Reue könnte es für Sie sonst eine sehr ungemütliche Ewigkeit werden.«

73 / THOMAS

Thomas blickte aus dem Fenster auf die vorbeieilende Landschaft. Egal ob als Kind oder als Erwachsener, er hatte sich immer mal wieder ausgemalt, wie der Himmel für ihn aussehen müsste. Aber so hatte er ihn sich sicher nicht vorgestellt. Es war so unspektakulär. Nichts mit Wolkenschlössern, fliegenden Menschen und Harfe spielenden Engeln. Soweit er es bis jetzt verstehen konnte, war der Himmel eine verbesserte Nachbildung der Erde. Die Größenverhältnisse und Entfernungen stimmten nicht mehr überein. Und so konnten verschiedene Völker und Religionsgemeinschaften je nach Wunsch in identisch aussehenden Gebieten leben, ohne sich je zu begegnen, wenn sie es nicht wollten. Wenn doch, war aber jede Entfernung nur ein Katzensprung. Transportmittel waren Züge, die auch zwischen den verschiedenen Himmeln verkehrten. Damit Ordnung herrschte. Man hatte es ihm erklärt, dennoch verstand er es nicht wirklich. Alles war ein wenig ruhiger und friedlicher, als er es gewohnt war. In Berlin war er kurz nach seiner Ankunft – oder Rückkehr, je nachdem wie man es betrachten wollte – in ein Restaurant gegangen, das von einem Ehepaar betrieben wurde, gemeinsam mit freiwilligen Helfern. Niemand verspürte Hunger im Himmel, dennoch hatten viele Appetit. Essen war ganz normal möglich, zumindest fühlte es sich so an und schmeckte so wie auf der Erde. Man musste aber nie aufs Klo. Das war sicher schade für ein paar Fetischisten, doch Thomas fand das sehr praktisch. Das Restaurant, in dem er gegessen hatte, war Abend für Abend gut gefüllt. Von außen konnte das Lokal kaum mehr als fünfzig Gästen Platz bieten, doch innen erstreckte es sich einfach immer weiter. Eine seltsame Angelegenheit war das. Und nun saß er in einem Zug von Berlin nach Frankfurt am Main und benötigte nur wenige Minuten dafür. Er würde noch lange brauchen, um sich daran zu gewöhnen.

Als er in Frankfurt ausstieg, fragte er sich durch, bis er das Gebäude gefunden hatte, in dem die Verzeichnisse aufbewahrt wurden, das hiesige »Haus der Bücher«. In allen Städten und Dörfern gab es solche Sammlungen von Verzeichnissen, damit die Leute, die dort gewohnt hatten, gefunden werden konnten. Viele Menschen waren auf der Suche nach Verwandten und Freunden, die sie entweder im Zuge des Jüngsten Gerichts aus den Augen verloren hatten oder die vor ihnen gestorben waren und nun sonst wo wohnen konnten. Auch hier war das Haus der Bücher gut besucht. Es war ein alter gotischer Bau voller Fenster mit schönen Spitzbögen, dessen Außenwänden allerdings Reinigung oder ein neuer Anstrich gutgetan hätte. Überall saßen oder standen Menschen mit einem der zahlreichen Bände in der Hand. Die Bände F-J waren im zweiten Stock aufbewahrt. Warum es nicht einfach ein digitales Verzeichnis mit Suchfunktion gab, konnte Thomas nicht verstehen. Vielleicht aus Tradition, vielleicht aus anderen Überlegungen heraus – so waren es eben viele Bücher pro Buchstabe, die sich, ebenso wie die vorhandenen Kopien für jeden Buchstaben, auf eigentümliche Art selbst aktualisierten.

Sofern man nicht beantragte, aus dem Buch genommen zu werden, konnte für jeden der Sektor, in dem er derzeit wohnte, nachgelesen werden. Im Raum mit den Bänden F-J fiel Thomas ein Mann auf, der ihm bekannt vorkam. Er sah schick aus, war gut gekleidet, also vermutlich keiner seiner Kunden aus dem Geschäft. Ein Bekannter von Julia? Vielleicht ein Versicherungsvertreter? Jemand von denen, die er in Berlin kennengelernt hatte? Er kam einfach nicht drauf. Es dauerte nicht lang, bis er den richtigen Band gefunden hatte, dann suchte er den Eintrag für »Hofer, Julia« und fand sie auch schnell. Hinter ihrem Namen stand »Hölle – Stufe 2«. Thomas drehte sich der Magen um. Sie waren zwar nicht gerade im Guten auseinandergegangen, aber er hätte Julia nichts Schlechtes gewünscht. Was sollte er jetzt tun? Weiter als bis zu dem Punkt, an dem er Julia finden und um Verzeihung bitten würde, hatte er nicht gedacht. Sein Blick fiel erneut auf den schick gekleideten Herrn, der denselben Band in der Hand hatte wie er. Thomas ging zu ihm.

»Entschuldigung, haben Sie mal in der Notaufnahme in Frankfurt gearbeitet?«, fragte er, einer plötzlichen Eingebung folgend.

Ein freudiges Lächeln glitt über das Gesicht des Mannes. Er streckte Thomas zur Begrüßung die Hand entgegen.

»Ja, ich heiße Dona, Justus Dona. Habe ich Sie mal behandelt?« Dann erst erkannte er Thomas und mit einem Schlag wurde er feuerrot im Gesicht.

74 / GOTT

Gottes Büro war heute ungewöhnlich voll. Neben ihm saß Jesus im Gästesessel.

»Uns sind beim Ablauf des Jüngsten Gerichts ein paar Dinge aufgefallen«, wandte sich Gott in scharfem Ton an die fünf Menschen, die vor seinem Schreibtisch standen. Er hatte ihnen keinen Platz angeboten. Vier der Menschen sahen auch schuldbewusst aus, nur einer grinste einfältig mit offenem Mund. Wie immer.

»Das hat es für mich nötig gemacht, Nachbeurteilungen auszusprechen und mehrere eurer Urteile zu revidieren, ins Gute wie ins Schlechte«, sagte er. »Für die Betroffenen, meine ich. Es gab einige der Helfer, bei denen Urteile nicht ganz meiner Vorstellung entsprachen, aber bei euch fünf war die Quote ehrlich furchtbar. Ole, du hast eine Frau mittleren Alters beurteilt.« Gott suchte nach dem Namen auf einem Zettel vor sich. »Ursula Sommer, eine Politesse aus Berlin, der man keine Mitschuld am Tod ihres Vaters zur Last legen kann, nur weil sie schlechte Gedanken hatte, und die voller Reue für diese Gedanken war, hast du zu mehr als zwei Jahren bei Stufe 3 verurteilt. Das ist völlig inakzeptabel. Du hast einen Familienvater von seiner Familie getrennt, weil er mal ein paar Kaugummis gestohlen hat. Und die Liste solcher Urteile von dir ist lang. Du hast bei deinen 112 Beurteilungen 105 in die Hölle geschickt. Nachdem ich mir die Urteile und die Leben der Menschen nochmal angesehen hatte, sind davon 76 in den Himmel gekommen, auch die Politesse und der Familienvater. Spar dir dein unsägliches Grinsen, du hast fahrlässig Leid verursacht und ich bin nicht weit davon entfernt, dich selbst mal ein paar Tage die Hölle ausprobieren zu lassen, zur ausgleichenden Gerechtigkeit.«

Für einen Moment war das überhebliche Grinsen in Oles Gesicht wie weggeblasen, es kehrte jedoch augenblicklich zurück, als Gott hinzufügte: »Fürs Erste lasse ich dich aber hier«, und sich den anderen zuwandte.

»Auch ihr, Kuno, Heinz, Markus Maria und Herbert«, sagte er, »ihr habt unzuverlässig gearbeitet, Termine verpatzt, offensichtlich falsche Entscheidungen getroffen und damit Frust und Ärger bei den betroffenen Menschen, Aufwand für die Verwaltung und nicht zuletzt Aufwand für mich verursacht. Auch wenn ein paar Fehlurteile sicherlich den mangelhaften Zusammenfassungen der Menschenleben geschuldet sind. Damit werden wir uns ein anderes Mal befassen müssen. Zur Strafe seid ihr alle für jegliche Arbeiten in den nächsten drei Monaten gesperrt, und weil ich weiß, dass ihr fünf gerne Beschäftigung habt, bin ich mir sicher, dass euch das Strafe genug sein wird.« Er deutete zur Tür. »Ihr könnt euch jetzt aus dem Staub machen, bis auf dich, Ole. Dich hätte ich gerne noch kurz gesprochen.«

Als die anderen vier die Tür hinter sich geschlossen hatten, sagte er in ernstem Ton: »Was ich in den Protokollen deines Gerichtssaals gelesen habe, gefällt mir gar nicht. Die anderen waren fahrlässig, bei dir glaube ich, dass du mutwillig boshaft warst. Du stehst ab sofort unter besonderer Beobachtung. So etwas wollen wir hier nicht. Beim kleinsten Fehltritt landest du eine Weile in der Hölle und die Stufe überlege ich mir dann so spontan wie du. Du kannst jetzt gehen.«

Ole sah ihn wütend an, als hätte er das Bedürfnis, Gott vor die Füße zu spucken, dann machte er kehrt und ging aus der Tür.

Gott drehte sich zu seinem Sohn, der außer finster zu blicken bisher nichts zu tun gehabt hatte, und meinte: »Ich habe durchaus

Hoffnung, dass er sich zusammenreißt, solange klar ist, wie die Strafe ausfiele. Nicht nur, weil er einen schlechten Charakter hat, sondern auch wegen seines schlechten Geschmacks bin ich froh, wenn er in den nächsten Jahrzehnten nichts mehr anrichtet. Manchmal frage ich mich, warum ich ihn überhaupt hier reingelassen habe.« Er strich sich nachdenklich durch den Bart. »Was machen die aktuellen Vorgänge in den Himmeln?«

»Bis da alles abgearbeitet ist und seinen Gang geht«, erklärte Jesus, »dauert es noch ein bisschen, gerade was die verschiedenen Anträge angeht, die die Menschen stellen. Aber ich denke, wir sind auf einem guten Weg. Es ist eben ein großer Verwaltungsakt, so viele Menschen einzugliedern. Ich werde den halben Tag mit Sonderfällen, Ausnahmen und Anfragen aller Art bombardiert, die ich kaum abarbeiten kann. Wenn das Wichtigste geklärt ist und wir mit der Konferenz zum Neustart der Erde durch sind, werde ich froh sein, ein bisschen Urlaub zu genießen.«

Jetzt war es an Gott zu grinsen.

»Und«, fragte er, »hast du schon überlegt, ob du deinen alten Herrn mit in den Urlaub nehmen willst?«

Jesus guckte ihn ungläubig an.

75 / MANFRED

Er sah, wie Helga auf einer der Ankunftsplattformen auftauchte. Wie er es vermutet hatte, ließ man sie in Rostock ankommen. Näher an ihrem eigentlichen Wohnort ging es nicht. Dass sie in den Himmel kommen würde, hatte er nie in Frage gestellt. Als sie näherkam, sah er, wie sie zögerte. Was war los? Dann erst fiel ihm auf, dass ihr Blick auf die Frau neben ihm gerichtet war. Helgas Stirn war in leichte Falten gezogen.

»Ich geh dann mal weiter«, sagte die Frau, die an seiner Seite stand. Sie hatte Helgas Blicke zweifellos bemerkt.

»Einen Augenblick, bitte«, sagte Manfred. Dann wandte er sich an seine Frau, die nur noch wenige Meter entfernt stand. »Helga, das ist Didi. Ich habe sie und ihren Freund letzte Woche getroffen, sie wohnt in unserer Nähe. Wir haben uns auch jetzt zufällig getroffen und uns ein bisschen unterhalten.«

Helgas Züge glätteten sich sichtlich und die Eifersucht verschwand aus ihrem Blick. Jetzt wusste sie auch, warum ihr die blonde Frau bekannt vorkam. Sie gab ihr die Hand. Dann verabschiedete sich Didi. Helga und ihr Mann blieben allein zurück. Er merkte, wie nervös er war. So aufgeregt war er die ganzen letzten Tage nicht gewesen. Er konnte spüren, wie sein Herz klopfte. Seine Gedanken überschlugen sich. Freute sie sich überhaupt, ihn zu sehen? Oder würde sie ihn wegschicken?

Helga zögerte einen Augenblick und lächelte, dann nahm sie ihn in die Arme.

»Schön, dass du mich empfängst«, sagte sie, »ich habe dich vermisst. Mitanzusehen, wie du stirbst, war einfach grauenhaft.«

Sie hielten einander in den Armen. Er überlegte, ob er ihr das Missverständnis mit Erna erklären sollte, das er sich erst in der Wartezeit im Himmel zusammengereimt hatte, aber dafür würde später noch Zeit sein. Vom Klang ihrer Stimme wusste er, dass sie weinte. Sie nahmen auf einer weinroten Bank ein paar Meter entfernt Platz.

»Wie lange bist du schon hier im Himmel?«, fragte Helga. »Auch gerade angekommen?«

Manfred lachte.

»Es fühlt sich ewig an. Es sind eigentlich nur zwei Tage, davor war ich in einer Gegend, die sich »Alter Wartebereich« nennt. Ich bin da mit jemandem von der Verwaltung ins Gespräch gekommen und wir haben uns gut verstanden. Der hat mir dann ein bisschen geholfen.«

»Wie meinst du, geholfen?«, fragte Helga verwundert.

»Er hat sich mit mir hingesetzt und mir in Ruhe erklärt, wie alles hier abläuft. Er hat dafür gesorgt, dass ich einer der ersten bin, die beim Jüngsten Gericht beurteilt werden, damit ich nicht so lange warten muss. Und weil ihm mein Interesse für seine Arbeit und das Arbeiten generell gefallen hat, hat er mir eine Arbeitsstelle in der Verwaltung besorgt. Das ist toll hier, sage ich dir. Die Leute arbeiten alle nicht wegen Verträgen oder weil sie Geld brauchen, sondern nur, weil sie möchten. Und trotzdem arbeiten ganz viele Leute. Ist das nicht großartig?« Er hielt einen Moment versonnen inne, als müsse er diesen Gedanken wirken lassen. »Aber genug von mir, wie geht es dir? Wie lief dein Gericht?«

Helga lächelte ihren Mann an und strich ihm über die Wange.

»Es war gut«, sagte sie, »es war ein alter Mann mit grauen Haaren, der hat sich meine Akte angesehen und gesagt, dass ich ein tadelloses Leben geführt habe. Das war natürlich schön zu hören. Und mir geht es auch sonst gut. Meine Hüfte tut nicht mehr weh, ich habe dich wieder. Ich bin zufrieden. Du musst mir später noch erklären, wie das alles hier läuft, da waren bei mir keine netten Verwaltungsmenschen, die das übernommen hätten. Aber Zeit haben wir ja wohl genug. Was für eine Arbeit hast du denn jetzt? Und wie war deine Verhandlung?«

»Mein Jüngstes Gericht war leider nicht schön«, begann Manfred zu erzählen. »Ein junger Schnösel, Markus Maria hieß er. Hat meine Akte und mich kaum angesehen und mich einfach durchgewinkt. Ich meine, das geht doch so nicht.«

Helga lachte glockenhell, so wie sie es als junge Frau getan hatte, wenn Manfred allzu ernst wurde.

Da musste Manfred schmunzeln. Und schon leuchteten seine Augen wieder vor Begeisterung. »Und die Arbeit hier macht so Spaß. Es geht bei uns um die Zuteilung von Wohnraum. Es ist zwar viel da, aber der muss organisiert werden. Wie sollen die Anträge dafür gestaltet sein? Wer darf welches Haus haben, welche Wohnung, gerade bei Streitfällen – auch sowas kommt hier manchmal vor, auch wenn die meisten Leute sehr friedlich sind. Ich habe übrigens wieder unser Haus bezogen, es ist noch genauso, wie wir es zurückgelassen haben. Sollen wir uns dahin auf den Weg machen?«

Helga nickte freudig.

»Nach deinem Tod habe ich mich nicht mehr in unser Haus getraut. Ich vermisse unser Bett und unser kleines Reich. Ich freue mich wirklich sehr, dass wir uns wiederhaben«, sagte Helga.

Dann standen sie auf und nahmen einander an der Hand. Er konnte sich beim besten Willen nicht daran erinnern, wann sie das letzte Mal so gegangen waren. Es war ein gutes Gefühl. Händchenhaltend schlenderten sie zum Bahnhof. Ihrem neuen alten Leben entgegen.

76 / JUSTUS

Die Suche nach Julia hatte sich bei Justus in den letzten Tagen zu einer fixen Idee entwickelt. Er hatte sich schnell im Himmel zurechtgefunden, war gut wieder in Frankfurt angekommen und in sein Haus zurückgekehrt. Erfreulicherweise war von den Brandschäden nichts mehr zu sehen. Mittlerweile waren auch die Nachbarn wieder da, die meisten jedenfalls. Ein paar waren vielleicht in der Hölle gelandet, mutmaßte er im Stillen. Doch egal wie lange er gewartet hatte, Julia war nicht aufgetaucht. Wo sie wohnte, wusste er nicht. Er war nie bei ihr zuhause gewesen und Telefonbuch war keins mehr aufzutreiben. Nachdem er erfolglos die Plätze abgesucht hatte, die er in Verbindung mit ihr kannte, hatte man ihn auf das Haus der Bücher und die Verzeichnisse dort hingewiesen. Dort war er schnell darauf gestoßen, dass Julia, aus welchem Grund auch immer, in der Hölle gelandet war. Als er sich an die Verwaltung wandte, hatte ihn der Mitarbeiter nur gemustert und gefragt: »Sind Sie mit der Frau verwandt oder verschwägert?«

»Nein.«

»Verheiratet?«

»Nein.«

»Gemeinsame Kinder?«

»Nein.«

»Dann darf ich Ihnen auch keine Auskunft darüber geben, weshalb sie nicht in den Himmel gelassen wurde und wie lange dies andauert.«

Doch es hatte ihm keine Ruhe gelassen. Er hatte seitdem jeden Tag gebeten und gebettelt, doch davon hatten sich die Mitarbeiter nicht beeindrucken lassen, bis Justus vollkommen verzweifelt war.

»Dann schickt mich auch in die Hölle!«, brüllte er den Mitarbeiter an. »Ich will nicht hier sein ohne sie.«

Die Mitarbeiter hatten Blicke untereinander getauscht.

»Sie wären bereit, in die Hölle zu gehen, nur wegen dieser Frau?«, fragte er.

Justus nickte.

»Egal wie lange? Sofort?«

Justus zögerte, dann nickte er erneut. Er konnte sich später nicht mehr erklären, wieso er sich so hineingesteigert hatte. Sie kannten sich noch nicht lange. Doch er war eben verliebt und in diesem Augenblick felsenfest davon überzeugt, dass er nur mit Julia je wieder glücklich sein konnte.

»Hm, es gibt hier so ein Formular, das seit gut hundert Jahren keiner mehr benutzt hat. Wir werden sehen, was sich machen lässt. Kommen Sie morgen wieder«, sagte einer der Verwaltungsmenschen. Und als Justus am nächsten Tag wiederkam, offenbarten sie ihm mit einem strahlenden Lächeln, dass sie Julia in den Himmel würden holen können.

»Da Sie bereit waren, sich für die Frau zu opfern, gibt es die Möglichkeit, sie auf Bewährung zu uns zu holen. Wenn sie sich nichts zu Schulden kommen lässt, wird nach Ablauf von drei Jahren ihre Strafe getilgt. Der Nachteil ist dabei, dass Sie selbst bei Verfehlungen der Frau hier im Himmel auch eine Weile ins Reich der Hölle kämen. Aber das wird ja zweifellos nicht passieren. Wenn Sie hier, hier und dort unterschreiben«, er zeigte auf drei Stellen eines langen Vertrages, »dann werden Sie sie in drei Tagen am Bahnhof abholen können. Der Zug kommt auf Gleis 13 an, um 13.13 Uhr.« Justus wartete einen Moment, um sicherzustellen, dass der Mann sich nicht über ihn lustig machte. »Glauben Sie mir, Gleis und Uhrzeit waren nicht meine Entscheidung, das ist das Gleis, das auch für die reguläre Rückkehr aus der Hölle nach abgearbeiteter Strafe benutzt wird«, sagte der Verwaltungsmitarbeiter, der die Skepsis offenbar aus Justus' Gesichtszügen gelesen hatte.

An diesen drei Tagen ging Justus mindestens einmal täglich ins Haus der Bücher, um überprüfen, ob sich Julias Aufenthaltsort nicht vielleicht schon geändert hatte. Oder ob es ein Anzeichen dafür gab, dass sie in den nächsten Tagen wirklich kommen würde. Als Thomas ihn ansprach, war ihre Ankunft nur noch einen Tag entfernt.

»S… Sie heißen Thomas, richtig?« Justus versuchte mit aller Mühe, seine Fassung wiederzuerlangen.

»Ja, wow, ich hätte nicht gedacht, dass Sie sich noch an mich erinnern. Sie haben mich ja nur ganz kurz behandelt«, sagte Thomas.

Justus imitierte ein Lächeln, doch es gelang nicht überzeugend. Er rang mit sich, ob er mit der Wahrheit nicht am besten fahren würde, und entschied sich dagegen.

»Ich habe ein gutes Namensgedächtnis«, log er.

»Und, wen suchen Sie hier?«, fragte Thomas, der ganz euphorisch war, zum ersten Mal seit langem ein zumindest im weitesten Sinne bekanntes Gesicht zu treffen.

»Du kannst ruhig Justus zu mir sagen.« Justus gratulierte sich für den kleinen Aufschub. »Auf wessen Spuren bist du denn, Thomas?«, fragte er, auch wenn er das Gefühl hatte, dass er die Antwort schon wusste.

»Ich suche meine Freundin, Julia Hofer.« Justus vermisste schmerzlich das »Ex« vor »Freundin«, aber Julia hatte mal in einem Nebensatz erwähnt, dass sie zwar sehr gestritten hatten und sie ihn hinausgeworfen hatte, sie sich aber nicht offiziell getrennt hatten, wie man das im Allgemeinen so machte. Er hatte nicht mal seine Sachen geholt.

»Hast du Lust, einen Kaffee trinken zu gehen?«, fragte Justus.

Thomas nickte freudig.

77 / ACHIM

»Hier ist Carmen Wegener mit einer Testsendung«, verkündete der Fernseher. »Heute direkt vom himmlischen Alexanderplatz. Da ein reges Interesse daran besteht, dass das Fernsehen seinen Betrieb wieder aufnimmt, sind wir gerade dabei, die technischen Möglichkeiten hier im Himmel für einen Sendebetrieb in allen Regionen zu untersuchen. Dazu sollen die Berichterstattung über wesentliche Themen hier im Himmel, über strukturelle und anderweitige Entwicklungen, aber auch die Wiederaufnahme von Unterhaltungsprogramm gehören. Derzeit stehen wir in Kontakt mit zahlreichen Stellen der Himmelsverwaltung, um herauszufinden, ob, und wenn ja, wie viele Aufzeichnungen von irdischem Fernsehen in brauchbarem Zustand erhalten geblieben sind. Wir werden Sie auf dem Laufenden halten. Zu den wesentlichen politischen Themen, die wir in unserer ersten Dokumentation hier im Himmel beleuchten möchten, zählt die miserable Frauenquote in der Verw…«

Achim schaltete den Fernseher aus. Die Sendung lief in Dauerschleife und er hatte sie heute schon dreimal ganz angesehen. Gleich würde der Aufruf von Frau Wegener kommen, dass es eine Frauenbewegung auch im Himmel brauche, schließlich noch ein schief gespielter Jingle auf einer Gitarre im Hintergrund, dann würde es wieder von vorn beginnen. Er hatte von seinem schon vor ein paar Jahren verstorbenen Nachbarn gehört, dass sie vor dem Jüngsten Gericht auch im Himmel das irdische Fernsehen empfangen hatten. Wenn wirklich demnächst Wiederholungen gesendet wurden, würde ihn das freuen. Es gab hunderte Filme und Serien, die er noch hatte sehen wollen, doch er war meist zu beschäftigt gewesen. Jetzt hatte er Zeit. Es gab keinen Grund, arbeiten zu gehen, keine Not, aufzustehen, wenn ihm nicht danach war.

Eine Woche hatte er nach dem Jüngsten Gericht in der Hölle verbracht. Diese sieben Tage hatten sich unglaublich lang angefühlt, waren aber dann doch vorbeigegangen. Über ihn hatte eine Richterin geurteilt, was angesichts der Berichte über die Anzahl der Frauen in diesen Jobs schon für sich genommen ein halbes Wunder war. Bei seiner Ankunft im Himmel hatte man ihn gefragt, wo er leben wollte. Da ihm auf die Schnelle nichts einfiel, hatte man ihm fürs Erste die kleine Wohnung in Hannover zugewiesen.

Er wusste im Augenblick nichts mit sich anzufangen. So viel Zeit, aber was wollte er damit tun? Ohne Arbeit und Frau, die dem Leben normalerweise einen gewissen Rhythmus vorgaben, ohne Rahmenbedingungen, an die er sich halten konnte, musste er sich selbst beschäftigen und das fiel ihm nicht leicht. Er zog seine Schuhe an und machte sich auf den Weg durch die Stadt, lief ziel- und planlos hin und her und sah sich die Leute an. Die meisten von ihnen wirkten glücklich, egal ob sie sich unterhielten, still spazieren gingen oder auf einer Bank saßen und Bier tranken. Klar gab es auch ein paar, bei denen die Stimmung etwas trübe schien, aber jeder wirkte glücklicher als er selbst. Was machte er hier eigentlich?

Vielleicht traf er ja alte Bekannte oder Kollegen? Sein Blick fiel auf ein Fenster und er spürte einen kurzen Stich in der Magengrube.

Ohne dass er darüber nachgedacht hätte, hatten ihn seine Schritte in die Kiesingerstraße geführt. Er blickte in das Fenster seines alten Zuhauses. Oben in der Küche standen Florian und Luisa nebeneinander. Wie es aussah, waren sie dabei zu kochen. Er spürte, wie traurig er war, dass er Luisa verloren hatte. Sein Blick streifte den Garten, die Wände, die Fenster. Wie viel Zeit er hier zugebracht hatte, wie viele glückliche und finstere Stunden er hier verbracht hatte. Sollte er klingeln? Hineingehen, höflich grüßen und sich auf einen Kaffee einladen? Das war lächerlich. Was tat er hier? Er sah sich um und war froh, dass niemand, dessen Gesicht er kannte, in der Nähe war. Kein Nachbar war zu sehen. Die beiden Turteltauben hatten ihn ebenfalls noch nicht entdeckt. Er schämte sich für seine unsinnige Nostalgie. Luisa und Florian hatten ihm mehr als deutlich zu verstehen gegeben, dass er in ihrem Leben keinen Platz mehr hatte, also brauchte er sich auch nicht anzubiedern. Sie waren es, die sich falsch verhalten hatten. Er war nicht perfekt, aber besser als die beiden allemal.

Achim machte sich eilig wieder auf den Weg. Wohin, wusste er nicht genau. Er wollte auf jeden Fall herausfinden, was aus Jack geworden war und wohin es ihn verschlagen hatte. Aber wo konnte man da ansetzen?

Er hatte gehört, dass man sich Häuser zulegen konnte, wenn man eines wollte. Ein Haus ganz für ihn allein, mit einem Garten, um den er sich kümmern konnte. Der Gedanke fühlte sich schön an und richtig. Er würde sich eine Beschäftigung suchen, vielleicht etwas malen. So wie Jenny gemalt hatte. Bloß mit weniger Talent.

Da kam ihm eine Idee und er beschleunigte seine Schritte. Er hatte etwas zu erledigen.

78 / THOMAS

»Dann sehen wir uns morgen Mittag?«, fragte Justus.

Sie verabschiedeten sich per Handschlag. All das, was Justus ihm in der letzten Stunde erzählt hatte, schlug Purzelbäume und Saltos in Thomas' Kopf. Wie die Artisten, die er bei den Demos in Berlin gesehen hatte. Er war völlig durcheinander. Er verließ das Café und lief wahllos Straßen entlang. War es eine gute Idee, morgen an den Bahnhof zu fahren? Was würde er sagen, wenn er Julia traf? Was wollte er noch von ihr? Eine Aussprache? Was für ein Unsinn, dass er gegenüber Justus zuerst von Julia als seiner Freundin gesprochen hatte. Wahrscheinlich wollte sie nichts mehr mit ihm zu tun haben. Und was fing er nun mit dem Rest des heutigen Tages an? Mit Justus wollte er ihn ganz sicher nicht verbringen. Justus hatte in so blumigen Worten von seiner Liebe zu Julia gesprochen, dass Thomas seine eigenen Gefühle dagegen nur noch freundschaftlich vorkamen, wenn überhaupt. Die Erzählungen aus der letzten Woche und was sich alles in Justus und Julia entwickelt hatte – es hatte sich für Thomas nicht gut angefühlt, das zu hören. Justus hatte große Pläne für sich und Julia, wollte mit ihr in die Karibik und so. Thomas schwankte im Minutentakt, ob er sich morgen an Gleis 13 einfinden sollte.

Als ihm die Idee kam, wie er den Tag verbringen würde, wusste er sofort, dass es längst überfällig war. Er spürte, dass er das schon vor Jahren und noch zu Lebzeiten hätte tun sollen. Nach einem weiteren Abstecher ins Haus der Bücher machte er sich zu Fuß auf den Weg in die Akaziengasse 7b. Nervös, aber frohen Mutes. Er klingelte und zwei langsame, beruhigende Atemzüge später öffnete eine blonde Frau mittleren Alters die Tür. Sie hatte sich kaum verändert. Ein paar Lachfalten an den Augen, ein wenig Stilveränderung, die Haare waren jetzt kürzer. Aber sie war leicht zu erkennen, was für ihn offensichtlich nicht galt. Sie sah ihn mit hochgezogenen Augenbrauen an.

»Kann ich irgendwie helfen?«, fragte sie. Ihr Ton war nicht kalt, lud aber auch nicht zum Bleiben ein. Sie wusste schlicht nichts mit ihm anzufangen, wie er da so vor der Tür stand. Thomas biss sich auf die Lippe und sprach sich Mut zu.

»Ich heiße Thomas. Thomas Schulter«, antwortete er. »Ich weiß nicht, ob Sie sich noch an mich erinnern. Wir sind miteinander zur Schule gegangen.«

»Und weiter?«, fragte sie knapp.

Er spürte förmlich ihren Unwillen und das Bedürfnis, die Tür wieder zu schließen. Er musste zum Punkt kommen.

»Es gab da eine Party«, begann er zögernd, »bei der ein paar Freunde und ich es, naja, übertrieben haben. Wir haben Ihr Haus verwüstet, also das Ihrer Eltern. Wir haben nie die Verantwortung dafür übernommen und ich wollte mich dafür endlich entschuldigen, nach all den Jahren.«

Thomas erlebte ein Déjà-vu. Wie an dem Tag, ab dem Julia und er getrennte Wege gegangen waren, sah er die Ohrfeige kommen und entschied sich im Bruchteil einer Sekunde dafür, nicht auszuweichen. Ein kurzer, starker Schmerz. Oder hatte er ihn sich nur eingebildet? Später konnte er es nicht mehr mit Gewissheit sagen. Jetzt öffnete die Frau die Tür ein Stück weiter und bat ihn herein. Thomas war völlig verdutzt. Er hielt sich seine Wange und setzte sich in einen der großen Ledersessel im Wohnzimmer. Beide schienen sie nach den richtigen Worten zu suchen. Die Stille zwischen ihnen wurde immer unangenehmer. Da klingelte es. Caro lief zur Tür und Thomas folgte ihr mit ein wenig Abstand, unsicher, was er sonst tun sollte. Vor der Tür stand ein Mann mit kurzen Haaren, Brille und einem beeindruckend buschigen Schnurrbart, der die gesamte Oberlippe verdeckte. Er hielt ein schwarzes Klemmbrett vor sich.

»Sind sie Carolin Franziska Feneberg?«, fragte der Mann.

Caro nickte. Thomas hielt etwas Abstand, um nicht aufzufallen. Eine Ohrfeige pro Tag reichte völlig.

»Der Verwaltung wurde gemeldet, dass sie vor wenigen Minuten einen Mann körperlich angegriffen haben. Ein solches Verhalten wird im Himmel nicht geduldet. Da Sie sich noch nichts haben zu Schulden kommen lassen, gibt es zunächst nur eine Verwarnung. Möchten Sie sich gleich dazu äußern? Ansonsten werden Sie in wenigen Tagen vorgeladen, um eine Aussage zu machen. Wichtig ist hierbei die Klärung Ihrer Absichten bezüglich weiterer Gewalt.«

»Er hatte es verdient«, sagte Caro in mürrischem Tonfall und warf einen Blick Richtung Wohnzimmer. Sie erschrak leicht, als sie sah, dass Thomas hinter ihr stand, sagte aber weiter nichts. Der Beamte wandte sich an Thomas.

»Sind Sie der Betroffene, das Opfer, meine ich?«

Thomas bejahte und der Beamte ergänzte: »Wie äußern Sie sich dazu? Wir können das auch vertraulich besprechen.«

Thomas schüttelte den Kopf und sagte: »Sie hat recht. Ich hatte es wirklich verdient.«

Der Beamte sah ihn einen Moment irritiert an und versuchte an Thomas' Gesicht zu erkennen, ob es sich um einen Scherz handelte.

Da erzählte Thomas die wesentlichen Punkte der Geschichte in Kurzform.

»Dann gibt es hier für mich nichts weiter zu tun«, sagte der Beamte. »Da in diesem Fall offensichtlich keine Wiederholung der Tat geplant ist, ist keine Anhörung nötig. Bitte denken Sie daran, keinerlei Gewalt auszuüben. Einen schönen Tag Ihnen noch.«

Mit diesen Worten drehte er sich um und ging davon. Thomas und Caro sahen sich an und brachen in schallendes Gelächter aus.

»Setz dich wieder ins Wohnzimmer«, sagte Caro dann, »und erzähl mir, wie dein Leben so verlaufen ist, jetzt wo wir diese Sache geklärt haben.«

Zu Thomas' Erstaunen wurde es noch ein angenehmer Abend.

79 / RON

Der wunderliche, alte Mann drückte zuerst Ron und dann Jenny die Hand.

»Schön, dass ihr mich besucht habt. Nimm das hier mit, meine Liebe«, sagte er und reichte Jenny eine kleine, zusammengefaltete Papierrolle. »Und besucht mich mal wieder.«

Sie versprachen es und bestiegen den Zug, der aus einer einzigen kleinen Kabine bestand und sie innerhalb von wenigen Minuten wieder nach Berlin beförderte.

Fast zwei Wochen wohnten sie nun bereits in dem kleinen Haus in Dahlem und hatten fürs Erste beschlossen, im nun stets sonnigen Berlin zu bleiben. Mit der Unterstützung der Verwaltungsbeamten hatte Ron Jenny schnell gefunden. Nach einem überglücklichen Wiedersehen waren sie probehalber zusammengezogen. Beim Umsteigen am Hauptbahnhof in Berlin betrachtete Ron Jenny von der Seite. Er fühlte sich so wohl mit ihr, so vertraut, obwohl sie sich wirklich noch nicht lange kannten. Erst gestern hatte er ihre Eltern kennengelernt, die noch immer am gleichen Fleck in Bayern wohnten wie in den letzten vierzig Jahren. Sie waren weder besonders glücklich darüber gewesen, dass ihre Tochter einen Mann mit nach Hause brachte, noch darüber, dass sie nicht vorhatte, wieder bei ihnen einzuziehen. Doch die Freude, Jenny wiederzusehen, hatte all das so deutlich überwogen, dass es ein fröhliches Wiedersehen geworden war.

Innerhalb von Sekunden, nachdem der Zug am Hauptbahnhof losgefahren war, kamen sie auch schon in Dahlem-Dorf an und stiegen aus.

»Wir müssen ihn wirklich bald mal wieder besuchen«, sagte Ron, als seine Gedanken zurück zu ihrem Nachmittag bei Meister Joda schweiften. Jenny grinste und nickte.

»Ich würde ihm wünschen, dass er mehr Anhänger hätte. Da wohnen doch keine fünfzig Leute insgesamt«, sagte sie mit ein wenig Schuldbewusstsein in der Miene. »Mit was für einer Euphorie er uns die Häuser gezeigt hat, die er gerade baut. Es tut mir total leid für ihn, aber ich habe keine Lust, auf seine schräge Insel zu ziehen. Vielleicht in ein paar Jahren, was meinst du?«

Er legte seinen Arm um ihre Taille. Im Verhältnis zu der kleinen Tropeninsel, die Meister Jodas Reich darstellte, war es recht kühl in Berlin, auch wenn es an die dreißig Grad hatte.

»Schön wäre es sicherlich«, begann Ron, »aber ich denke, ein bisschen zu geschäftig. Nach dem, was er erzählt hat, sind da ja ständig Ausstellungen, Performances und was weiß ich. Das wäre so rund um die Uhr zu viel Kunst für meinen Geschmack. Lass uns erst mal ...«

Er kam nicht mehr dazu, zu sagen, was sie erst mal machen sollten. Gerade waren sie gemeinsam in die Straße ihres Hauses eingebogen. Der Mann, der da auf den Stufen vor ihrem Haus saß und nervös an seinen Fingernägeln kaute, hatte seine Aufmerksamkeit geweckt. Er trug nun wieder einen schicken, gut sitzenden schwarzen Anzug. Genau wie an dem Tag, als sie sich kennengelernt hatten. Als er sie näherkommen hörte, hob Achim den Kopf, stand auf und lächelte sie unsicher an.

»Es war gar nicht so leicht, euch zu finden. Ich kannte ja eure Nachnamen nicht. Dann ist mir eingefallen, dass ich von dir, Jenny, letzte Woche eine Vermisstenanzeige im Fernsehen gesehen hatte. Als ich im Krankenhaus lag, lief da viel der Fernseher. Der Zusammenhang ist mir allerdings erst später aufgefallen, da kannte ich dich ja noch gar nicht. Tatsächlich sind viele Aufzeichnungen erhalten geblieben und da konnte man mir bei dem neu gegründeten *Amt für Television* helfen. Sie haben mir den Spot rausgesucht. Dann hatte ich deinen vollen Namen, Jeannette Lehmann, und habe deine neue Adresse in Berlin im Haus der Bücher gefunden«, sagte er. »War gar nicht so leicht, mich hier zurechtzufinden. Wer auch immer die Hausnummern hier verteilt hat, muss ein Scherzkeks gewesen sein. Aber jetzt bin ich da und ihr seid auch da. Ich hatte gehofft, euch beide zu treffen.« Achims Redeschwall verebbte für einen Moment. Ron konnte sehen, wie Achim mit sich rang. »Es tut mir sehr leid«, fuhr er dann fort, »dass wir nicht auf euch gewartet haben und dass ich so arschig zu euch war. Ich hatte Schmerzen, war einsam und frustriert. Aber ich hatte kein Recht dazu. Ich hoffe, ihr könnt es mir verzeihen.«

Wieder lächelte er. In diesem Moment ging Jenny zu ihm und umarmte ihn. Ron schloss die beiden in den Arm.

»Wie ist es dir beim Gericht ergangen?«, fragte er Achim zehn Minuten später, als sie bei einem Kaffee gemeinsam in ihrer großen Küche saßen. Auch ohne die Notwendigkeit, Essen oder Getränke zu sich zu nehmen, blieben manche Dinge aus Gewohnheit erhalten.

»Sieben Tage in der Hölle«, sagte Achim achselzuckend. »Aber auf Stufe 1, das ist nicht allzu schlimm. Ist die leichteste Stufe. Insgesamt gibt es vier, zumindest offiziell. Ich habe aber gehört, dass sie für besonders harte Fälle gerne auch mal noch höhere Stufen öffnen. Kriegsverbrecher und sowas. Die Richterin war nicht so begeistert von manchen meiner Verhaltensweisen. Dass ich Florian so heimtückisch verprügelt habe. Und ich habe in einem brisanten Fall mal Beweismaterial verschwinden lassen, das den Zeugen scheinbar entlastet hätte, denn ich war sicher, dass er der Mörder war. Solche Sachen.«

Ron und Jenny wollten mehr über die Hölle erfahren.

»Ich habe nicht so viel davon gesehen«, sagte Achim nach ein paar Augenblicken des Nachdenkens. »Die verschiedenen Stufen befinden sich alle unter uns, und mit jeder weiteren Stufe kommt man dem Kern der himmlischen Erde näher. Das hat man mir zumindest erzählt. Jede Stufe ist damit heißer und ungemütlicher. Mehr als den Bereich von Stufe 1 habe ich aber zum Glück nicht zu sehen bekommen. Bei Stufe 1 mussten wir elf Stunden jeden Tag schwere körperliche Arbeiten erledigen. Ich war in der Tagschicht, da muss man dann unter Anleitung von Vorarbeitern Häuser bauen, Gräben ziehen oder Steine schleppen. Es ist sehr anstrengend. Harte Vorarbeiter treiben dich mit Peitschenhieben an. Erinnert ihr euch noch an diesen Mersbach, der uns kurz ins Gefängnis gebracht hat?«

Jenny und Ron nickten beide.

»Den habe ich dort getroffen. Der arbeitet da als Vorarbeiter – und zwar freiwillig«, fuhr Achim fort und schüttelte lachend den Kopf. »Der war sehr grimmig. Der steht da voll drauf. Andere waren nicht so extrem. Ein paar der Vorarbeiter sind sogar ganz nett. Einer hat mir mal gesagt, dass alle kleineren Delikte in Stufe 1 oder 2 landen. Je schlimmer, desto länger muss man eben dort sein. Stufe 3 ist dann wohl schon ziemlich übel für die Betroffenen und über Stufe 4 wollte er nicht reden. Da landen dann richtig grausame Menschen.«

»Ich wüsste gerne, wer so alles in Stufe 4 gelandet ist im Laufe der Jahrzehnte«, sagte Ron nachdenklich.

»Auf jeden Fall hat man immer eine Woche Tagschicht und eine Woche Nachtschicht in Stufe 1«, sagte er. »Die Nachtschicht muss dann die Häuser wieder abreißen, die Gräben zuschütten. Ihr versteht schon. Und wie war es bei euch?«

Ron und Jenny erzählten von ihrem letzten Tag, von den Gerichtsprozessen, Meister Joda und ihrem Beschluss, fürs Erste in Berlin zu bleiben.

Achim, der froh war, nicht weiter über die Hölle sprechen und nachdenken zu müssen, amüsierte sich sichtlich über die Erzählungen von Joda und seiner Insel voller Kunstwerke.

»Vielleicht ziehe ich in eure Nähe, wenn es euch nicht stört«, sagte er in nachdenklichem Ton. »Ihr müsst mir diesen Kauz mal vorstellen.«

Ron und Jenny überlegten gemeinsam, welches Haus in der Nachbarschaft sich gut für Achim eignen würde. Es gab ein paar, die frei waren.

»Wisst ihr, was aus Jack geworden ist?«, fragte Achim mit ernster Miene in die Stille hinein. »Ich habe nichts mehr von ihm gehört. Vielleicht fahre ich morgen mal nach Göttingen und versuche, etwas herauszufinden. Da gibt es sicher auch so ein Verzeichnis.«

»Ich glaube, das kannst du dir sparen«, sagte Jenny mit einem auffordernden Blick in Rons Richtung. »Wir haben da so eine Vermutung«, sagte Ron nickend.

80 / THOMAS

Der Zug fuhr mit einem schrillen Quietschen ein. Justus und Thomas warteten gemeinsam an Gleis 13. Es war ein komischer Augenblick, doch die beiden hatten beschlossen, dass es so am sinnvollsten wäre. Als Justus ihm von seiner Beziehung zu Julia erzählt hatte, war Thomas nicht erfreut, aber in seinem tiefsten Inneren auch nicht allzu überrascht gewesen, nach dem, wie es zwischen ihm und Julia geendet hatte. Und auch wenn es ihn eifersüchtig machte, wollte er dem Glück der beiden nicht im Weg stehen. Er wollte Julia nur noch einmal sehen und mit ihr reinen Tisch machen, um dann ein neues Kapitel aufschlagen zu können.

Wie genau es weitergehen würde, wusste er noch nicht. Vielleicht ein wenig die Welt erkunden. Ob er im Himmel die Kreuzfahrt nachholen konnte, die ihm auf Erden durch das plötzliche Ende verwehrt geblieben war?

Als der Zug anhielt, blickten die beiden Männer gespannt hin und her, um Julia zu entdecken. An beiden Enden des Zuges öffneten sich die Türen und nach und nach mochten fast fünfzig Personen aussteigen. Thomas dachte darüber nach, wie viele Menschen die Hölle wohl umfasste, während er weiter seinen Blick schweifen ließ. Da war Julia. Sie war gerade ausgestiegen, und auch wenn sie ein wenig mager und erschöpft aussah, erkannte er sie augenblicklich wieder. Ihr Blick fiel auf Justus. Sie rannte auf ihn zu und warf sich ihm in die Arme. Sie küssten sich voller Leidenschaft. Der Moment schien Thomas drei mittlere Ewigkeiten zu dauern.

»Mein Retter«, keuchte sie, als die beiden sich voneinander lösten. Sie schaute Justus so verliebt und eindringlich an, dass Thomas sich nur mit Mühe dazu durchringen konnte zu bleiben. So hatte sie ihn definitiv nie angesehen. »Ich habe gehört, was du für mich getan hättest. Getan hast. Danke! Danke!«

Julia war voller Begeisterung. Justus konnte man ansehen, dass es ihm genauso erging. Die beiden hielten sich im Arm, küssten sich erneut. Tränen der Freude liefen über Julias Wangen. Sie sahen in diesem Moment nur einander.

Thomas räusperte sich. Als Julia ihn erblickte, entgleisten ihre Gesichtszüge von einem Augenblick zum anderen.

»Was machst du denn hier, verdammt nochmal?«, fragte sie in fast schon hysterischem Ton. »Du hast hier überhaupt nichts verloren.«

Ihr Gesicht wurde rot vor Zorn. Sie löste sich von Justus und kam mit hasserfülltem Blick auf Thomas zu. »Einfach weggegangen bist du, ohne ein Wort die ganzen Tage. Und jetzt stehst du plötzlich hier, als wäre nichts gewesen. Verpiss dich!« Ihre Stimme kippte ins Schrille. »Von dir lasse ich mir nicht diesen Moment zerstören. Von dir nicht!«

»Aber ich …« Thomas blieben die Worte im Mund hängen. Mit dieser Wut hatte er nicht gerechnet. In diesem Augenblick traf ihn eine schallende Ohrfeige von links.

»Was glaubst du denn, wer du bist, hier einfach aufzutauchen?«, brüllte Julia. »Das hier gehört mir. Mir und Justus. Und du dampfst jetzt ganz schnell ab.«

Sie schubste Thomas ein Stück nach hinten. Er hielt sie an den Schultern fest, um sie auf Distanz bringen, doch das reichte nicht. Und dass er sich wehrte, machte die Wut in Julia nur noch größer. Nun prasselten die Ohrfeigen auf ihn ein. Von rechts und von links. Er hob die Arme, um sie abzuwehren, doch es gelang ihm nicht, so wütend war Julia.

»Lass mich von jetzt an für immer in Ruhe, du Arsch!«, giftete Julia ihn an. »Ich. Will. Dich. Nie. Wieder. Sehen.«

Jedes Wort ein Schlag. Am Ende sogar mit der geballten Faust.

Thomas rannte davon. Als er die Treppen erreicht hatte, drehte er sich noch einmal um und sah gerade noch, wie Julia von einer Sekunde auf die andere einfach verschwand. Er erblickte das bestürzte Gesicht von Justus, dann verschwand auch er.

Thomas drehte sich um und rannte weiter, weg von diesem Wahnsinn.

81 / GOTT

Der Zeitreisen-Planungsstab kam zu einer Krisensitzung zusammen. Es würde eines der letzten Treffen in Gottes Amtszeit sein, und er sah den freien Tagen mit verzweifelter Vorfreude entgegen.

»Ich habe mit einer solch exorbitanten Dringlichkeit um dieses Treffen gebeten«, begann Ottokar, »da die Anzahl an Anträgen für Wechsel zwischen Jahrzehnten, ganzen Jahrhunderten und Jahrtausenden jede Vorstellung, die wir im Vorfeld hatten, und prozentual alles vorher Dagewesene übersteigt. Für jeden Antrag, den wir abarbeiten, kommen zwanzig bis dreißig neue Anträge ins Haus, und die Rate steigt eher, als dass sie sinken würde.« Er putzte sich nervös die Brille und fuhr fort. »Es scheint sich dabei ein regelrechter Tourismus zu entwickeln. Menschen wollen die Dinosaurier sehen, wollen sich die Steinzeit ansehen. In diesen Fällen müssen wir ja auch für den Schutz der Reisenden sorgen, was nicht gerade einfach ist. Seit gestern türmen sich die Anfragen für Reisen ins Mittelalter auf unseren Schreibtischen. Dazu kommen noch Verwandtschaftsbesuche und die Suche nach berühmten Persönlichkeiten der Vergangenheit. Martin Luther King kann sich beispielsweise vor Besuchern derzeit kaum retten.«

Ottokar war ehrlich aufgeregt. Seine alten Hände zitterten noch stärker als sonst. Wie immer trug sein Anzug mehr ihn als andersherum. Bei Fürchtegott, der sich nun anschickte zu sprechen, hatte sich in letzter Zeit wiederum zu seinem bestehenden Doppelkinn noch ein weiteres Kinn dazugesellt.

»Meine Meinung dazu ist …«, hob er an, wurde aber augenblicklich von Jesus unterbrochen.

»Aber würde es sich an dieser Stelle nicht lohnen, Beschränkungen einzuführen? Die Besuche auf die eigene Verwandtschaft zu reduzieren, beispielsweise, wäre doch ein Ansatz. Das würde das Problem lösen«, sagte er.

»Aber wollen wir das denn?«, fragte Ottokar. »Bisher haben wir es immer so gehandhabt, dass jeder reisen konnte, wohin er wollte. Die Menschen brauchen Beschäftigung, das ist doch ein ungeschriebenes Gesetz.«

Gott musste ob dieser Aussage schmunzeln. Ottokar schien mittlerweile so manches Mal zu vergessen, dass er in Bielefeld aufgewachsen war und nicht im Himmel oder im Olymp.

»Sind nicht unter den vielen Neuankömmlingen genug, um einfach das Personal eurer Behörde aufzustocken?«, fragte Gott.

Ottokar schüttelte den Kopf. Wieder wollte Fürchtegott sprechen, doch er kam nicht dazu, denn sein Kollege antwortete bereits.

»Es sind genug Menschen insgesamt, das schon, aber es haben sich noch nicht viele bei uns gemeldet und diese müssen erst eingearbeitet werden, bevor sie die Anträge formal korrekt bearbeiten können. Währenddessen könnten wir aber noch weniger Anträge bearbeiten. Im Moment wollen die meisten der Neuankömmlinge, wie Sie es nennen, bei diesem Fernseh-Amt arbeiten. Das scheint zum Publikumsliebling zu werden.«

Gott war, als hörte er ein gewisses Maß an Neid in seinen Worten.

Jetzt war doch noch Fürchtegott an der Reihe. Er strich sich durch die fettigen Haare, die wie immer zur Seite gekämmt waren.

»Auch wenn das Thema nicht beliebt ist, wir können diese Anträge digital ausfüllen lassen und dann maschinell abarbeiten, soweit keine Fehler enthalten sind. Das würde nach meinen Hochrechnungen die durchschnittliche Bearbeitungszeit pro Antrag auf weniger als ein Prozent reduzieren. Ein Entwurf für einen solchen Antrag nach den aktuellen Standards und Vorgaben ist fertig.«

Gott dachte eine Weile darüber nach, die anderen sahen ihn fragend an. Dann nickte er langsam und wandte sich an seinen Sohn.

»In Gottes Namen«, schmunzelte er. »Kannst du versuchen, ein paar Programmierer unter den Freiwilligen zu finden? Sie sollen diesen Entwurf auf Herz und Nieren testen. Falls wir da Leute an der Hand haben mit Ahnung, können wir das auch nutzen.«

Jesus nickte und verließ den Raum. Gott sah Ottokar und Fürchtegott nacheinander an.

»Digitalisierung, pff. Na gut, es wird meine letzte große Amtshandlung sein, bevor ich mich für eine Weile zurückziehe, und ich möchte, dass dabei keine Fehler gemacht werden. Wenn zunächst, bis die Umstellung erfolgt ist, ein paar Anträge liegen bleiben, ist mir das lieber, als wenn das alles zu hektisch läuft. Die Antragsteller werden die Formulare an Computern ausfüllen können. Entweder bei euch in den Räumlichkeiten oder, wenn das zu voll wird, an einem geräumigeren Ort. Platz genug sollte ja jetzt nach dem Jüngsten Gericht erstmal ohne weitere Probleme vorhanden sein: Wir können vielleicht den Wartebereich dafür nutzen.«

Die beiden verabschiedeten sich und verließen den Raum, um alles Notwendige in die Wege zu leiten. Gott saß da und starrte vor sich hin. Manchmal war Wandel nicht zu vermeiden, auch wenn er ihm nicht immer willkommen war. Oder half ihm diese Digitalisierung vielleicht bei der Suche nach dem idealen Urlaubsort? Wie hieß das gleich noch – googlen?

82 / JENNY

Jenny dachte an das Ferienhaus, das sie gestern mit Ron auf Meister Jodas Insel besichtigt hatte. Er stellte es ihnen gerne zur Verfügung. Daran angeschlossen war sogar eine kleine Galerie für ihre Bilder, wo sie Ausstellungen machen konnte. Jeden Tag verbrachte sie Zeit mit Zeichnen und Malerei. Sie hatte sich mit ein paar kunstinteressierten Menschen hier in Berlin zusammengetan. Und ihre Bilder, vor allem die Portraits von Menschen, die sie in den ungewöhnlichsten Farbkombinationen malte, hatten ihr richtiggehend Fans eingebracht. Ein solches Bild hing jetzt hinter ihnen an der Wand, während es sich die beiden auf dem Sofa gemütlich machten.

»Vielleicht probiere ich auch mal, etwas zu gestalten«, sagte Ron und Jenny konnte die versteckte Frage in seinem Ton hören.

»Klar, das ist doch eine gute Idee«, sagte Jenny, »an was hast du gedacht?«

»Ich habe keine Ahnung«, sagte Ron und atmete erleichtert aus. »Etwas Handwerkliches stelle ich mir schön vor. Drechseln oder Bildhauerei oder Schnitzen. Ich weiß nicht, ob ich eines davon lernen kann, aber probieren möchte ich es gern. Seit wir regelmäßig bei Joda sind und ich ein paar von den Arbeiten dort gesehen habe, vor allem diese gigantische, geschnitzte Tiersammlung, spiele ich mit dem Gedanken, auch mal so etwas zu machen. Beim nächsten Trip zum alten Joda nehmen wir Achim mit, okay?«

Jenny nickte.

»Ich hoffe, Achim kommt über seinen Liebeskummer hinweg«, sagte sie nachdenklich. Ihr Kopf ruhte auf Rons Beinen. Erst vor wenigen Minuten war Achim von ihrem täglichen Kaffeekränzchen aufgebrochen. Jenny und Ron hatten sich auf dem Sofa niedergelassen und dachten beide über Achims nach wie vor gedrückte Stimmung nach. Er wohnte jetzt in einem Reihenhaus zwei Straßen weiter. Auch wenn er insgesamt auf dem Weg der Besserung war, merkte man ihm sein gebrochenes Herz noch oft an.

»Erinnerst du dich an die Bar, in der wir uns das erste Mal gesehen haben? Die diesem Engländer gehörte?«, fragte Ron.

Jenny nickte. »Klar, Jack hat gespielt. Ich wollte sogar da arbeiten.«

»Ich bin gestern hingefahren, während du auf Jodas Insel warst«, sagte Ron. »Ich wollte schauen, ob da noch jemand ist. Und tatsächlich hat er zwar dichtgemacht, ein paar Tage, nachdem wir da waren, aber im Himmel war ihm langweilig und er hat wieder geöffnet. Er erinnert sich auch noch an dich. Ich dachte, es wäre cool, wenn wir die Tage abends mal hinfahren.«

Jenny bejahte und gab Ron einen stürmischen Kuss. Sie freute sich sehr über die kleine Überraschung.

Die Türglocke ließ die beiden erschrocken zusammenzucken.

»Bleib sitzen«, sagte Jenny und stand auf, »wahrscheinlich hat Achim wieder etwas liegenlassen.«

Es war nicht Achim, der vor der Tür stand. Der Mann war von kräftiger Statur und mittleren Alters. Er hatte einen Blick wie ein geprügelter Hund. Sie sahen sich gegenseitig verwirrt an, keiner sagte etwas. Plötzlich schien in dem Mann ein Hauch der Erkenntnis aufzuflammen.

»Irgendwoher kenne ich Sie«, sagte er mit nachdenklichem Blick.

»Also, ich kenne Sie nicht«, sagte Jenny irritiert. »Warum haben Sie denn hier geklingelt?«

Der Mann schien einen Augenblick nachzudenken, sich zu besinnen, dann lachte er kurz auf. »Verzeihung, ich bin ein bisschen durch den Wind. Lebt Ron hier?«

Jenny drehte sich um und rief nach ihm. Als Ron den Mann sah, lief er auf ihn zu und umarmte ihn.

»Das ist mein Onkel Thomas. Weißt du, den ich immer anrufen wollte und nicht erreicht habe. Wir haben uns ewig nicht gesehen«, sagte er an Jenny gewandt und stellte sie stolz seinem Onkel vor.

Gemeinsam setzten sie sich an den Tisch in der Küche. Dann erzählte Thomas seine Geschichte, alles seit dem Morgen, an dem er die Pressemitteilung gelesen hatte. Von seiner Abreise aus Frankfurt nach dem Streit mit Julia, der Prügelei mit den Punks, seinem überhasteten Trip nach Berlin, all dem Unfug, den er dort erlebt hatte. Er erzählte ihnen von seinem Tod und von dem Zusammentreffen mit Justus, der Versöhnung mit Caro und letztendlich von Julia, ihrer Wiederkehr und ihrem erneuten Abgang.

Jenny und Ron waren fassungslos.

»Ich glaube, wir haben den Supermarkt, in dem du gestorben bist, sogar gesehen«, sagte Jenny mit ungläubigem Entsetzen in den Augen. »Und weißt du, was aus diesem Justus geworden ist?«

Thomas lächelte matt.

»Ich habe ihn gesehen, als ich heute Morgen zu Ron hierher aufgebrochen bin«, sagte er. »Durch puren Zufall am Bahnhof. Er saß am Gleis 13 auf einer Bank. Hielt den Kopf in den Händen und war ziemlich durcheinander. Sie hatten ihn tatsächlich in die Hölle gesteckt wegen Julias Ausfall, aber nur ganz kurz und auch in eine andere Ecke als sie. Julia muss ihre Strafe jetzt absitzen. Wir haben kurz geredet, aber er schien nicht gut auf mich zu sprechen zu sein. Ich glaube, er hat das alles noch nicht ganz verarbeitet, aber das heilt bestimmt die Zeit.« Thomas kaute noch kurz auf seiner Unterlippe, dann schien er die Gedanken an Julia abzuschütteln und wollte wissen: »Und was ist bei dir, oder vielmehr euch passiert in dieser letzten Woche? Wie lange seid ihr schon ein Paar?«

Ron und Jenny strahlten ihn an.

83 / GOTT

Der Konferenzsaal sah aus wie ein gigantisches, altes Amphitheater und war von so unwirklichen Ausmaßen, dass ihn kein Mensch hätte begreifen können. Die Sitzreihen bildeten einen Kreis rund um die kleine Bühne und mit jeder weiteren Reihe saßen die Zuschauer höher, was dem Raum eine glänzende Akustik gab und jedem Redner ermöglichte, sich leicht Gehör zu verschaffen. Gerade für die schüchternen unter den Göttern war das von Nutzen. Die Reihen selbst waren sehr tief, um den vielgestaltigen Erscheinungsformen der Götter Raum zu bieten. Die Glaswände rund um die hinterste Reihe bestanden aus dunklen Scheiben, durch die man den Nachthimmel ahnen konnte. Immer wieder zuckten darin Blitze auf. Überall im Raum standen Säulen, auf denen große Fackeln brannten und den Saal in ein flackerndes Licht tauchten. Es war selten, dass sie sich hier alle versammelten, doch der Anlass war von Bedeutung. Hier saßen weit mehr Götter, als die Pressemitteilung den Menschen offenbart hatte. Doch längst nicht allen war es ein Bedürfnis gewesen, darin aufzutauchen, und vierzehn von ihnen hatten das entsprechende Formular nicht rechtzeitig vor Veröffentlichung unterschrieben zurückgeschickt.

Verteilt auf die vielen Reihen saßen die unterschiedlichsten Gottheiten. Sterblichen und selbst den meisten Halbgöttern wurde der Zugang verwehrt. Die ägyptischen und griechischen Götter hatten sich auf den hinteren Rängen versammelt. Es war nicht einfach gewesen, allen gerecht zu werden, als sie diesen Raum vor Anbeginn der menschlichen Zeit erschaffen hatten. Poseidon wollte bei langen Sitzungen nicht auf dem Trockenen bleiben und hatte deshalb ein Wasserbecken gefordert, in dem er sich aufhalten konnte. Demeter wollte fruchtbaren Boden um sich haben, was ihren Abschnitt deutlich pflegebedürftiger machte als viele andere. Anubis brauchte in seiner Hundegestalt Platz für Bewegung. Die Federkrone des Amun-Re war den hinter ihm Sitzenden im Blickfeld gewesen, jetzt thronte er imposant und ohne Ärger zu verursachen in der letzten Reihe. Und Buddha wollte weit genug weg von den anderen sitzen, um in Ruhe meditieren und nachdenken zu können. Das war nur ein Bruchteil der vielen Faktoren, die sie hatten mit einbeziehen müssen. Doch schlussendlich waren alle mehr oder weniger zufrieden gewesen.

Jetzt hatten sämtliche Götter ihre Aufmerksamkeit auf Gott gerichtet, der am Rednerpult gerade die Tagesordnung verlas.

»Wir werden gemeinsam Bilanz ziehen, was den Umgang mit den Gläubigen beim Jüngsten Gericht, aber auch die administrativen Abläufe angeht. Und als letzten Punkt steht für heute die Wahl des neuen Vorstands an.«

Er würde froh sein, das Amt wieder los zu sein. Horus und Buddha hatten kandidiert, Allah ebenfalls und Joda, wie immer. Der war ja auch nicht ausgelastet mit seinen Schäfchen. Keine Gottheit bekleidete zwei Amtszeiten am Stück. Das war seit jeher ein ungeschriebenes Gesetz. Damit war er diesmal aus dem Rennen und freute sich darauf, wieder mehr Freizeit zu haben.

»Wenn der Wechsel im Vorstand nachher geklärt und vollzogen ist«, fuhr Gott fort, »werden wir in den nächsten Tagen die neue Spielrunde einleiten. Während wir hier reden, wird die Erde bereits zurückgesetzt. Wenn alles zügig läuft, können wir schon vier oder fünf Tage nach der Urlaubszeit neu beginnen. Damit würde ich sagen, dass wir zum Tagesordnungspunkt zwei übergehen können. Gibt es schon feste Anträge für Regeländerungen, bevor wir die Erde wieder zurücksetzen? Ich habe hier eine Liste mit ein paar

Kleinigkeiten, die wir auf jeden Fall abarbeiten sollten. Bleiben die Startvoraussetzungen für alle wie beim letzten Mal? Eine Idee war es, jeder Gottheit eine feste Anzahl an Vertretern zu erlauben, die im Laufe der Spielzeit auf die Erde gesendet werden dürfen. Außerdem gab es den Antrag, eine Begrenzung auf zwei Wunder pro Gottheit für die gesamte Zeit einzuführen. Was halten die Anwesenden davon?«

Tuscheln im Saal.

»Okay, lasst uns schnell abstimmen. Eine feste Anzahl Vertreter pro Religion? Wer ist dafür? Wer dagegen?« Gott machte sich jeweils eine Notiz fürs Protokoll. »Wie sieht es mit der Begrenzung für Wunder aus? Wer ist dafür? Wer dagegen?« Wieder machte er sich eine Notiz. »Sonst noch Vorschläge?«

Kopfschütteln im Saal, keiner der zahlreichen Götter meldete sich. Sie wollten diesen Punkt wohl nur schnell hinter sich haben.

»Dann kommen wir jetzt zum entscheidenden Punkt, auf den wir alle so lange gewartet haben: der Auszählung der Ergebnisse.« Gott spürte die Spannung im Raum. Es gab mehrere Götter, die sich einen Sieg erhofften. »Insgesamt gibt es 437 Gottheiten, die das Spiel nicht abgebrochen haben und zum Zeitpunkt der Auszählung noch mindestens einen einzigen Anhänger hatten.«

Ein Raunen ging durch den Saal.

»Ich verlese die Namen nun in alphabetischer Reihenfolge. Adonis, Äskulap, Apollo …«

Aus den Augenwinkeln sah er, dass viele der anwesenden wütend gestikulierten und die Köpfe, oder was sie eben hatten, schüttelten, vor Unverständnis über die Torheit der Menschen. Er beendete seine Aufzählung.

»Die genaue Liste der ausgezählten Stimmen und alle weiteren Auswertungen können bei mir nach der Versammlung im Büro eingesehen werden. Wie immer unterlagen die Zahlen gegen Ende starken Schwankungen. Bei Nichtgläubigen aller Art kamen wir diesmal auf knapp acht Prozent, die keiner von uns überzeugen konnte.«

Hier schwiegen die Götter allesamt. Acht Prozent war höher als gewöhnlich.

»Der dritte Platz gebührt dieses Mal dem Hinduismus!«, rief Gott und Applaus brandete auf. Er sah, wie Vishnu einen frustrierten Blick zu Shiva warf. Er schien sich nicht über den dritten Platz zu freuen, doch Shiva breitete nur friedlich die Arme aus.

»Die beiden Religionen mit den meisten Anhängern waren in dieser Runde der Islam und das Christentum.«

Jetzt war der Applaus viel stärker, Rufe erschallten aus verschiedenen Teilen des Saals. Manche klangen dabei wie das Tröten von Elefanten. Gott warf Allah einen kurzen Blick zu.

»Und der Sieger ist …«

Seine Stimme war lauter geworden und nun hielt er einen Moment inne, um es dramatischer zu machen. Im Amphitheater war es jetzt ganz still. Kein scharren von Hufen, kein Geklapper mit Scheren. Wie er es mit Jesus vorher verabredet hatte, setzte leiser Trommelwirbel ein. Perfektes Timing.

»NIEMAND!«, brüllte Gott heraus.

Ein vielstimmiges Stöhnen ging durch den Konferenzsaal.

»So traurig es auch ist, ich muss euch mitteilen, dass es erneut keinen Sieger gab. Die absolute Mehrheit an Gläubigen wurde nicht erreicht.«

Die letzten Sätze gingen allerdings schon im Lärm unter. Ein gigantischer Tumult brach im Saal aus. Getränkebecher und Tierexkremente flogen hin und her. Aus fast allen Reihen ertönte barbarisches Geschrei. Aufgestauter Frust nach Jahrtausenden des Abwartens brach sich Bahn. Thor schlug wütend mit seinem Hammer um sich. Amun Re stach mit einem Speer zurück. Hinter ihnen wurden Wasser und Staub aufgewirbelt. Shiva und Poseidon stießen jeder seinen Dreizack in die Richtung des anderen. Zeus schleuderte Blitze durch den Raum. Tara schwang ihre Schwerter nach ihm. Lakshmi schlug vor Entsetzen über das Geschehen um sie herum die Hände vors Gesicht. Jetzt mischte sich auch Ares in den Kampf und Gott verlor den Überblick.

Keiner von ihnen konnte sterben und so konnte es mehrere Menschenleben dauern, bis sich alle wieder beruhigt hatten und sie mit der Wahl seines Nachfolgers weitermachen konnten. Gott machte sich durch einen der langen Gänge auf den Weg in sein Büro. Ein Knochen flog knapp an seinem Kopf vorbei. Sein Urlaub konnte nicht früh genug kommen.

84 / JACK

Es war kein Luxus, der ihn umgab. Kein schönes Ambiente. Die Erze in den Felswänden spiegelten das Licht der wenigen Kerzen wieder. Es war düster und die Sitze konnte man alles andere als bequem nennen. Aber es handelte sich um das Beste, das man hier an Freizeitgestaltung kriegen konnte, also fand er sich damit ab.

An allen anderen Tagen und in den Nächten, wenn er gerade nicht arbeiten musste, versuchte er entweder zu schlafen oder schrieb an neuen Songs. Er hatte keine Gitarre, aber immerhin durfte man Stift und Papier bei sich führen, zumindest in kleinen Mengen. Wenn er die Melodien in seinem Zimmer leise vor sich hin sang, störte das auch niemanden. Bisher zumindest. Sonst war hier rein gar nichts zu tun. Zum Spazierengehen war die Gegend wirklich zu hässlich. Jenseits der Baustellen und Gemächer fand man nichts als düstere, schmale Gänge, die von Kerzen oder Fackeln beleuchtet wurden. Die Wege waren so uneben, dass man leicht aus dem Tritt kam. Jeder hier hatte sich schon dutzende Male verlaufen, so gleich sah alles aus.

Der Mangel an Beschäftigung war durchaus Absicht. Sie sollten Zeit finden, über ihre Sünden nachzudenken, hatte man ihm gesagt. Wenn er es je von hier wegschaffte, wenn seine Strafe ein Ende fand, würde er wahrscheinlich kistenweise Songideen haben, aus denen er sich bedienen konnte. Aber ob er es schaffte, ehrliche Reue zu empfinden, da war er sich nicht sicher. Er verfluchte es, hier zu sein, das ja, aber Reue? Vielleicht war die Plackerei die leichtere Option. Und auch wenn Arbeit und der Versuch, sich von dieser Arbeit zu erholen, hier alles dominierten, fand er hin und wieder

Momente für sich. Es war die einzige Möglichkeit, nicht verrückt zu werden. Und an Verrückten mangelte es hier wahrlich nicht.

Der Wirt hinter dem Tresen war ein übergewichtiger Glatzkopf, der in seinem Leben noch nie gelächelt hatte. Weder vor noch nach seinem Tod. Die ehemals weiße Schürze, die er trug, starrte vor Dreck und Fett. Wenn sie je gewaschen worden war, war das zweifellos Jahrzehnte her.

Jack zeigte dem Wirt mit einer Geste an, dass er noch einen Drink wollte. Auch wenn der Drink des Hauses nur aus Shotgläsern mit warmem Bier bestand, genoss er jeden einzelnen Schluck. Alternativ konnte man die Plörre auch noch in Biergläsern bestellen, die der Wirt am Anfang des Abends herrichtete. Nicht, dass noch Hektik aufkam. Aber abgestanden war es noch widerlicher zu trinken. Wie immer am 13. des Monats konnten sich die Bewohner aller Schichten der Hölle gegen Abend in der einzigen Kneipe, die es gab, versammeln. Sie öffnete nur für diesen Anlass. Was der fette Wirt den Rest der Zeit machte, wusste niemand. Putzen konnte es schon mal nicht sein. Zumindest nicht hier.

Jack hatte noch keinen dieser Termine verstreichen lassen. Er trug einen schwarzen Hut, den er tief ins Gesicht gezogen hatte. Das schwarze, langärmlige Hemd und die Jeans verdeckten einen großen Teil der Striemen und Wunden, die die vielen Stunden harter Arbeit Tag für Tag und die strenge Hand der Vorarbeiter mit den nietengespickten Peitschen der Stufe 3 hinterließen. Den Schlafmangel und die Schmerzen merkte man ihm jetzt und hier nicht an.

Eine Frau ließ sich auf dem Stuhl neben ihm an der Bar nieder. Durch seine Sonnenbrille musterte er ihre Figur, die langen blonden Haare und ihr hübsches Gesicht. Ihre spitze Nase gefiel ihm.

»Ich habe dich noch nie hier gesehen«, sagte er.

Sie lächelte und ließ zu, dass er ihre Hand nahm und ihr einen Kuss auf den Handrücken hauchte.

»Ich bin zum ersten Mal da. Ich habe noch fast zwei Jahre vor mir und dachte, ich sollte mir die einzige Möglichkeit der Unterhaltung mal anschauen.«

Ihre Augen schweiften umher, auf der Suche nach einer Karte. Es gab keine beschriebene Tafel hinter der Bar und es lagen offenbar auch keine Karten aus. Dann blickte sie zu dem Mann zurück.

»Kannst du mir was empfehlen?«

Nun war es an dem Mann zu lächeln.

»Es gibt eh nur einen Drink«, sagte er. »Mein Name ist Jack, und wie heißt du, schöne Frau?«

Sie errötete ein wenig. Der Mann gefiel ihr.

»Ich heiße Julia. Freut mich sehr, dich kennenzulernen.«

LUST AUF MEHR VON ARNO WILHELM?

Arno Wilhelm
Jack Rodman – Die ganze Wahrheit
Roman

242 Seiten
als Taschenbuch (jetzt in 2. Auflage)
und als E-Book erhältlich, erschienen
bei Periplaneta – Verlag und Mediengruppe

»Ein atemloser, ausnehmend flüssig erzählter Roman, der es gekonnt versteht, Anteile von Thriller, Roadmovie und moderner Moral- und Gesellschaftskritik zu verweben.« (David Wonschewski, Blog)

Die Songs von Jack Rodman
gibt es auch auf Spotify zu entdecken!

An einem einzigen Tag verliert Sven seinen Job und seine Freundin, seine Wohnung geht in Flammen auf und er wird von einem schwarzen Pick-up über den Haufen gefahren. Dem Tod von der Schippe gesprungen beschließt Sven seine ganze Energie auf seine Leidenschaft, die Musik, zu richten.

Er wird zu Jack Rodman, einem Singer-Songwriter aus Arizona, mit dem er sich dank Web 2.0 eine steile Karriere in Deutschland bastelt. Ein Plattenvertrag, ausverkaufte Konzertsäle, die Frauen liegen ihm zu Füßen – Sven hätte es sich nicht besser erträumen können. Erfolg und Ruhm beflügeln ihn, doch als seine Ex-Freundin hinter das Geheimnis kommt, geraten die Dinge außer Kontrolle.

MEHR AUS DER EDITION TINGELTANGEL:

Ann E. Hacker
Café Hannah – Alles auf Anfang

320 Seiten
Broschur mit Klappen
14,00 € (D)
ISBN 978-3-944936-55-0
(auch als E-Book erhältlich)

Kurz vor ihrem fünfzigsten Geburtstag erfüllt sich die weltläufige Hamburgerin Hannah Jensen einen Lebenstraum: Sie eröffnet in der Münchner Blumengasse ihr eigenes Café. Hier kommen viele Geschichten zusammen, denn auch andere Menschen stehen vor einem Neubeginn.

Start der Reihe um ein Café zum Verlieben!

Im Herbst 2019 erscheint Band 2:

Hannah wird 50! Die Nachbarn, Freunde und Bekannten lassen die gute Seele der Blumengasse hochleben. Doch mitten in der Feier tauchen alte Flammen und ganz neue Perspektiven auf.
Und nicht nur Hannah hat einen Platz in der Gefühlsachterbahn ergattert.

Bei Restaurantbesitzer Bassam hängt der Haussegen schief, Freundin Marlene hat mit der lieben Familie ihre Müh und Not und Hannahs Nichte Svenja ist unglücklich verliebt, sie weiß es nur noch nicht. Und so erlebt die Gemeinschaft um das Café Hannah ein reichlich turbulentes Jahr, an dessen Ende nichts mehr so ist wie zuvor, nicht einmal der Haarschnitt …

Informationen zu Neuerscheinungen
gibt es auf *www.edition-tingeltangel.de* und
auf der *Facebook*-Seite der *edition tingeltangel.*

Marta Donato
Tod am Gardasee
Ein Italien- & Bayern-Krimi

368 Seiten
Broschur mit Klappen
14,90 € (D)
ISBN 978-3-944936-31-4
(auch als E-Book erhältlich)

»Marta Donato lässt ihre Krimis dort spielen, wo ihre Seele aufblüht: in Italien. Die Münchnerin mordet mit leichter Hand, stets sehr amüsant und spannend bis zum Schluss.« (BR Fernsehen / Abendschau)

Matthias Holzinger, Bürgermeister einer Chiemsee-Gemeinde, wird am Gardasee jäh aus dem Leben gerissen. Die Kommissare aus Verona und Traunstein stoßen auf ein Netz aus Korruption, Immobilienschwindel und Neid bei den Opernfestspielen von Verona.

Marta Donato
Flucht über den Brenner
Ein Italien- & Bayern-Krimi

444 Seiten
Broschur mit Klappen
15,90 € (D)
ISBN 978-3-944936-40-6
(auch als E-Book erhältlich)

2015, im Jahr der Flüchtlingskrise:
Eine schöne blonde Frau.
Blut auf hellem Marmor.
Vier geraubte Meisterwerke des Barock.
Auf den Straßen Araber und Afrikaner.
An den Grenzen Kontrollen.

Der Ganove Gianni Canali hat Pech. Als er sich darauf einlässt, bei einem Kunstraub in Verona den Transporter zu fahren, stolpern er und seine Komplizen im Museum über eine Leiche. Auf der Flucht nach Bayern gerät Gianni in eine Grenzkontrolle. Dabei ist seine Ladung gleich doppelt gefährlich für ihn.